SKANDAR
E O
LADRÃO DE UNICÓRNIO

CB003643

SKANDAR
E O
LADRÃO DE UNICÓRNIO

A.F. STEADMAN

Tradução
Marina Vargas

Título original: *Skandar and the Unicorn Thief*
Texto © De Ore Leonis 2022
Ilustrações © Two Dots 2022
Tradução para a língua portuguesa © 2024, Casa dos Mundos / LeYa Brasil, Marina Vargas
Publicado mediante acordo com Simon & Schuster UK Ltd., 1st Floor, 222 Gray's Inn Road, London, WC1X 8HB. A CBS Company.

Todos os direitos reservados. Nenhuma parte deste livro pode ser reproduzida ou transmitida de qualquer forma, por quaisquer meios, eletrônicos ou mecânicos, incluindo fotocópia, gravação ou qualquer outro sistema de armazenamento e recuperação de informação sem a permissão por escrito do editor.

Editora executiva
Izabel Aleixo

Produção editorial
Ana Bittencourt, Carolina Vaz e Rowena Esteves

Preparação
Júlia Ribeiro

Revisão
Carolina M. Leocadio

Adaptação de capa e diagramação
Alfredo Rodrigues

Dados Internacionais de Catalogação na Publicação (CIP)
Angélica Ilacqua CRB-8/7057

Steadman, A. F.
    Skandar e o ladrão de unicórnio / A. F. Steadman; tradução de Marina Vargas. - São Paulo: LeYa Brasil, 2024.
    368 p. (Skandar; vol 1)

ISBN 978-65-5643-308-0
Título original: Skandar and the Unicorn Thief

1. Literatura infantojuvenil inglesa 2. Literatura fantástica I. Título II. Série

22-5478   CDD 028.5

Índices para catálogo sistemático:
1. Literatura infantojuvenil inglesa

LeYa Brasil é um selo editorial da empresa Casa dos Mundos.

Todos os direitos reservados à
Casa dos Mundos Produção Editorial e Games Ltda.
Frei Caneca, 91 | Sala 11 - Consolação
7-001 – São Paulo - SP
leyabrasil.com.br

*Para Joseph, cujo altruísmo,
amor e bondade infinitos deram
asas a estes unicórnios*

SUMÁRIO

Prólogo	11
Capítulo 1: **O ladrão**	13
Capítulo 2: **Trancados do lado de fora**	28
Capítulo 3: **O teste de Criação**	40
Capítulo 4: **Os Penhascos Espelhados**	57
Capítulo 5: **O Túnel dos Vivos**	71
Capítulo 6: **Sorte do Maroto**	83
Capítulo 7: **O elemento da morte**	92
Capítulo 8: **O Ninhal**	107
Capítulo 9: **As falhas**	120
Capítulo 10: **Um problema de prata**	139
Capítulo 11: **Segredos da Ilha**	160
Capítulo 12: **Mutação**	179
Capítulo 13: **Creme de chocolate**	195
Capítulo 14: **O Festival do Fogo**	214
Capítulo 15: **Debandada**	238
Capítulo 16: **Batalhas celestes**	254
Capítulo 17: **O refúgio do espírito**	274
Capítulo 18: **A Árvore do Triunfo**	290
Capítulo 19: **O cemitério**	301
Capítulo 20: **A Prova de Treinamento**	317
Capítulo 21: **O Tecelão**	331
Capítulo 22: **Lar**	351
Agradecimentos	363

PRÓLOGO

O cinegrafista ouviu os unicórnios antes de vê-los.

Relinchos agudos, grunhidos assassinos, o ranger de dentes ensanguentados.

O cinegrafista sentiu o cheiro dos unicórnios antes de vê-los.

O hálito rançoso, a carne apodrecida, o fedor da morte imortal.

O cinegrafista também sentiu os unicórnios antes de vê-los.

Em algum lugar, bem em seu âmago, os cascos pútridos dos unicórnios trovejaram, e o pânico começou a invadi-lo – até que cada nervo e cada célula lhe dissessem para correr. Mas ele tinha um trabalho a fazer.

O cinegrafista viu os unicórnios surgirem no alto da colina.

Eram oito. Espíritos malignos galopando pelas vastas planícies, asas esqueléticas se abrindo, levantando voo.

Como o olho de um furacão sombrio, uma fumaça negra rodopiava ao redor deles, trovões ressoavam quando passavam e raios atingiam a terra abaixo de suas patas horripilantes.

Oito chifres fantasmagóricos rasgavam o ar, enquanto os monstros uivavam seu grito de guerra.

Os aldeões começaram a gritar; alguns tentaram fugir. Mas era tarde demais.

O cinegrafista estava na praça da vila quando o primeiro unicórnio pousou.

O animal expeliu faíscas ao bufar e raspou os cascos no chão, invocando destruição e caos a cada respiração ruidosa.

O cinegrafista continuou filmando, apesar das mãos trêmulas. Tinha um trabalho a fazer.

O unicórnio baixou a cabeça gigante, o chifre afiado apontando diretamente para a lente.

Seus olhos injetados de sangue encontraram os do cinegrafista, que viu neles apenas destruição.

Não havia mais esperança para aquela aldeia. Nem para ele.

Mas sempre soubera que não sobreviveria a uma debandada de unicórnios selvagens.

Esperava apenas que a filmagem chegasse ao Continente.

Porque, quando alguém vê um unicórnio selvagem, significa que já está morto.

O homem baixou a câmera, desejando ter cumprido sua missão.

Pois os unicórnios não são personagens de contos de fadas; eles habitam os pesadelos.

CAPÍTULO 1

O LADRÃO

Skandar Smith contemplava o pôster de unicórnio pendurado diante de sua cama. Já estava claro o suficiente lá fora para que ele distinguisse as asas do animal estendidas em pleno voo: uma reluzente armadura prateada cobria a maior parte de seu corpo, deixando à mostra apenas os olhos vermelhos ensandecidos, uma enorme mandíbula e um chifre cinza afiado. Geada da Nova Era era o unicórnio favorito de Skandar desde que sua amazona, Aspen McGrath, havia se classificado para a Copa do Caos, três anos antes. E Skandar achava que, naquele dia – na corrida anual –, eles tinham chance de vencer.

O garoto havia ganhado o pôster em seu aniversário de treze anos, três meses antes. Tinha passado um bom tempo admirando-o na vitrine da livraria, imaginando que era o cavaleiro de Geada da Nova Era, parado bem diante do pôster, pronto para competir. Skandar se sentira muito mal ao pedir o pôster de presente para o pai. Sempre soube que eles não tinham muito dinheiro, e ele não costumava pedir nada. Mas queria tanto aquele pôster e...

Um estrondo irrompeu da cozinha. Se fosse qualquer outro dia, Skandar teria se levantado da cama num pulo, morrendo de medo de que houvesse um estranho no apartamento. Normalmente, ele ou a irmã, Kenna, que dormia na cama em frente, se encarregavam de preparar o café da manhã. Não que o pai de Skandar fosse preguiçoso – não era isso –, ele simplesmente tinha dificuldade de se levantar da cama na maioria dos dias, principalmente porque estava desempregado. E isso já fazia um tempo.

Mas aquele não era um dia comum. Era dia de corrida. E, para o pai, a Copa do Caos era melhor do que aniversários, era melhor até do que o Natal.

– Quando você vai parar de ficar olhando para esse pôster idiota? – grunhiu Kenna.

– Papai está preparando o café da manhã – disse Skandar, esperando que isso deixasse a irmã mais animada.

– Não estou com fome – respondeu Kenna. Ela deu as costas para o irmão e se virou para a parede, as pontas de seu cabelo castanho apareceram por debaixo do edredom. – Não há nenhuma chance de Aspen e Geada da Nova Era vencerem hoje, aliás.

– Achei que você não ligasse para isso.

– Não ligo mesmo, mas... – Kenna se virou novamente, olhando para Skandar com os olhos semicerrados por causa da luz da manhã. – Você só tem que prestar atenção nas estatísticas, Skar. As batidas de asa por minuto do Geada estão mais ou menos na média dos vinte e cinco competidores. E, além disso, tem o problema de o elemento aliado deles ser a água.

– Que problema?

O coração de Skandar se alegrou, embora Kenna estivesse insistindo que Aspen e Geada não venceriam. Fazia tanto tempo que a irmã não falava de unicórnios que ele quase havia se esquecido de como era. Quando eram mais novos, sempre discutiam sobre qual seria o elemento deles caso se tornassem cavaleiros de unicórnios. Kenna dizia que seria boa com o fogo, mas Skandar nunca conseguia se decidir.

– Já se esqueceu das suas aulas de Criação? Aspen e Geada da Nova Era são aliados à água, certo? E há dois exímios em ar entre os favoritos: Ema Templeton e Tom Nazari. Nós dois sabemos que o ar leva vantagem sobre a água!

A irmã de Skandar estava apoiada num dos cotovelos, o rosto delgado e de pele clara iluminado de animação, o cabelo castanho desgrenhado e os olhos brilhando. Kenna era um ano mais velha que Skandar, mas os dois eram tão parecidos que frequentemente as pessoas achavam que eles eram gêmeos.

— Você vai ver – disse Skandar, sorrindo. — Aspen aprendeu com as outras Copas do Caos. Ela é inteligente, não vai usar só água. No ano passado, ela combinou os elementos. Se eu fosse o cavaleiro do Geada da Nova Era, usaria raios e ataques de redemoinho...

A expressão de Kenna mudou na mesma hora. Seu olhar perdeu o foco; o sorriso desapareceu da boca. Ela afundou os cotovelos na cama e se virou para a parede outra vez, puxando o edredom cor de coral sobre os ombros.

— Kenn, me desculpe, eu não quis...

O cheiro de bacon e torrada queimada se insinuou por debaixo da porta.

O estômago de Skandar roncou no silêncio.

— Kenna?

— Eu quero ficar sozinha, Skar.

— Você não vai assistir à Copa comigo e com o papai?

Nenhuma resposta novamente. Skandar se vestiu à meia-luz da manhã, uma mistura de decepção e culpa formando um nó na sua garganta. Não deveria ter dito aquilo: *se eu fosse o cavaleiro*. Eles estavam conversando como faziam antes de Kenna prestar o teste de Criação, antes de todos os sonhos dela terem desmoronado.

Skandar entrou na cozinha ao som de ovos fritando e do início da transmissão da Copa a todo volume. Seu pai cantarolava, inclinado sobre a frigideira. Quando viu o filho, ele abriu um enorme sorriso. Skandar não se lembrava da última vez que o vira sorrir.

A expressão do homem se fechou por um instante.

— Nada da Kenna?

— Ela ainda está dormindo – mentiu Skandar, não querendo estragar o bom humor do pai.

— Imagino que este ano vá ser difícil para ela. É a primeira corrida desde...

Ele não precisava terminar a frase. Aquela era a primeira Copa do Caos desde que Kenna havia sido reprovada no teste de Criação no ano anterior e perdera todas as chances de se tornar uma amazona de unicórnio.

O problema era que o pai se comportava como se passar no teste de Criação fosse algo corriqueiro. Ele amava tanto os unicórnios que estava louco para que um de seus filhos se tornasse cavaleiro. Dizia que isso resolveria tudo: os problemas financeiros, o futuro e a felicidade deles, e até mesmo os dias em que não conseguia sair da cama. Afinal, unicórnios eram mágicos.

Então, durante toda a vida de Kenna, ele havia insistido que ela passaria no teste e partiria para a Ilha, a fim de abrir a porta do Criadouro. Que estava destinada a um ovo de unicórnio trancado lá dentro. Que deixaria a mãe deles orgulhosa. E o fato de Kenna sempre ter sido a melhor aluna de sua turma de Criação na escola secundária de Christchurch não havia ajudado. Se alguém tinha capacidade de chegar à Ilha, diziam os professores, esse alguém era Kenna Smith. Mesmo assim, ela fora reprovada.

E agora havia meses que o pai de Skandar vinha lhe dizendo o mesmo. Que era possível, provável e até inevitável que ele se tornasse cavaleiro. E, apesar de saber como isso era difícil, apesar de ter visto a grande decepção de Kenna no ano anterior, Skandar queria mais do que *qualquer coisa* que aquilo fosse verdade.

— Mas este ano é a sua vez, hein? — disse o pai bagunçando seu cabelo com a mão engordurada. — Agora, a melhor maneira de fazer pão na chapa...

Enquanto o pai lhe dava instruções, Skandar acenava com a cabeça quando era para acenar, fingindo que ainda não sabia como fazer. Talvez outros garotos tivessem achado aquilo chato, mas Skandar ficava feliz quando o pai estendia a mão e lhe dizia "toque aqui" por deixar o pão perfeitamente crocante.

Kenna não apareceu para o café da manhã, mas o pai não parecia estar se importando muito enquanto ele e o filho devoravam salsichas, bacon, ovos, feijão e pão tostado. Skandar parou de se perguntar de onde teria vindo o dinheiro para tudo aquilo. Era dia de corrida. O pai claramente queria se esquecer de todo o resto, e ele também. Apenas por um dia. Então ele pegou o pote de maionese recém-aberto e o apertou para espalhá-la em cima da comida, sorrindo ao ouvir aquele som satisfatório.

— Aspen McGrath e Geada da Nova Era ainda são seus favoritos, né? — perguntou o pai com a boca cheia. — Acabei me esquecendo de dizer que, se você quiser convidar algum amigo para assistir à corrida, por mim, tudo bem. Muitos garotos fazem isso, não fazem? Não quero que você fique de fora.

Skandar olhou fixamente para o prato. Como poderia começar a explicar que não tinha amigos? E, pior, que aquilo era, em parte, culpa do pai?

O problema era que ter que cuidar dele quando não estava bem, isto é, não muito feliz, significava perder muitas das coisas "normais" que uma pessoa deve fazer para ter amigos. Skandar nunca podia ficar de bobeira no parque depois da escola; não tinha dinheiro para ir ao fliperama nem para comer peixe empanado com batatas fritas na praia de Margate. Ele demorou para perceber, mas era nesses momentos que as pessoas faziam amigos, não na aula de inglês nem comendo biscoito recheado murcho no recreio. Além disso, cuidar do pai fazia com que Skandar, às vezes, não tivesse roupas limpas nem tempo de escovar os dentes. E as pessoas notavam. Elas sempre notavam... e se lembravam.

Por alguma razão, as coisas não tinham sido tão ruins para Kenna. Skandar achava que o fato de ela ser mais segura do que ele ajudava. Sempre que ele tentava pensar em algo inteligente ou engraçado para dizer, seu cérebro travava. O comentário acabava lhe ocorrendo alguns minutos depois, mas, quando estava cara a cara com um colega de classe ouvia apenas um zumbido estranho em sua mente, um vazio. Sua irmã não tinha esse problema; uma vez ele a vira confrontar um grupo de garotas que estavam cochichando sobre como o pai deles era estranho: "Meu pai é assunto meu", dissera ela com muita calma. "Cuidem da vida de vocês, ou vão se arrepender."

– Todo mundo está com a própria família, pai – murmurou Skandar por fim, ficando todo vermelho, o que sempre acontecia quando não contava toda a verdade.

Mas o pai não percebeu: havia começado a recolher os pratos, uma cena tão rara, que Skandar teve que piscar duas vezes para ter certeza de que era real.

– E o Owen? Vocês são amigos, não são?

Owen era o pior. Seu pai achava que eles eram amigos porque uma vez tinha visto centenas de notificações dele no celular do filho, mas Skandar não havia mencionado que as mensagens estavam longe de serem amigáveis.

– Ah, é, ele adora a Copa do Caos – disse Skandar se levantando para ajudar. – Mas está assistindo com os avós, que moram longe.

Não estava inventando aquilo; tinha ouvido Owen reclamando disso com seu grupo de amigos pouco antes de arrancar três páginas do livro de matemática de Skandar, amassá-las e atirá-las na cara dele.

– KENNA! – gritou o pai de repente. – A corrida vai começar a qualquer momento!

Como não houve resposta, ele foi até o quarto, e Skandar se sentou no sofá diante da televisão, a cobertura da corrida em pleno andamento.

Um repórter entrevistava um antigo competidor da Copa do Caos no estádio principal, bem na barra de largada. Skandar aumentou o volume.

– ...e você acha que hoje vamos ver mais batalhas ferozes entre elementos? – perguntou o repórter com o rosto vermelho de tanta animação.

– Com certeza – respondeu o cavaleiro, assentindo com confiança. – Há uma verdadeira mistura de habilidades entre os competidores, Tim. As pessoas estão focadas na força do fogo de Federico Jones e Sangue do Crepúsculo, mas e quanto a Ema Templeton e Ameaça da

Montanha? Elas podem ser aliadas ao ar, mas têm vários outros talentos. As pessoas se esquecem de que os melhores competidores da Copa do Caos se destacam em todos os quatro elementos, não apenas naquele ao qual são aliados.

Os quatro elementos. Eles eram o cerne do teste de Criação. Skandar havia passado muitas horas estudando quais unicórnios e cavaleiros famosos eram aliados ao fogo, à água, à terra ou ao ar; quais estratégias de ataque e defesa preferiam usar nas batalhas celestes. Sentiu um frio na barriga; não conseguia acreditar que o teste seria dali a dois dias.

O pai voltou, com uma expressão preocupada.

– Ela vem daqui a pouco – disse, sentando-se ao lado de Skandar no sofá velho e surrado. – É difícil para vocês, crianças, entenderem – continuou ele, suspirando, com o olhar fixo na tela da televisão. – Há treze anos, quando minha geração assistiu à Copa do Caos pela primeira vez, saber que a Ilha existia era o suficiente. Eu já era velho demais para competir. Mas a corrida, os unicórnios, os elementos... tudo aquilo era mágico para nós, para mim, para sua mãe.

Skandar ficou imóvel, sem ousar desviar o olhar da tela enquanto os unicórnios entravam no estádio. O pai só falava da mãe de Skandar e Kenna no dia da Copa do Caos. Aos sete anos, Skandar já havia deixado de perguntar por ela em outros momentos, depois de se dar conta de que aquilo deixava o pai irritado e chateado, que o fazia desaparecer no quarto por dias.

– Nunca vi sua mãe tão emocionada quanto no dia da primeira Copa do Caos – prosseguiu. – Ela estava sentada exatamente onde você está agora, sorrindo e chorando, segurando você nos braços. Você tinha poucos meses de vida.

Skandar já ouvira essa história antes, mas não se importava nem um pouco. Ele e Kenna estavam sempre loucos para saber mais da mãe. A avó, mãe do pai, costumava contar coisas sobre ela, mas os irmãos gostavam mais quando as histórias vinham do pai, que era quem mais a havia amado. E, às vezes, quando ele as repetia, incluía novos detalhes, como o fato de Rosemary Smith sempre chamá-lo de Bertie, nunca de Robert. Ou o fato de ela gostar de cantar no chuveiro, ou de suas flores favoritas serem amores-perfeitos, ou de seu elemento preferido, na primeira e última Copa do Caos à qual assistira, ser a água.

— Nunca vou me esquecer... — continuou o pai, olhando para Skandar. — Quando a primeira Copa do Caos terminou, ela pegou sua mãozinha, traçou um desenho em sua palma e sussurrou, bem baixinho, como se estivesse rezando: "Prometo que um dia você terá um unicórnio, meu amor".

Skandar engoliu em seco. Era a primeira vez que o pai lhe contava aquela história. Talvez a tivesse guardado para o ano de seu teste de Criação. Talvez nem fosse verdade. Skandar nunca saberia se Rosemary Smith realmente tinha lhe prometido um unicórnio, porque, sem nenhum aviso, três dias depois que o Continente assistiu à corrida de unicórnios pela primeira vez, ela morreu.

Skandar nunca tinha dito isso ao pai, nem mesmo a Kenna, mas parte da razão pela qual gostava tanto da Copa do Caos era porque o evento o fazia se sentir próximo da mãe. Ele a imaginava contemplando os unicórnios, a emoção transbordando do peito — assim como acontecia com ele —, e era como se ela estivesse ali do seu lado.

Kenna entrou na sala fazendo barulho e equilibrando uma tigela de cereal na palma da mão.

— Sério, Skar? Maionese no café da manhã? — perguntou, apontando para o prato sujo no topo da pilha. — Eu já disse: não é uma comida favorita aceitável, maninho.

Skandar deu de ombros e Kenna riu enquanto se espremia ao lado dele no sofá.

— Olhem só para vocês dois ocupando todo o espaço. No ano que vem vou ter que me sentar no chão! — comentou o pai, rindo.

Skandar sentiu um aperto no peito. Caso se saísse bem no teste, não estaria ali no ano seguinte. Estaria assistindo à Copa do Caos pessoalmente, na Ilha, e teria o próprio unicórnio.

— Kenna, cartas na mesa! Favoritos? – perguntou o pai, debruçando-se por cima de Skandar.

Ela olhava fixamente para a televisão, mastigando com um ar mal-humorado.

— Mais cedo ela disse que Aspen e Geada da Nova Era *não* vão ganhar – comentou Skandar, tentando provocá-la.

Funcionou.

— Talvez noutro ano, Aspen consiga vencer, mas esta não é uma boa corrida para um competidor aliado à água.

Kenna ajeitou uma mecha de cabelo atrás da orelha, um gesto tão familiar que fazia Skandar se sentir seguro. Como se a irmã fosse ficar bem, mesmo que a deixasse sozinha com o pai no sofá no ano seguinte.

Skandar balançou a cabeça.

— Eu já disse: Aspen não vai apostar tudo só no elemento água. Ela é inteligente demais para fazer isso, com certeza vai usar ataques de ar, fogo e terra também.

— Mas os competidores são sempre melhores no elemento ao qual são aliados, Skar. É por isso que ele é chamado de *aliado*, dã! Mesmo que Aspen use um ataque de fogo, não vai se comparar a nada que um *verdadeiro* exímio em fogo possa fazer, vai?

— Tudo bem, então, quem *você* acha que vai ganhar?

Skandar se ajeitou no sofá enquanto o pai aumentava o volume, os comentários se exaltando quando os competidores, usando suas armaduras, começaram a disputar posições atrás da barra de largada.

— Ema Templeton com Ameaça da Montanha – disse Kenna baixinho. – Décimo lugar no ano passado, aliada ao ar, grande resistência, corajosa, inteligente. Ela é o tipo de amazona que eu teria sido.

Era a primeira vez que Skandar ouvia Kenna reconhecer que nunca seria uma amazona. Quis dizer alguma coisa, mas não sabia o quê, e logo era tarde demais. Então se concentrou no comentarista, que tentava preencher os segundos antes do início da corrida.

— Para os que agora estão se juntando a nós pela primeira vez, estamos ao vivo de Quatropontos, a capital da Ilha. E, dentro de alguns instantes, os unicórnios vão sair voando deste famoso estádio e darão início à corrida aérea: dezesseis exaustivos quilômetros de prova de resistência e de habilidade em combate aéreo. Se não quiserem correr o risco de ser eliminados, os cavaleiros precisam ficar longe das balizas flutuantes pelo caminho, o que não é nada fácil quando outros vinte e quatro competidores estão tentando atacá-lo com a magia dos elementos e fazê-lo perder velocidade a cada movimento... Ah, aí vem a contagem regressiva. Cinco, quatro, três, dois... E lá vão eles!

Skandar observou os vinte e cinco unicórnios, cada um com o dobro do tamanho de um cavalo, saírem em disparada assim que a barra de largada foi erguida acima de seus chifres. As pernas dos cavaleiros protegidas pelas armaduras se chocavam umas com as outras enquanto eles incitavam as montarias a avançar, tentando obter uma vantagem inicial, curvando-se sobre a cela, ganhando velocidade. E então veio a parte favorita de Skandar. Os unicórnios começaram a abrir suas enormes asas emplumadas e a levantar voo, deixando lá embaixo, bem longe, a areia da pista. Os microfones captavam os gritos dos competidores através do capacete. E também captavam outra coisa, um som que, embora o ouvisse todos os anos no dia da corrida, ainda fazia Skandar sentir calafrios: bramidos guturais vindos do fundo do peito de cada unicórnio, mais aterrorizantes do que o rugido de um leão, mais antigos e primitivos do que qualquer coisa que ele tivesse ouvido no Continente. O tipo de som que fazia qualquer um ter vontade de sair correndo.

Os unicórnios se chocavam no ar para alcançar as melhores posições, as armaduras de metal tilintando e raspando umas contra as outras. As pontas de seus chifres brilhavam à luz do sol enquanto os animais tentavam atingir seus rivais. A espuma se acumulava em suas bocas, enquanto seus dentes rangiam e suas narinas se dilatavam, avermelhadas. Agora que estavam no ar, a magia dos elementos iluminava o céu: bolas de fogo, tempestades de poeira, raios, paredes de água. As batalhas celestes eram travadas contra um pano de fundo de nuvens brancas e fofas. A palma da mão direita dos cavaleiros resplandecia graças ao poder dos elementos enquanto eles tentavam desesperadamente abrir caminho na pista de corrida.

E não era algo agradável de se ver. Os unicórnios trocavam coices, rasgavam a carne do flanco uns dos outros com os dentes e atacavam os rivais à queima-roupa. Três minutos depois, a câmera mostrou um unicórnio e uma amazona – cabelo em chamas, um dos braços pendendo inutilmente – despencando em espiral e se estatelando no chão em meio a uma nuvem de fumaça que saía da asa do unicórnio e da cabeça loira da mulher.

O comentarista grunhiu.

– E é o *fim* da Copa do Caos deste ano para Hilary Winters e Lírio Cortante. Parece que temos um braço quebrado, algumas queimaduras feias e um ferimento na asa de Lírio.

A câmera voltou para o grupo que liderava. Federico Jones e Sangue do Crepúsculo travavam uma batalha aérea com Aspen McGrath e Geada da Nova Era. Aspen havia produzido um arco de gelo e disparava várias flechas nas costas blindadas de Federico, tentando fazê-lo perder velocidade. O cavaleiro de Sangue do Crepúsculo usava um escudo flamejante para derreter as flechas, mas a mira de Aspen era boa e Geada da Nova Era estava se aproximando. Federico, no entanto, não havia terminado. Enquanto Aspen se aproximava com Geada, chamas explodiram no céu acima de sua cabeça.

– Eis um ataque incendiário de Federico – o comentarista parecia impressionado. – Complicado nessa altura e a essa velocidade. Mas... Ah! Olhem só para isso!

Cristais de gelo começaram a formar uma teia ao redor de Geada da Nova Era e de Aspen, até estarem cobertos por um casulo de gelo tão espesso que o fogo abrasador de Federico não conseguia tocá-los. Skandar viu Federico gritar, decepcionado, quando ele e Sangue do Crepúsculo recuaram por causa do esforço do ataque incendiário, e Aspen rompeu seu casulo de gelo para ultrapassá-lo.

– Agora temos Tom Nazari e Lágrimas do Diabo na liderança, seguidos por Ema Templeton e Ameaça da Montanha. Em terceiro lugar estão Alodie Birch e Príncipe dos Juncos, e, depois dessa extraordinária combinação de ar e água, Geada da Nova Era e Aspen McGrath estão agora na quarta posição com... Esperem, parece que Aspen está tentando um novo movimento – interrompeu-se o comentarista, elevando a voz. – Ela está saindo em disparada.

O cabelo ruivo de Aspen esvoaçava enquanto Geada da Nova Era acelerava de forma inacreditável, as asas se transformando num borrão, ultrapassando Príncipe dos Juncos e desviando bruscamente quando um raio passou a centímetros de Aspen. Em seguida, as grandes asas cinzentas de Geada passaram a um ritmo vertiginoso pela favorita de Kenna, Ameaça da Montanha, e logo depois pelo unicórnio negro de Tom Nazari, Lágrimas do Diabo. E Aspen assumiu a liderança.

– É isso aí!

Skandar deu um soco no ar. Era um gesto pouco típico dele, mas o que havia acabado de acontecer era incrível... inacreditável.

– Nunca vi nada parecido! – gritou o comentarista. – Vejam como ela está à frente!

Kenna ofegou, olhando fixamente para os unicórnios enquanto se aproximavam da linha de chegada.

– Eu não acredito!

– Ela vai ganhar com uma vantagem de cem metros! – gritou outro comentarista.

Skandar viu, boquiaberto, os cascos de Geada da Nova Era tocarem a areia da pista. Aspen o impulsionou para a frente, com uma determinação feroz nos olhos enquanto passavam por debaixo do arco da linha de chegada.

Skandar pulou do sofá, gritando de emoção.

— Eles ganharam! Eles ganharam! Viu, Kenna, eu disse! Eu disse, eu disse!

Kenna estava rindo, os olhos brilhando, e isso tornava a vitória ainda melhor.

— Tudo bem, Skar. Eles foram incríveis mesmo, eu admito. Aqueles cristais de gelo, que jogada! Nunca tinha visto nada...

— Esperem — disse o pai de pé na frente da tela. — Tem alguma coisa errada.

Skandar se aproximou dele por um lado, e Kenna pelo outro. Skandar podia ouvir os gritos da multidão, mas não eram mais de entusiasmo, e, sim, de medo. Os unicórnios não estavam mais passando pelo arco para terminar a corrida. Os comentaristas estavam em silêncio, a imagem congelada mostrava uma única tomada da pista, como se os operadores das câmeras tivessem abandonado seus postos.

Um unicórnio pousou no centro da arena. Ele não se parecia com nenhum dos outros — nem com Sangue do Crepúsculo, nem com Ameaça da Montanha, nem com Geada da Nova Era, cujo desfile da vitória ele havia interrompido. As asas desse unicórnio quase não tinham penas, parecendo as de um morcego, e ele era esquelético, faminto. Seus olhos eram fendas vermelhas e assustadoras. Havia sangue seco em suas mandíbulas, e ele mostrava os dentes para os competidores, como se os desafiasse a atacar.

Foi só quando reparou no chifre transparente do unicórnio que Skandar se deu conta.

— É um unicórnio selvagem — disse ele, ofegante. — Igual àqueles do vídeo que a Ilha mostrou ao Continente anos atrás, para convencer as pessoas de que os unicórnios eram reais. Aquele vídeo em que eles atacavam uma aldeia...

— Tem alguma coisa errada — repetiu o pai.

— Não pode ser um unicórnio selvagem — sussurrou Kenna. — Tem alguém montado nele.

Skandar não havia notado a pessoa — pelo menos achava que aquilo era uma pessoa — montada no unicórnio. O cavaleiro estava envolto numa mortalha negra ondulante que esvoaçava com a brisa, a barra esfarrapada e rasgada. Uma larga faixa branca cobria seu rosto, desde a base do pescoço até o topo da cabeça, adentrando pelo cabelo escuro e curto.

O unicórnio empinou, golpeando o ar com os cascos e expelindo uma espessa fumaça negra. Seu cavaleiro fantasma soltou um grito triunfante, o unicórnio guinchou e a arena se encheu de fumaça. Skandar observou o unicórnio avançar em direção aos competidores da Copa do Caos, faíscas dançando ao redor dos cascos, quando um feixe de luz branca saiu da palma da mão do cavaleiro e iluminou a tela. Antes de a imagem desaparecer por completo em meio à fumaça negra, o cavaleiro se virou e, lenta e deliberadamente, levantou um dedo longo e ossudo e o apontou para a câmera.

Então restou apenas som. Explosões de magia dos elementos, unicórnios guinchando. Mais gritos da multidão e o retumbar inconfundível dos pés das pessoas tentando fugir de seus assentos. Enquanto os ilhéus passavam correndo pela câmera, suas vozes em pânico se misturando, Skandar notou duas palavras que se repetiam várias vezes.

O Tecelão.

Era a primeira vez que ouvia falar do Tecelão, mas, quanto mais o nome era sussurrado, gritado e berrado pela multidão, mais medo ele sentia.

Ele se virou para o pai, que ainda olhava incrédulo para a fumaça preta rodopiante na tela da televisão. Kenna antecipou a pergunta de Skandar:

— Pai, quem é o Tecelão?

— Shhh — fez ele com um gesto para que ela ficasse em silêncio. — Tem alguma coisa acontecendo.

A imagem foi ficando mais nítida à medida que a fumaça se dissipava. Uma figura de joelhos na areia soluçava e gritava ao mesmo tempo. Ela ainda estava usando a armadura, com *McGrath* pintado de azul nas costas, cercada pelos outros cavaleiros.

— Por favor – implorou Aspen do outro lado da arena –, por favor, tragam Geada de volta!

Federico Jones, esquecendo-se da ferocidade da corrida, conseguiu colocar Aspen de pé, mas ela continuava gritando.

— O Tecelão o levou! Ele se foi! Nós vencemos, mas o Tecelão... – Aspen se engasgou com a última palavra, lágrimas escorrendo pelo rosto manchado de poeira.

Uma voz severa estalou como um chicote.

— Desliguem as câmeras! Agora! O Continente não pode ver isso. Desliguem agora!

Os unicórnios começaram a guinchar e a berrar, um som ensurdecedor. Os cavaleiros subiram nas selas, tentando acalmá-los enquanto eles empinavam e espumavam pela boca, parecendo mais monstruosos do que Skandar jamais os vira.

Dos vinte e cinco competidores, apenas um estava de pé na areia: a vencedora aliada à água, Aspen McGrath. Mas seu unicórnio, Geada da Nova Era, havia sumido.

— Quem é o Tecelão? – perguntou Kenna mais uma vez, a voz insistente.

Mas não houve resposta.

CAPÍTULO 2

TRANCADOS DO LADO DE FORA

— Srta. Buntress, pode nos dizer quem é o Tecelão?
– Por que o Tecelão levou o Geada da Nova Era?
– Como o Tecelão estava montando um unicórnio selvagem?
– O Tecelão pode chegar ao Continente?
– SILÊNCIO! – gritou a srta. Buntress, massageando a testa.

A turma se calou; Skandar nunca tinha ouvido a srta. Buntress gritar.

– Vocês são minha quarta turma de Criação hoje – disse ela, apoiando-se com o cotovelo no quadro branco. – E vou dizer a mesma coisa que disse aos outros. Eu *não* sei quem é o Tecelão. *Não* sei como ele consegue montar um unicórnio selvagem. E, como devem imaginar, não faço a *menor ideia* de onde está Geada da Nova Era.

A Copa do Caos tinha sido o único assunto do qual se falara o dia todo, o que não era incomum, considerando que se tratava do evento mais importante do ano. Mas, daquela vez, era diferente: as pessoas estavam preocupadas, sobretudo as crianças de todo o país e da idade de Skandar, que iam se apresentar para os testes de Criação no dia seguinte.

– Srta. Buntress – disse Maria, levantando a mão –, meus pais não querem que eu faça o teste. Estão preocupados que a Ilha não seja segura.

Alguns dos outros alunos concordaram.

A srta. Buntress endireitou a postura e olhou para eles por entre sua franja loira desbotada.

— Além do fato de o teste ser obrigatório por lei, quem sabe me dizer o que aconteceria se Maria estivesse destinada a um unicórnio do Criadouro e não atendesse ao chamado?

Qualquer um deles poderia ter respondido, mas Sami falou primeiro.

— Se Maria não estiver lá quando o ovo se romper, o unicórnio não ia se vincular à amazona destinada a ele. Ia virar um unicórnio selvagem.

— Exatamente — disse a srta. Buntress. — E ia se parecer com aquela criatura horrível que vocês viram na Copa do Caos.

— Eu não disse que concordava com meus pais! — protestou Maria. — Não importa o que eles digam, eu vou...

A srta. Buntress a ignorou.

— Quinze anos atrás, a Ilha pediu nossa ajuda para resolver o problema da falta de cavaleiros e amazonas. Entendo que vocês estejam chateados com o que aconteceu... Eu também estou. Mas não vou permitir que nenhum aluno meu fuja de suas responsabilidades. E agora, com esse... esse *Tecelão*... à solta, se estiverem destinados a um unicórnio, é mais importante do que nunca que estejam lá quando ele sair do ovo. Só vão ter uma oportunidade na vida. E este é o ano de vocês.

— Bem, *eu* acho que isso tudo é uma grande farsa — interveio Owen do fundo da sala. — Se querem saber minha opinião, não havia unicórnio selvagem coisa nenhuma... Era só alguém fingindo. Foi o que eu li na internet e...

— Sim, obrigada, Owen — interrompeu a srta. Buntress. — É uma possibilidade. Agora, vamos continuar com as questões de revisão, está bem?

Skandar franziu a testa e olhou para seu livro de Criação. Aquilo não podia ser verdade. Se fosse uma brincadeira, por que todos os ilhéus estavam com tanto medo? Como aquele cavaleiro com roupas pretas havia enfrentado todos os unicórnios mais poderosos da Ilha e roubado Geada da Nova Era? E quem, ou o que, era o Tecelão?

Skandar desejou ter um amigo com quem pudesse cochichar no fundo da sala, assim poderia perguntar o que ele achava de tudo aquilo. Mas, como não tinha, distraiu-se desenhando o misterioso unicórnio selvagem na margem do caderno. Desenhar era a única coisa da qual Skandar realmente gostava, além de unicórnios. Era uma forma de se imaginar na Ilha. Seu caderno estava repleto de desenhos de unicórnios lutando ou saindo de ovos. Embora, às vezes, também desenhasse paisagens marinhas ou caricaturas bobas de Kenna ou – muito raramente – a mãe, copiada de uma velha fotografia.

Não era a primeira vez que se perguntava o que ela acharia de tudo aquilo.

Quando as aulas terminaram, Skandar foi esperar Kenna no portão da escola sozinho – como sempre –, folheando suas anotações de revisão para o teste de Criação. Então ouviu um som que reconheceria em qualquer lugar: a risada de Owen. Ele sempre tentava rir num tom mais grave, para parecer mais velho, mais adulto. Skandar achava que isso o fazia soar mais como uma vaca constipada com tosse de cachorro magro.

– Mas eu acabei de ganhar! – gritou uma voz num tom mais agudo. – E tenho que dividir com meu irmão mais novo. Por favor, não pegue...

– Pegue, Roy – rugiu Owen.

Roy era um dos comparsas de Owen.

Os dois estavam encurralando um menino do sétimo ano contra a mureta no pátio. A pele dele era clara e sardenta, e o cabelo ruivo-claro fazia Skandar se lembrar de Aspen McGrath.

– Ei! – gritou Skandar correndo até eles.

Sabia que ia se arrepender disso, e provavelmente até pagar com um soco na cara, mas não podia deixar o menino enfrentar Owen sozinho. Além disso, Owen já havia batido em Skandar várias vezes, então ele estava mais ou menos acostumado.

Ao chegar aonde eles estavam, percebeu que Roy havia pegado um punhado de Cartas do Caos do garoto.

– O QUE você disse?

Owen deu um passo na direção de Skandar.

Ele fez um gesto rápido para que o garoto ruivo se escondesse. A cabeça do menino desapareceu atrás da mureta.

– Eu estava... é... Eu só estava me perguntando se você não ia querer minhas anotações emprestadas – improvisou Skandar, sentindo toda a sua coragem se evaporar no mesmo instante. Ninguém dizia "ei" para Owen e saía impune. O que ele estava pensando?

Owen deu uma risadinha e arrancou as anotações para o teste de Criação das mãos de Skandar, passando-as para Roy. Com as mãos livres, deu um soco no ombro de Skandar, só por garantia.

– São coisas sobre Criação – murmurou Roy, folheando as anotações.

– Maravilha. Eu vou indo, então – disse Skandar, dando um passo para o lado, mas Owen o agarrou pela camiseta branca. Skandar sentiu o cheiro do gel fixador que Owen usava para fazer com que seu cabelo parecesse mais bagunçado.

– Você não está achando que vai passar no teste de Criação, né? – perguntou Owen, fingindo surpresa. – Ah, você acha! Que *fofo*!

Roy assentiu como um estúpido.

– Ele acha. São as anotações da revisão para o teste.

– Quantas vezes eu já falei? – perguntou Owen bem próximo do rosto de Skandar agora. – Pessoas como *você* nunca vão se tornar cavaleiros. Você é fraco, raquítico e patético demais. Não tem capacidade de controlar uma criatura tão perigosa quanto um unicórnio. Você ficaria melhor num poodle. É, Skandar, arrume um *poodle* e saia por aí montado nele. Nós íamos morrer de rir vendo essa cena!

Owen estava erguendo o punho para dar um soco de despedida em Skandar quando alguém agarrou o braço dele por trás e o puxou com força.

A gravidade obviamente gostava ainda menos de Owen do que Skandar. Ele começou a cair, a cair e... *PLAFT!*... caiu direto no asfalto.

Kenna estava de pé ao lado dele.

– Suma da minha frente ou vai ter mais um motivo para chorar além da bunda dolorida.

Seus olhos castanhos brilharam de forma ameaçadora, e Skandar sentiu uma onda de orgulho. Sua irmã era a melhor.

Owen se levantou, deu meia-volta e saiu correndo. Roy disparou logo atrás dele, ainda segurando as anotações de revisão. Kenna percebeu.

– Ei! Essa é a letra do Skandar? Volte aqui! – gritou ela, e os perseguiu em direção ao portão da escola.

Skandar espiou por cima da mureta, o coração acelerado.

– Pode sair agora.

O garoto ruivo se sentou ao lado dele com uma expressão de medo.

– Qual é o seu nome? – perguntou Skandar num tom amigável.

– George Norris – respondeu o menino, fungando e enxugando uma lágrima. – Eu queria que ele não tivesse levado as minhas cartas.

O garoto balançou os pés, que bateram na mureta com dois baques de frustração.

– Bem, George Norris, hoje é seu dia de sorte, porque... – e Skandar enfiou a mão na mochila e tirou sua coleção de cartas de unicórnios, cavaleiros e amazonas. – Vou deixar você escolher *cinco* cartas pela incrível bagatela de... nada.

O rosto de George se iluminou.

Skandar abriu as cartas num leque diante dele.

– Vamos, pode escolher.

A borda brilhante de uma asa de unicórnio cintilou à luz do sol.

George levou um bom tempo para se decidir. Skandar tentou não fazer uma careta quando parte de sua preciosa coleção desapareceu no bolso do menino mais novo.

– Ah, e da próxima vez que o Owen ameaçar você... – disse Skandar ficando de pé – pode dizer a ele que conhece minha irmã, Kenna Smith.

— Foi sua irmã que derrubou ele? – perguntou George com os olhos arregalados. – Ela é bem assustadora.

— Aterrorizante! – rugiu Kenna, chegando sorrateiramente por trás de Skandar.

— Argh, por que você faz isso?! – Skandar levou a mão ao peito.

George acenou, alegre, enquanto se despedia.

— Tchau, Skandar!

Kenna devolveu as anotações ao irmão.

— O Owen está implicando com você de novo? Se as coisas ficarem ruins, tem que me contar. Ele está obrigando você a fazer o dever de casa dele? É por isso que estava com as suas anotações?

Ao contrário do pai, Kenna sabia que Owen vinha infernizando Skandar durante anos. Mas ultimamente ele tentava não incomodar a irmã com esse assunto. Isso a aborrecia, e ela já andava muito triste.

— Não estou fazendo o dever de casa de ninguém, não se preocupe.

— É que, bem, temos muitas coisas para fazer lá em casa. Você sabe que nosso pai anda meio para baixo desde a Copa do Caos. Não para de dizer que o Tecelão roubou seu único dia feliz no ano. Ele sempre fica mal depois da Copa de qualquer maneira, mas dessa vez é...

— Pior – concluiu Skandar. – É, eu sei, Kenn.

O pai vinha assistindo às imagens da transmissão da Copa do Caos sem parar, voltando e pausando, obcecado. Em seguida, ia para a cama sem comer nem trocar uma palavra com nenhum dos dois.

— E eu sei que amanhã você tem o seu... – e ela respirou fundo antes de continuar – teste de Criação, mas o mundo não pode parar por causa disso, entende? Porque...

— Eu sei.

Skandar suspirou. Não ia suportar a irmã dizendo como era improvável que ele fosse para a Ilha. Simplesmente não era capaz de suportar aquilo, não depois de Owen e Roy. A esperança de que as coisas mudassem, de uma vida longe dali, era o que tornava tudo aquilo suportável.

Os unicórnios eram tudo para ele. Kenna os havia perdido, mas Skandar não queria desistir do sonho, ainda não. Não até...

— Você está bem, Skar?

Kenna estava encarando o irmão. Ele havia parado no meio da calçada, e um garotinho com uma camiseta de unicórnio teve que desviar dele.

Skandar voltou a andar, mas Kenna não desistiu.

— É porque as pessoas estão dizendo que a Ilha não é segura agora?

— Isso não vai me impedir de tentar abrir a porta do Criadouro — respondeu ele, obstinado.

Kenna o cutucou.

— Olhe só quem está ficando todo guerreiro agora. Você não foi tão corajoso quando encontrou aquela aranha na sua cama.

— Se eu conseguir criar um unicórnio, vou garantir que ele coma todas as criaturas asquerosas que odeio — brincou Skandar.

Mas Kenna fez uma expressão de decepção, algo que sempre acontecia quando eles adentravam demais no território dos unicórnios.

Ele ainda não acreditava que ela não havia sido aprovada. Tinham planejado fazer tudo juntos: Kenna iria primeiro, e ele a encontraria na Ilha no ano seguinte. O pai receberia o dinheiro que todas as famílias do Continente recebiam como compensação pela ida dos filhos para a Ilha e, além disso, ficaria orgulhoso. Graças a eles, o pai ficaria *melhor*.

— Eu faço o jantar hoje à noite, se você quiser — ofereceu Skandar, sentindo-se culpado, enquanto Kenna digitava o código de acesso para abrir a porta do prédio.

Eles subiram as escadas. Fazia meses que o elevador estava quebrado, mas ninguém tinha ido consertá-lo, embora Kenna tivesse reclamado pelo menos umas doze vezes.

O décimo andar cheirava a fumaça rançosa e vinagre, como sempre, e uma das luzes fluorescentes zumbia bem diante do número 207. Kenna girou a chave na fechadura, mas a porta não abriu.

— O papai trancou o ferrolho de novo!

Kenna ligou para o celular do pai. Mais uma vez. Nada.

Ela bateu na porta... e bateu de novo. Skandar chamou o pai pela fresta embaixo da porta, a bochecha raspando no carpete cinza do corredor. Nenhuma resposta.

– Não adianta – e, com as costas apoiadas na porta, Kenna deslizou até o chão. – Vamos ter que esperar ele acordar e perceber que não estamos em casa. Ele vai deduzir que estamos aqui. Não é a primeira vez que isso acontece.

Skandar se sentou com as costas apoiadas na porta ao lado dela.

– Revisão? – sugeriu Kenna. – Eu faço as perguntas.

Skandar franziu a testa.

– Tem certeza de que quer...?

Kenna ajeitou uma mecha de cabelo atrás da orelha, repetindo o gesto para se certificar de que estava realmente preso, e virou-se para encarar o irmão. Ela suspirou.

– Olhe, eu sei que tenho me comportado feito lixo desde que não fui chamada para a Ilha.

– Você não... – começou Skandar.

– Tenho, sim – insistiu Kenna. – Uma lata de lixo fedorenta, uma pilha de esterco, pior do que o cocô mais fedido do encanamento de esgoto.

Skandar começou a rir.

Kenna também estava sorrindo.

– E não é justo, sério. Porque, se fosse o contrário, eu sei que você teria me ajudado com os deveres de casa e não teria parado de falar comigo de unicórnios. Papai uma vez disse que a mamãe tinha um coração enorme e, se isso for verdade, você é muito mais parecido com ela do que eu. Você é uma pessoa melhor do que eu, Skar.

– Isso não é verdade!

– Pare de falsidade. Ei! Rimou! Então, vai querer minha ajuda ou não?

Ela revirou a bolsa até achar seu livro de Criação, com os símbolos dos quatro elementos na capa. Abriu-o numa página aleatória.

– Vamos começar com uma rodada de perguntas objetivas e fáceis. Por que a Ilha revelou ao Continente que os unicórnios eram reais?

— Kenn... por favor! Fale sério!

— *Estou* falando sério, Skar. Você acha que sabe tudo, mas vai acabar errando justamente uma pergunta fácil, aposto.

A luz fluorescente acima deles zumbiu alto. Skandar não estava acostumado a ver Kenna de tão bom humor, principalmente quando se tratava da Ilha, então resolveu cooperar.

— Está bem, está bem. Não havia um número suficiente de ilhéus de treze anos destinados a criar unicórnios, ou seja, que pudessem abrir a porta do Criadouro. Então esses animais estavam se tornando selvagens, sem vínculo, e a Ilha corria o risco de eles se transformarem numa praga. Precisavam que crianças do Continente também tentassem abrir a porta.

— Qual foi o principal obstáculo que a Ilha enfrentou ao comunicar isso ao Continente? — perguntou Kenna, folheando mais páginas.

— O primeiro-ministro e seus conselheiros acharam que era uma piada, porque todos no Continente acreditavam que os unicórnios eram seres míticos, inofensivos, fofos...

— E? — perguntou Kenna.

— E que o cocô deles era da cor do arco-íris.

Skandar e Kenna sorriram.

Como todas as crianças do Continente, eles também tinham ouvido histórias dos dias em que se acreditava que os unicórnios eram uma lenda. A srta. Buntress tinha dito que as pessoas ririam da cara deles se saíssem por aí dizendo que unicórnios existiam. Em sua primeira aula de Criação, ela havia mostrado aos alunos exemplos de artefatos relacionados às criaturas: um unicórnio de pelúcia cor-de-rosa com grandes cílios curvados e uma carinha sorridente, um arquinho de cabelo brilhante com um chifre prateado e um cartão de aniversário que dizia SEJA SEMPRE VOCÊ MESMO – A MENOS QUE POSSA SER UM UNICÓRNIO, NESSE CASO, SEJA SEMPRE UM UNICÓRNIO.

Então, quinze anos antes, tudo havia mudado. Quando as imagens de unicórnios selvagens sedentos de sangue começaram a ser exibidas nas telas dos habitantes do Continente, todos os itens relacionados aos seres desapareceram das lojas. O pai lhes contara que todos ficaram aterrorizados com a possibilidade de que uma manada daqueles animais selvagens chegasse voando ao Continente e matasse tudo que cruzasse seu caminho – com dentes, cascos ou chifres. Por medo, as pessoas haviam se livrado de todos os objetos relacionados a unicórnios – livros ilustrados, bonecos de pelúcia, chaveiros, decoração de festa –, amontoando-os em enormes fogueiras que queimavam furiosamente pelos parques públicos.

Como era de se esperar, os pais não ficaram muito felizes com a ideia de mandar seus filhos para um lugar onde essas criaturas circulavam livremente. Skandar tinha lido velhos artigos de jornal sobre protestos em Londres e debates no Parlamento. Mas a resposta para todas as reclamações havia sido a mesma: se não colaborarmos, mais unicórnios selvagens vão nascer e acabar matando todos nós. A população exigiu que o Continente entrasse em guerra com a Ilha e matasse todas aquelas criaturas, mas o primeiro-ministro respondeu que nenhum unicórnio – selvagem ou não – poderia ser morto com uma arma.

Ele fez questão de enfatizar que, se o Continente concordasse em ajudar, todos sairiam ganhando.

– Os unicórnios vinculados a um cavaleiro ou a uma amazona são diferentes – disse ele, tentando tranquilizar os céticos. – Pensem na glória. Não querem que seus filhos e suas filhas sejam heróis?

O pai lhes contara que, depois de um tempo, as coisas haviam se acalmado. As famílias do Continente sentiam saudade dos filhos, mas as crianças não morreram e ninguém foi atacado por unicórnios selvagens. Os pais dos cavaleiros e das amazonas do Continente visitavam a Ilha uma vez por ano para passar um dia com eles; nenhuma das crianças jamais pediu para voltar para casa. Os que se classificavam para a Copa do Caos eram idolatrados pelos jovens e pelos mais velhos, ficavam mais famosos que a família real. Tornar-se cavaleiro ou amazona era o que a maioria das crianças desejava ao soprar suas velas de aniversário. Aos poucos, aquelas criaturas acabaram se tornando parte do dia a dia, e quase ninguém mencionava mais os unicórnios *selvagens*.

Até aquele momento. Até o Tecelão aparecer.

– Você acha que vai cair alguma coisa sobre o Tecelão no teste? – perguntou Skandar a Kenna, que agora andava de um lado para o outro. – Acha que o Tecelão estava mesmo vinculado àquele unicórnio selvagem? Isso é impossível, né? Quer dizer, a própria definição de "unicórnio selvagem" é um animal que perdeu a chance de se vincular ao cavaleiro ou à amazona que lhe foi destinado e saiu do ovo sozinho...

Kenna parou de andar, e Skandar ficou olhando para suas meias cinza.

– Não se preocupe. Você vai se sair bem.

– Você acha mesmo que posso me tornar cavaleiro? – perguntou ele, sua voz não passando de um sussurro.

Kenna não podia fazer com que ele fosse ou não aprovado nos testes, muito menos que, ao chegar à Ilha, conseguisse abrir a porta do Criadouro, mas ainda era importante para Skandar que a irmã acreditasse que ele era capaz de fazer tudo aquilo.

– Claro! – respondeu Kenna, sorrindo.

Mas ele sentiu lágrimas queimando em seus olhos, ameaçando brotar. Não acreditava nela.

Skandar olhou para baixo.

– Eu sei. Não sou especial. Nem me *pareço* com os cavaleiros que vemos na televisão. Eles são todos glamorosos e parecem interessantes. E eu, bem... Meu cabelo nem tem uma cor definida!

– Não seja ridículo, é castanho, como o meu.

– É? – e Skandar suspirou, desolado. – Não é meio cor de lama? E meus olhos são... confusos, não conseguem nem se decidir se são azuis, verdes ou castanhos. E eu *tenho* medo de aranhas, vespas e, às vezes, até do escuro... só daquele tipo de escuro quando você não consegue enxergar nem um palmo na frente do nariz, mas tenho. Que unicórnio ia querer se vincular a mim?

– Skandar!

Kenna se ajoelhou ao lado dele, como fazia quando eram pequenos e ele ficava chateado. A diferença entre eles era de apenas um ano, mas

Kenna sempre parecera muito mais velha, até o ano anterior, quando fora reprovada no teste. Então ele teve que ser forte, porque ela havia se retraído muito e, por meses, tinha chorado até pegar no sono. Ainda a ouvia chorando algumas noites. Era um som que lhe dava mais medo do que o bramido de mil unicórnios sedentos de sangue.

– Skandar – disse ela novamente –, qualquer um pode se tornar cavaleiro! Isso é o mais incrível de criar um unicórnio. Não importa de onde você venha, nem quão ferrados sejam seus pais, nem quantos amigos você tenha, nem do que você tenha medo. Se a Ilha chama, você pode atender. Você ganha uma nova chance. Uma nova vida.

– Parece até a srta. Buntress falando – murmurou Skandar, sorrindo para ela.

Mas, enquanto viam o sol se pôr pela janela no fim do corredor, Skandar não pôde deixar de pensar que, àquela mesma hora, no dia seguinte, seu teste de Criação teria terminado e seu futuro estaria decidido.

CAPÍTULO 3

O TESTE DE CRIAÇÃO

Skandar despertou com o som de alguém vasculhando alguma coisa. Ao abrir um dos olhos, viu Kenna sentada de pernas cruzadas na cama, equilibrando uma caixa velha de sapatos sobre os joelhos. Não era uma caixa qualquer; estava cheia de objetos que haviam pertencido à mãe deles: um grampo de cabelo marrom, um unicórnio em miniatura, uma fotografia dos pais arrumados para assistir à Copa do Caos, um cartão de aniversário para Kenna, uma pulseira de madrepérola sem o fecho, um cachecol preto com listras brancas nas pontas, um chaveiro do horto e um marcador de livros da livraria local. Kenna gostava muito mais do que Skandar de vasculhar aquela caixa, principalmente quando estava preocupada com alguma coisa. Dizia que os objetos a ajudavam a ter a sensação de que se lembrava da mãe: de seu sorriso, de seu cheiro, de sua risada.

Skandar, no entanto, não tinha nenhuma lembrança dela. Tentava não demonstrar como isso o entristecia. O problema era que, na maioria das vezes, a tristeza do pai era tão grande que parecia ocupar todo o espaço do apartamento, da cidade, do mundo. E, às vezes, Kenna também ficava chateada, e não sobrava nenhum espaço para Skandar sentir falta da mãe. Às vezes, era mais fácil deixar seus sentimentos guardados na caixa, com as coisas dela, e tentar esquecer. Mas, de tempos em tempos, quando Kenna estava dormindo, ele pegava os objetos, assim como a irmã estava fazendo naquele momento. E dava a si mesmo um tempo para ficar triste. Para sentir a falta dela. E para desejar que a mãe estivesse lá para lhe dar um abraço no dia mais importante de sua vida.

– Kenn? – sussurrou Skandar, tentando não assustá-la.

As bochechas da irmã ficaram vermelhas, e ela se apressou em fechar a caixa e escondê-la debaixo da cama.

– O quê?

– É hoje, não é?

Kenna riu, embora seu olhar parecesse um pouco triste.

– É, Skar – e ela colocou as mãos em concha sobre a boca para fazer um som de trombeta. – Skandar Smith se apresentando para o dia do teste de Criação!

– KENNA! Venha me ajudar a preparar um café da manhã surpresa para o Skandar! – trovejou a voz do pai pelas paredes do apartamento.

Kenna sorriu.

– Não acredito que ele se lembrou! – exclamou ela.

– Eu não acredito que ele esteja acordado.

Na noite anterior, o pai, por fim, havia aberto a porta, mas mal conseguira olhar para a cara deles.

Kenna se vestiu rapidamente.

– Finja surpresa, está bem?

Os olhos dela se iluminaram com aquela luz que se acendia toda vez que o pai, inesperadamente, tinha um dia bom.

Skandar sorriu, sentindo-se um pouco mais confiante de que poderia se sair bem no teste de Criação.

– Pode deixar.

Uma hora mais tarde, depois de terem comido alguns ovos cozidos e torradas queimadas que Skandar insistiu que eram as mais deliciosas que já havia provado na vida, o pai desceu os dez andares de escada até o térreo com eles. Skandar não conseguia se lembrar da última vez que ele fizera isso – nem mesmo no dia do teste de Kenna. Mas, pensando bem, o pai vinha agindo de forma estranha a manhã inteira. Feliz, animado... Contudo um pouco inquieto. Tinha deixado três ovos caírem no chão e derramara metade da garrafa de leite na mesa da cozinha. Enquanto desciam as escadas, havia tropeçado no último degrau e quase caíra de cara no chão.

– Você está bem, pai? – perguntou Kenna, colocando a mão em seu braço.

– Estou um pouco desastrado hoje de manhã, não estou? – disse, tentando dar uma risada enquanto enxugava o suor da testa. Em seguida, puxou Skandar para um abraço. – Você vai conseguir, filho – murmurou em seu ouvido, sentindo o cabelo do filho em seu rosto. – E se alguém tentar impedi-lo de fazer o teste...

Skandar se afastou.

– Por que alguém tentaria me impedir?

– É só... Bem, é só para o caso de alguém tentar. Você tem que fazer o teste, filho. Pela sua mãe, é o que ela ia querer, não importa o que aconteça. Era o sonho dela que você se tornasse cavaleiro.

Skandar podia sentir a mão do pai tremendo em seu ombro.

– Eu sei – e olhou para o rosto do pai, procurando por uma pista. – Claro que vou fazer o teste, pai. Por que está dizendo essas coisas? Você está tão inquieto... Está me deixando ainda mais nervoso!

– Boa sorte, filho – disse o pai, que estava muito diferente do que de costume ao se despedir deles. – Sei que à meia-noite teremos um agente do Departamento de Comunicação com Cavaleiros e Amazonas batendo à nossa porta.

Assustado, Skandar olhou por cima do ombro enquanto o pai se despedia levantando os polegares das duas mãos. Tentou se concentrar nas palavras dele. Meia-noite era quando os cavaleiros e as amazonas em potencial seriam levados para se apresentarem na porta do Criadouro ao nascer do sol do solstício de verão.

Sob o sol daquela manhã de fim de junho, os irmãos caminharam juntos até a entrada da escola. Kenna começou a desejar boa sorte a Skandar, mas ele foi tomado pelo pânico de repente. Ainda não tinha feito a ela a pergunta que estava querendo fazer havia dias.

– Kenna – e Skandar agarrou o braço dela –, você não vai me odiar, vai? Não vai me odiar se eu me tornar cavaleiro?

Antes mesmo que ele pudesse olhar para o rosto da irmã, ela o puxou e o abraçou com apenas um dos braços, a mochila balançando e quase fazendo com que perdesse o equilíbrio.

– Eu nunca conseguiria odiar você, Skar. Você é meu irmão – disse, bagunçando o cabelo dele. – Tive minha chance, e não deu certo. Quero que você consiga, irmãozinho. Além disso – e ela o soltou –, se você ficar famoso, *eu* também vou ficar famosa e vou poder conhecer seu unicórnio. Nós dois vamos sair ganhando. Certo?

Sorrindo para ela, Skandar entrou na fila que se formava do lado de fora do ginásio, onde seria aplicado o teste de Criação. Alguns se agarravam a cartões de revisão, murmurando para si mesmos sobre vencedores de edições anteriores da Copa do Caos ou ataques de fogo. Outros tagarelavam de nervoso enquanto esperavam que a srta. Buntress abrisse a grande porta de metal.

– Não acredito que vamos ver um cavaleiro ou uma amazona de verdade! – gritou Mike, entusiasmado, para sua amiga Farah, um pouco atrás de Skandar. – Em *carne e osso*.

– Aposto que a escola Christchurch não vai receber nenhum cavaleiro ou amazona decente – disse Farah. – Há tantas escolas que, conhecendo a nossa sorte, vamos acabar ficando com uma amazona ou um cavaleiro de segunda, aposentado ou que nunca passou pelo treinamento.

Amazona ou cavaleiro aposentado ou não, o visitante da Ilha causava um grande rebuliço na escola Christchurch todos os anos. Parecia inacreditável que uma pessoa que montava um unicórnio e sabia manejar a magia dos elementos tivesse – apenas alguns momentos antes – andado por aquele corredor, com as reproduções horrorosas dos *Girassóis*, de

Van Gogh, feitas por alunos do sétimo ano de um lado e uma lista das aulas de trompete do outro.

– Boa sorte, Skandar! – gritou George, o garoto ruivo, enquanto entrava na sala de aula. Skandar sorriu discretamente para ele, tentando ignorar o nó no estômago.

Era possível ouvir o zumbido dos sussurros entusiasmados ao longo da fila, conforme eles avançavam a passos lentos. A srta. Buntress controlava a entrada dos alunos no ginásio, um de cada vez, riscando nomes da lista. Mas, quando chegou a vez de Skandar, ela pareceu chocada, talvez até um pouco horrorizada.

– O que você está fazendo aqui, Skandar? – rosnou, os óculos escorregando até a ponta do nariz.

Ele apenas encarou a mulher.

– Você não deveria estar aqui hoje.

– Mas é o teste de Criação – disse ele, dando uma risada sem graça.

Skandar sabia que a srta. Buntress gostava dele; sempre lhe dava boas notas e havia escrito em seu último boletim que ele tinha grandes chances de chegar à Ilha. Aquilo só podia ser uma brincadeira.

– Volte para casa, Skandar – pediu ela. – Não era para você estar aqui.

– É claro que era – insistiu Skandar. – Está escrito no Tratado. – E, caso se tratasse de um teste para entrar na sala de prova, ele recitou: *"O Continente concorda em submeter todos os seus habitantes de treze anos a testes, supervisionados por um cavaleiro ou uma amazona, e entregar os candidatos aprovados à Ilha no solstício de verão"*.

Mas a srta. Buntress balançou a cabeça.

Skandar se lembrou das palavras do pai. *E se alguém tentar impedi-lo de fazer o teste...* Ele sentiu uma sensação estranha no peito, como se algo dentro de si estivesse comprimindo o fim de cada respiração. Deu um passo hesitante em direção ao ginásio; a amazona ou o cavaleiro enviado para fiscalizar o teste devia estar lá. Se a srta. Buntress se recusasse a deixá-lo entrar, estaria infringindo a lei. Ele poderia tentar dizer...

Mas a srta. Buntress foi mais rápida. Fincou pé e apoiou as mãos espalmadas de ambos os lados da porta. Skandar podia ouvir as pessoas atrás dele ficando impacientes.

– Não posso deixar que você faça o teste, Skandar.

Ele teve a impressão de que ela estava com pena, embora não o olhasse nos olhos.

– Por quê? – e essa foi a única coisa que conseguiu pensar em dizer. Sua mente estava em branco, vazia, confusa.

– Foi uma ordem do Departamento de Comunicação com Cavaleiros e Amazonas. Uma ordem de cima. Não sei por quê, não fomos informados, mas não posso deixar você entrar, vai além da minha posição. Ligaram para o seu pai; eu mesma liguei para ele. Ele não deveria ter deixado você sair de casa.

Os colegas de Skandar estavam começando a falar mais alto:

– São quase nove e meia, srta. Buntress!

– Não temos que começar todos juntos?

– O que está acontecendo?

– Por que esse inútil não está deixando a fila andar?

– *Por favor* – disseram Skandar e a srta. Buntress juntos.

Então ela pareceu se lembrar de que era a professora.

– Saia da frente, Skandar, ou vou ter que mandar alguém chamar a diretora. Sugiro que vá para casa, fale com seu pai e volte amanhã.

Ela devia ter reparado que Skandar estava tentando dar uma olhada no ginásio atrás dela, com as mesas dispostas em fileiras, os testes de Criação brilhando à luz do sol.

– Aquela amazona não vai lhe dizer nada de diferente. Então nem adianta tentar.

A srta. Buntress chamou Mike para a frente da fila. Ele deu um empurrão em Skandar. Os outros alunos começaram a andar em direção à porta ao perceber que o impasse havia sido resolvido.

Depois que o último adolescente de treze anos foi admitido, a srta. Buntress entrou no ginásio e se virou para fechar a porta.

— Por favor, volte para casa, Skandar. Vai ser mais fácil para você se fizer isso.

Em seguida, bateu a porta de metal e desapareceu. Skandar olhou, desesperado, para o relógio no corredor, o coração martelando no peito. Eram exatamente nove e meia. Jovens de treze anos de todo o país estavam abrindo, naquele momento, as páginas do teste mais importante que fariam na vida. E Skandar não estava entre eles. Estava sozinho num corredor idiota de escola, perdendo para sempre sua chance de se tornar cavaleiro de unicórnio.

Lágrimas queimavam na base de seus olhos, prestes a cair, mas ele se recusava a sair dali. E se a srta. Buntress se desse conta de que havia cometido um erro terrível? E se a amazona fosse procurar o aluno que faltava e Skandar tivesse ido para casa? Não podia arriscar. E, em último caso, imploraria à amazona que lhe desse uma chance e exigiria fazer o teste. Skandar não era o tipo de garoto que exigia coisas – pedia com educação, quase sempre em voz baixa. Mas, se tivesse que fazer um estardalhaço por algum motivo, seria por aquilo. Não tinha nada a perder. Era o seu sonho, o seu futuro.

A cada trinta e cinco minutos, o corredor se enchia de alunos mudando de sala de aula: de matemática para biologia; de inglês para espanhol; de arte para história. Então, por fim, a porta do ginásio se abriu e seus colegas começaram a sair, segurando canetas e tagarelando, animados. Ninguém reparou em Skandar de pé no corredor. Esperando. Até que a srta. Buntress apareceu… sozinha.

— Onde está a amazona? – perguntou Skandar, de forma muito mais rude do que jamais havia falado com um professor antes. Ele sentiu a garganta se fechando por causa do pânico, a respiração ficando cada vez mais acelerada. A amazona definitivamente não tinha saído, ele teria visto…

— O que você ainda está fazendo aqui?

Agora que o teste de Criação havia terminado, todo o estresse da srta. Buntress parecia ter desaparecido. Ela sorriu com tristeza para Skandar.

— Estava esperando para falar com a amazona?

Ele fez que sim rapidamente, olhando ao redor.

– Acho que ela saiu pela porta dos fundos, que dá para o estacionamento. Tinha que voltar logo para a Ilha.

A srta. Buntress obviamente percebeu a desconfiança de Skandar.

– Pode procurar no ginásio, se quiser. Depois espero que vá para casa, como eu pedi.

Skandar correu para o ginásio vazio, as mesas dispostas em fileiras, um grande relógio equilibrado precariamente em cima de uma cesta de basquete. Estava completamente vazio. Ele se sentou numa das carteiras de madeira e começou a chorar.

Não sabia quanto tempo tinha ficado sentado ali, com a cabeça apoiada nas mãos. Mas, depois de um tempo, alguém o abraçou por trás. Uma mecha de cabelo castanho ficou grudada em sua bochecha molhada.

– Vamos, Skar – disse Kenna com delicadeza. – Vamos voltar para casa.

Horas depois, Skandar acordou no escuro, no quarto que dividia com a irmã. Por um momento, não conseguiu entender por que seus olhos estavam tão secos e irritados, por que ainda estava com aquelas roupas. Então se lembrou de que havia chorado. Lembrou-se de que não tinha feito o teste de Criação. E lembrou-se de que, mesmo que *estivesse* destinado a um unicórnio, agora nunca iria criá-lo. Ele sairia do ovo sozinho – selvagem, sem vínculo – e se transformaria num monstro. Isso era o pior de tudo.

Ele acendeu o abajur e imediatamente desejou não ter feito isso. Seu pôster de Geada da Nova Era brilhou sob a luz: a armadura reluzente, os músculos definidos, o olhar ameaçador. Skandar nunca saberia o que realmente havia acontecido na Copa do Caos. E, a não ser que a Ilha decidisse informar ao Continente, também não saberia nada do Tecelão. Ou se Geada da Nova Era estava são e salvo.

Kenna e o pai conversavam em voz baixa. Era raro ouvi-los se dirigindo um ao outro com tanta delicadeza. Imaginou que estivessem falando dele, do que havia acontecido. Não tinha sido bom quando Kenna o tirou à força do ginásio, mas tudo parecera muito pior quando chegaram em casa. Kenna e Skandar perguntaram ao pai – ou melhor, exigiram saber – por que ele não tinha dito aos dois que Skandar fora proibido de fazer o teste, por qual motivo nem sequer o avisara do que o aguardava na escola.

O pai olhou para baixo e disse a eles que não soubera o que falar, que tinha tentado contar a Skandar naquela manhã, que o Departamento de Comunicação com Cavaleiros e Amazonas não dera a ele um motivo concreto, que não parecia haver escolha, que lamentava não ter tido coragem suficiente para contar a verdade. Então o pai havia começado a chorar, e Kenna também, e Skandar não tinha parado de chorar em nenhum momento, então os três ficaram parados no corredor, soluçando.

Skandar olhou para o relógio: eram onze da noite. Pensou ter ouvido Kenna no corredor, então se apressou em apagar a luz outra vez. Não queria conversar. Não queria saber de mais nada. Queria apenas a mãe. De alguma forma, embora nem conseguisse se lembrar da mãe, precisava dela mais do que nunca. Talvez, se estivesse viva, ela pudesse lhe dizer o que fazer agora que seu futuro não incluía unicórnios. Mas ela não ia aparecer. Nunca ia aparecer. Tudo o que ele tivera fora o sonho de se tornar cavaleiro de unicórnio, e esse sonho tinha acabado de se evaporar. Então fechou os olhos porque não havia mais nada a fazer.

Skandar acordou com cinco batidas fortes na porta. Sentou-se na cama e viu a silhueta de Kenna fazer o mesmo na cama ao lado.

– Isso foi na porta? – sussurrou ele.

Era incomum alguém bater; havia um interfone lá embaixo, na entrada principal.

– Será que algum vizinho ficou trancado fora de casa? – respondeu Kenna, também sussurrando.

De novo, cinco batidas fortes, como antes.

– Eu vou lá ver.

Kenna saiu da cama, vestindo um casaco de moletom por cima do pijama.

– Que horas são? – grunhiu Skandar.

– Quase meia-noite – sussurrou Kenna, dirigindo-se ao corredor.

Quase meia-noite? Após o teste de Criação? A mesma meia-noite pela qual famílias de todo o país estavam esperando acordadas? Esperando para ver se o filho ou a filha havia se saído bem o suficiente para ser chamado à Ilha, para tentar abrir a famosa porta do Criadouro?

– Kenna! Espere!

Skandar a ouviu destrancando os ferrolhos, cantarolando para si mesma, como fazia sempre que estava nervosa ou com um pouco de medo. Ele pulou da cama, ainda vestindo o uniforme, e correu para se juntar à irmã.

Ela não estava sozinha.

Havia uma mulher parada na porta, iluminada pelas luzes fluorescentes do corredor. A primeira coisa em que Skandar reparou foram as queimaduras brancas em suas bochechas. Restava tão pouca pele que ele quase conseguia ver os músculos e os ossos das maçãs do rosto por baixo dela. A segunda coisa em que Skandar reparou foi em como ela era alta e aterrorizante, sua silhueta destacada pela luz, os olhos disparando em todas as direções ao mesmo tempo, o cabelo grisalho preso num coque no topo da cabeça que a fazia parecer ainda mais alta. O primeiro pensamento de Skandar foi que a mulher parecia uma pirata assustadora. Ficou quase surpreso por não haver uma espada curva em sua mão.

– Podemos ajudá-la? – perguntou Kenna, reunindo coragem, a voz meio trêmula.

Mas a mulher não estava olhando para ela. Estava encarando Skandar fixamente.

Quando falou, sua voz soou grave e tensa, como se ela não falasse com ninguém havia muito tempo.

– Skandar Smith?

Skandar fez que sim com a cabeça.

— O que você quer? – perguntou ele. – Algum problema? Por que veio até aqui no meio da noite?

O nervosismo fazia com que ele falasse depressa.

A mulher balançou a cabeça.

— Não apenas no meio da noite. *À meia-noite*.

Então ela fez uma coisa completamente inesperada: deu uma piscadinha.

Em seguida, disse aquelas palavras, as palavras pelas quais Skandar tinha desistido de esperar.

— A Ilha está convocando você, Skandar Smith.

Skandar mal ousava respirar. Será que estava sonhando?

Kenna rompeu o silêncio.

— Isso é impossível. O Skandar não fez o teste de Criação, então não pode ter sido aprovado. A Ilha não pode convocá-lo. Deve ter sido um engano.

Kenna cruzou os braços, já sem nenhum traço de medo.

Skandar desejou que ela ficasse calada. Se aquilo *fosse* um erro, ele não se importava nem um pouco. Se graças a esse erro conseguisse ir para a Ilha, que importância tinha? Pela primeira vez na vida não estava interessado em justiça ou honestidade. Queria uma chance de tentar abrir a porta do Criadouro, e não dava a mínima para como ia conseguir isso.

A mulher falou novamente, a voz muito baixa, como se temesse que alguém a ouvisse.

— O Departamento de Comunicação com Cavaleiros e Amazonas está ciente de que Skandar não fez o teste hoje de manhã. E lamenta pela confusão. Já faz alguns meses que o estamos observando, pedindo amostras de seus trabalhos. Às vezes, fazemos isso com candidatos fortes, e não vimos necessidade de que ele fizesse o teste.

Skandar podia praticamente sentir a incredulidade de Kenna vibrando no pequeno espaço entre eles.

— Mas eu... Minhas notas foram melhores que as de Skandar no ano passado e *eu* fiz o teste. E não fui aprovada. Isso não faz nenhum sentido.

— Sinto muito — respondeu a mulher, e Skandar achou que ela parecia sincera. — Mas Skandar é especial. Ele foi selecionado.

— Não acredito em você — disse Kenna, muito baixinho.

Skandar conhecia a irmã o suficiente para perceber que ela estava tentando conter as lágrimas.

— Foi selecionado para quê? — disse uma voz atrás deles, rouca de sono.

A mulher desconhecida estendeu a mão para o pai deles.

— É um prazer conhecê-lo. Robert, certo?

Ele resmungou, esfregando um dos olhos.

— Posso ajudá-la?

— Nós nos falamos pelo telefone — disse a mulher, recolhendo a mão que havia estendido. E, quando fez isso, Skandar notou algo que fez seu coração disparar. A mulher tinha uma tatuagem de amazona na palma da mão direita! Já tinha visto desenhos como aquele antes e também os vira de relance na televisão, quando os cavaleiros acenavam para a multidão. Um círculo escuro no centro da palma, com cinco linhas que serpenteavam até a ponta de cada um dos dedos. Mas os cavaleiros e as amazonas não trabalhavam para os Departamentos de Vínculo.

— Então foi você que me disse que meu filho não poderia fazer o teste de Criação? É, eu me lembro da sua voz.

Skandar teve a impressão de que o pai estava aborrecido.

A desconhecida não pareceu ter notado a cara de poucos amigos do pai nem seus lábios franzidos. Ou, se notou, não se importou.

— Eu gostaria de entrar por um minuto. Skandar e eu teremos que partir em breve.

— Ah, você gostaria de entrar? — falou o pai, cruzando os braços. — Aposto que sim. Pois saiba que Skandar não vai a lugar nenhum com gente como você.

— Pai, por favor — murmurou Skandar. — Ela disse que fui chamado para a Ilha.

— Vou explicar tudo se me deixarem entrar — e mechas de cabelo ondularam pelas bochechas da desconhecida enquanto ela olhava por cima do ombro. — Não posso falar aqui fora, é altamente confidencial.

Isso pareceu convencer o pai a, ao menos, permitir que a mulher passasse pela porta.

— Um desastre total — murmurou ele, levando-a para a cozinha. — Primeiro vocês me ligam para dizer que o Skandar não pode fazer o teste e, agora, no fim das contas, que ele pode ir para a Ilha? Alguém precisa colocar ordem nesse seu departamento.

O pai se serviu de um copo de leite e não ofereceu nada à mulher. Se não fosse por Kenna, não teriam nem acendido a luz.

— Lamentamos que as coisas não tenham ficado mais claras — começou a falar a mulher, e rapidamente, sem se sentar, agarrando o encosto de uma das cadeiras da cozinha. Os nós dos dedos, brancos, agarravam a madeira marrom. — O Skandar não precisou fazer o teste porque ele já havia demonstrado sua capacidade. Como eu disse, ele é um caso especial.

Os olhos da mulher percorreram rapidamente a cozinha, como se ela estivesse com pressa de ir embora... como se estivesse tentando encontrar a saída mais próxima.

— Eu sabia que havia alguma coisa errada — falou o pai, agora sorrindo. — Sempre disse que ele tinha tudo para ser cavaleiro... — e se virou para Skandar. — Não disse, filho?

Skandar tentou trocar olhares com a irmã, mas Kenna estava roendo as unhas furiosamente, sem olhar para nenhum dos dois.

— Já arrumou suas coisas? — perguntou a mulher com firmeza, dirigindo-se a Skandar.

— Hum, não — respondeu ele, a voz rouca. — Achei que não teria nenhuma chance de...

— Não temos muito tempo — retrucou a mulher, e Skandar percebeu uma nota de pânico em sua voz. — É melhor você pegar alguns pertences. Nada de celular, nem computador, lembra? Já conhece as regras.

— Sim — disse Skandar, balançando a cabeça, e saiu correndo da sala, com o coração a mil.

Os habitantes do Continente não estavam autorizados a levar nenhum aparato tecnológico para a Ilha. A comunicação com a família tinha que ser via correspondência, por meio dos dois Departamentos de Vínculo com Cavaleiros e Amazonas, um no Continente e outro na Ilha. Skandar não se importava nem um pouco com isso. Para ele, o celular era apenas uma forma da solidão da escola acompanhá-lo até em casa, e com certeza não queria levar aquele sentimento para a Ilha. Então, jogou-o alegremente dentro de uma gaveta.

Atrás dele, ouviu os passos de Kenna no assoalho enquanto o pai tagarelava na cozinha.

— Vocês vão para Uffington, então? Aquele unicórnio branco entalhado na colina sempre me deu arrepios. Acho fantasmagórico, sabe? Mas imagino que os helicópteros tenham que pousar em algum lugar. Você estacionou aqui por perto?

— Mais ou menos — Skandar ouviu a mulher responder.

— Você me parece familiar. É daqui? Tenho a impressão de que já a vi...

Kenna fechou a porta do quarto, silenciando as vozes, e observou o irmão enquanto ele tirava roupas aleatórias de uma gaveta e as enfiava de qualquer jeito na mochila da escola.

— Skar, acho que você não deveria ir com ela — sussurrou, enquanto ele pegava o caderno de desenho e uma pilha de livros sobre a Ilha. — Isso não faz nenhum sentido! Todos os meninos e meninas de treze anos têm que fazer o teste para serem chamados para a Ilha. Está no Tratado! Eu não acho que ela seja uma representante do Departamento de Comunicação com Cavaleiros e Amazonas. Reparou nas queimaduras nas bochechas, nos arranhões que ela tem nos dedos? Parece que ela acabou de sair de uma briga!

Skandar fechou a mochila.

— Pare de se preocupar, ok? É tudo verdade! Eu fui chamado. Vou ter a chance de abrir a porta do Criadouro...

— Muitas pessoas são mandadas de volta. Você provavelmente nem vai conseguir abrir a porta, ainda mais porque não fez o teste. No fim das contas, isso tudo não vai valer de nada.

Aquelas palavras severas se cravaram no peito de Skandar e ele explodiu.

— Será que você não pode ficar feliz por mim, Kenn? Sério? Eu sempre quis isso...

— *Eu* sempre quis isso! – quase gritou ela. – Não é justo! Eu fico presa aqui e...

— Como você mesma disse, é provável que eu nem consiga abrir a porta. Então vou voltar e você vai poder dizer "eu avisei".

Skandar estava à beira das lágrimas. Tirou as roupas com raiva, finalmente trocando o uniforme escolar por uma calça jeans e um casaco de moletom preto.

— Skar, eu não quis dizer...

— Quis, sim – interrompeu ele, suspirando e pendurando a mochila no ombro. – Mas tudo bem, eu entendo.

Kenna correu até ele. Deu um abraço no irmão – com mochila e tudo – e começou a soluçar.

— Eu *estou* feliz por você, Skar. Juro que estou. Só queria poder ir também. E não quero que você vá. Não quero ficar aqui sem você.

Skandar não sabia o que dizer. Também queria que ela pudesse ir. Sem Kenna, ele não sabia quem era, não de verdade. Ele engoliu as lágrimas.

— Se eu conseguir abrir a porta, vou escrever assim que chegar lá. Tenho meu caderno de rascunhos, vou fazer desenhos de tudo. Prometo. Sei que não é a mesma coisa, mas...

De repente, ela se afastou e começou a remexer na caixa de sapatos da mãe deles.

— Kenn, eu preciso ir! – disse Skandar. – Não tenho mais tempo.

— Leve isso.

Kenna estendeu o cachecol preto para ele.

– Não precisa.

Skandar sabia que Kenna usava o cachecol escondido para dormir, principalmente quando estava triste. Tinha até costurado uma etiqueta com seu nome nele – PROPRIEDADE DE KENNA E. SMITH –, para o caso de algum dia perdê-lo.

Como Skandar não estendeu a mão para pegá-lo, ela o colocou em volta do pescoço dele.

– A mamãe ia gostar que você o levasse para a Ilha – disse Kenna sorrindo, embora as lágrimas ainda escorressem por seu rosto. – Imagine só como ela ficaria feliz se soubesse que você usou o cachecol enquanto montava um unicórnio. Ela ficaria muito orgulhosa.

A última palavra foi praticamente um soluço, então Skandar apenas a abraçou com força e disse "obrigado" com o rosto enterrado no cabelo da irmã.

Momentos depois, Skandar também deu um abraço de despedida no pai.

– Fique bem – sussurrou o menino. – Fique bem pela Kenna, ok?

Ele sentiu o pai fazer que sim com a cabeça pressionada em sua bochecha.

A mulher desconhecida ficou observando enquanto Kenna ajustava o cachecol preto ao redor do pescoço de Skandar, como se não quisesse se separar de nenhum dos dois. A garota ainda estava chorando quando Skandar acenou e se virou, sentindo-se tão culpado e triste – e tão feliz e animado ao mesmo tempo –, que teve vontade de ficar parado ali até ter certeza de que estava fazendo a coisa certa. Mas a desconhecida já havia desaparecido pelos intermináveis lances de escada, e ele não queria perdê-la de vista, então deixou o apartamento 207 para trás e a seguiu.

– Você não é quem diz, né? – perguntou Skandar depois que estavam fora do prédio.

– Não sou? – perguntou a mulher se virando, e a luz intermitente de um poste fez as cicatrizes em seu rosto brilharem.

– Não – insistiu Skandar, enquanto a seguia, virando a esquina do quarteirão. – Você é uma amazona.

– Sou?

A mulher riu alto no momento em que eles se aproximavam da entrada do jardim comunitário. Foi a primeira vez que Skandar a viu abrir um sorriso. Parecia mais relaxada agora que estavam na rua. Ele a seguiu até o jardim, confuso.

– Não deveríamos ir de carro até o unicórnio branco? Até Uffington? Não é lá que pousam os helicópteros que levam os novos cavaleiros e as novas amazonas para a Ilha?

A mulher sorriu para Skandar, e ele notou que vários de seus dentes estavam faltando. Havia algo naquele sorriso torto que o deixava ainda mais nervoso.

– Você faz muitas perguntas, não é, Skandar Smith?

– Eu só...

A mulher riu e deu um tapinha no ombro dele.

– Não se preocupe. Estacionei aqui.

– Você estacionou seu carro no jardim? Eu não acho que isso é...

– Não é bem um carro – interrompeu a mulher, apontando para a frente.

E bem ali, entre velhos balanços caindo aos pedaços e um banco de parque grafitado, estava um unicórnio.

CAPÍTULO 4

OS PENHASCOS ESPELHADOS

Skandar quase saiu correndo na direção oposta. Quase. Unicórnios seram absolutamente, terminantemente *proibidos* no Continente. Desde sempre. Isso estava no Tratado e era uma das regras mais importantes. No entanto, ali estava um, no jardim comunitário do conjunto de prédios de Sunset Heights, em Margate. A mulher – *a amazona* – marchou confiante em direção à criatura. O unicórnio parecia muito maior de perto, e não aparentava ser nada amigável. O animal resfolegava, batendo no chão com um casco gigante e balançando a cabeça branca de um lado para o outro, o chifre afiado no alto da cabeça parecendo mais letal do que em qualquer tela de televisão. Para completar a imagem, havia sangue fresco em torno de sua mandíbula.

– O que eu disse sobre comer a fauna local? – resmungou a mulher enquanto empurrava para o lado os restos de algo que Skandar esperava que *não fosse* o gato laranja do apartamento 211.

O medo e a fascinação travaram uma luta em sua mente ao ver um unicórnio de verdade pela primeira vez.

– Será que você pode, por favor, me explicar o que está acontecendo? Você, isso... esse... – disse ele, apontando para o unicórnio, incapaz de se conter – não deveriam estar aqui.

O unicórnio estreitou os olhos de pálpebras avermelhadas quando Skandar falou, e um rosnado grave escapou das profundezas de sua barriga. A mulher acariciou o pescoço da enorme criatura.

– Quer dizer – sussurrou Skandar –, eu nem sei seu nome.

A mulher suspirou.

– Meu nome é Agatha. E este aqui é o Canto do Cisne Ártico, ou Cisne, como eu o chamo. E, não, eu não sou uma agente do Departamento de Comunicação com Cavaleiros e Amazonas do Continente.

Agatha se afastou de seu unicórnio e foi em direção a Skandar.

O garoto deu um passo para trás.

Agatha abriu bem as mãos.

– Você não confia em mim, tudo bem.

Skandar emitiu um som que parecia uma tosse e uma risada ao mesmo tempo.

– Claro que não confio em você! Primeiro você liga para a minha escola para me impedir de fazer o teste, e agora me diz que vou para o Criadouro? Por que não me deixou fazer o teste? Com certeza teria sido mais simples do que – e ele apontou para Canto do Cisne Ártico – tudo isso.

– Você teria sido reprovado no teste, Skandar.

O garoto teve a sensação de que lhe faltava o ar.

– Como você sabe disso?

Agatha suspirou de novo.

– Eu sei que é difícil de entender. Mas juro... – e seus olhos escuros brilharam – que não quero lhe fazer nenhum mal. A única coisa que quero é levá-lo para o Criadouro hoje à noite, para que você possa tentar abrir a porta ao amanhecer. Assim como os outros.

– Mas por que se dar a esse trabalho? – insistiu ele. – Se eu seria reprovado no teste, não vou conseguir abrir a porta do Criadouro, certo? Você quebrou todas as regras trazendo seu unicórnio até aqui... e para quê?

– O teste não funciona como você pensa – murmurou Agatha. – Esqueça o que lhe ensinaram. As regras não se aplicam a você. Você é... especial.

Especial? Skandar não acreditava nem um pouco naquilo. Nunca tinha sido especial na vida, por que seria agora?

No entanto, ali estava Skandar, com um unicórnio bem diante dele e uma oportunidade de chegar ao Criadouro. Se essa tal de Agatha o levasse para a Ilha e ele conseguisse abrir a porta do Criadouro, que importância isso teria? Depois que começasse o treinamento para se tornar cavaleiro, ninguém ia se importar que não tivesse caminhado pelo calcário do unicórnio branco com os outros aspirantes do Continente, que não tivesse chegado à Ilha voando da maneira "normal". Talvez essa fosse a oportunidade *deles*, mas aquela era a sua... e Skandar ia aproveitá-la. Afinal, tinha passado a vida inteira tentando ser como todo mundo e, até aquele momento, não tinha se saído muito bem.

Então Skandar fez outro tipo de pergunta, uma pergunta que apenas uma pessoa corajosa faria.

— Vamos montados no Canto do Cisne Ártico?

— O Cisne é forte o suficiente para carregar nós dois.

Agatha olhou para o céu. Se havia notado a mudança em Skandar, não disse nada.

— Aliás, temos que ir. Fique do meu lado e ele não vai se incomodar com você.

Agatha conduziu Skandar até o unicórnio branco. A criatura o observou com curiosidade, emitindo grunhidos sinistros no fundo da garganta. Agora que estava mais perto, a coragem de Skandar se evaporou num segundo. Ele engoliu em seco duas, três vezes. Aquilo não podia estar acontecendo. Não podia ser real.

— Vou subir primeiro, depois ajudo você a subir atrás de mim, está bem? Lembre-se de manter as pernas bem dobradas. O Cisne gosta de morder um joelho de vez em quando.

Ao se equilibrar na cerca de ferro para se lançar no lombo de Cisne, Agatha soltou uma risada gutural, não muito diferente dos grunhidos de seu unicórnio.

Enquanto subia na cerca atrás dela, Skandar sentiu a garganta seca e a testa suada, apesar do ar frio da noite. Tinha se imaginado montando um unicórnio praticamente todos os dias de sua vida, mas nunca daquela forma. Não no meio da noite, nos fundos de seu prédio, com uma mulher que só tinha dito o primeiro nome. E aquela história de o Cisne morder seus joelhos? Será que foi uma piada ou um aviso? Apesar de tudo isso, quando Agatha o ajudou a montar em Canto do Cisne Ártico, Skandar sentiu um friozinho de excitação na barriga.

Sentiu o corpo quente do unicórnio em contato com sua calça jeans, cada respiração vibrando contra suas coxas. Tudo estava indo muito bem até Canto do Cisne Ártico começar a se mover – e Skandar quase cair de lado. Por sorte, no último momento, conseguiu agarrar a jaqueta de couro de Agatha para se equilibrar.

– Não há muito espaço neste jardim – disse ela por cima do ombro –, então vamos decolar num ângulo bem íngreme. Segure firme na minha cintura, não posso fazer muita coisa se você cair em pleno voo... E não quero que todo esse esforço seja em vão!

A risada dela ecoou pelos prédios.

O unicórnio recuou até a extremidade mais distante do jardim comunitário. E então eles começaram a galopar para a frente, os cascos de Cisne golpeando cada vez mais rápido a terra ressecada pelo verão. Skandar estava dolorosamente consciente de que não parava de quicar no lombo do unicórnio – não culparia Canto do Cisne Ártico se a criatura o jogasse para longe em sinal de protesto. Mas essa era a menor das preocupações dele, porque sabia o que estava por vir. Tinha que saber, era sua parte favorita da Copa do Caos.

Ele se obrigou a manter os olhos abertos quando o unicórnio abriu as asas de penas brancas e golpeou o ar num ritmo que se acelerava a cada batida. Mas ainda não tinham saído do chão, e Skandar via as grades do outro lado do jardim ficando cada vez mais próximas. Não tinha certeza de que iam conseguir, até que...

Com um solavanco de revirar o estômago, alçaram voo, passando por cima da cerca, deixando o banco e os balanços – e a casa de Skandar – bem longe, abaixo de seus pés. Canto do Cisne Ártico apontou seu chifre para a lua, e Skandar se encolheu sobre o lombo do unicórnio, agarrando-se a Agatha como se sua vida dependesse disso. As asas do unicórnio pareciam estar se movendo debaixo d'água enquanto ele lutava para levá-los para cima, enfrentando correntes de ar que Skandar não via. O vento uivava em seus ouvidos e bagunçava seu cabelo.

Depois que o unicórnio terminou a ascensão através do céu noturno, o bater de suas asas se tornou tão suave que era quase confortável ficar sentado atrás da misteriosa Agatha. Skandar não conseguia decifrá-la: parecia gentil, com sua risada fácil e as piscadinhas de desculpas, mas, ao mesmo tempo, havia algo misterioso, algo perigoso nela, e ele sabia que havia uma boa chance de que ela estivesse levando-os direto para uma enrascada. Porém as preocupações desapareceram de sua mente quando viu as luzes da costa de Margate piscando lá embaixo e desaparecendo à distância. Skandar queria gritar de alegria, de medo – mudava de ideia a cada bater de asas.

Não demorou a perder a noção do tempo. Havia apenas a escuridão, o vento e os músculos fortes do unicórnio sob suas pernas.

– Olhe! – gritou Agatha quando eles atravessaram uma nuvem.

Era um *longo* caminho até lá embaixo, mas ele sabia exatamente o que estava vendo. O unicórnio branco de Uffington brilhava à luz da lua sobre a encosta da colina. Skandar ainda achava difícil acreditar que, durante séculos, os habitantes do Continente tivessem achado que se tratava de um cavalo branco. Foi somente quando a Ilha se revelou que a verdadeira origem do animal de calcário foi redescoberta.

Mesmo com Agatha conduzindo Cisne para dentro e para fora das nuvens a fim de evitar que fossem detectados, Skandar podia ver que o geoglifo de calcário fervilhava de atividade. Faróis de carros iluminavam a estrada mais próxima, tochas tremeluziam pela encosta e figuras projetavam sombras sobre o unicórnio branco. Alguns eram agentes do

Departamento de Comunicação com Cavaleiros e Amazonas, policiais, grandes fãs de unicórnios, jornalistas desesperados por uma entrevista com os novos aspirantes a cavaleiros e amazonas. E outros eram os próprios garotos e garotas de treze anos, ansiosos, esperando o nascer do sol do solstício e a oportunidade de tentar abrir a porta do Criadouro. Skandar havia imaginado aquele momento muitas vezes: o calcário embranquecendo as solas de seus sapatos enquanto esperava para voar até o Criadouro.

– Os helicópteros ainda não chegaram! – gritou Agatha sem se virar. – Isso é bom, vamos chegar antes deles aos Penhascos Espelhados.

Skandar não sabia o que eram os Penhascos Espelhados, e, quando a silhueta fantasmagórica do unicórnio desapareceu atrás deles, sentiu uma pontada de tristeza. Não lamentava estar montado num unicórnio de verdade – com certeza era mil vezes melhor do que acordar e ir para a escola no dia seguinte! –, mas foi invadido por uma onda de culpa por Kenna, que tinha ficado no apartamento 207. Escreveria para ela contando tudo. Se conseguisse se tornar um cavaleiro, se conseguisse abrir a porta...

Eles continuaram voando, e agora o vento soprava forte demais sobre o mar para que conversassem. As mãos de Skandar tinham ficado dormentes por causa do frio e ele estava muito feliz por estar usando o cachecol da mãe em torno do pescoço. Além de aquecê-lo, fazia com que sentisse que ela estava ali de alguma forma, protegendo-o.

Sem avisar, Cisne desceu em direção às ondas. Skandar semicerrou os olhos na penumbra em busca de algum sinal de terra, mas havia apenas escuridão, espuma do mar e cheiro de sal. Ele abraçou Agatha com mais força ainda, sem entender o que estava acontecendo. Será que iam mergulhar no mar? Não era possível que Agatha tivesse se dado a todo aquele trabalho para afogá-lo no final. Margate ficava à beira-mar, havia água de sobra lá! Skandar fechou os olhos e se preparou para o impacto.

Mas ele não veio. A julgar pelo barulho dos cascos do unicórnio, haviam pousado numa espécie de cascalho. A única luz vinha de uma lanterna no fim de um pequeno embarcadouro de madeira a poucos metros de distância. Skandar olhou para baixo, por cima da asa estendida de Cisne, e viu uma praia de seixos, enquanto a caixa torácica do unicórnio subia e descia contra seus sapatos por causa do esforço do voo.

Agatha saltou do unicórnio.

– Você também, Skandar, dê um descanso a ele – ordenou, puxando-o bruscamente para que desmontasse do animal.

Skandar aterrissou na praia com um baque.

Agatha avançou em direção ao mar escuro, os seixos fazendo tanto barulho quanto o som das ondas quebrando na praia, e arrancou o lampião do suporte onde estava fixado, na extremidade do embarcadouro. À medida que ela e a luz se aproximavam, Skandar pensou distinguir figuras que tremeluziam mais adiante: outra Agatha, outro Skandar e outro Canto do Cisne Ártico parados bem na frente deles.

Agatha viu o sobressalto de Skandar e riu baixinho.

– Estes são os Penhascos Espelhados, e esta é a Praia do Pescador. É muito complicado atracar um barco aqui se a pessoa não souber o que está procurando, parece que o mar está sendo refletido de volta para você. E, claro, as correntes fazem o possível para impedir que as embarcações se aproximem. Os marinheiros da Ilha passam anos treinando até dominar a técnica. Os continentais gostam de pensar que sabem todos os nossos segredos, mas a verdade é que eles só conhecem o que decidimos compartilhar. Você vai perceber isso rapidinho.

Um som diferente chegou aos ouvidos de Skandar por cima do barulho das ondas. À luz do lampião, viu os músculos do rosto de Agatha se contraírem de preocupação.

– São os helicópteros. Não temos muito tempo. Agora, me escute. Faça o que eu disser e vai ficar tudo bem. Vamos.

O medo repentino na voz de Agatha fez o estômago de Skandar se revirar. Ela não parecia nem de longe achar que ia ficar tudo bem.

Canto do Cisne Ártico grunhiu para Skandar quando eles passaram. Era constrangedor caminhar em direção ao próprio reflexo, então ele manteve os olhos nas costas de Agatha enquanto se aproximavam da base dos penhascos.

Agatha se agachou, e Skandar fez o mesmo para poder compreender suas palavras em meio ao ruído do mar.

– Ouviu isso? – sussurrou ela.

Eles ficaram em silêncio enquanto Skandar prestava atenção. E então ele ouviu: um rumor baixo de vozes vindo do alto.

– O Criadouro fica lá em cima – murmurou Agatha. – Daqui a pouco, os helicópteros vão pousar no topo do penhasco e deixar os continentais.

Skandar assentiu.

– Você precisa chegar ao topo do penhasco e estar pronto para se juntar a eles. Precisa se misturar aos outros, entendeu? – disse Agatha com firmeza. – Se alguém perguntar, você veio no *Relâmpago*.

– *Relâmpago*?

– O Departamento de Comunicação com Cavaleiros e Amazonas deu aos helicópteros os nomes das renas do Papai Noel. Deve ser algum tipo de piada, eu acho. Mas, enfim, a piloto do *Relâmpago* é minha amiga. Ela vai colocar seu nome na lista.

– Certo – murmurou Skandar, sua corajosa determinação começando a desmoronar. – O Cisne vai me levar até lá?

– Não seja ridículo. Eu tenho que sair daqui. Minha visita ao Continente não foi autorizada.

A paciência de Agatha parecia estar se esgotando à medida que os helicópteros se aproximavam, mas Skandar precisava de respostas antes que ela fosse embora.

– Mas por que você me trouxe até aqui? Ainda não estou entendendo!

Agatha fechou os olhos por um breve segundo.

– Sua mãe me pediu para cuidar de você.

O coração de Skandar disparou.

– Como? Ela está... Ela está morta. Morreu logo depois que eu nasci.

Skandar sabia que já deveria estar acostumado, mas ainda odiava dizer isso em voz alta.

— Ela me pediu isso muito tempo atrás – disse Agatha sorrindo com tristeza. – Quando as coisas eram diferentes.

— Mas como você a conheceu? – perguntou Skandar, desesperado. – Você nasceu na Ilha... não foi? Se isso for verdade, por que não foi buscar a Kenna no ano passado?

Um helicóptero sobrevoou o local onde estavam e pousou no topo do penhasco. Agatha continuou falando como se não tivesse ouvido as perguntas de Skandar.

— Há alguns degraus de metal incrustados na rocha – e ela aproximou o lampião do penhasco e deu tapinhas num deles, depois em outro acima. – O caminho até lá em cima é por aqui.

Skandar engoliu em seco. *Certo. A porta do Criadouro.*

— Olhe, Skandar – Agatha falava muito rapidamente agora, os olhos se voltando para o céu a cada dois segundos. – Você viu o Tecelão na Copa do Caos? Você assistiu?

— Sim – murmurou ele. – Todo mundo assiste à corrida.

— A Ilha está tentando minimizar as coisas, como sempre, mas tem algo diferente no Tecelão. Alguma coisa mudou. Aparecer daquela maneira? Correndo o risco de ser capturado? Não sei o que ele está planejando, mas de uma coisa tenho certeza: agora que o Tecelão tem o unicórnio mais poderoso do mundo em seu poder, o *vencedor* da Copa do Caos, ninguém está a salvo.

As sobrancelhas de Agatha se uniram quando ela franziu o cenho, obscurecendo sua expressão.

— E, se alguém lhe disser que o Tecelão não vai se dar ao trabalho de atacar o Continente, essa pessoa está muito enganada. Você o viu apontando para a câmera. Aquilo não foi um gesto ao acaso. Foi uma ameaça.

— Mas como você sabe disso tudo? E por que está contando isso justamente para *mim*? – perguntou Skandar em tom de súplica. – Eu nunca tinha ouvido falar do Tecelão antes da Copa.

— Porque eu acho que você vai continuar se preocupando com o Continente, mesmo depois que se tornar cavaleiro. Tenho observado você e acho que esse é o tipo de pessoa que é, o tipo de homem que vai se tornar. Você é diferente, Skandar, e tem um bom coração. Um coração melhor que o meu.

– Mas eu não sou corajoso! – exclamou Skandar. – Se queria um herói com um bom coração, deveria ter trazido a Kenna. Ela...

Agatha olhou para o céu de novo, onde as luzes dos helicópteros iluminavam a noite.

– Tenho que ir, não posso deixar que me vejam aqui. Desculpe. Espero que nos encontremos de novo um dia.

– Eu também – disse Skandar, e estava sendo sincero, por mais equivocada que ela estivesse a respeito do tipo de garoto que ele era. Se não fosse por Agatha, ele ainda estaria dormindo no apartamento 207.

– Ah, já ia me esquecendo – disse Agatha, remexendo no bolso e tirando um frasco de vidro. – Talvez você não precise, mas é melhor prevenir do que remediar. Esconda isso – acrescentou enquanto ele tentava ver o que havia dentro.

À primeira vista, parecia uma espécie de pasta preta e espessa. Skandar colocou o frasco no bolso.

Um helicóptero zuniu sobre a cabeça deles e ambos se abaixaram ainda mais, apoiando-se na encosta do penhasco.

– Vá – disse Skandar ao ver a expressão de medo dela. – Eu vou ficar bem.

– Não tenho a menor dúvida.

Agatha piscou. Em seguida, virou-se e saiu correndo pela praia, levando a luz do lampião com ela. Depois de montar em Canto do Cisne Ártico num salto, ela ergueu a mão, se despedindo, e atirou o lampião no mar, mergulhando a praia na escuridão.

Outro helicóptero sobrevoou e pousou no topo dos Penhascos Espelhados. Skandar não perdeu mais tempo. Respirou fundo e começou a escalada.

Tinha subido apenas alguns degraus quando ouviu gritos lá embaixo, furiosos e insistentes.

– Desmonte e coloque as mãos para o alto!

De repente, a praia se iluminou. Agatha e Canto do Cisne Ártico estavam cercados por unicórnios, e seus cavaleiros tinham o rosto coberto por uma máscara prateada. Skandar ficou paralisado pelo pânico, impotente, enquanto Agatha e Cisne tentavam romper o círculo.

Três dos cavaleiros mascarados desmontaram, arrancaram Agatha de cima de Cisne e a jogaram no chão. Enquanto o unicórnio gritava por sua amazona, a magia iluminou a praia lá embaixo: ataques de fogo, água, ar e terra, todos direcionados a Agatha e Cisne. A amazona e o unicórnio tombaram sobre os seixos e ficaram imóveis.

Skandar sufocou um grito de horror. Queria ajudá-los, mas sabia que não era páreo para nenhum daqueles cavaleiros de máscara prateada. Ao se dar conta de quanto estava exposto, começou a subir cada vez mais rápido, até que, por fim, chegou ao último degrau. Esperava, contra todas as probabilidades, que Agatha e Canto do Cisne Ártico estivessem apenas feridos, e não... Não conseguia nem pensar nisso. Lançou-se, como um pinguim de barriga para baixo, sobre a grama verde e macia.

Levantou-se e se limpou o mais rápido que pôde, tentando fazer com que ninguém notasse que tinha acabado de voar até a Ilha num unicórnio ilegal vindo do Continente, testemunhado uma prisão e escalado um penhasco. Teve sorte. Havia pessoas por todos os lados, e a fila para a porta do Criadouro era fácil de distinguir na penumbra da madrugada, serpenteando até o meio do topo gramado do penhasco. Com a sensação de que tudo aquilo estava sendo fácil demais, Skandar se dirigiu rapidamente para o fim da fila.

– Pare onde está!

O coração dele parou. Uma jovem, toda vestida de preto, exceto por uma jaqueta amarela curta, caminhava na direção dele. Era o uniforme oficial de todos os cavaleiros e amazonas: calça preta, bota preta de cano curto, camiseta preta e jaqueta da cor do elemento correspondente à estação do ano. Skandar engoliu em seco e tentou fingir que aquela não era a noite mais surreal da sua vida.

— Em qual helicóptero você veio? – perguntou ela. – Acho que não conferi seu nome.

— Ah – disse Skandar, ofegante, tentando não suar mais do que já estava suando.

O nome da rena. Qual era mesmo? Para refrescar a memória, tentou cantar o início da canção "Rudolph, a rena do nariz vermelho" em sua mente, o que parecia bastante estranho em pleno mês de junho: *Cometa e Cupido, e Trovão e...*

— *Relâmpago*. Foi no *Relâmpago*.

Agradeceu em silêncio a Agatha e torceu para que seu rubor passasse despercebido.

— E seu nome é...?

A jovem conseguiu, de alguma forma, parecer impaciente e entediada ao mesmo tempo.

— Skandar Smith – e sua voz falhou no "s" de "Smith", então ele teve que repetir duas vezes.

A jovem olhou para baixo, desdobrou um pedaço de papel que tinha tirado do bolso e, milagrosamente, marcou o nome dele. Skandar ficou olhando para a ponta do lápis, quase sem acreditar que realmente estava se safando daquela situação.

— O que você está esperando? – retrucou ela. – Vá para o fim da fila. Não empurre nem fique perambulando por aí. O sol já está quase nascendo.

O cabelo da jovem balançou sobre os ombros quando ela se virou, e Skandar viu as chamas douradas da insígnia de seu elemento brilhando na lapela amarela.

Ele correu para entrar na fila e olhou o lugar pela primeira vez. O topo do penhasco não era completamente plano. Os primeiros da fila estavam de pé à sombra de um monte verde. Havia lido que alguns ilhéus de treze anos chegavam a acampar ali por dias antes da cerimônia, assim estariam entre os primeiros a tentar abrir a porta que levava aos unicórnios.

O Criadouro erguia-se, solitário, como um túmulo gigante, o topo e as laterais cobertos de grama, quase invisíveis à luz do início da manhã.

Àquela distância, Skandar distinguiu um grande círculo de granito escavado na lateral do monte e iluminado por lampiões de ambos os lados. A porta do Criadouro. Parecia muito antiga. E muito bem fechada.

Ele foi empurrado para a frente por outro cavaleiro de uniforme preto, então estava praticamente bafejando no cangote da pessoa à sua frente. Havia muitos pedidos para que todos fizessem silêncio. Skandar sentiu uma onda de nervosismo ao pensar nos helicópteros empoleirados como aves metálicas na beirada do penhasco, esperando os jovens do Continente que não conseguissem abrir a porta e tivessem que voltar para casa.

– Ai!

Algo bateu com força em suas costas. Ele se virou e se viu cara a cara com uma garota. O cabelo dela era curto, castanho e liso, e a pele, marrom-clara. Ela o encarou com um olhar duro, o rosto sombreado por uma franja espessa, os olhos escuros. Ela não se desculpou.

– Meu nome é Bobby Bruna – anunciou, inclinando a cabeça para o lado. – Na verdade, meu nome é Roberta, mas, se me chamar assim, eu jogo você daquele penhasco – disse, e parecia estar falando sério.

– Entendi. Isso é, hum... ok. Meu nome é Skandar Smith.

– Eu não vi você no unicórnio branco.

Ela apertou os olhos, desconfiada. Skandar tentou manter um tom casual.

– Eu geralmente passo despercebido na multidão.

Não era exatamente uma mentira.

– Ouvi você dizer que veio no *Relâmpago*.

– Ah, é?

Skandar percebeu que estava ficando na defensiva, mas não tinha nada em que se apoiar. Absolutamente nada. Nem mesmo uma verruga na ponta de um dos dedos do pé.

– Você está me espionando?

Bobby deu de ombros.

– Achei que não faria mal saber contra quem estou competindo.

Skandar notou que os punhos da menina estavam cerrados, o esmalte roxo visível na unha dos polegares.

– Mas isso não vem ao caso. Você não estava naquele helicóptero.

– Claro que estava – e Skandar podia sentir o pescoço suando sob o cachecol e ajeitou sua mochila nervosamente.

– Não estava – disse Bobby, fria. – Porque eu estava, e não vi você em lugar nenhum. E teria me lembrado de um nome como Skandar.

– Já disse, eu...

Bobby ergueu a mão até quase tocar o nariz de Skandar.

– Por favor, não passe vergonha dizendo que você "passa despercebido na multidão" outra vez. Minha memória é praticamente fotográfica, e nós éramos apenas quatro. Além disso, você está vermelho.

O pânico incandescente que se apoderava de Skandar devia estar evidente, porque Bobby colocou a mão de volta no bolso.

– Não dou a mínima para em qual helicóptero você veio – disse ela, dando de ombros. – Só quero saber por que está mentindo.

– Eu... – Skandar começou a falar, mas naquele exato momento viu um brilho em sua visão periférica.

O céu se iluminou de cor-de-rosa quando o sol surgiu sobre os Penhascos Espelhados.

– Vai começar – murmurou Bobby.

E ela se virou ao ouvir uma salva de palmas vindo da fila: a porta redonda do Criadouro tinha se aberto para admitir o primeiro novo cavaleiro ou amazona do ano.

CAPÍTULO 5

O TÚNEL DOS VIVOS

Pouco a pouco, Skandar e Bobby se aproximaram da porta do Criadouro. Para alívio do garoto, eles não se falaram. Não conseguia acreditar que a primeira pessoa com quem havia conversado na Ilha já sabia que ele estava mentindo. Tudo bem que Bobby achava que ele estava mentindo apenas sobre o fato de os dois terem vindo *juntos* no mesmo helicóptero, mas era apenas uma questão de tempo, não era? Até que ela avisasse a todos?

Skandar se forçou a respirar fundo, como fazia na escola quando Owen e seus amigos eram cruéis. Que importância tinha se uma pessoa soubesse? Por que a garota ia perder tempo com ele? E, além disso, talvez ela nem conseguisse abrir a porta do Criadouro... Ou talvez fosse *ele* que não conseguisse abri-la e tudo aquilo seria em vão.

Skandar ainda estava muito atrás na fila para ver o que estava acontecendo na entrada do Criadouro, mas, de tempos em tempos, ouviam-se gritos de alegria, o que significava que alguém tinha conseguido abrir a porta. Toda vez que havia um silêncio prolongado, Skandar sentia o estômago se revirar diante da possibilidade de ser mandado para casa.

– Pare de se estressar – sussurrou Bobby em seu ouvido quando ele se esqueceu de dar um passo para a frente. – Quase todos que estão no início da fila são ilhéus. Quase todos eles tentam, lembra? Há mais rejeições porque mais candidatos tentam. Não ensinaram nada para você na escola?

Skandar não respondeu; não queria que ela fizesse perguntas sobre o teste de Criação que ele obviamente não tinha feito.

À medida que a fila avançava, os continentais que não tinham conseguido abrir a porta começaram a ser mandados de volta para os helicópteros. Alguns choravam, alguns pareciam furiosos, outros se arrastavam na direção contrária à da fila com a cabeça baixa, decepcionados.

Skandar tentava desviar o olhar, concentrando-se no alto do Criadouro. Agora que estava mais perto, percebera que havia unicórnios com cavaleiros no topo do pequeno monte. E eles usavam máscaras prateadas... assim como os cavaleiros que tinham atacado Agatha!

– O que eles estão fazendo lá em cima? – disse, deixando que as palavras escapassem.

– Você não é a bolacha mais inteligente do pacote, não é? – retrucou Bobby.

– A expressão nem é essa e, além do mais, eu não estava falando com você – disparou Skandar.

Ele estava ficando cada vez mais nervoso. Quase podia contar nos dedos o número de pessoas à sua frente. Será que aqueles cavaleiros mascarados o prenderiam se descobrissem que não tinha feito o teste? Será que era por isso que estavam lá?

– Então você estava falando sozinho?

– Não, eu só estava... fazendo um comentário.

Bobby bufou e Skandar a encarou, se perguntando se ela ia mencionar o helicóptero de novo. Mas ela não mencionou. Em vez disso, apontou para os unicórnios.

– São guardas com armaduras. Eu andei ouvindo a conversa deles – sussurrou ela – e, ao que parece, eles estão aqui para nos proteger.

Skandar engoliu em seco.

– De quê?

– Ah, não sei, talvez desse *Tecelão* do qual todo mundo está falando. – disse ela, revirando os olhos.

Agora que estava quase no Criadouro, Skandar conseguia ver um homem de aparência severa com uma prancheta à direita da porta, chamando nomes.

– Aaron Brent! – gritou o homem.

O garoto de pernas compridas na frente de Skandar deu um passo adiante, afastando o cabelo escuro e espesso dos olhos. Skandar sentiu uma pontada de inveja. Era evidente que Aaron parecia mais um cavaleiro do que ele. Podia imaginar o garoto alto estampado numa Carta do Caos. Aaron caminhou até a porta de granito e pressionou a palma da mão contra ela. Nada. Quando isso não funcionou, tentou puxar a borda arredondada. Nada de novo. Ele começou a chutar a porta, desesperado.

Depois de alguns penosos momentos, o homem da prancheta passou o braço com firmeza em torno dos ombros de Aaron e o afastou. Skandar viu Aaron desaparecer na direção dos penhascos.

– Aproxime-se.

Skandar ouviu o chamado, mas não se moveu. Ele ainda estava tonto depois de ver Aaron ser mandado para casa daquela forma, sem mais nem menos. Não deveria ter ido com Agatha. Tinha a sensação de que as mentiras estavam estampadas em seu rosto. Suas pernas começaram a tremer.

– Aproxime-se – repetiu a voz.

Bobby deu um chute na canela dele.

– Vá logo!

Skandar caminhou vacilante em direção ao homem. Ele era mais velho do que parecia de longe. Seu cabelo preto estava salpicado de fios brancos, e ele era tão magro que a maçãs do rosto dominavam a face de feições asiáticas.

– Nome?

– Skandar Smith – respondeu o garoto, com a voz embargada.

– Pode repetir? Rápido, não temos o dia todo – disse ele, num tom cortante e áspero.

– Skandar Smith.

As sobrancelhas espessas do homem se uniram quando ele franziu o cenho. Skandar prendeu a respiração enquanto o homem procurava seu nome na prancheta. E se Agatha tivesse se esquecido de alguma coisa? Talvez eles soubessem, talvez tivessem verificado se ele havia feito o teste e...

– Skandar Smith! – gritou o homem.

Skandar se moveu em direção à porta do Criadouro, as pernas pesadas como chumbo. Sentiu um impulso insano de voltar correndo para os helicópteros. Dessa forma, nunca saberia. Sempre poderia sonhar que estava destinado a um unicórnio porque nunca teria tentado abrir a porta. Mas podia sentir os olhos dos cavaleiros lá em cima cravados nele, e não teve escolha a não ser estender a mão e colocar a palma sobre o granito frio da porta do Criadouro.

Por um momento atordoante, nada aconteceu. Havia um rugido nos ouvidos de Skandar que não tinha nada a ver com o mar batendo contra os Penhascos Espelhados. Ele ficou olhando para a porta, a decepção pesando tanto, que seus joelhos cederam, os ombros baixaram, e ele começou a retroceder e a afastar a mão. Mas, ao fazê-lo, ouviu um crepitar de pedra e um ranger de dobradiças antigas.

Lentamente, a porta do Criadouro começou a se abrir.

A adrenalina disparou dos dedos dos pés até os dedos das mãos de Skandar, e ele não quis correr nenhum risco. Assim que a lacuna ficou larga o suficiente, espremeu-se pela entrada arredondada e adentrou a escuridão. Sem olhar para trás.

A enorme porta se fechou atrás dele. Ele tinha entrado! Tinha conseguido! Era um cavaleiro. Não importava como havia chegado ao Criadouro; a única coisa que importava era que, em algum lugar ali dentro, havia um unicórnio, um unicórnio que estava esperando por Skandar havia treze anos, assim como *ele*. Skandar mal conseguia acreditar. Nem se atrevia a pensar de novo na palavra *cavaleiro*, com medo de que ela lhe fosse subitamente tirada. Skandar desabou sobre a pedra fria, apoiou a cabeça entre as mãos e deixou que as lágrimas – de alívio, de cansaço, de felicidade – brotassem.

Então se lembrou que, se Bobby abrisse a porta, tropeçaria em sua cabeça. E, embora a conhecesse havia bem pouco tempo, tinha certeza de que ela o atropelaria sem pensar duas vezes.

Skandar ficou de pé, os olhos se acostumando à penumbra. Estava na ponta de um longo túnel ladeado por tochas flamejantes. Era impossível não ficar nervoso. Seus livros não diziam nada sobre o interior do Criadouro; tinha imaginado que seria tudo muito simples. Abrir a porta, pegar um ovo, ajudar o unicórnio ao qual estava destinado a romper a casca – e bum! Estariam ligados para sempre, prontos para começar o treinamento. Não esperava aquele túnel assustador. Não esperava ficar sozinho. Desejou que Kenna estivesse com ele. Mesmo que odiasse espaços apertados, ela teria gritado bobagens que ecoariam pelas paredes do túnel para fazê-lo rir.

Mas agora não havia como voltar atrás. Skandar começou a caminhar pelo túnel, brincando com as pontas do cachecol da mãe. Os únicos sons eram os da sua respiração e das lentas pisadas de seus tênis. Depois de alguns passos, ele reparou que as paredes eram ásperas por causa de marcas entalhadas na pedra. Aproximou-se para olhar mais de perto. Havia palavras esculpidas no túnel... mas, não, não eram meras palavras...

– Nomes – murmurou Skandar, seu sussurro saindo incrivelmente alto.

Havia nomes escritos em todos os espaços visíveis: nas paredes, no chão e até no teto. Ele se perguntou por que estariam ali, a quem pertenceriam. Deu mais alguns passos e ficou surpreso ao ler um nome que reconheceu: EMA TEMPLETON – a favorita de Kenna na Copa daquele ano. Eram nomes de cavaleiros e amazonas! Procurou ansiosamente por mais nomes que conhecesse, mas era impossível: havia muitos. Uma infinidade de nomes flutuava diante de seus olhos: FREDERICK ONUZO, TESSA MACFARLANE, TAM LANGTON.

Skandar quase morreu de susto ao ouvir o som de algo raspando à sua frente. Pareciam unhas num quadro-negro, o tipo de ruído que faz qualquer um bater os dentes e sentir calafrios. Unicórnios sanguinários, tudo bem. Fantasmas? Não tanto. Skandar semicerrou os olhos na direção do ruído, mas não havia ninguém à frente. Deu mais alguns passos adiante, com a sensação de que deveria estar fazendo exatamente o oposto.

Ao chegar à origem do ruído, ainda não conseguia ver nada nem ninguém. Havia apenas mais nomes por toda parte: ROSIE HISSINGTON, ERIKA EVERHART, ALIZEH MCDONALD e...

O barulho de algo sendo triturado de repente fez sentido. Pequenos pedaços de rocha caíram no chão do túnel enquanto Skandar via o "H" final ser esculpido: SKANDAR SMITH. Seu nome havia se somado aos dos demais cavaleiros e amazonas no túnel. A emoção brotou em seu peito. Era real. Ele era um cavaleiro. Havia um unicórnio à espera dele para romper a casca!

Skandar começou a andar com mais determinação e, finalmente, uma porta surgiu ao fim da fileira de tochas. Tinha um formato exatamente igual ao da porta de entrada do Criadouro, mas, dessa vez, por sorte, havia uma grande alça redonda. Skandar se esforçou para puxar a pedra pesada e, então, ouviu pessoas conversando, rindo e dando instruções, e saiu do túnel rumo a sua nova vida.

A primeira coisa que notou foi o calor. A pedra fria do túnel se fora, substituída por um espaço amplo e cavernoso iluminado por centenas de tochas acesas em seus suportes e o fogo crepitando num poço profundo cavado no chão de pedra. À medida que os olhos de Skandar se acostumavam à claridade, ele se deu conta de que o local não se parecia tanto com uma sala, mas, sim, com um corredor muito largo que se estendia à esquerda e à direita do fogo, onde os outros novos cavaleiros e amazonas estavam reunidos. Centenas de estalactites com pontas afiadas como adagas pendiam acima de sua cabeça. Desenhos reluzentes de unicórnios brancos brilhavam nas paredes, como pinturas rupestres, embora, à luz bruxuleante das tochas, parecessem ganhar vida.

Skandar permaneceu a certa distância dos demais cavaleiros e amazonas, nervoso. De repente, era como se todos já tivessem feito amizade e o tivessem deixado de fora, assim como faziam na escola. Bobby ainda não tinha aparecido atrás dele; Skandar nem sabia se ela havia conseguido abrir a porta do Criadouro. Ela era a única pessoa com quem tinha falado até aquele momento, e sentiu-se mal por desejar nunca mais vê-la, mas talvez assim seu segredo estivesse seguro. Skandar deu mais um passo em direção aos outros cavaleiros e amazonas, dizendo a si mesmo para não se preocupar. Aquele era um novo começo.

Aproximou-se de alguns ilhéus que conversavam entre si. Não era difícil descobrir quem vinha de onde: os continentais estavam mais longe do fogo, parecendo cansados e ansiosos, a maioria usando calças jeans, como Skandar, e segurando mochilas arrumadas às pressas. Os ilhéus estavam mais próximos do fogo, rindo, dando tapinhas nas costas uns dos outros e vestindo roupas folgadas, todos de preto.

— O Túnel dos Vivos foi *superdecepcionante*, na minha opinião. A decoração era básica, e eu acho que deveríamos poder escolher o lugar exato onde nossos nomes vão ficar.

A garota que estava falando tinha cabelo castanho, sardas nas bochechas rosadas e um nariz ligeiramente empinado, como se quisesse se proteger de odores desagradáveis.

Os ilhéus ao redor dela pareciam fascinados com tudo que a garota tinha a dizer. Não paravam de concordar com a cabeça e dizer coisas do tipo: "Você tem toda a razão, Amber".

— O que você está olhando?

Skandar demorou um momento para perceber que Amber estava falando com ele.

— Eu...

Ele teve a sensação de estar de volta à escola Christchurch, seu nervosismo habitual dando um nó na sua garganta. Sentiu a mente se esvaziar enquanto brincava com a ponta do cachecol da mãe.

Amber o encarou com um sorriso condescendente.

– E por que está usando esse cachecol velho e esfarrapado? Por acaso é alguma tradição esquisita do Continente? Se eu fosse você, jogaria isso fora. Tenho certeza de que é *superimportante* vocês se integrarem com a gente, os ilhéus. Uma dica: não usamos cachecol em lugares fechados.

Ela alargou ainda mais o sorriso, mas era como um tubarão mostrando os dentes antes de devorá-lo. Os ilhéus que estavam com ela soltaram risadinhas.

– Pelo menos ele pode tirar o cachecol quando quiser – disse uma voz atrás dele. – Pena que você não pode fazer a mesma coisa com a sua personalidade.

Todos ficaram em silêncio, perplexos, e o rosto de Amber ficou vermelho como um tomate.

Então Bobby simplesmente surgiu pisando firme, e Skandar não teve muita escolha a não ser correr atrás dela.

– Por que você fez isso? – resmungou ele quando tinham se afastado e não podiam mais ser ouvidos. – Agora eles vão odiar você. E provavelmente vão me odiar também! Aquela tal de Amber parece ser muito popular.

Bobby deu de ombros, observando uma de suas unhas roxas à luz do fogo.

– Não gosto de pessoas populares. São superestimadas.

Skandar certamente concordava. Owen sempre tinha sido "popular", mas isso não significava que ele fosse gentil ou legal, nem nenhuma das outras coisas que alguém buscava num amigo.

– Mas obrigado por... – começou Skandar, porém não teve tempo de terminar, porque o homem da porta do Criadouro, com a prancheta debaixo do braço, estava parado diante do fogo, batendo palmas para pedir silêncio.

Um homem rechonchudo e uma mulher de cabelo grisalho e cacheado estavam parados ao lado dele, os rostos enrugados e sérios.

– Para quem não sabe – disse o homem da prancheta, sua voz ecoando nas paredes da caverna –, meu nome é Dorian Manning, sou diretor do Criadouro e líder do Círculo de Prata.

— O que é esse Círculo de Prata? – sussurrou Bobby para o ilhéu a seu lado, mas ele mandou que ela ficasse quieta.

— Como diretor do Criadouro, minha principal tarefa é supervisionar a aplicação adequada do teste de Criação, a apresentação dos candidatos diante da porta do Criadouro e o processo de saída dos ovos, junto com estes estimados membros da minha equipe – disse ele, gesticulando para as duas pessoas, à sua esquerda e à sua direita. – Também supervisiono a segurança do Criadouro durante o resto do ano. E, claro, tenho a nobre e perigosa tarefa de levar os ovos não rompidos para as Terras Selvagens antes que eles gerem unicórnios selvagens ao pôr do sol.

Ele fungou alto e estufou o peito magro, parecendo muito satisfeito consigo mesmo. A cada segundo que passava, Skandar gostava menos dele.

— Mas chega de apresentações. Acredito que esse seja o momento de lhes dar os parabéns. Vocês agora são, oficialmente, cavaleiros e amazonas da Ilha, protetores dessas terras e das terras do outro lado do mar. Em algum lugar desta câmara, há um ovo para cada um de vocês, um ovo que surgiu neste mundo no mesmo instante que vocês. Um unicórnio que está esperando há treze anos pela sua chegada.

Algumas pessoas gritaram, entusiasmadas, mas foram rapidamente silenciadas por um olhar severo do diretor, cujas bochechas apertadas pareciam quase formar um buraco à luz das tochas.

— Sem cavaleiros e amazonas, sem *vocês* – ele apontou para todos com um gesto teatral –, seus unicórnios cresceriam sem vínculo, selvagens, representando um perigo para todos nós. E fazê-los competir é a forma como nós, assim como nossos ancestrais durante milhares de anos, canalizamos a... energia deles para convertê-la em algo bom. Mas... – ele ergueu um dedo, os olhos brilhando à luz das tochas – uma advertência. E estou me dirigindo a todos vocês, não apenas aos continentais. Unicórnios, mesmo quando vinculados a um cavaleiro ou a uma amazona, são criaturas sanguinárias por essência, com certa inclinação para a violência e a destruição. São criaturas nobres e antigas, e vocês precisam conquistar seu respeito, mesmo que sejam o cavaleiro ou a amazona destinado a elas. Agora – o diretor bateu palmas com pompa –, mãos à obra.

O diretor e seus dois colegas avançaram em meio ao grupo, dando tapinhas no ombro dos novos cavaleiros e amazonas – aparentemente de maneira aleatória – e pedindo que os seguissem. Bobby levou um tapinha do homem rechonchudo e de aparência nervosa, e Skandar ganhou um tapinha no ombro do próprio Dorian Manning. Ele seguiu o diretor atrás de outro garoto com cabelo preto e liso e óculos de armação marrom num tom mais claro que sua pele. A cada poucos passos, o menino olhava ansiosamente para trás e ajeitava os óculos, que não paravam de escorregar pelo nariz.

O diretor parou diante de uma fileira de suportes de bronze que pareciam, para Skandar, suportes de tubos de ensaio gigantes. Os ovos estavam presos por garras grossas mais ou menos na altura do peito deles e eram enormes. Certa vez, ele tinha visto um ovo de avestruz numa excursão da escola ao zoológico, mas aqueles deviam ser pelo menos quatro vezes maiores. Skandar queria se beliscar. Estava mesmo ali, no Criadouro, prestes a conhecer o unicórnio destinado a ele.

– Não se demorem, não se demorem! Todos à minha volta – disse o diretor em voz baixa, como se, caso falasse mais alto, os ovos pudessem eclodir todos de uma vez. – Este é o primeiro lote, com doze ovos, dos que vão eclodir este ano. Foram cuidados com maestria pela minha equipe desde que surgiram nas entranhas do Criadouro. Todos os anos, durante treze anos, os ovos subiram um nível, chegando mais perto da superfície, e os bebês unicórnios foram crescendo em seu interior, lenta e gradualmente. E, por fim, dentro de alguns instantes, cada um de vocês ocupará seu lugar na frente de um deles.

O diretor fez uma pausa para respirar.

Os olhos de Skandar se arregalaram de espanto. *Qual* era a profundidade do Criadouro se havia tantos andares abaixo de onde eles estavam?

Dorian Manning continuou dando instruções.

– Vocês devem colocar a palma direita em cima do ovo. Depois de dez segundos, se nada acontecer, afastem-se e passem para o próximo ovo à sua direita.

Skandar desejou poder pegar seu caderno e anotar tudo aquilo, já que sua memória não era muito boa para detalhes, e queria muito perguntar o que o diretor quis dizer com "se nada acontecer". O que deveria acontecer? E se ele não percebesse nada? Mas parecia não haver tempo; o diretor já estava falando de novo.

– E lembrem-se que, quando sentirem o chifre de unicórnio perfurar sua palma...

Skandar soltou uma exclamação, e não foi o único. Aquilo não estava escrito em nenhum de seus livros. Ele pensara que romper a casca significava que... bem... o unicórnio faria tudo sozinho quando seu cavaleiro chegasse.

– ...o ovo vai começar a eclodir imediatamente. Peguem esse ovo o mais rápido possível e entrem numa das celas de eclosão atrás de vocês.

Os novos cavaleiros e amazonas se viraram para olhar. Ao longo da parede oposta aos ovos, havia uma série de celas com a porta entreaberta. Portas feitas de barras de metal.

Skandar engoliu em seco. Reparou que os outros continentais de seu grupo também pareciam preocupados. Uma garota do Continente com um longo cabelo escuro murmurava baixinho.

– *Não* abram a porta enquanto o ovo estiver eclodindo ou antes de colocarem o cabresto e uma rédea em seu unicórnio – sussurrou o diretor, e o clarão de uma das tochas fez seus olhos verdes brilharem com intensidade. – Esses ovos podem não parecer tão grandes, mas, acreditem em mim, os unicórnios vão começar a crescer assim que saírem deles. O que não queremos em hipótese nenhuma é que bebês unicórnios fujam hoje, não sob a minha supervisão! O estrago que eles poderiam causar... É melhor nem pensar nisso.

Skandar estava começando a entrar em pânico, e as terríveis advertências do diretor não ajudavam em nada. Queria fazer mil perguntas.

Para começar, o que era um cabresto e onde ia conseguir um? Mas não houve tempo para respirar fundo antes de o diretor dizer:

– Prontos? Abaixem a palma da mão quando eu ordenar.

Então Skandar se posicionou e olhou para o ovo gigante à sua frente.

CAPÍTULO 6

SORTE DO MAROTO

As instruções do diretor davam voltas na mente de Skandar. *Dez segundos. Pegar o ovo. Perfurar.* Será que ia sair sangue? Será que ia doer? Ele se sentiu muito, muito enjoado.

– Palmas... para baixo! – rosnou o diretor.

Os novos cavaleiros e amazonas baixaram a mão até tocarem o ovo branco à sua frente. A casca era mais quente do que Skandar esperava, e muito lisa. Ele teve que lutar contra o impulso de fechar os olhos para não ver o chifre de unicórnio perfurar sua palma. A animação e o medo o atravessavam a galope, ao mesmo tempo. Sentia a pulsação latejando no pescoço. Esperou. E esperou. O ovo não se moveu.

– Afastem-se – ordenou o diretor. – Ninguém na primeira tentativa? Acontece, acontece. Precisam encontrar o ovo destinado a vocês, afinal. Este ano há apenas quarenta e três candidatos, e mais de cinquenta ovos prontos para eclodir – suspirou o diretor. – É possível que tenham que testar até o último ovo para encontrar seu unicórnio. Paciência, é preciso ter paciência.

Skandar não achou que o diretor parecia muito paciente enquanto todos passavam para o ovo seguinte.

– Palmas... para baixo!

Agora que Dorian Manning tinha deixado claro que encontrar o ovo era uma questão de destino, Skandar ficou mais tranquilo. Três segundos depois, alguém dois ovos adiante gritou. Vários cavaleiros e amazonas novos, incluindo Skandar, se viraram para olhar. Ele reconheceu o menino: o nome dele era Zac, e Skandar tinha visto quando abriu a porta.

– Não importa o que aconteça, mantenham a palma da mão sobre esses ovos – advertiu o diretor Manning. – Se perderem seu ovo, terão que dar a volta outra vez e ficaremos aqui até o ano que vem! E eu definitivamente não tenho tempo para isso!

Skandar tentou observar Zac sem virar a cabeça. De rabo de olho, ele o viu tirar o ovo do suporte e segurá-lo, o suor escorrendo pela testa marrom-escura. Skandar ouviu o estalar da casca quando o unicórnio começou a lutar para sair. Então Zac saiu cambaleando com o peso, e Skandar o perdeu de vista quando a porta gradeada da cela se fechou.

– Um já foi – murmurou o diretor.

Trocaram de posição de novo e de novo. Mais dois cavaleiros encontraram seus ovos no primeiro lote. Avançaram pelo interior da câmara até o segundo lote. Skandar estava de pé ao lado de uma garota do Continente de cabelo escuro e comprido – achava que o nome dela era Sarika – quando o chifre perfurou a casca de seu ovo. Ela não gritou, mas Skandar viu sangue pingando de sua palma enquanto a garota carregava o ovo para dentro de uma das celas.

No terceiro lote, restavam quatro cavaleiros, incluindo Skandar e o menino de cabelo preto e óculos. Skandar já estava tão frustrado que perdera o medo. Agora, cada vez que colocava a mão sobre a superfície dura de uma casca, não havia nada no mundo que quisesse mais do que sentir uma pontada aguda de dor.

– Não parece ser muito eficiente encontrar nossos unicórnios desse jeito – murmurou o garoto de cabelo preto alguns ovos adiante.

Skandar deu um passo à frente, diante do segundo ovo na fileira de doze. O terceiro e o quarto já haviam sido retirados do suporte de bronze.

– Palmas... para baixo! – gritou o diretor atrás dele.

Três batimentos cardíacos depois, houve um estalo alto sob a mão de Skandar e uma dor dilacerante atingiu sua palma direita. Então, como se estivesse no piloto automático, com sangue pingando do centro de sua mão, tirou o ovo do suporte de bronze. Era mais pesado do que esperava. Apoiando o peso do ovo contra o peito, Skandar cambaleou em direção à cela atrás dele. Já podia ver rachaduras que iam se espalhando por todo o ovo, como a superfície congelada de um lago se partindo. Um pedaço de casca caiu no chão no momento em que ele fechou a porta gradeada.

A cela era iluminada por uma tocha flamejante fixada na parede. Havia uma cadeira de ferro frágil e solitária sob a luz bruxuleante, com uma corda pendurada no encosto. De repente, Skandar se sentiu completamente perdido. Não poderia ser o responsável por ajudar seu unicórnio a sair do ovo! E se fizesse algo errado?

O ovo tremia em seus braços e o sangue se espalhava de sua mão por toda a casca branca. Precisava colocar o ovo no chão, mas parecia errado deixá-lo rolar pela pedra fria. O problema era que não havia nada macio por perto, exceto... Ele olhou para si mesmo. Seu casaco de moletom.

Skandar se ajoelhou com cuidado. Aliviado porque o chifre afiado não estava à vista, sentou-se no chão, de pernas cruzadas, e equilibrou o ovo no colo. Largou a mochila e tirou o moletom. Firmando o ovo com uma das mãos, colocou o casaco no chão e o arrumou, formando uma espécie de ninho. Desenrolou o cachecol da mãe do pescoço e o colocou ao redor, fazendo uma barreira adicional. Não pôde deixar de sorrir ao pensar em como ela ficaria orgulhosa dele. *Prometo que um dia você terá um unicórnio, meu amor.* Ela havia sussurrado essas palavras para Skandar quando ele ainda era bebê – ou pelo menos era o que o pai lhe dissera – e agora lá estava ele, prestes a criar um!

Foi um alívio largar o ovo. A adrenalina tinha feito com que parecesse mais leve do que era, mas agora Skandar sentia os braços doloridos.

Observou o ovo ansiosamente. Parecia que todo o seu corpo fervilhava de entusiasmo. Não conseguia acreditar. Finalmente estava ali. Em apenas alguns instantes, estaria cara a cara com o unicórnio que lhe fora predestinado... Mas o ovo tinha parado de se mover. *Não há por que entrar em pânico*, pensou ele, em pânico. Tentou se distrair observando os objetos pendurados no encosto da cadeira. Com certeza eram o cabresto e a rédea que o diretor havia mencionado, presos com um fecho de metal.

Skandar lançou outro olhar de preocupação para o ovo, que vibrava, mas muito de leve. De tempos em tempos, um pedaço de casca caía no moletom ou fazia Skandar se sobressaltar ao cair no chão duro. O garoto ouvia barulhos ocasionais vindos das celas próximas, mas nada que conseguisse reconhecer, e definitivamente não havia ninguém gritando instruções passo a passo que pudessem ajudá-lo. Tentou examinar o fecho da rédea, mas soltou um uivo de dor quando o metal frio entrou em contato com sua palma perfurada.

Olhou para a mão pela primeira vez desde que havia entrado na cela. Não estava mais sangrando, mas o furo redondo agora estava num tom vermelho-escuro feio. Alarmado, ele se aproximou da tocha acesa, que ardia no suporte. Sob a luz, viu cinco linhas brilhantes, que saíam do ferimento no centro de sua palma e serpenteavam em direção à base de cada um de seus dedos.

Sempre achara que os cavaleiros e amazonas tinham tatuagens especiais na palma da mão. Na verdade, tinha certeza de ter lido isso em algum lugar. Fora assim que se dera conta de que Agatha era uma amazona em Margate. Mas aquilo não era uma tatuagem, era uma ferida. E doía... muito.

O ovo estava parado e silencioso. Skandar se perguntou, um pouco desesperado, se haveria algo que deveria fazer para ajudar. Pensou em como pintinhos saíam do ovo. Será que as galinhas faziam alguma coisa para acelerar o processo? Além de se sentar em cima dos ovos, Skandar achava que não faziam mais nada, e sentar-se sobre o ovo não parecia algo muito sensato, considerando o chifre afiado. De qualquer forma, unicórnios não eram galinhas, eram... bem... unicórnios. Ele suspirou e se ajoelhou junto ao ovo.

— Você não quer sair? – perguntou baixinho. – Eu gostaria que você saísse, porque aqui fora é escuro e assustador, e eu estou sozinho, então...

— e parou de falar, sentindo-se ridículo por estar se dirigindo a um ovo. Era mais ou menos como conversar com o café da manhã.

Ouviu-se um pequeno guincho. Skandar olhou ao redor, desesperado. Então aconteceu outra vez... e ele percebeu que estava vindo de dentro do ovo. Skandar chegou mais perto. Inacreditavelmente, a conversa parecia estar funcionando.

Ele respirou fundo.

— Olhe, eu quero conhecer você. De verdade. Nós vamos ser parceiros. E talvez eu precise que você cuide um pouco de mim, porque, bem... eu sou do Continente, mas você é daqui, então...

O ovo soltou outro guincho agudo e um grande pedaço de casca voou por cima da orelha esquerda de Skandar.

— Mas acho que esse vai ser o menor dos nossos problemas — Skandar sabia que estava tagarelando coisas sem sentido, mas a casca estava se rompendo bem diante de seus olhos. — Eu nem fiz o teste de Criação... Não conte a ninguém, ok? Mas uma pessoa me ajudou a chegar até aqui, e tenho medo de que descubram. Tem uma garota aqui, a Bobby, que suspeita de mim. Além disso, tem esse tal de Tecelão à solta, mas talvez eu deva esperar você crescer um pouco antes de falar disso. Enfim, acho que vou precisar de você, e você vai precisar de mim.

Os guinchos eram constantes agora: algo entre o relinchar de um cavalo, o pio de uma águia e um grito humano. O chifre do unicórnio atravessou a casca do ovo pela segunda vez: preto-ônix, brilhante e, como Skandar já sabia, muito afiado. Ele se moveu de um lado para o outro, desprendendo mais fragmentos da casca. Então houve um estalo alto e toda a parte de cima se soltou. Skandar pegou os pedaços maiores, pegajosos, e os jogou do outro lado da cela. Ficou de joelhos, mas assim que olhou por cima do ovo, o que restava da casca se partiu em dois e o ovo se desfez.

O unicórnio caiu de barriga para baixo, as quatro patas estendidas no chão da cela, as costelas movendo-se rapidamente para cima e para baixo, a fina pelagem negra que cobria seu corpo brilhando por causa do suor e de uma substância viscosa. Uma crina cor de ébano descia pelo pescoço da criatura, com os fios emaranhados pelo esforço de se libertar do ovo. O animal ainda estava com os olhos fechados, mas enquanto Skandar o contemplava, maravilhado, algo estranho começou a acontecer. Suas asinhas de plumas negras crepitaram, eletrizadas, o chão da cela tremeu, houve um clarão e uma névoa estranha se elevou ao redor de seu corpo, ocultando-o de vista e...

– Ai!

Skandar deu um pulo para trás, e a pura alegria de ver seu unicórnio pela primeira vez se transformou rapidamente em preocupação. Os cascos estavam em chamas; todas as quatro patas do animal tinham acabado de se incendiar. Skandar se aproximou para tentar tirar o moletom que estava debaixo do animal, na vã esperança de apagar o fogo com ele. Será que aquilo era normal? Ou será que ele era o único que tinha um unicórnio em combustão espontânea? Mas, quando começou a puxar a ponta do moletom, o animal abriu os olhos.

Duas coisas aconteceram ao mesmo tempo quando Skandar olhou fixamente para aqueles dois olhos escuros. Sentiu um balão de felicidade se inflar em seu peito e uma dor lancinante na mão direita. Desviando o olhar do unicórnio, levantou a mão diante do rosto na penumbra e viu que a ferida estava cicatrizando. E, à medida que cicatrizava, as linhas iam se alongando até chegar à ponta de cada um de seus cinco dedos. Ao mesmo tempo, no meio da cabeça negra do unicórnio, uma grossa faixa branca se formava. Eles continuaram se encarando até a faixa terminar de se formar, e, então, a mão de Skandar cicatrizou por completo.

– Obrigado? – disse ele em dúvida, e a eletricidade, o tremor, a luz, a névoa e o fogo desapareceram de repente, como se alguém tivesse apertado um interruptor.

O garoto e o unicórnio se olharam. Skandar tinha lido sobre o vínculo invisível entre um cavaleiro e seu unicórnio, mas não fazia ideia de que seria capaz de senti-lo: um solavanco no peito, como se os fios de seu coração estivessem conectados a outro lugar, fora do corpo. Tinha certeza de que, se os seguisse, encontraria o coração daquele pequeno unicórnio negro na outra extremidade.

Então o unicórnio quebrou o encanto, soltando um rugido baixo, mas, por alguma razão, Skandar não sentiu medo. O vínculo entre eles fazia com que o menino se sentisse mais seguro do que nunca, como se tivesse aberto a porta do quarto mais aconchegante do mundo e pudesse deixar todos do lado de fora e ficar sentado junto ao fogo pelo tempo que quisesse. Teve vontade de gritar. De dançar pela cela. Até de cantar. Queria rugir como seu unicórnio enquanto o animal tentava ficar de pé, cambaleando.

Skandar recuou, alarmado.

– Tem certeza de que está pronto para...

Mas o unicórnio, *seu* unicórnio, já estava de pé e avançava, aos tropeços, em sua direção. Skandar poderia jurar que o animal já havia crescido; batia quase na sua cintura. Lembrou-se de que, agora que não estavam mais confinados dentro da casca, os unicórnios cresceriam muito mais rápido. Afinal de contas, tinham esperado treze anos por aquele momento. O unicórnio cambaleou até parar bem na frente de Skandar e soltou um grito, o chifre apontando diretamente para seu quadril.

– Não sei o que você... – Skandar começou a dizer, mas, então, desviou os olhos para a mochila.

Sem tirar os olhos do unicórnio, abriu o zíper do bolso da frente. Antes de sair de casa, tinha pegado um pacote de balas de gelatina do esconderijo secreto de Kenna na mesa de cabeceira dela, para o caso de ficar com fome durante a viagem. Tentou abrir o pacote, a ferida recém-curada ainda sensível. O unicórnio se aproximou e soltou outro guincho agudo.

– Tudo bem, tome – disse Skandar, pegando uma bala de gelatina vermelha e segurando-a na palma da mão boa.

O unicórnio a farejou, inflando as narinas, e a arrancou da mão do garoto. O barulho que fez enquanto comia a bala era um pouco perturbador. Como se estivesse devorando *alguém* em vez de *algo*. O animal soltava grunhidos de satisfação enquanto mastigava, então Skandar colocou mais algumas balas no chão e se sentou na cadeira para estudar seu unicórnio.

Sua pelagem era completamente negra, exceto pela grossa faixa branca que começava logo abaixo do chifre, indo do meio dos olhos até a ponta do nariz. Skandar tinha certeza, porque certa vez havia passado uma semana inteira absorto num livro da biblioteca sobre as cores dos unicórnios, de que nunca tinha visto nenhum com uma mancha branca. No entanto, algo a respeito daquela marca lhe parecia familiar.

Ao terminar de comer sua pequena porção de balas de gelatina, o unicórnio foi direto para ele outra vez, seu andar melhorando a cada passo. As palavras do diretor flutuaram em sua mente: *Unicórnios, mesmo quando vinculados a um cavaleiro ou a uma amazona, são criaturas sanguinárias por essência, com certa inclinação para a violência e a destruição.* Talvez o Skandar do Continente tivesse pensado mil vezes antes de dar o passo seguinte, talvez tivesse perguntado à irmã o que fazer e até tentado encontrar a resposta num livro. Mas ele era um cavaleiro agora e, talvez pela primeira vez na vida, sentiu orgulho de si mesmo. Afinal, a maior característica de um cavaleiro não era justamente sua coragem?

Então Skandar estendeu a mão e acariciou o pescoço do unicórnio, e, quando sua pele entrou em contato com a criatura, uma coisa muito estranha aconteceu. Skandar se deu conta de que sabia que seu unicórnio era macho, e sabia também como ele se chamava: Sorte do Maroto. Gostou do nome na mesma hora. Combinava com o pequeno unicórnio, mas também parecia com os nomes dos unicórnios participantes da Copa do Caos. O nome de um unicórnio que um dia poderia ganhar.

Skandar continuou acariciando o animal, que relinchou baixinho, parecendo-se um pouco mais com um cavalo.

– Prazer em conhecê-lo, Sorte do Maroto – disse Skandar, rindo. – Que tal Maroto, para abreviar?

O unicórnio produziu um som retumbante no peito. Com cautela, Skandar ofereceu a ele mais uma bala de gelatina, enquanto passava o cabresto sobre o chifre e colocava a rédea no lugar.

Um grito humano ensurdecedor irrompeu nas proximidades. Ao ouvi-lo, Sorte do Maroto soltou um guincho agudo no ouvido de Skandar, o que não ajudou em nada, e começou a dar trotes curtos pela cela.

Outro grito. Decidido, Skandar puxou suavemente a rédea de Maroto e o conduziu em direção à porta da cela. Empurrou as barras e a porta se abriu, permitindo que ele e o unicórnio passassem.

Um terceiro grito. Skandar seguiu o som até uma cela a duas portas da sua.

– Olá? – disse ele, com a voz um pouco trêmula. – Você se machucou? Precisa de ajuda?

Dentro da cela, havia três crianças e três unicórnios. O garoto de cabelo preto e óculos estava segurando com firmeza um unicórnio cor de sangue. Skandar também reconheceu Bobby, com um unicórnio cinza-claro. A terceira era uma garota de cabelo preto, crespo e volumoso, encurralada num canto por um reluzente unicórnio prateado. Estava com a cabeça entre as mãos, soluçando entre gritos.

– Precisam de ajuda? – repetiu Skandar mais alto, já que ninguém havia desviado o olhar do unicórnio prateado.

O garoto de óculos finalmente se virou. Boquiaberto, ficou olhando para Sorte do Maroto.

– Acho que agora precisamos – disse ele no momento em que a garota no canto ergueu os olhos, apontou para o unicórnio de Skandar... e gritou ainda mais alto.

CAPÍTULO 7

O ELEMENTO DA MORTE

Skandar deu mais um passo hesitante para dentro da cela. A garota no canto continuou gritando, e todos os quatro unicórnios guincharam junto. O garoto de cabelo preto estava paralisado, olhando boquiaberto para Sorte do Maroto, enquanto Bobby tentava acalmar sua unicórnio cinza, cujos olhos vermelhos rolavam para trás.

Skandar estava muito confuso. Aquele não era o tipo de reação que costumava provocar quando entrava num recinto. Em geral, as pessoas simplesmente o ignoravam.

– Será que você pode calar a boca por um minuto? – disparou Bobby para a garota que gritava. – Vai estourar meus tímpanos!

Os olhos de Bobby seguiram o olhar temeroso da garota. Ela suspirou.

– Esse aí é o Skandar. Sim, o nome dele é pior do que um elefante com diarreia, mas ele não dá *medo*.

– Ah, obrigado – balbuciou Skandar. – Bela apresentação.

Bobby deu de ombros.

– De nad...

– Silêncio, vocês dois! – rosnou o garoto com a unicórnio vermelha. – A Flo não está apontando para ele. Está apontando para o unicórnio dele.

Bobby franziu a testa.

– Quem é Flo?

– *Ela* é a Flo – apontou o garoto com impaciência para a garota encurralada no canto. – E meu nome é Mitchell. Mas não temos tempo para apresentações educadas! Há um unicórnio ilegal bem ali, o que deve significar que ele... – e Mitchell apontou para Skandar – é um cavaleiro ilegal.

Skandar ficou tão chocado que olhou por cima do ombro, certificando-se de que não havia outro cavaleiro e outro unicórnio atrás dele.

Mitchell agitou os braços freneticamente, parecendo ainda mais enfurecido com a passividade dos outros. Sua unicórnio de apenas alguns minutos de vida esticou a rédea, tentando levantar voo para escapar de seu cavaleiro.

– Aquela não é uma marca qualquer. Ela mostra que o unicórnio é aliado ao *quinto elemento* – sussurrou Mitchell.

Bobby estreitou os olhos para Mitchell.

– Nós podemos ser do Continente, *Mitch* – disse ela –, mas sabemos muito bem que existem *quatro* elementos, não cinco. Todo mundo sabe disso.

Mitchell a ignorou. Seus olhos iam de Skandar para Maroto, como se ele estivesse decidindo se deveria ou não fugir dali.

– Oficialmente, há quatro elementos, você está certa – explicou Flo com delicadeza, sua voz suave pesando no silêncio constrangedor. Ela ainda parecia aterrorizada por Sorte do Maroto, mas pelo menos tinha parado de gritar.

Bobby ergueu o queixo para Mitchell.

– Viu?

Ele fechou os olhos e murmurou algo baixinho.

– Mas antigamente eram cinco. *Existe* um quinto elemento – continuou Flo com mais coragem. – Embora não devamos falar dele. Nem os cavaleiros nem as amazonas, ou melhor, nenhuma pessoa na Ilha. O Continente não sabe nada disso. É uma proibição de antes do Tratado e...

– Como se chama esse elemento? – perguntou Bobby com os olhos ávidos para saber o segredo.

Flo olhou ansiosamente ao redor, como se estivesse preocupada de que alguém pudesse estar escutando.

– Espírito – disse ela, num sussurro.

– Bolas de fogo flamejantes! – rosnou Mitchell para Flo. – Ficou maluca? Dizer isso em voz alta? Ainda mais aqui dentro, no lugar mais sagrado de toda a Ilha? Nós temos que fazer alguma coisa. Temos que contar a uma sentinela sobre *ele*... e sobre *isso*!

Mitchell apontou de Skandar para Maroto.

Skandar não ia esperar para descobrir quem ou o que era uma sentinela. Já estava cansado de apontarem para ele. Então pigarreou.

– Se ninguém precisa de ajuda, vou voltar para minha cela.

– Você não pode ir a lugar nenhum com um unicórnio assim – disse Flo muito rápida e calmamente. – Vão matar vocês dois.

Ela gesticulou para Sorte do Maroto, que estava tentando morder a parte de trás do tênis de Skandar.

– Como assim? – perguntou Skandar, balançando a cabeça. – Ele nasceu há apenas sete minutos! Não fez nada de errado. Talvez *eu* tenha feito... – ele tentou evitar o olhar de Bobby –, mas ele, não. Sorte do Maroto é apenas um bebê. Olhem para ele.

O animal tinha começado a tentar morder as sombras projetadas por uma tocha acesa e, ao se aproximar demais delas, bateu com a mandíbula contra a parede.

– Ele... tem... uma... marca... de... exímio... em... espírito... na... testa! – explodiu Mitchell, incapaz de se conter por mais um segundo que fosse.

– O quê? – questionou Bobby no mesmo momento em que Skandar perguntou:

– O que é uma marca de exímio em espírito?

– Essa mancha branca – respondeu Mitchell, exasperado. E, em seu esforço para convencer a todos, apontou tão perto da cabeça de Maroto que o unicórnio tentou morder seu dedo. – É um sinal de que vocês dois vão se aliar ao elemento do espírito. Você não vê a mesma marca em Lâmina de Prata – e Mitchell apontou para o unicórnio prateado. –

Nem em Encanto da Noite Vermelha – continuou, apontando para sua unicórnio vermelho-sangue. – Nem nessa cinza aí.

– Ela tem nome, se chama Fúria do Falcão – disse Bobby, irritada. – *Essa cinza aí*, que absurdo.

Flo cruzou os braços e se virou para Mitchell.

– Não é bem assim. Talvez seja só uma marca – gesticulou ela na direção de Skandar. – Pode ser que ele se alie a outro elemento, que não seja o espírito.

– Só uma marca! – disparou Mitchell. – Você quer mesmo arriscar a segurança da Ilha inteira apostando na chance de ser *só uma marca*?

Um lampejo de dúvida atravessou o rosto de Flo, mas ela não descruzou os braços.

Mitchell continuou.

– Não assistiram à Copa do Caos semana passada? Ou eu fui o único que viu o Tecelão invadir a arena montando um unicórnio selvagem e ROUBAR O UNICÓRNIO MAIS PODEROSO DO MUNDO?

– O que a marca na cabeça do Maroto tem a ver com o Tecelão? – perguntou Skandar lentamente. – O que isso tem a ver com o desaparecimento do Geada da Nova Era?

– Raios bifurcados! – exclamou Mitchell. – Eles não ensinam nada a vocês no Continente? Não *viram* o Tecelão na Copa do Caos?

Skandar se lembrou de Kenna e do pai parados com ele diante da televisão; lembrou-se do rosto do Tecelão, da pintura que ia do cabelo ao queixo.

– A faixa branca – murmurou.

– É a marca do Tecelão – disse Flo. – O Tecelão é exímio no elemento espírito.

– Mas o que há de tão ruim no elemento espírito? – perguntou Bobby, irritada.

– O Tecelão o usa para matar! – disse Mitchell com o rosto contorcido de frustração. – Não é ruim o suficiente para você? Unicórnios, cavaleiros e amazonas, qualquer um que cruze seu caminho!

– Não é possível – zombou Bobby. – Um cavaleiro ou uma amazona, ou qualquer pessoa, não conseguiria matar um unicórnio. Nem esse tal de Tecelão...

Skandar concordava com a cabeça.

– É verdade! Aprendemos isso em nossas aulas de Criação. Foi por isso que vocês precisaram de cavaleiros e amazonas do Continente, porque é impossível matar os unicórnios selvagens. E nem os vinculados...

– Na verdade, existem duas maneiras de matar um unicórnio vinculado – interrompeu Mitchell, elevando a voz. – Se matar seu cavaleiro ou sua amazona, eles também morrem. Ou se usar um exímio no elemento espírito – disse, engolindo em seco.

Todos ficaram em silêncio.

– É O ELEMENTO DA MORTE! – concluiu Mitchell, quase gritando.

Bobby agora parecia levemente preocupada.

– Então esse maníaco do Tecelão pode usar o elemento-do-espírito-barra-quinto-elemento-barra-elemento-da-morte *e* tem o unicórnio mais poderoso do mundo?

– Todo mundo está morrendo de medo – disse Flo, seus olhos castanhos se enchendo de lágrimas.

– Ok, ótimo – disse Mitchell com um tom sarcástico. – Agora que sabemos quão ruim é o quinto elemento e que o Tecelão é a maior ameaça que a Ilha e o Continente já enfrentaram, podemos, por favor, denunciar *esse* exímio em espírito a uma sentinela?

Mitchell olhou para Flo com uma expressão suplicante.

– Não – respondeu Flo, obstinada, e Lâmina de Prata bufou como se estivesse concordando com ela.

Skandar viu que a menina tentou disfarçar o susto que levou com o barulho repentino do unicórnio.

– Nós temos que fazer isso! Esse unicórnio é perigoso. Esse tal de Skandar é perigoso! Ele não deveria ter sido aprovado no teste! Como ele conseguiu chegar até aqui? Já pararam para pensar nisso?

Skandar podia sentir o olhar de Bobby nele. A qualquer momento, ela poderia mencionar o helicóptero e piorar ainda mais as coisas. *Por favor*, implorou internamente. *Por favor, não diga nada.*

– Não importa – disse Flo. – O que importa é que ele está aqui agora. E eu não vou enviá-los para a morte. Eu não conseguiria viver sabendo que fiz isso.

– Mas você tem um unicórnio prateado – lamentou Mitchell. – Não pode se envolver nisso! Se ajudar um exímio em espírito, não vão deixar que você faça parte do Círculo de Prata.

Um vestígio de medo atravessou o rosto de Flo, porém ela logo se recompôs.

– Skandar e Sorte do Maroto não fizeram nada contra mim. Não vou correr para contar a um daqueles guardas mascarados. Mas você está certo, eu tenho mesmo um unicórnio prateado. Tem certeza de que quer me contrariar, Mitchell? Fazer de mim e de Lâmina de Prata seus inimigos com apenas treze anos?

– Não, eu... – Mitchell parou de falar, mas obviamente não conseguiu se conter e continuou. – A questão é que, mesmo que não contemos a uma sentinela, todo mundo vai ver a marca assim que ele sair do Criadouro. Não há como escondê-la.

– Na verdade, acho que tem um jeito – disse Skandar, lembrando-se de repente do frasco que Agatha lhe dera. Ele o tirou do bolso e desenroscou a tampa.

Mitchell observou enquanto Skandar mergulhava um dedo no líquido preto do frasco e mostrava a ponta.

– Acham que isso serve? – perguntou ele. – Para cobrir a marca... por enquanto? Até que tudo esteja resolvido e eu seja um exímio em fogo ou ar ou algo do tipo?

Ele tentou manter a voz firme. Se Agatha sabia que ele ia precisar daquilo, o que isso significava? E quem *era* Agatha, afinal?

– Onde você conseguiu isso? – perguntou Flo, confusa.

Skandar não sabia o que responder. Duvidava que dizer que gostava de pintura fosse colar.

– Você não achou isso no nosso helicóptero? – interveio Bobby, piscando discretamente para Skandar.

Mitchell olhou para Bobby incrédulo, mas, antes que pudesse fazer outra pergunta, foi derrubado por Encanto da Noite Vermelha, que havia irritado Fúria do Falcão arrancando um pedaço de sua crina. Entediados com a discussão entre seus cavaleiros e amazonas, os unicórnios tinham começado a criar confusão. Vermelha, Falcão e Maroto trotavam e guinchavam pela cela, enquanto Lâmina de Prata permanecia em sua pose imperial num canto e bramia se os outros chegassem muito perto.

Quando, por fim, conseguiram pegar Sorte do Maroto, Skandar e Bobby descobriram que ele *não* gostava nem um pouco de que tocassem em sua mancha. Durante toda a operação, Mitchell não fez nada para ajudar, apenas ficou parado de braços cruzados, dizendo que seriam todos presos por ajudar um exímio em espírito e que seria o fim da carreira deles como cavaleiros e amazonas, e provavelmente da vida deles também, porque Skandar e/ou seu unicórnio matariam todos eles durante o sono.

– Mitchell, dá para calar a boca? – gritou Bobby, dando os últimos retoques de tinta sobre a mancha.

A garota tinha se oferecido para sujar as mãos porque seria muito suspeito se fosse Skandar quem aparecesse com as mãos manchadas de preto. Ele havia tentado argumentar com ela, mas não adiantou nada.

Flo parecia já estar se arrependendo da decisão e olhava sem parar para todos os cantos da cela. Parecia muito nervosa de novo – seu unicórnio prateado não parava de soltar grunhidos baixos, fazendo-a ganir com a mão sobre a boca. Seus olhos se enchiam de lágrimas toda vez que ela olhava para Lâmina de Prata.

– Você está bem? – perguntou Skandar.

Afinal, Flo já estava gritando *antes* de ele chegar.

A garota tinha acabado de abrir a boca para responder quando eles foram interrompidos por um grande estrondo. A parede em frente à porta gradeada começou a tremer violentamente.

O que foi agora?, pensou Skandar, desesperado. Aquela não tinha sido exatamente a chegada triunfal à Ilha com a qual ele havia sonhado.

Todos os quatro unicórnios estavam agitados e assustados, os novos cavaleiros e amazonas lutavam para segurá-los enquanto eles soltavam guinchos agudos e relinchavam, agitando os chifres afiados perigosamente no espaço fechado. Foi só quando a luz do sol adentrou a cela escura que Skandar entendeu o que estava acontecendo: a parede estava se movendo para cima. Era a saída.

Quando a parede desapareceu por completo, eles ouviram os guinchos de quarenta e três unicórnios recém-saídos do ovo. Era um som ensurdecedor, como mil trens freando ao mesmo tempo.

Em meio ao barulho, Mitchell gritava:

– Vão! Andem logo! Já estamos na cela errada de qualquer maneira. Se sairmos logo, eles não vão nem notar! – e desapareceu sob a luz do sol deslumbrante com Encanto da Noite Vermelha.

Skandar nem sequer teve tempo de perguntar para *onde* estavam indo quando Bobby se apressou em colocar o pote de tinta na mão dele.

– Ajam naturalmente e tudo vai ficar bem – disse Flo com delicadeza, enquanto conduzia seu unicórnio prateado para o sol do meio da manhã. – Não dá nem para notar.

– Você vai ficar parado aí? – perguntou Bobby a Skandar, enquanto puxava Fúria do Falcão atrás de Flo.

– E a propósito, obrigado – murmurou ele, sem jeito. – Você sabe, pela coisa do helicóptero.

– Ah, pare com isso.

Bobby revirou os olhos e deu um soco no braço de Skandar. Isso o fez se lembrar de algo que Kenna teria feito e amenizou um pouco a sensação de que tudo estava dando errado.

Uma fila de jovens unicórnios serpenteava à frente de Maroto. Mais guardas com máscaras prateadas – Skandar havia deduzido que *eles* eram as sentinelas – estavam enfrentando dificuldades para manter todos no caminho. Estar ao ar livre tinha feito os unicórnios se lembrarem de que eram criaturas elementais, repletos de um novo suprimento de magia. A poeira rodopiava no ar e se misturava a faíscas e explosões. Os chifres disparavam água, os cascos deixavam marcas negras chamuscadas na grama, as árvores ao longo do caminho crepitavam por causa da eletricidade e crateras se abriam no solo diante deles. Cavaleiros e amazonas gemiam de dor ao se verem pegos no fogo cruzado dos elementos, agarrando-se desesperadamente às rédeas enquanto seus unicórnios empinavam, davam pinotes e golpeavam o ar com o chifre.

Sorte do Maroto não era exceção: o bebê que comera balas de gelatina na cela parecia ter desaparecido havia muito tempo. Enquanto Skandar tentava seguir a fila, seu unicórnio tentava morder seus dedos e lhe dava coices na canela. Chamas se acenderam em sua cauda e faíscas caíram e queimaram o dorso das mãos de Skandar. Seus olhos mudavam do preto para o vermelho e, como muitos dos outros unicórnios, ele espumava pela boca. Skandar esperava que isso fosse um sinal de felicidade, e não de que queria devorá-lo. Como se pudesse ouvir seus pensamentos, Maroto fechou os dentes perigosamente perto de seu cavaleiro, roçando o quadril do garoto com os incisivos. Que maravilha, talvez o unicórnio *realmente* quisesse devorá-lo.

Skandar olhou por cima do ombro. Flo e Mitchell levavam seus unicórnios lado a lado atrás deles, bem no fim da fila. Bobby estava à frente, interrogando um ilhéu e puxando Falcão ao lado dela. Skandar não pôde deixar de se sentir excluído, mesmo sabendo que, naquele momento, aquele provavelmente era o menor de seus problemas. Ele esperava que as coisas fossem ser diferentes na Ilha. Tinha imaginado que ter um unicórnio como todos os outros o ajudaria a fazer amigos.

Em vez disso, ao que parecia, ele e Maroto poderiam ser aliados a um elemento ilegal do qual ele nunca tinha ouvido falar. Skandar deixou de lado a decepção, concentrando-se em Sorte do Maroto, que tentava abocanhar um pássaro que voava baixo. Pelo menos tinha seu unicórnio... e o vínculo, que fazia seu coração parecer ter o dobro do tamanho.

Quando a fila de unicórnios à sua frente desapareceu numa curva no caminho, Skandar sentiu o cheiro de algo podre: parecia uma mistura de peixe morto que vinha da praia de Margate e do hálito de seu pai depois de ter bebido muita cerveja.

Dois gritos cortaram o ar.

– SOCORRO! SOCORRO!

Skandar deu meia-volta com Maroto ao reconhecer as vozes de Mitchell e Flo.

Entre ele e os dois ilhéus estava um enorme unicórnio selvagem.

O choque atingiu Skandar como um balde de água fria. O tempo parou. Seu cérebro entrou em curto-circuito: *corra, não se mexa, grite, corra, não se mexa, grite*. O unicórnio selvagem era um monstro. Bloqueava o caminho, balançando a cabeça gigante de um lado para o outro: a boca escancarada, os dentes afiados e tortos, o hálito rançoso. Ao contrário do unicórnio de Skandar, seu chifre era espectral, transparente. Era terrivelmente magro, os ossos visíveis sob a pelagem cinza manchada e, num de seus flancos, havia uma ferida aberta e moscas zumbindo ao redor do sangue.

Os unicórnios de Flo e Mitchell guinchavam, morrendo de medo, mas, assim como seus cavaleiros, pareciam incapazes de correr. Skandar olhou em volta, desesperado, em busca de uma sentinela, mas todos já haviam virado a curva no caminho à frente.

O unicórnio selvagem soltou um grito dolorosamente agudo e, com o chifre, disparou um raio que atingiu uma bétula prateada logo à esquerda do braço de Mitchell. O tronco e os galhos da árvore se desintegraram, as folhas ressecadas morriam antes mesmo de tocar o chão. Flo soltou um grito de pavor, levando as mãos aos ouvidos. Skandar não achava que o unicórnio selvagem erraria a mira novamente. E, se o que tinha aprendido sobre a magia dos unicórnios selvagens fosse verdade, então os ferimentos de Mitchell e Flo nunca se curariam... caso sobreviverem ao ataque.

O unicórnio selvagem soltou um bramido, e o som sacudiu as costelas de Skandar. Unicórnios selvagens eram aliados a todos os elementos, então não havia como saber com qual ele ia atacar em seguida. O monstro cinza putrefato baixou o chifre letal, apontando-o diretamente para Flo e Mitchell, e algo em Skandar despertou.

— Ei! Oi! — gritou ele, acenando com uma das mãos, a outra segurando a rédea de Maroto com firmeza. — Aqui!

Não sabia o que o havia levado a fazer isso. Nunca tinha sido uma pessoa corajosa. Toda vez que Owen exigia que entregasse seu almoço, seu dever de casa ou uma de suas Cartas do Caos, ele obedecia sem resistir. Kenna sempre tinha sido a corajosa da família. Mas ela não estava lá.

— O que ele está fazendo? — gritou Mitchell, enquanto o unicórnio selvagem grunhia e se virava para Skandar.

Seus olhos se encontraram com os de Skandar, e o garoto ficou surpreso com o que viu neles. Raiva, sim, mas também muita tristeza. O unicórnio parou de rosnar, uma gosma verde pingava de sua boca entreaberta. Maroto soltou um grunhido baixo enquanto o unicórnio selvagem observava o rosto de Skandar, quase como se estivesse procurando algo nele. Skandar nunca tinha visto uma criatura tão perdida. Então o animal se empinou sobre as patas traseiras, bateu as asas cinzentas esfarrapadas e golpeou o ar com as patas dianteiras, na frente de Skandar. Maroto rugiu de volta, embora seu som de bebê tenha sido engolido pelo bramido do unicórnio selvagem. Skandar nem pensou em se abaixar. Apenas se preparou para o impacto.

Mas o impacto não veio. Os cascos do unicórnio selvagem atingiram o caminho pedregoso com um baque surdo. Skandar abriu os olhos bem a tempo de vê-lo se virar e sair galopando.

Suas pernas começaram a tremer das coxas até os tornozelos. Ele caiu no chão com as pernas dobradas, curvou o tronco, encostou a testa nos joelhos e fechou os olhos. Um grito alto e ansioso ecoou acima de sua cabeça.

– Tudo bem, garoto – murmurou ele. – Já vou me levantar...

Isso não satisfez Maroto, que cheirou a cabeça do cavaleiro antes de mordiscar um tufo de seu cabelo.

Skandar estremeceu, mas o unicórnio nem reparou.

– Ai, isso dói!

Em algum lugar acima de Skandar, Mitchell murmurava freneticamente para si mesmo.

– Um unicórnio selvagem! No caminho? Bem aqui! Não acredito no que ele fez. Não consigo acreditar que um exímio em espírito... Não faz sentido.

– Skandar, seu idiota de carteirinha! – a voz de Bobby parecia distante, embora ainda muito zangada. – Não posso deixar você sozinho nem por cinco minutos? Você realmente acabou de gritar "ei" para um unicórnio selvagem?

– Sabe, Roberta... – disse Mitchell, a voz ainda trêmula.

– Não me chame de Roberta! – retrucou Bobby.

– Sabe, *Bobby* – enfatizou Mitchell –, acho que essa foi a primeira coisa sensata que você disse desde que nos conhecemos.

– Ah, e nos conhecemos há muito tempo, não é mesmo? – perguntou Bobby sarcasticamente.

– Por favor, fiquem quietos! – a voz de Flo era suave, mas firme.

Houve uma pausa constrangedora, durante a qual Skandar tentou, em vão, tremer de maneira um pouco menos evidente.

– Vocês não estão vendo que ele não está bem?

Skandar sentiu os três se aproximarem um pouco mais e abriu os olhos.

– Estou b-b-bem – conseguiu dizer.

Flo se agachou, a preocupação estampada em seu rosto. Skandar sentiu o hálito quente de Lâmina de Prata em sua nuca, o que não fez com que se sentisse exatamente mais calmo.

Mitchell tirou Flo do caminho.

– Levante-se! – rosnou ele. – Levante-se antes que alguém veja!

– Mas eu não fiz nada... fiz? – perguntou Skandar, confuso.

– Bem, você deve ter feito alguma coisa! Por que o unicórnio não atacou? – Mitchell estava praticamente arrancando seu próprio cabelo. Ele se voltou para Flo. – Eu disse que devíamos ter denunciado esse garoto! Ele é um exímio em espírito. Eles são ligados aos unicórnios selvagens. Veja só o Tecelão...

– Você está falando sério? – perguntou Bobby, mas Flo falou por cima dela.

– Em vez de acusá-lo, Mitchell Henderson, não acha que deveria agradecer a ele?

O garoto pareceu horrorizado.

Flo estava com as mãos na cintura. Lâmina de Prata bufou atrás dela.

– Nós praticamente não dissemos a ele uma palavra amigável que seja, e ele acabou de salvar nossas vidas. Ou você não se deu conta disso?

– Mas...

– Não sei quanto a você – Flo baixou a voz –, mas isso significa muito mais para mim do que um preconceito estúpido contra exímios em espírito, só porque um deles passou para o lado do mal.

Mitchell mordeu o lábio, olhando para qualquer lugar, menos para Skandar.

– Bem, *Mitch* – disse Bobby, claramente adorando aquele momento. – Estamos esperando.

Mitchell olhou de cara feia para ela e respirou fundo.

– Obrigado, eu acho – murmurou ele para Skandar. – Por ser estúpido o suficiente para arriscar sua vida e nos salvar daquele monstro.

Flo suspirou.

– Bem, acho que serve. E, Skandar, acho que talvez você deva *mesmo* se levantar. Podemos ter problemas por termos ficado tão para trás.

Flo e Bobby se abaixaram e o colocaram de pé. Antes mesmo de Skandar terminar de limpar a poeira da calça jeans, Mitchell saiu marchando com sua unicórnio vermelha.

— Encantador – disse Bobby, balançando a cabeça enquanto observava o garoto desaparecendo rapidamente.

— Eca, o cheiro daquele unicórnio selvagem continua aqui – disse Skandar, torcendo o nariz. – Por que eles são assim? A carne podre, o cheiro, essa... gosma? – perguntou quando seu tênis pisou em algo pegajoso.

Flo olhou com tristeza para as folhas mortas no lugar onde antes ficava a árvore.

— Para sempre é tempo demais para qualquer coisa viver. É por isso que os unicórnios selvagens têm essa aparência. É por isso que vão apodrecendo. Nossos unicórnios diminuem a sua expectativa de vida imortal quando se vinculam a nós, mas os unicórnios selvagens, não. A vida deles se prolonga por tempo demais. Então eles estão vivos, mas, ao mesmo tempo, estão morrendo... para sempre. Não há escapatória. Nem mesmo um *exímio em espírito* pode matá-los – ela sussurrou as palavras ilegais e, apesar do sol de junho, sentiu um calafrio. – Só pensam em sangue e morte. Isso é tudo que eles têm. Alguns nem conseguem mais voar.

Skandar sentiu uma enorme tristeza. Ficar morrendo para sempre parecia horrível; fazia sentido aquele unicórnio selvagem parecer tão perdido. Então ele se lembrou de algo que fez com que se sentisse ainda pior.

— O Mitchell disse que exímios em espírito têm uma conexão com unicórnios selvagens... – Skandar se deteve ao ver Flo fazer uma careta.

— Eu não sei muito sobre o quinto elemento. Não devemos...

— Bem, você com certeza sabe mais do que nós – interrompeu Bobby. – Então pode começar a falar.

Ela colocou uma das mãos na cintura e segurava a rédea de Falcão com a outra.

O conflito entre quebrar as regras e ser justa com Skandar ficou evidente no rosto de Flo. Por fim, ela semicerrou os olhos e falou muito rapidamente e em voz baixa.

— Vocês assistiram à Copa do Caos... o Tecelão não estava apenas *montando* um unicórnio selvagem. Estava usando a magia dele, como se os dois estivessem vinculados. E todo mundo diz que, para fazer isso, o Tecelão usou o quinto elemento... Por favor, não me perguntem como. Eu não sei – acrescentou ela, nervosa. – O Tecelão usa o elemento do espírito para o mal desde antes de nascermos. Foi por isso que a Ilha decidiu que ele era perigoso demais para ser permitido. O que posso dizer é que meus pais estão com medo mesmo dessa vez... todos os adultos estão. Eles acham que o Tecelão está planejando algo grande.

– Então você está basicamente dizendo que, se Skandar for realmente um exímio em espírito, todo mundo vai pensar que ele está envolvido no plano do Tecelão e que é melhor amigo de todos esses unicórnios selvagens repugnantes? – perguntou Bobby, sem rodeios.

– É exatamente isso que estou dizendo – disse Flo, engolindo em seco. – Enfim, vamos parar de falar disso. Eu não gosto de coisas assustadoras, e o Tecelão é a coisa mais assustadora que existe. Até os unicórnios vinculados me dão um pouco de... – e ela lançou um olhar nervoso para Lâmina de Prata, que tentava abocanhar moscas.

Bobby revirou os olhos.

– Vamos, é melhor irmos logo.

Depois de alcançarem a fila, Skandar e Maroto andaram atrás dos outros. E, a cada passo que davam ao longo do caminho pedregoso, um único pensamento ocupava a mente do garoto. *Por favor, não quero ser um exímio em espírito, por favor, não quero ser um exímio em espírito.*

CAPÍTULO 8

O NINHAL

— Olhem para cima!
— Vocês viram?
— No céu!

Gritos de entusiasmo ecoaram ao longo da fila de cavaleiros e amazonas. Uma sombra alada sobrevoou a cabeça de Skandar, que também olhou para cima. O céu estava repleto de unicórnios: dando rasantes e mergulhando, guinchando e rugindo para os bebês abaixo deles. Sem dúvida eram unicórnios vinculados: os chifres eram coloridos, ao contrário do unicórnio selvagem que Skandar tinha acabado de encontrar. Ele teve que reprimir o impulso de se abaixar quando os unicórnios mais velhos passaram a voar cada vez mais baixo, como se desafiassem uns aos outros para ver quem descia mais. Maroto, Falcão e os outros filhotes cresciam rapidamente – haviam passado do tamanho de um cachorro grande ao de um pônei pequeno em apenas algumas horas –, mas ainda tinham menos da metade do tamanho dos unicórnios mais velhos. As feras temíveis que voavam acima de sua cabeça, combinadas com a preocupação em relação ao elemento espírito *dentro* de sua cabeça, estavam deixando os nervos de Skandar à flor da pele.

E ele quase deu um pulo quando Falcão atingiu Maroto com uma descarga elétrica disparada de seu chifre. O unicórnio negro foi forçado a saltar de lado para que Falcão conseguisse contornar uma poça no caminho com serenidade. A unicórnio cinza não queria molhar os cascos! O cabelo castanho de Bobby roçou seus ombros quando ela balançou a cabeça, exasperada.

— Inacreditável. Acabei ficando com a unicórnio assassina que não gosta de se sujar.

Skandar observou enquanto Sorte do Maroto olhava para os unicórnios acima deles, o chifre apontado para o céu. Seus olhos brilhavam, passando de vermelho para o preto enquanto seguiam os animais que voavam no céu, e suas pequenas asas se agitaram, como se ele quisesse se juntar às criaturas mais velhas no ar.

— Talvez isso ainda seja um pouco perigoso para você — disse Skandar, rindo.

O unicórnio mostrou o que achava daquela afirmação ao levantar a cabeça e esguichar água do chifre direto nos olhos de Skandar.

— Aff! É sério?! — gritou Skandar, enquanto Bobby morria de rir.

Maroto bateu as asas e olhou, travesso, para seu cavaleiro, que estava começando a achar que o unicórnio tinha bastante senso de humor.

A fila começou a andar novamente, mas Skandar não conseguia parar de olhar para o alto, de tempos em tempos, conforme mais unicórnios se juntavam ao espetáculo acima de sua cabeça. Alguns planavam na brisa leve, outros brincavam ruidosamente uns com os outros, outros ainda lutavam no ar, fazendo com que os elementos explodissem como fogos de artifício.

Skandar estava tão concentrado no céu que só percebeu que estavam subindo a encosta de uma colina rochosa quando ficou sem fôlego. À medida que o caminho irregular serpenteava ao redor do grande morro, de tempos em tempos, ele avistava uma área cercada: em algumas, havia trechos chamuscados na grama, em outras, rachaduras profundas na terra, e numa delas a grama estava encharcada e mais verde do que nas outras... Mas ele só descobriu o que eram aqueles platôs gramados quando viu as marcas de cascos.

– Áreas de treinamento? – perguntou para Maroto, ofegante, quando os unicórnios à frente pararam de súbito na encosta íngreme, o caminho bloqueado pela maior árvore que Skandar já tinha visto.

O tronco retorcido se elevava em direção ao céu, e ele teve que inclinar a cabeça para trás para ver que os galhos se estendiam numa vasta copa. As folhas não eram apenas verdes, como ele esperava. Eram uma mistura de vermelho intenso, amarelo-ouro, verde-esmeralda, índigo e, em alguns pontos, branco reluzente, despontando entre as outras cores para quebrar a sucessão de cores elementares.

De ambos os lados da gigantesca árvore, se erguia uma muralha alta, embora Skandar não conseguisse ver nada que se assemelhasse a tijolos sob o emaranhado de plantas e flores de aparência incrivelmente peculiar. À direita da árvore, a cobertura do muro lembrava as fotos que ele tinha visto da Grande Barreira de Corais: as plantas laranja e cor-de-rosa eram idênticas aos corais que cresciam lá, no fundo do mar. À esquerda, a parede estava coberta por um manto de musgo e trepadeiras escuras, caracóis e lesmas enormes. Skandar até pensou ter visto uma hortaliça ou outra saindo entre as folhagens. Que lugar era *aquele*?

Duas sentinelas de máscara prateada, montadas em unicórnios, guardavam a árvore gigante. Quando os novos cavaleiros e amazonas se aproximaram do tronco, com os unicórnios se esbarrando e os chifres perigosamente próximos da barriga uns dos outros, uma das sentinelas desmontou e colocou a mão na árvore – o mesmo gesto que Skandar havia feito para abrir a porta do Criadouro naquela manhã. Sua respiração ficou ofegante quando um círculo de fogo se acendeu e parte da casca recuou, abrindo um espaço grande o suficiente para que os novos cavaleiros e amazonas e seus unicórnios entrassem, um de cada vez.

Skandar ouviu murmúrios animados, tanto de habitantes do Continente quanto de ilhéus. Estava na cara que os jovens ilhéus também nunca tinham estado ali antes, e ele ficou feliz, porque, pela primeira vez, todos pareciam estar no mesmo barco.

– Bem-vindo ao Ninhal – disse Flo sorrindo, quando a cabeça de Skandar surgiu, seguida pelo chifre de Maroto, e eles se juntaram a ela do outro lado da entrada.

Skandar olhou para cima e parou de repente. Nada poderia tê-lo preparado para aquilo. O Túnel dos Vivos tinha sido incrível; a câmara do Criadouro tinha sido incrível *de verdade*. Mas aquilo? Claro que ele sabia que existia uma escola de treinamento de cavaleiros e amazonas. E que provavelmente devia ser igual a uma escola normal ou aprimorada – talvez com estábulos, estátuas de unicórnios e comidas deliciosas com maionese à vontade. Mas não tinha imaginado *nada* parecido com aquilo.

O Ninhal era uma floresta fortificada: as árvores tinham armadura. Ou era o que parecia do chão, enquanto Skandar e Maroto percorriam o caminho pelo labirinto escuro de troncos. Madeira e metal contrastavam: o natural e o feito pelo homem. Escadas de metal desciam em cascata dos galhos mais baixos e troncos grossos sustentavam casas nas árvores que se assemelhavam a fortalezas de ferro. Não se parecia em nada com as casinhas na árvore que Skandar e Kenna desejavam desesperadamente ter quando eram pequenos, além de um jardim e um pai que quisesse construir uma para eles.

As casas nas árvores tinham vários níveis, construídos na direção da copa alta em forma de torres desordenadas. Algumas tinham até oito andares de altura, outras se estendiam, adentrando tanto nas fileiras de árvores que era impossível saber onde começavam e onde terminavam. As casas eram uma explosão de cinza em meio ao mar de verde, embora muitas tivessem grafites de cores fortes nas paredes: azul para a água, vermelho para o fogo, amarelo para o ar e verde para a terra. Skandar tentou não se perguntar qual seria a cor associada ao elemento espírito.

Havia pessoas aglomeradas em pontes feitas de cabos de metal que conectavam uma casa à outra em todos os níveis. As pontes brilhavam ao sol do início da tarde enquanto balançavam entre os galhos. Para onde quer que se olhasse – nas pontes de cabos, nas plataformas, nas janelas das casas nas árvores –, viam-se rostos jovens que observavam os novos cavaleiros e amazonas e seus unicórnios, tagarelando, rindo e apontando.

Skandar inspirou o perfume terroso da floresta e quase conseguia sentir o gosto do frescor no ar. A vista da Ilha a partir das casas nas árvores devia se estender por quilômetros: a colina do Ninhal era o ponto mais alto que Skandar conseguia ver, onde as árvores se elevavam como guardiãs. No céu, que mal dava para ver por conta da folhagem das árvores, unicórnios planavam, projetando suas sombras aladas. E Skandar soube que nunca seria capaz de capturar a magia de tudo aquilo, nem mesmo se fizesse mil desenhos em seu caderno.

Então, apesar de tudo – apesar do Tecelão, do elemento espírito e da mancha branca escondida de Maroto –, ele sorriu.

– Você não está mais em Margate – murmurou, tentando assimilar tudo aquilo.

– Falando sozinho de novo?

Bobby surgiu ao lado dele com sua unicórnio cinza, e Flo com seu unicórnio prateado. Gritos de "Um unicórnio prateado!", "Olhem, um novo unicórnio prateado!" e "Lá está ela!" vieram das pontes suspensas acima deles. E Skandar tinha que concordar que Lâmina de Prata era magnífico. No Continente, nunca havia imaginado que existisse um unicórnio daquele jeito: cor de metal líquido, com um chifre tão letal quanto uma faca de trinchar.

– Então, hum, e agora? Almoço? – perguntou Skandar esperançoso, com o estômago roncando. Maroto grunhiu em resposta com desconfiança.

Flo riu, mas estava claramente incomodada com toda aquela atenção.

– Não tenho certeza... Teremos que caminhar por falhas geológicas ao pôr do sol, então acho que talvez eles nos deem alguma coisa para comer antes disso...

– Vamos descobrir qual é nosso elemento aliado hoje? – perguntou Bobby, a voz trêmula de preocupação.

Flo fez que sim com a cabeça e apontou para as árvores diante deles.

— A Grande Fenda fica ali, onde as falhas se encontram. Estão vendo?

Skandar olhou entre os troncos sombreados enquanto funcionários rolavam um aro dourado até o centro de uma clareira coberta de grama. Ouviu-se um baque quando eles o deixaram cair no chão duro, movendo-o para a direita em seguida, e depois um pouco para a esquerda, até ficarem satisfeitos.

— O Ninhal foi construído ao redor da Grande Fenda porque ajuda nossos unicórnios a acessar todo o seu potencial elementar – continuou Flo. – Isso é bom, porque aqui eles nos ensinam tudo: teoria dos elementos, treinamento para batalhas celestes, o protocolo das corridas, até coisas para o caso de ganharmos a Copa do Caos e nos tornarmos comodoros um dia.

Ela parou quando pessoas começaram a chamá-la de uma das pontes de metal, todos agitando bandeiras vermelhas decoradas com labaredas.

Skandar tinha lido sobre "a Caminhada" e sabia que envolvia um novo cavaleiro ou amazona e um unicórnio em cima da Grande Fenda, o lugar onde as quatro falhas – fraturas na estrutura da Ilha – se encontravam. De acordo com a lenda, as falhas eram a fonte da magia da Ilha, atravessando-a e dividindo-a em quatro zonas: fogo, água, terra e ar. A cerimônia que Flo havia mencionado ia determinar a qual elemento eles iriam se aliar. Seu "melhor elemento", como a srta. Buntress havia explicado numa de suas aulas. Skandar verificou a tinta sobre a mancha de Maroto mais uma vez, torcendo para que fosse o suficiente para evitar que alguém mais pensasse que ele era um exímio em espírito.

Uma jovem de cabelo preto muito curto, pele marrom-clara e um sorriso acolhedor se aproximou dos novos cavaleiros e amazonas com seus unicórnios enquanto eles se acomodavam nervosamente entre os troncos. Além da espiral dourada de sua insígnia do ar, sua jaqueta amarela tinha sido personalizada com remendos de diferentes texturas: uma intrincada pluma de metal e cinco pares de asas costurados na manga direita. Skandar também notou, aliviado, a cesta de arame cheia de sanduíches que ela levava debaixo do braço.

— Olá! Oi! Eu sou Nina Kazama – acenou ela para chamar a atenção de todos. – Estou no último ano de treinamento aqui no Ninhal e sou do Continente, como alguns de vocês – e piscou, sem se dirigir a ninguém em particular. – Vou mostrar a vocês onde ficam os estábulos para que possam descansar antes do pôr do sol com seus unicórnios. Venham comigo, Filhotes!

— Filhotes? – perguntou Bobby, indignada.

— É como chamamos os cavaleiros e amazonas no primeiro ano no Ninhal – disse Nina sorrindo enquanto distribuía sanduíches entre os cavaleiros e amazonas. – Os do segundo ano são Ninhegos, os do terceiro, Voantes, os do quarto, Aspirantes e os do quinto ano, como eu, são os Rapinas, ou Rapis, para abreviar.

— Ah, oi, Florence! – Nina deu um abraço desajeitado com apenas um dos braços em Flo, em volta de Lâmina de Prata, que deixava uma poça de lava borbulhante a cada pegada. O unicórnio prateado pareceu muito ofendido com a invasão de seu espaço pessoal.

— O pai da Florence é seleiro – explicou Nina aos Filhotes mais próximos dela. – Selas Shekoni, as melhores do mercado. Todos os dias dou graças aos raios por ele ter escolhido Falha do Raio e eu para usarmos uma de suas selas.

De alguma forma, Flo conseguiu parecer envergonhada e orgulhosa ao mesmo tempo.

Nina começou a andar, fazendo um gesto para que os Filhotes a seguissem. Skandar passou por Mitchell, que resmungava.

— Ai, Vermelha, o que você está fazendo?

A unicórnio se recusava a avançar, a cabeça estava enfiada sob uma de suas asinhas, como uma criança colocando as mãos sobre os olhos para se esconder.

Skandar tinha que reconhecer: Nina era a pessoa mais entusiasmada que ele já havia conhecido. Conforme ziguezagueavam pelos troncos, ela não parava de falar.

Enquanto Nina explicava sobre as casas de cura nas árvores, uma especializada em ferimentos de cavaleiros e amazonas e a outra em unicórnios, Bobby murmurou algo sobre ela ser alegre de uma maneira meio suspeita. Skandar, por sua vez, olhava ao redor, maravilhado, enquanto terminava seu segundo sanduíche, muito satisfeito por detectar maionese no recheio. Empolgado, ouvia Nina apontar para as árvores postais: cinco árvores de tronco grosso rotuladas como *Filhotes*, *Ninhegos*, *Voantes*, *Aspirantes* e *Rapinas*, cada uma pontilhada de buracos. Mal podia esperar para escrever para Kenna.

– Podemos escrever para nossa família no Continente? – perguntou alguém.

Nina fez que sim.

– Mas não devem revelar muito sobre o Criadouro ou o Ninhal – alertou. – E não mencionem o Tecelão de jeito nenhum. Os oficiais do Departamento de Comunicação com Cavaleiros e Amazonas são meio reticentes em relação a coisas assim.

Skandar se viu andando ao lado de um garoto de cachos loiros e pele clara. Ele parecia muito ansioso, embora seu unicórnio estivesse se comportando bem.

– Você também é do Continente? – perguntou o menino.

Skandar fez que sim com a cabeça.

– Meu nome é Skandar.

– Albert – o garoto esboçou um meio-sorriso tenso. – Tenho minhas dúvidas sobre este lugar, sabe? Primeiro a ferida na palma da mão, depois essa Caminhada ao pôr do sol na frente de todo o Ninhal, e ainda por cima todo esse lance dos nômades.

– Que lance dos nômades?

Albert baixou a voz, e Maroto bufou quando eles começaram a sussurrar.

– Aparentemente os instrutores daqui podem nos expulsar... a qualquer momento, se acharem que não estamos aptos a nos tornar cavaleiros e amazonas como os da Copa do Caos. Eles podem nos declarar *nômades*, e, então, temos que deixar o Ninhal para sempre. Assim, sem mais nem menos!

— Tem certeza?

Skandar não podia acreditar que agora tinha outra coisa com que se preocupar. Então, se não fosse morto por ser um exímio em espírito, ainda podia ser expulso do Ninhal?

— Não se preocupem com isso – falou Nina, que tinha ouvido tudo. – Nenhum Filhote vai ser declarado nômade tão cedo. Os instrutores querem dar a vocês a chance de provarem seu valor. Vocês ainda nem percorreram as falhas!

— Mas – começou Skandar, que não pôde deixar de perguntar – o que você faz se estiver vinculado a um unicórnio e não puder mais treinar no Ninhal?

Nina tentou tranquilizá-lo.

— Como nômade, você aprenderia outro ofício que exija um unicórnio. E, claro, assim como os cavaleiros e amazonas da Copa do Caos, seria convocado a ir ao Continente uma vez por ano para recrutar cavaleiros e amazonas. Existem milhares de nômades, e todos levam uma vida plena com seus unicórnios. Não é tão ruim assim!

Mas Skandar não achou que Nina parecia totalmente convencida daquilo.

A jovem parou abruptamente diante de uma abertura em arco na muralha do Ninhal, e todos os cavaleiros e amazonas tiveram que segurar a rédea de seus unicórnios com força para contê-los.

— Esta é a porta oeste dos estábulos, entre os quadrantes do fogo e do ar. Vocês vão notar que na muralha à direita da porta há plantas de fogo, de tons mais vermelhos e marrons, e plantas de lugares mais quentes, como cactos. À esquerda, há plantas relacionadas ao ar, como gramíneas longas e dentes-de-leão, e flores de tons mais amarelados, como ranúnculos e girassóis. Isso vai ajudá-los a saber em qual quadrante elemental estão, caso se percam. Existem quatro portas na muralha, e esta é a que fica mais próxima dos estábulos dos Filhotes. Entrem.

Skandar ficou atônito quando passaram pelo arco e atravessaram a muralha do Ninhal. O som dos unicórnios ecoava na pedra. Todos os pelos de seus braços se arrepiaram, como se seu corpo estivesse lhe dizendo que ele estava entrando no covil de um predador. Ganidos, estrondos, bramidos, guinchos agudos, relinchos: todos os sons que Skandar já tinha ouvido na Copa do Caos e muito mais. Ele estremeceu de leve.

– Os estábulos dos Filhotes ficam por aqui – disse Nina, guiando-os pelo caminho.

Lanternas brilhavam com uma luz tênue sobre os estábulos de ferro ao longo do lado interno da muralha, e chifres de unicórnio de cores diferentes se projetavam acima das portas, seus ocupantes bufando, ameaçadores, para os recém-chegados enquanto passavam.

Nina acenou para alguns cavaleiros que trancavam a porta da baia de seus unicórnios e continuou tagarelando enquanto andava.

– Os unicórnios podem perambular à vontade durante o dia, quando não estiverem treinando. Eles gostam de sobrevoar a muralha para comer gramíneas e pequenos animais nas encostas rochosas abaixo da escola de treinamento. É bom para se lembrarem de que também têm vida própria: amizades, desentendimentos e preocupações. Mas aqui eles ficam protegidos durante a noite. Se algo de ruim acontecer, existem apenas quatro entradas para vigiar.

– Protegidos de quê? – perguntou Skandar, nervoso, embora imaginasse a resposta.

– Manadas de unicórnios selvagens, ou até mesmo unicórnios selvagens solitários quando ainda são muito novos. E, claro, tem o Tecelão – estremeceu Nina. – O Tecelão nunca conseguiu entrar no Ninhal para pegar nenhum dos unicórnios em treinamento. Temos sentinelas nas entradas e patrulhando os quatro lados da muralha. Mas vai saber. O Tecelão também nunca tinha roubado o vencedor da Copa do Caos... – e Nina ficou em silêncio pela primeira vez desde que distribuíra os sanduíches. – Bem, chegamos.

Haviam chegado a uma fileira de portas de baias abertas, com camas de palha preparadas do lado de dentro. Em cada uma delas havia um bebedouro de ferro e um balde cheio até a borda com pedaços de carne de aspecto medonho. Sorte do Maroto emitiu um ruído gutural aterrorizante enquanto puxava a rédea, tentando desesperadamente entrar na baia mais próxima. Ele deu um coice, e Skandar soltou um grito ao sentir a descarga elétrica nos dedos.

— Ai!

Nina riu.

— Ah, que fofo! Eu tinha me esquecido que eles fazem isso quando são pequenos. Falha do Raio prefere chamuscar árvores inteiras agora.

Skandar bufava, tentando segurar Maroto para que ele não avançasse na carne ensanguentada, e viu que Albert, Flo e Mitchell estavam tendo o mesmo problema.

— Ah, minha nossa! Desculpem! — exclamou Nina. — Vão em frente, podem deixá-los entrar em qualquer baia. Quando farejam sangue, não há como parar os unicórnios, sejam bebês ou adultos.

Skandar soltou a rédea pouco antes de Maroto puxá-lo contra a parede do estábulo.

— É melhor deixá-los sozinhos enquanto comem — disse Nina rapidamente para os Filhotes. — Fechem a porta depois de saírem. Há redes mais adiante para vocês descansarem antes do pôr do sol também, se quiserem. Foi um longo dia, não foi?

Ela acenou alegremente, fazendo o caminho de volta ao longo da fileira de baias.

— E ainda não acabou — murmurou Mitchell, aparecendo ao lado de Skandar enquanto os outros Filhotes deixavam seus unicórnios. — Temos um problema.

— Você vai entregá-lo, né? — perguntou Bobby, erguendo as sobrancelhas.

— Não, não vou — rosnou Mitchell.

Ele se dirigiu a Flo quando ela saiu da baia de Lâmina de Prata e se juntou ao grupo preocupado.

– Já pensou no que vai acontecer quando Skandar entrar naquele círculo?

– Eles não dizem apenas em qual elemento você vai se sair melhor e mandam você embora? – interveio Bobby.

– Acho que, com a mancha camuflada, vai ficar tudo bem, certo? – questionou Skandar. – Por que iam me atribuir um elemento ilegal?

– Aff... *continentais*! Eles não *escolhem* um elemento para você – disse Mitchell cerrando a mandíbula como se estivesse se esforçando para não gritar. – Flo? A Caminhada? Já pensou nisso?

– Eu... bem, eu não sei – disse Flo, parecendo preocupada. – É diferente para... para pessoas como Skandar?

– *Claro* que é – grunhiu Mitchell. – Meu pai acabou de ser nomeado membro do novo Conselho dos Sete do Comodoro, então tem muitas informações privilegiadas. E, por acaso, ele me explicou *com entusiasmo* como nenhum exímio no quinto elemento poderia passar despercebido pela Grande Fenda – e Mitchell fez uma pausa dramática. – As quatro falhas se acenderiam de uma só vez. Bum!

Os três olharam para Skandar, que estava acariciando o pescoço negro de Maroto por cima da porta do estábulo. Ele não se atrevia a falar. Não sabia como rachaduras no chão poderiam "se acender", mas, de qualquer maneira, "bum!" não parecia algo muito sutil.

– Pode ser que ele não seja um exímio em espírito – disse Flo, timidamente. – Não tem como sab...

– Ele é um exímio em espírito – interrompeu Mitchell. – A mancha branca é evidência suficiente, mas o que aconteceu com aquele unicórnio selvagem torna isso inegável. Assim que ele puser os pés na Grande Fenda, ao pôr do sol, as falhas vão se acender como um farol, então...

– Achei que você não quisesse se envolver nos meus assuntos – disse Skandar sem rodeios.

– Skandar, ele só está tentando ajudar... – começou Flo, a expressão aflita e chateada.

– O-o quê?! Não estou *tentando ajudar* ninguém, só estou dizendo como as coisas são... Bem... – vociferou Mitchell.

Skandar suspirou.

– Eu sei que vocês não querem se meter em encrenca. Não precisam me ajudar, está bem? Sério, eu não sou problema de vocês.

Skandar sabia que precisava de toda a ajuda possível. O alerta de Flo no Criadouro ainda ressoava em seus ouvidos: *eles vão matar vocês dois*. Mas não queria que os outros tivessem problemas por sua causa. A imagem de Agatha e Cisne caídos na praia, inertes, passou por sua mente.

Recompondo-se, Mitchell deu um passo ameaçador em direção a Skandar, embora o efeito tenha sido arruinado por sua unicórnio vermelho-sangue arrotando um anel de fumaça sobre a porta da baia.

– Ah, não, isso não! – disse ele, fazendo uma careta. – Não tente dar uma de superior. Você salvou minha vida, mas não quero dever nada a um exímio em espírito. Vou ajudar você e aquela coisa abominável na Caminhada – disse, apontando para o unicórnio preto –, mas depois estaremos quites, ouviu? Nenhuma dívida entre nós. Fim. Assunto encerrado.

– Por mim, tudo bem – disse Skandar calmamente. – Mas, se eu *for* mesmo um exímio em espírito, não vejo como vamos esconder essa explosão da qual vocês não param de falar.

Mitchell ergueu as sobrancelhas pretas.

– Não vamos esconder – disse ele. – Nós vamos criar uma distração.

Bobby levantou a cabeça.

– Como assim *nós*?

CAPÍTULO 9

AS FALHAS

O plano de Mitchell não era muito bom. Mas, infelizmente, era o único que tinham. Enquanto os outros cavaleiros e amazonas cochilavam nas redes ou tagarelavam, nervosos, sobre a qual elemento seriam aliados, Mitchell sussurrava instruções frenéticas e Skandar tentava não vomitar.

Pouco antes do pôr do sol, os cavaleiros e amazonas levaram seus unicórnios para a clareira que havia no meio do Ninhal. O aro dourado brilhava no centro da Grande Fenda, marcando o local onde as quatro falhas se encontravam. Funcionários perambulavam por toda parte, certificando-se de que os cabrestos estavam devidamente ajustados e as rédeas, bem presas. Skandar observou, enjoado, enquanto um grupo de espectadores abria, na lateral de uma ponte, uma bandeira verde na qual se lia: OS EXÍMIOS EM TERRA SÃO OS MELHORES.

A única coisa que ele podia fazer era esperar que Mitchell, Flo e Bobby, que ele havia conhecido apenas algumas horas antes, conseguissem criar uma distração boa o suficiente para salvar Maroto e a ele da prisão e da morte quase certa. Parte dele ainda esperava que aquilo não fosse verdade, que não existisse nenhum elemento espírito, mas algo na preocupação do rosto de Flo e na determinação feroz do rosto de Mitchell quando os quatro se separaram fez seu peito doer. Além disso, é claro, lembrava-se das palavras de Agatha: *Esqueça o que lhe ensinaram; as regras não se aplicam a você.* Será que ela sabia que Skandar era exímio em espírito? Será que estava se referindo a isso quando tinha dito que ele era "especial"? Por que o havia levado para a Ilha?

Skandar não conseguia mais ver Mitchell nem Bobby, seus unicórnios misturados aos outros recém-nascidos. Mas era impossível não ver Flo, com Lâmina de Prata e seu brilho ofuscante sob os últimos raios do entardecer. Sinos começaram a tocar. Skandar olhou na direção do som e percebeu que os sinos estavam nas árvores, pendurados em galhos acima das casas.

Pouco tempo depois, Aspen McGrath adentrou a clareira com passos firmes, vestindo uma capa dourada bordada com fios azuis, como rios correndo por um campo de ouro. Como vencedora da Copa do Caos, ela era a nova Comodoro do Caos, a chefe oficial da Ilha.

Um burburinho se espalhou ao redor da clareira e nas árvores. Skandar se perguntou se, em condições normais, a comodoro entraria no Ninhal montada num unicórnio, se ela não deveria estar montada orgulhosamente em Geada da Nova Era, o unicórnio que o Tecelão havia roubado. Apesar do cachecol, sentiu os pelos da nuca se arrepiarem. Se fosse mesmo um exímio em espírito como o Tecelão, o que Aspen McGrath faria com ele se descobrisse? E com Sorte do Maroto?

Funcionários baixaram uma plataforma metálica de uma árvore à direita de Skandar, e Aspen subiu nela com destreza, sem nem estender a mão para se equilibrar enquanto era içada cada vez mais alto.

A voz de Aspen McGrath soou alta e clara quando ela falou, apesar da tensão inconfundível que marcava seu rosto sardento de pele clara. Skandar achou que ela parecia uma amazona completamente diferente daquela que havia passado sob o arco da linha de chegada apenas alguns dias antes. Aquela expressão de triunfo era inimaginável agora.

– Como nova Comodoro do Caos, é com grande prazer que dou as boas-vindas a todos vocês, novos cavaleiros e amazonas e novos unicórnios recém-saídos do Criadouro. Boas-vindas especiais aos continentais, por terem tido a coragem de aceitar o chamado de um lugar onde nunca estiveram, de experimentar um modo de vida que só podiam imaginar.

Houve uma salva de palmas pouco entusiasmada.

Aspen continuou, abrindo bem os braços.

– Esses novos cavaleiros e amazonas têm muitos obstáculos pela frente e muito que aprender. A Ilha está vivendo um momento... – ela fez uma pausa para encontrar a palavra – *desafiador*. Todos temos a responsabilidade de erradicar o mal que, há apenas uma semana, se manifestou novamente e levou... – ela engoliu em seco. – E *roubou* Geada da Nova Era de nós.

Ouviram-se gritos dispersos de concordância vindos das pontes e das casas nas árvores. Skandar tinha a sensação de que seu coração estava batendo dez vezes mais rápido que o normal.

Aspen se emocionou enquanto falava.

– Desde que o Tecelão se vinculou a um unicórnio selvagem e tirou vinte e quatro vidas inocentes, quinze anos atrás, muitos de nós temos sido muito complacentes. Desde a morte daqueles unicórnios, o Tecelão permaneceu escondido nas Terras Selvagens como um vilão num conto de fadas, pairando na fronteira entre mito e realidade. As crianças cochichavam sobre terem visto uma mortalha negra, um cavaleiro na retaguarda de uma manada de unicórnios selvagens. Havia murmúrios sobre desaparecimentos estranhos e mortes inexplicáveis. Mas alguém realmente acreditou nisso? Se sim, alguém teve medo do Tecelão, mais do que temíamos os unicórnios selvagens?

Aspen bateu com o punho num dos cabos metálicos que sustentavam a plataforma, e o som reverberou por toda a clareira.

– Mas basta de fingir, não vamos mais fechar os olhos para o perigo. O Tecelão saiu de seu esconderijo, e nós vamos fazer o mesmo. Como sua comodoro, juro a vocês, neste lugar especial, este lugar que todos nós, cavaleiros e amazonas, apesar de sermos aliados a elementos diferentes, chamamos de lar... Juro que vou caçar o Tecelão e trazer Geada da Nova Era de volta. Qualquer que seja o plano do Tecelão, vou lutar contra ele até meu último suspiro. Vou lutar contra ele com a mesma ferocidade do vínculo com Geada da Nova Era, que ainda arde em meu peito. O elemento da morte já permitiu que o Tecelão atormentasse esta ilha por tempo demais. Vão me ajudar a protegê-la? Vão me ajudar a caçar o Tecelão e acabar de uma vez por todas com o elemento da morte?

Gritos e aplausos irromperam de todas as árvores, e os guinchos dos unicórnios ricochetearam contra as muralhas do Ninhal. Skandar não conseguiu se juntar à euforia. Com o som retumbante da multidão batendo os pés em sinal de aprovação, o Ninhal de repente parecia uma jaula cheia de predadores... e ele e Sorte do Maroto eram as presas.

— Mas por que escolhi a Caminhada para dizer tudo isso a vocês? — continuou Aspen, mechas de seu cabelo ruivo esvoaçando na brisa. — Porque quero que vocês, novos cavaleiros e amazonas, lembrem-se de que, no tempo certo e com o treinamento adequado, terão um poder maior do que jamais sonharam. Terão o privilégio de segurar as rédeas das bestas mais temíveis que este mundo já conheceu, criaturas capazes de fazer até mesmo os elementos se curvarem à sua vontade. Vocês compartilham desse poder, e tudo o que lhes peço é que o usem para o bem.

Skandar tinha certeza de que sentia o peso daquelas palavras mais do que qualquer outro cavaleiro ou amazona. Se era, de fato, um exímio em espírito, como o Tecelão, será que isso significava que era impossível que ele e Maroto usassem seu poder para fazer o bem? Será que isso também fazia dele um monstro?

Os sinos soaram novamente, e da multidão emergiram quatro pessoas que se posicionaram nas extremidades das rachaduras no solo, em quatro pontos idênticos e equidistantes do aro de ouro da Grande Fenda. Cada um vestia uma capa de cor diferente: vermelho, azul, amarelo e verde.

Duas sentinelas com máscaras prateadas escoltaram a primeira amazona e sua unicórnio marrom até a borda do círculo dourado. Aspen disse seus nomes:

— Amber Fairfax e Ladra Redemoinho.

Era a garota que havia zombado do cachecol de Skandar no Criadouro. Ela parecia muito confiante ali na frente de todos os outros cavaleiros e amazonas, acenando para alguém na multidão. Um sino tocou, e Amber conduziu Ladra Redemoinho até a Grande Fenda.

Aconteceu quase de imediato. Raios crepitaram e faiscaram ao longo de uma das falhas da Grande Fenda. Como serpentes se contorcendo, tentáculos de eletricidade disparados do chão se enrolaram ao redor de rajadas de vento, a grama alta balançando de um lado para o outro. Raios levantavam detritos enquanto o estrondo ficava cada vez mais forte, e tornados em miniatura varriam a falha de um lado ao outro. Amber não parecia mais tão relaxada, porém Skandar a viu montar em sua unicórnio e encorajar Ladra Redemoinho a sair da segurança do círculo dourado. O que ela estava fazendo?

Amber se preparou para enfrentar os tornados, abaixando-se com as costas curvadas, mas Skandar ouviu quando ela soltou uma risada alta ao perceber que o vento nem sequer a tocava. Amber e Ladra Redemoinho foram até a figura de capa amarela, do outro lado do plano, e a pessoa parabenizou a amazona, entregando-lhe uma insígnia de ouro. Aplausos explodiram de um grupo de cavaleiros e amazonas numa ponte entre duas árvores. Eles agitaram bandeiras amarelas com o símbolo em espiral do elemento ar, comemorando.

Skandar estava enjoado. Aquilo? *Aquilo* era a famosa Caminhada? Além do detalhe alarmante de que tinham que percorrer uma falha *montados* em seus unicórnios, o que ia acontecer quando ele e Maroto entrassem naquele círculo dourado? Como qualquer distração, por maior que fosse, seria capaz de desviar a atenção de *todas as quatro* falhas se acendendo como a do ar tinha se acendido para Amber? O plano de Mitchell nunca ia funcionar.

Quanto mais cavaleiros e amazonas percorriam as falhas, pior Skandar se sentia. E não era só porque estava morrendo de medo de ser descoberto, mas também porque os invejava. Queria ser normal. Queria ser exímio em ar, água, terra ou fogo. Mas, em vez disso, ali estava ele, preocupado com o elemento espírito, um elemento que até então nem sabia que existia, um elemento que a comodoro da Ilha queria erradicar e destruir.

Não demorou muito para que Aspen McGrath chamasse "Mitchell Henderson e Encanto da Noite Vermelha". Assim que o garoto e sua unicórnio pisaram na Grande Fenda, o plano de fogo se acendeu. Duas ondas de fogo estrondosas surgiram da rachadura na terra e se elevaram, formando um longo túnel de chamas ao longo da falha. Era quase impossível ver Mitchell e sua unicórnio vermelha em meio às labaredas, até que, de repente, ele emergiu, tossindo e envolto em fumaça. Desmontou desajeitado da unicórnio, e o oficial de capa vermelha lhe entregou uma insígnia do fogo. Ouviu-se um clamor triunfal vindo dos exímios em fogo, que agitavam uma onda de bandeiras vermelhas. Skandar pensou que ser aliado ao elemento fogo caía como uma luva para Mitchell. A raiva que o garoto sentia de Skandar parecia explodir rápida e perigosamente, fora de controle... como chamas numa floresta seca.

Depois que Kobi Clarke se juntou aos exímios em água com seu unicórnio, Príncipe de Gelo, chegou a vez de Flo.

Um silêncio tomou conta da multidão. Até Aspen McGrath soou um pouco impressionada.

– Florence Shekoni e Lâmina de Prata.

– Ouvi dizer que ela nem queria tentar abrir a porta – disse uma garota parada perto de Skandar para o menino ruivo ao lado dela. Seu cabelo preto e comprido caía como duas cortinas de ambos os lados de seu rosto marrom-claro, então era difícil ver sua expressão, mas Skandar notou as chamas de sua insígnia de fogo já presa ao peito.

– O pai dela é aquele seleiro famoso. Ouvi dizer que ela queria ser aprendiz dele – disse o garoto de pele clara.

– E aí ela ganha um unicórnio prateado. Inacreditável – disse ela. – O primeiro em anos.

– Olhe, Meiyi – e o garoto fez uma careta e apontou para o outro lado da clareira. – Ela nem consegue montá-lo direito.

Skandar parou de escutar e olhou para a Grande Fenda. Flo lutava com Lâmina de Prata, seus cascos pegando fogo cada vez que ela tentava fazer com que ele entrasse no círculo dourado.

A terra tremeu sob os pés de Skandar, deixando tudo desfocado. Algumas árvores menores desabaram, levantando terra. Alguém gritou. Nenhuma das outras Caminhadas havia causado distúrbios fora das falhas. Flo montou em Lâmina de Prata, agarrando-se à crina prateada como se sua vida dependesse disso. Enquanto percorria a falha a galope, terra e rocha explodiram por todos os lados. Flo pulou das costas de Lâmina o mais rápido que pôde assim que alcançaram o homem de capa verde. Ao entregar a insígnia de ouro da terra a ela, o homem enxugou as lágrimas do rosto.

Conversas irromperam ao redor de Skandar.

– Já existiu um unicórnio prateado aliado à terra antes?

– Muito raro!

– Você viu o poder daquela magia? É uma ótima notícia, principalmente com o Tecelão ganhando força.

O número de cavaleiros e amazonas esperando para percorrer as falhas diminuía rapidamente. E então, por fim, inevitavelmente, chegou a vez de Skandar. Quando Aspen chamou seu nome, ele teve a sensação de que toda a clareira estava prendendo a respiração; até as folhas tinham parado de farfalhar. Quando as sentinelas chegaram para escoltá-lo até a Grande Fenda, Skandar logo verificou se a mancha de Maroto ainda estava toda coberta. Nunca tinha sentido tanto medo: por si mesmo, por Maroto, por Bobby, por Flo. Até mesmo por Mitchell. Eles estariam muito encrencados se alguém descobrisse que haviam ajudado um exímio em espírito a entrar no Ninhal, certo? Cada passo que Skandar dava era mais difícil do que o anterior, pois seus pés o levavam para mais perto das falhas que iam expor o verdadeiro elemento ao qual ele era aliado.

Skandar ficou parado do lado de fora do círculo de ouro, esperando pelo sinal que havia combinado com os outros. Seu coração estava batendo tão rápido que ele achava que até Aspen, em sua plataforma, podia ouvi-lo. O sol tinha se posto, mas Skandar sentia os olhos fixos nele mesmo na penumbra, de todas as casas nas árvores, todas as janelas, todas as pontes. Estava demorando muito. E se Mitchell tivesse desistido? E se, depois do discurso de Aspen sobre o Tecelão, ele tivesse decidido que não valia a pena? E se Flo e Bobby tivessem ficado do lado de Mitchell?

– Vamos, Maroto – murmurou Skandar. – Vamos acabar logo com isso.

Um grito ensurdecedor perfurou o ar. A voz de Flo soou aguda e aterrorizada.

– O Tecelão! O Tecelão levou Lâmina de Prata. Por favor, me ajudem!

Aspen McGrath saltou de sua plataforma e foi correndo até Flo, Mitchell e Encanto da Noite Vermelha. Bobby não estava em lugar nenhum. Mitchell berrava.

– Socorro! O unicórnio prateado sumiu! Alguém pare o Tecelão!

Alguém pare o Tecelão eram as palavras que Skandar estava esperando.

Assim como haviam planejado, houve um pandemônio imediato e absoluto. Os jovens unicórnios que estavam perto das falhas dispararam elementos na clareira escura, criando um redemoinho de faíscas, fumaça e detritos, enquanto seus cavaleiros e amazonas os puxavam em todas as direções, tentando desesperadamente fugir da ameaça do Tecelão. Gritos e berros irrompiam das pontes e plataformas nas árvores do Ninhal, e aqueles que não tinham saído correndo ou entrado em pânico estavam observando Flo e Mitchell.

Em meio ao caos, Skandar puxou um pouco a rédea de Maroto, deu um passo e entrou no círculo dourado.

As quatro falhas explodiram e ganharam vida ao mesmo tempo, assim como Mitchell havia previsto. Chamas rugindo, ondas quebrando, um furacão se formando, a terra tremendo. Ele mal teve tempo de ver o brilho branco do chão antes de se lançar nas costas de seu unicórnio preto. Não foi fácil, embora Maroto fosse bem menor que Canto do Cisne Ártico. Skandar se equilibrou precariamente de bruços antes de conseguir, enfim, passar a perna sobre as costas do unicórnio.

Maroto cortava o ar com seu chifre, sacudindo a cabeça de um lado para o outro, de forma que Skandar teve que tentar se segurar com os joelhos. O unicórnio parecia não saber o que fazer com as asas, os dois feixes de músculos emplumados não paravam de golpear os pés de seu cavaleiro. Mas não podiam ficar dentro do círculo; a luz branca abaixo deles estava ficando cada vez mais brilhante.

Ele enfiou as mãos na crina negra do unicórnio e segurou o mais forte que conseguiu. Depois de ter visto alguns dos outros cavaleiros fazerem o mesmo, Skandar pressionou os pés nos flancos de Maroto para que a criatura disparasse em direção ao plano da água. De todos os elementos, a água era o que fazia mais sentido para o garoto: havia crescido à beira-mar, preferia se molhar a ser eletrocutado, queimado pelo fogo ou engolido pela terra, e, se acreditasse nas palavras do pai, a água era também o elemento favorito de sua mãe.

Assim que Skandar saiu da Grande Fenda, as outras três falhas cessaram sua magia, fazendo com que ele parecesse exatamente como qualquer outro cavaleiro exímio em água. Mas Maroto não queria colaborar com o plano. Ele não era bobo, sabia que não eram aliados àquele elemento. Tentou desviar da linha, as ondas quebrando e espirrando ao redor deles, ensopando-os até os ossos.

– Por favor, garoto – implorou Skandar, colocando a palma da mão ferida sobre o pescoço molhado do unicórnio. – Você tem que confiar em mim.

Sorte do Maroto pareceu entender: parou de tentar se virar e quase não se encolheu enquanto as ondas quebravam sobre eles, ameaçando arrastá-los e arrancá-los da falha.

No meio do caminho, Skandar notou que a mulher de capa azul não havia se juntado aos outros na busca por Lâmina de Prata e pelo Tecelão. Ela estava virada para o outro lado, observando Aspen com Flo e Mitchell, mas não saíra de sua posição no fim da falha da água, ainda pronta para dar ao próximo cavaleiro ou amazona a insígnia de seu elemento. Skandar sentiu uma pontada de medo: ele e Maroto estavam encharcados, e, se os dois fossem realmente aliados à água, as ondas não os teriam tocado.

Conforme Maroto se aproximava da figura de capa azul, Skandar tentava desesperadamente encontrar uma desculpa para estar ensopado, mas sua mente estava embotada pelo medo e pela exaustão. Não conseguia nem ver a cabeça de Maroto para verificar se a tinta tinha saído. Não podiam ter passado por tudo aquilo em vão. O plano de Mitchell tinha funcionado, mas será que agora Skandar ia perder tudo só porque tinham se molhado?

Então, por algum milagre, o garoto sentiu as pernas esquentarem enquanto Maroto ficava mais quente, o vapor começando a se desprender de seus flancos.

— Garoto esperto! — sussurrou Skandar.

Maroto estava secando os dois! Ele pressionou as mangas do casaco de moletom molhado contra a pele quente do unicórnio, passou os dedos quentes pelo cabelo, enfiou o rosto no vapor e...

— Desmonte! — ordenou a mulher de capa azul quando Maroto se aproximou dela. Seu cabelo era grisalho, curto e arrepiado, com pontas tão afiadas quanto sua voz. — Rápido! Não quero alarmá-lo, mas há uma chance de o Tecelão ter invadido o Ninhal.

Skandar tentou parecer assustado.

— Você está queimando — disse a mulher, franzindo o cenho e olhando para ele com olhos assombrosamente azuis. Suas íris giravam perigosamente, como redemoinhos. — E o seu unicórnio também.

— Ah, é — murmurou Skandar. — Acho que atravessamos o plano rápido demais.

— Bem, sim, é muito emocionante que você e Sorte do Maroto sejam aliados à água. Que ano para um cavaleiro se tornar um exímio nesse elemento — e ela olhou por cima do ombro, para o pandemônio que reinava na clareira, e, então, falou muito rápido. — Eu sou a instrutora de água aqui no Ninhal e supervisiono o treinamento com o elemento água de todos os Filhotes. Agora que foi identificado como um exímio nesse elemento, vai se reportar a mim, entendeu? Pode me chamar de instrutora O'Sullivan.

— Sim, instrutora.

Skandar encarou os olhos penetrantes da mulher. Não acreditava que o plano de Mitchell tinha funcionado! Mal conseguia conter um sorriso.

— Sua insígnia — disse ela abruptamente, colocando um objeto de ouro em sua mão estendida. — Use-a com orgulho. Agora preciso ir ajudar... Minha nossa!

Um unicórnio prateado galopou em direção à sua amazona, com um rastro de fogo ardendo atrás dele, o chão da clareira rachando sob seus cascos. As pessoas soltaram gritos de alívio, e algumas até começaram a bater palmas quando Lâmina de Prata bateu as asas e parou bruscamente na frente de Flo.

— Alarme falso.

A instrutora O'Sullivan pareceu aliviada ao ver Flo abraçar o pescoço prateado de Lâmina. Provavelmente, pensou Skandar, para esconder o fato de que, na verdade, não estava chorando.

Aspen McGrath estava de volta à sua plataforma.

— Uma reação compreensível levando em consideração os acontecimentos recentes; todo cuidado é pouco. Agora, vamos continuar de onde paramos. Não devem restar muitos. Roberta Bruna e Fúria do Falcão!

— Conseguimos, garoto! — sussurrou Skandar junto à orelha negra de Maroto.

O garoto segurou a insígnia em forma de gota do elemento água, e o unicórnio a farejou, tentando pegá-la com os dentes em seguida. Skandar riu, aliviado.

Fúria do Falcão estava calma e controlada ao pisar na falha do ar, a investida de raios bifurcados e ventos furiosos mal a fez piscar. Mas Skandar não prestou muita atenção à Caminhada de Bobby; estava distraído com a dor de sua ferida do Criadouro em contato com a insígnia de ouro. Contou as linhas: uma em cada um dos cinco dedos. Aproximou a palma da mão do rosto. Cinco linhas. Ali estava um lugar onde não podiam esconder o elemento espírito.

– Hum – disse uma voz muito perto da orelha esquerda de Skandar, fazendo-o se sobressaltar. – Parece que o Tecelão não roubou o Lâmina, no fim das contas. Quem poderia imaginar?

Skandar sorriu para Bobby. Mas o sorriso sumiu de seu rosto assim que viu os vergões nos antebraços dela.

– O Lâmina de Prata fez isso? – sussurrou ele, horrorizado.

– Ele me queimou, não foi? Aquele monstro – Skandar não achou que ela parecia chateada. – Eu quase não consegui segurá-lo. Achei que você nunca ia conseguir fazer Maroto percorrer aquela falha. Prefiro mil vezes Falcão; mesmo que ela seja apenas uma unicórnio cinza comum, e não uma unicórnio prateada superempolgante.

Ainda assim, Skandar se sentiu péssimo.

– Sinto muito, Bobby. Desculpe ter envolvido você em tudo isso. Você teve muito azar de ficar atrás de mim na fila do Criadouro.

– Ei! Menos. São só queimaduras. Vai melhorar.

Quando Skandar olhou com tristeza para o chão, Bobby lhe deu um tapa nas costas, um pouco forte demais.

– Ser sua amiga vai manter as coisas por aqui interessantes, com certeza. Continue assim.

– Nós somos amigos? – perguntou ele, totalmente surpreso.

– Olhe, se anime e coloque sua insígnia, está bem? Não aguento olhar nem mais um segundo para essa sua cara de enterro.

Mas Bobby sorriu para ele.

Skandar abriu a mão e prendeu a insígnia de ouro no casaco preto. Pelo menos parecia se encaixar ali, mesmo que nada estivesse mais longe da verdade.

E uma amiga era muito melhor do que nenhum amigo, como era no Continente.

A Caminhada havia terminado e a noite havia caído. Apenas os Filhotes ainda estavam na clareira. Os cavaleiros mais velhos haviam desaparecido em suas casas nas árvores, e a comodoro havia deixado o Ninhal ao soar dos sinos.

Os quatro instrutores, cada um ainda vestindo a capa correspondente a seu elemento, subiram na plataforma de Aspen, suas sombras dançando à luz das lanternas. A instrutora O'Sullivan bateu palmas para pedir silêncio; Skandar notou a longa e feia cicatriz brilhando em seu pescoço.

— Temos um último pedido para vocês antes de caírem em suas redes para desfrutarem de um merecido descanso — disse ela.

Muitos dos jovens unicórnios estavam brincando com as rédeas, mostrando os dentes afiados uns para os outros e batendo as asas com agressividade. A instrutora O'Sullivan ignorou o caos.

— Vocês podem ter percorrido falhas diferentes e estar usando insígnias diferentes, mas, aqui no Ninhal, vão ser treinados em todos os quatro elementos. O elemento ao qual forem aliados sempre será seu ponto forte, seu foco. No entanto, os melhores cavaleiros e amazonas são aqueles que desenvolvem habilidades em todos os quatro elementos. Descobrimos que a melhor maneira de os cavaleiros e amazonas compartilharem esse conhecimento é convivendo em grupos de quatro, um cavaleiro ou uma amazona aliado a cada elemento, compartilhando uma casa na árvore.

Os Filhotes começaram a sussurrar e se aproximar de seus amigos. A instrutora O'Sullivan ergueu a mão para que fizessem silêncio.

— Sei que muitos de vocês, principalmente os continentais, acabaram de se conhecer. Mas essa é sua chance de fazer amizades duradouras com cavaleiros e amazonas exímios em outros elementos. Escolham com sabedoria. Vocês têm cinco minutos para formar seus quartetos.

Skandar teve a sensação de estar de volta à escola, parado à beira de um campo de futebol gelado, esperando que alguém o escolhesse para o time. Nunca fora mal nos esportes, mas sempre fora impopular, e não era alto nem musculoso o suficiente para compensar isso. Bobby tinha dito que eles eram amigos, mas será que isso era suficiente para que morassem juntos numa casa na árvore? Queria tanto que Kenna estivesse lá: ela teria quebrado todas as regras só para que eles pudessem ficar juntos.

– Skandar! Oi? Tem alguém aí? Sério, é como falar com uma árvore blindada – a voz de Bobby chegou aos seus ouvidos.

– Ah...

Skandar se virou e viu a seu lado Bobby com Falcão e Flo com Lâmina.

– Nós queríamos saber se você quer fazer parte do nosso quarteto – perguntou Flo, tímida.

Skandar teve a terrível sensação de que elas estavam pregando uma peça nele, de que aquilo era algum tipo de piada.

Mas Flo continuou.

– É que... eu sou terra, Bobby é ar e você...

– Finjo ser água – completou Skandar, completamente atordoado. – Não preferem ficar com outra pessoa?

Queria desesperadamente fazer parte do quarteto delas, mas não queria que o convidassem só porque sentiam pena dele.

– Na verdade, não – respondeu Flo.

Bobby riu.

– Bem, a *Flo* recebeu muitos convites, não se preocupe! Foi um pesadelo recusar todos eles, sabia? *"Por favor, Florence Shekoni, não quer fazer parte do nosso quarteto? Significaria tudo para nós, Flo. Um unicórnio prateado em nosso quarteto seria o máximo."*

– Pare – disse Flo baixinho. – Não gosto que todo mundo fique olhando para mim.

Skandar não estava acreditando. Elas o haviam escolhido – ele, um cavaleiro ilegal exímio no elemento espírito – entre todos os cavaleiros e amazonas exímios em água de verdade. O garoto tentou disfarçar um sorriso; aquilo nunca teria acontecido no Continente.

Bobby não queria perder tempo.

– Agora só precisamos encontrar um cavaleiro exímio em fogo. Mas também podemos tentar improvisar e ver se ficamos só nós três, já que o total de cavaleiros e amazonas é um número ímpar. Assim, nós teríamos mais espaço na casa na árvore! – disse, animada, e acrescentou: – Além disso, eu ronco, então vai ser bom para você, Flo. Você pode ficar no mesmo quarto que o Skandar se eu fizer muito barulho. Meus pais dizem que pareço um porco vietnamita.

Skandar riu. Gostava de como Bobby não parecia se importar com o que os outros pensavam dela. Ele nunca teria admitido que roncava, muito menos que parecia um porco.

– Deve ter algum cavaleiro ou amazona exímio em fogo sem grupo por aí – murmurou Flo, olhando de soslaio para um grupo próximo. – Devíamos pelo menos tentar encontrar outra pessoa, já que a instrutora mandou formarmos quartetos.

Bobby revirou os olhos.

– Você sempre faz o que mandam?

Flo franziu o cenho.

– Faço. Você não?

– Bem, vou ter que entrar no grupo, então, né? – Mitchell Henderson emergiu da sombra de uma árvore com Encanto da Noite Vermelha.

– Ah, que ótimo, é o esquentadinho que acha que você vai ser responsável pelo fim do mundo – murmurou Bobby bem alto para Skandar.

– Achei que você me odiasse – disse Skandar, boquiaberto.

– Não posso dizer que estou empolgado com a ideia de compartilhar uma casa na árvore com... com... alguém como *você* – respondeu Mitchell –, mas, pensando logicamente, é a única opção. Se outro cavaleiro ou amazona exímio em fogo se juntar ao seu quarteto, como vai manter seu segredo? E aí todos nós vamos ser jogados na prisão por ter ajudado você a entrar no Ninhal.

– Ele tem razão – disse Bobby. – Por mais que isso me irrite.

Mitchell suspirou, parecendo muito aflito.

– É o único jeito.

E, como se quisesse enfatizar o que tinha dito, Vermelha soltou um peido longo e sonoro, acendeu um dos cascos traseiros e deu um coice para incendiar os gases.

Os quatro ainda estavam tossindo e cuspindo em meio à fumaça fedorenta quando o instrutor de capa vermelha se aproximou.

– Nada como um pouco de flatulência em chamas numa noite de verão – disse o instrutor, rindo. – Ah, excelente. Então temos Florence, terra; Roberta, ar... – Bobby fez uma careta. – Mitchell é um dos meus cavaleiros exímios em fogo, e acredito que Skandar seja exímio em água. Um quarteto completo!

Quando a fumaça se dissipou, Skandar notou as orelhas do instrutor: chamas dançavam em torno da parte externa.

– É uma mutação impressionante, instrutor Anderson – comentou Bobby, admirada.

Em suas aulas de Criação, Skandar tinha aprendido tudo sobre a mutação de cavaleiros e amazonas. Durante o treinamento, parte de sua aparência mudava para sempre, deixando-os um pouco mais mágicos, por assim dizer. Skandar achava que era quase como se os unicórnios compartilhassem com os cavaleiros e amazonas o próprio dom elementar, algo que dissesse "esse é *meu* cavaleiro/*minha* amazona", já que, ao contrário do vínculo, as mutações eram visíveis. Ele e Kenna tinham passado horas e horas imaginando o que aconteceria com eles caso se tornassem cavaleiros.

O instrutor Anderson riu enquanto as chamas bruxuleavam alegremente contra a pele marrom-escura de sua careca.

– Não gosto de me gabar, mas a *Folha do Criadouro* me colocou na primeira página quando sofri minha mutação. Deve ter sido uma semana sem muitas notícias – disse, piscando. Então, com um floreio, tirou um mapa de dentro da capa. – Vejamos, a casa na árvore do quarteto de vocês vai ser... Ah, sim. Partindo da porta oeste, é só subirem sete escadas, atravessarem quatro pontes, segunda plataforma à direita. Moleza!

Skandar estava prestes a pedir ao instrutor Anderson que repetisse, mas o homem já havia passado para o próximo quarteto, a capa vermelha ondulando atrás dele.

O novo quarteto conduziu seus unicórnios de volta pela porta oeste dos estábulos. Os animais estavam muito mais tranquilos agora. A maioria cochilava e roncava – ao passarem, Skandar e Maroto ouviram apenas um grunhido ou rosnado ocasional. Skandar reparou numa placa improvisada fixada do lado de fora de uma das portas do estábulo. Estava escrito SORTE DO MAROTO, com um símbolo de água desenhado embaixo. Ver aquilo fez com que se sentisse ainda pior: não pôde deixar de se perguntar qual seria o símbolo para o elemento espírito.

Mitchell levou Encanto da Noite Vermelha para a baia ao lado.

– Parece que somos vizinhos! – gritou Skandar para ele, tentando fazer um esforço.

Se iam fazer parte do mesmo quarteto, Mitchell não poderia odiá-lo para sempre, certo?

Mas Mitchell o ignorou. Trancou a porta da baia de Vermelha e saiu sem dizer uma palavra.

– Que dia – disse Flo, debruçando-se sobre a porta da baia de Maroto. – Parece que nem tive oportunidade de me apresentar direito – e ela estendeu a mão. – Oi, meu nome é Flo. Prazer em conhecer você. E não há nada de incomum no meu unicórnio.

Skandar apertou a mão dela por cima da porta.

– Oi, Flo. Meu nome é Skandar, e também não há nada de incomum no meu unicórnio. Nada ilegal.

Ela sorriu.

– Sua família chama você de Skandar? Ou você tem um apelido? Skandar soa um tanto... épico?

– Minha irmã, Kenna, me chama de Skar – respondeu ele.

Apenas dizer o nome dela fazia com que sentisse sua falta. Ia enviar uma carta assim que descobrisse como.

– Posso chamar você de Skar? – perguntou Flo, hesitante.

Skandar sorriu para ela.

– Claro.

– Sinto muito pelo modo como Mitchell está tratando você.

Skandar suspirou.

– Acho que ele me odeia de verdade.

— Tenho certeza de que ele não odeia! — disse Flo, querendo animá-lo. — É um comportamento típico dos exímios em fogo; é como diz o ditado: eles são rápidos em julgar e em condenar à fogueira. Ele odeia o que você representa, só isso.

Skandar sufocou uma risada.

— Bem, agora estou me sentindo muito melhor.

Flo pareceu preocupada.

— Ah, meu Deus. Eu queria ajudar, juro! É que o pai dele está no Conselho dos Sete da Aspen, sabe? É um dos exímios em água em quem a comodoro mais confia. E você ouviu a Aspen, tudo que ela quer este ano é encontrar o Tecelão, recuperar Geada da Nova Era e destruir o quinto elemento. O pai do Mitchell deve acreditar em tudo isso, deve odiar de verdade os exímios em espírito, ou não teria se tornado membro do Conselho. Seria difícil para Mitchell desaprender tudo isso em poucas horas, só porque conheceu você.

— Você não odeia os exímios em espírito, odeia? — perguntou Skandar, esperançoso.

— Meus pais, bem, eles acreditam que todo mundo merece uma chance. E eu também. Meu pai diz que muitos exímios em terra são conhecidos por serem justos. Descobrir que Lâmina de Prata e eu somos aliados à terra foi a única parte desse dia inteiro que fez algum sentido. Eu só queria que Lâmina fosse um pouco menos... bem, assustador.

— Obrigado, Flo — disse Skandar. — E não se preocupe com Lâmina de Prata, você ainda não o conhece direito. Ele vai se acalmar.

— Espero que sim — murmurou ela. — Você vem conhecer a casa na árvore?

Skandar hesitou. Por alguma razão, ainda não se sentia pronto. Tinha passado a vida num prédio de apartamentos, no meio de uma cidade do Continente. Nunca tivera suas próprias escadas. Aquela era a primeira vez que ia morar numa casa, num lugar onde as estrelas eram emolduradas por árvores, e não por edifícios. Sem falar dos unicórnios... Isso, por si só, já era demais para processar. E, se adicionasse a novidade de ter um novo lar ao elemento espírito, ao Tecelão, a Mitchell e a todas as perguntas que tinha sobre Agatha, tudo aquilo seria demais para uma mesma noite.

– Acho que vou ficar um pouco com Maroto – murmurou Skandar, esperando que Flo o convencesse do contrário.

Mas ela não argumentou. Concordou e sorriu, e Skandar pensou que talvez ela o entendesse.

Assim que Flo foi embora, Skandar passou a mão pelo pescoço de Maroto.

– Você se importa se eu ficar aqui com você? Só um pouco?

Ele foi até a parte de trás da baia, apoiou as costas na pedra negra e fria e escorregou até o chão. Maroto seguiu seu cavaleiro, olhou para ele por alguns segundos e, então, desabou sobre a palha, descansando a cabeça no joelho de Skandar. Uma vespa sonolenta passou voando diante do nariz de Maroto. Skandar se preparou para ficar de pé e sair correndo. Mas, numa fração de segundo, Maroto a pegou com os dentes e a engoliu. Ele teve a impressão de que aquilo era um bom presságio. O unicórnio agitou as asas e guinchou, satisfeito. Skandar sentiu a própria felicidade transbordar também, como se tivesse acabado de correr para os braços de sua irmã para receber o melhor abraço do universo. Era como se o vínculo amplificasse seus sentimentos, fazendo com que tivessem o tamanho de um unicórnio. De alguma forma, o mundo tinha se tornado maior. O que podia fazer, o que podia sentir... Naquele momento, tudo parecia possível.

As preocupações em relação a Mitchell e ao elemento espírito se dissiparam quando Skandar olhou nos olhos de seu unicórnio. Não precisavam falar para entender um ao outro: o vínculo que ligava os dois corações falava por eles. Skandar sabia que faria qualquer coisa para proteger Maroto. Em algum lugar daquela pelagem negra, entre aquelas asas largas e delgadas, havia um poder elementar que poderia resultar na morte dos dois. Mas Skandar nunca permitiria que ninguém fizesse mal a Sorte do Maroto. Nunca.

CAPÍTULO 10

UM PROBLEMA DE PRATA

Depois daquela primeira noite, Skandar e seu quarteto passaram alguns dias se acostumando com o Ninhal. O coração de Skandar cantava toda vez que o garoto olhava para a casa na árvore que agora chamava de lar. Ela ficava a algumas árvores de distância da muralha externa. Com apenas dois andares de altura, era uma das menores no entorno, nada parecida com alguns dos gigantes de aço pelos quais haviam passado quando ele, Flo e Bobby exploraram as passarelas suspensas. Era, porém, facilmente reconhecível: seu telhado era pontiagudo, com uma pequena janela redonda no andar de cima que mal dava para ser vista por trás de um galho frondoso. À noite, Skandar gostava de se sentar na plataforma de metal na frente da entrada, enchendo seu caderno com desenhos de Maroto e ouvindo os novos ruídos noturnos: o cantar dos grilos, o pio de uma coruja, o ressoar dos unicórnios vindo das profundezas da muralha, a tagarelice entusiasmada de cavaleiros e amazonas que eclodia de tempos em tempos.

Mas os Filhotes logo descobriram que o Ninhal não era o tipo de lugar onde eles teriam muito tempo para descansar – e, no caso de Bobby, roncar – ou passar o dia deitados na rede. A primeira sessão de treinamento chegou rápido demais e, enquanto preparava Maroto em sua baia, Skandar sentiu as mãos trêmulas de nervosismo.

Assim como os outros unicórnios recém-saídos do ovo, Maroto vinha semeando o caos por todo o Ninhal. Ao observar os jovens unicórnios da janela de sua casa na árvore, Skandar compreendeu por que o lugar era uma fortaleza. Era normal que as jovens criaturas reduzissem arbustos a cinzas, eletrificassem árvores blindadas com seus raios ou derrubassem cavaleiros e amazonas desavisados com seus miniciclones. E Maroto estava mais difícil do que nunca naquele dia. Tinha soltado faíscas nas mãos de Skandar e lançado um vento gelado com as asas que fez a pele do menino queimar e congelar logo em seguida.

– Será que você consegue ficar parado por um segundo? – suplicou Skandar, enquanto o unicórnio sacudia a cabeça. – Não quer fazer magia do fogo comigo?

Skandar ouviu alguém zombando dele na baia ao lado. Mitchell o observava.

– O que foi? – disparou Skandar por cima da parede de pedra.

Mitchell deu de ombros, levando Encanto da Noite Vermelha para fora de sua baia.

– Nada. Só estou aqui me perguntando se a razão pela qual você está tendo dificuldades com essa rédea é *porque você nem deveria estar aqui*.

– Fale baixo! – rosnou Skandar, assustando Maroto, que o golpeou com uma de suas asas emplumadas.

Tinha tentado não se deixar afetar pela hostilidade contínua de Mitchell, mas era muito difícil dividir um quarto com alguém que mal lhe dirigia a palavra. E, agora que ia enfrentar sua primeira sessão de treinamento de verdade, estava mais nervoso do que nunca por ser um cavaleiro exímio em espírito.

– Vamos? – perguntou Flo a Skandar, enquanto saía da baia do outro lado.

Lâmina cuspiu faíscas imperiosamente na cauda de Vermelha quando Mitchell e sua unicórnio passaram a seu lado.

– Pode ir – disse Skandar por cima da porta. – Vou esperar a Bobby.

Algum tempo se passou e não houve nenhum sinal de Falcão saindo de sua baia.

– Bobby? Você está pronta?

A voz de Skandar ecoou pela pedra escura e fria.

Nenhuma resposta. Skandar se perguntou se Falcão estaria insistindo em ter os cascos polidos novamente, já que a unicórnio era muito exigente com a própria aparência.

Quando Encanto da Noite Vermelha passou, Maroto soltou um grito agudo, impaciente para ir com ela. Ao contrário de seus cavaleiros, os unicórnios preto e vermelho já haviam se tornado grandes amigos. Maroto e Vermelha faziam todo tipo de travessuras juntos pelo Ninhal, desde estrategicamente jogar esterco na frente dos cavaleiros e amazonas que passavam (que *não* era das cores do arco-íris) até explodir várias árvores com uma mistura dos elementos fogo e ar, criando algo entre uma exibição de fogos de artifício e uma fogueira queimando violentamente. Eles pareciam ter um senso de humor semelhante, embora Maroto fosse, sem dúvida, o cérebro por trás de tudo que aprontavam, e Vermelha, bem, ela entrava com o entusiasmo.

Skandar foi espiar por cima da porta de Falcão. Como em todas as outras baias dos Filhotes, a placa improvisada com o nome e o símbolo do elemento de cada unicórnio havia sido substituída por uma placa de latão gravada.

A princípio, ele não conseguiu ver Bobby, apenas Falcão despedaçando a carcaça de uma cabra membro a membro. Então avistou uma figura sobre a palha nos fundos da baia, segurando as pernas com os joelhos colados no peito, lutando para que o ar chegasse aos pulmões. Skandar correu até ela.

– O que houve? Você está bem? Se machucou?

– O que... você... está... fazendo... aqui... Skandar? – perguntou Bobby, o mais irritada que conseguiu parecer com a respiração ofegante.

– Hum... – Skandar tentou olhar para qualquer coisa que não fossem as lágrimas que escorriam pelo rosto dela. – Eu estava esperando você.

Eu... – se interrompeu ele. Não podia deixá-la ali daquele jeito, mas também sabia que ela não ia gostar nada de ter sido flagrada chorando. Ele mesmo não conseguia acreditar nisso.

– Ah, isso é... legal da sua parte – disse ela, com a voz entrecortada.

A respiração ofegante de Bobby fez Skandar se lembrar de algo. Aquilo tinha acontecido com o pai dele uma vez, bem no meio do supermercado, depois de saber que havia sido demitido de mais um de seus empregos.

Skandar se levantou, correu até o armário de suprimentos e vasculhou as gavetas até encontrar um saco de papel debaixo de um pente de crina.

– Aqui – disse ele, correndo de volta e entregando o saco a Bobby. – Respire aqui dentro.

Um tanto constrangido, Skandar ficou parado na frente dela enquanto a respiração da amiga voltava ao normal aos poucos.

– Argh – disse ela, com a voz sufocada, colocando o saco na palha a seu lado.

– Você está bem? Teve um ataque de pânico?

Bobby começou a rasgar um pedacinho de palha.

– Eu tinha ataques assim o tempo todo. Antes do primeiro dia de aula, antes de provas, festas de aniversário, do Natal. Às vezes, sem motivo nenhum. Eu não sei mesmo explicar o porquê.

– Está tudo bem... Não precisa... – murmurou Skandar.

Ela ficou de pé.

– Este foi o primeiro que eu tive aqui na Ilha.

– Hoje é um dia importante, vamos ter a primeira sessão de treinamento de verdade e tudo mais – disse ele, sem muita convicção. – Não consegui comer nada no café da manhã.

Bobby deu de ombros.

– Nem colocando maionese? *Isso* é grave.

– Ei!

– Vamos, temos que ir.

UM PROBLEMA DE PRATA

Bobby puxou Falcão para longe dos restos de cabra ensanguentados. Skandar olhou de soslaio para ela.

– Você sabe que vai se sair bem, né, Bobby?

– Não, Skandar – e ela lhe deu um empurrãozinho no peito com a ponta do indicador. – Eu vou ser *a melhor*.

Skandar abriu a porta da baia de Falcão e, atrás dele, Bobby sussurrou:

– Skandar, não conte para ninguém, ok? Não quero que as pessoas saibam.

– Tudo bem – murmurou ele.

E ele poderia jurar que ouviu Bobby dizer "obrigada".

Os dois unicórnios estavam inquietos quando começaram a longa caminhada que atravessava o tronco da árvore na entrada do Ninhal, passando pelas sentinelas e descendo a colina íngreme até os campos de treinamento. Falcão arrancou da grama alguma coisa que guinchou alto. Maroto esticava sua rédea, olhando em volta, suor escorrendo por seu corpo, os olhos mudando de preto para vermelho e para preto de novo. Skandar estendeu a mão para acariciar seu pescoço e...

– Ai!

Ele esfregou o braço, que latejava por causa de um forte choque elétrico.

Bobby começou a rir. Dava para ver que ela estava se sentindo melhor, e Skandar ficou feliz por isso.

– Falcão está muito bonita. Você teve que passar metade da noite escovando-a de novo? – perguntou ele, sabendo que isso a irritaria.

– Não há nada de errado em ser letal *e* bonita – disse Bobby, e virou a cabeça de Falcão para Skandar. Sangue fresco pingava do nariz, da boca e do queixo da unicórnio. – Pobre coelhinho, não teve a menor chance.

– Você acha que Amber Fairfax vai estar no nosso grupo de treinamento? – perguntou Skandar, mudando de assunto.

Os quarenta e três Filhotes tinham sido divididos em dois grupos e iam treinar com os mesmos cavaleiros, amazonas e unicórnios pelo resto do ano. Além de Amber, Skandar também queria que Mitchell tivesse sido colocado no outro grupo. Mas, infelizmente, os quartetos ficavam juntos. Sempre.

— Eu *sei* que ela está — respondeu Bobby. — Eu a vi hoje de manhã desfilando por aí e contando para todo mundo como vai se sair bem com a magia do fogo.

— Que maravilha — murmurou Skandar com sarcasmo.

O caminho descia dando voltas na colina do Ninhal até finalmente chegar ao mais baixo dos cinco níveis. Agora que sabia como era longe, Skandar mal podia esperar até que as asas de Maroto se desenvolvessem o suficiente para que pudessem descer e subir voando, em vez de caminhando. O platô dos Filhotes circundava a encosta gramada, com os quatro campos de treinamento dos elementos nas extremidades, como os pontos cardeais numa bússola. O campo de treinamento do elemento fogo ficava de um lado, escavado na encosta do monte do Ninhal. Skandar notou seu pavilhão vermelho levemente chamuscado.

O instrutor Anderson já estava lá, montado em sua unicórnio, Pássaro de Fogo do Deserto. Os jovens unicórnios pareciam de brinquedo em comparação com aquela unicórnio gigante e escura. Pássaro de Fogo grunhiu quando Albert, o garoto do Continente que havia contado a Skandar dos nômades, deixou que Alvorecer da Águia chegasse perto demais.

— Formem uma fileira e fiquem em seus quartetos para que os exímios se espalhem... Eles terão mais facilidade para invocar o elemento — e as chamas nas pontas das orelhas do instrutor dançaram. — Se isso é uma fileira, eu sou um exímio em água. Endireitem-se, Filhotes! Ignorem as explosões elementais, se conseguirem.

À esquerda de Skandar, como se quisesse testar o que ele dissera, Lâmina de Prata rugiu, e fragmentos de gelo voaram de sua boca com tanta força que se cravaram no solo seco do campo de treinamento. Flo estremeceu de medo.

— Sejam bem-vindos ao meu lugar favorito da Ilha — disse o instrutor Anderson, sorrindo para eles. — Tenho a grande honra de ser o encarregado de sua primeira sessão de treinamento. Ao longo do ano, os instrutores vão ensinar vocês a montar e voar, bem como invocar, lutar e se defender com todos os quatro elementos, tudo isso como preparação para a Prova de Treinamento.

Houve uma explosão de comentários nervosos.

O instrutor Anderson riu e continuou:

— Sim, sim, como os ilhéus já sabem — Bobby fez uma cara de irritação —, a Prova de Treinamento é uma versão em menor escala da Copa do Caos que vocês vão disputar ao final do ano como Filhotes. As famílias serão convidadas a assistir... Sim, as de vocês também, continentais. E, para continuarem seu treinamento aqui no Ninhal, vocês precisam ficar à frente dos cinco últimos.

— O que acontece se não conseguirmos? — perguntou um garoto do Continente chamado Gabriel, parecendo preocupado.

— Os cavaleiros e amazonas que ficarem nos últimos cinco lugares serão automaticamente declarados nômades e terão que deixar o Ninhal. — disse o instrutor Anderson parecendo um pouco mais sério do que o normal, as chamas em suas orelhas ardendo devagar.

— *Cinco* de nós? — perguntou Mariam com a voz entrecortada, seu rosto continental de pele marrom-clara tomado pelo choque.

Skandar também ficou horrorizado. Uma coisa era os instrutores *decidirem* declará-lo nômade ao longo do ano, outra bem diferente era a expulsão automática.

— Faíscas crepitantes! Não precisam ficar tão preocupados. Falta quase um ano para a Prova de Treinamento! — sorriu o instrutor Anderson para eles de forma tranquilizadora. — Vamos ao que interessa. Ao meu sinal, quero que montem em seus unicórnios.

Ouviu-se um assobio agudo. Ninguém se moveu.

O instrutor Anderson deu uma gargalhada.

— Esse foi o sinal, caso estejam se perguntando!

Skandar olhou para as costas de Maroto. Ele ainda não era tão grande, não como um unicórnio adulto. Mas tinha crescido desde a Caminhada e já era *alto*.

Do outro lado de Maroto, Mitchell recusava-se a montar em Encanto da Noite Vermelha.

– O instrutor Anderson não vai nos explicar como se faz? Antes de sairmos pulando em cima deles?

– Não acho que seja o estilo dele – murmurou Bobby, enquanto saltava nas costas de Falcão sem nenhuma dificuldade. Ela parecia muito encantada consigo mesma.

– Como você fez isso com tanta facilidade? – perguntou Mitchell. – Explique o passo a passo!

Skandar sabia que não tinha muito tempo antes que Maroto se juntasse às explosões elementais, então decidiu deixar o medo de lado. Nunca ia se tornar um cavaleiro de verdade se não treinasse seu unicórnio. Com um salto, se lançou por cima de Maroto, agarrou suas rédeas com uma das mãos, depois passou a perna também para poder se sentar direito.

Agora que estava em cima do unicórnio, o nervosismo tomou conta de Skandar. Maroto devia estar sentindo o mesmo: começou a tremer, tensionando os músculos. Ele se encolhia e balançava tanto o chifre que Skandar tinha a sensação de estar sentado numa bomba prestes a explodir. Ansioso, Maroto abria e fechava as asas, os músculos vigorosos e as penas batendo em golpes dolorosos nos joelhos de Skandar.

Enquanto Flo implorava para que Lâmina ficasse parado – ele não parecia ter nenhuma paciência com sua amazona –, Mitchell havia montado como podia em Encanto da Noite Vermelha, embora a unicórnio não aparentasse estar nada feliz com aquilo. Ela não parava de dar coices, e Mitchell tinha que se segurar no pescoço da criatura para não ser catapultado.

Na outra extremidade da fileira agora inexistente, Skandar viu Luz de Estrelas Ancestrais romper as fileiras e galopar até o pavilhão vermelho, do outro lado do campo de treinamento – sua amazona, Mariam, se agarrava, desesperada, ao pescoço da unicórnio enquanto água jorrava do chifre dela. A unicórnio de Gabriel, Joia da Rainha, se esgoelava por conta de uma explosão do elemento terra que abriu uma rachadura no chão bem embaixo de seus cascos. A unicórnio de Zac, Fantasma do Ontem, tentava dar um coice no flanco de Favorita do Roseiral, o que estava enfurecendo Meiyi, cujos gritos de irritação se somavam aos guinchos e rugidos animados dos unicórnios. O pobre Albert já tinha sido derrubado de Alvorecer da Águia.

– Era de se esperar que o *instrutor* Anderson fosse dar algumas instruções nesse momento crucial – resmungou Mitchell, ainda tentando se equilibrar nas costas de sua unicórnio enquanto ela fazia uma espécie de pirueta sem sair do lugar.

– Ah, o Mitchizinho está com medo? – gritou Amber. – Quer que seu papai *superimportante* venha salvar você? Por que não se declara *nômade* de uma vez para poder passar mais tempo sozinho?

– Cale a boca! – gritou Mitchell, embora sua resposta tenha perdido um pouco o efeito quando Vermelha soltou um peido alto e sonoro e deu um coice com os dois cascos em chamas para incendiá-lo. Esse parecia ser o truque favorito da unicórnio. Mitchell começou a tossir com a fumaça pútrida que agora girava em torno dele, enquanto Amber não parava de rir, sentada no lombo de Ladra Redemoinho.

Skandar viu uma lágrima escorrer pelo rosto de Mitchell. Então avançou com Maroto de forma protetora até ficar entre ele e Amber e sua unicórnio de pelagem castanha. A risada morreu nos lábios da garota.

Foi quando Skandar sentiu. Uma coceira na palma da mão. Ele olhou para a cicatriz que foi feita no Criadouro. Estava brilhando com uma luz branca. A mesma luz que ele tinha visto na Grande Fenda, a mesma luz que tinha visto o Tecelão usar pouco antes de a escuridão se abater sobre a Copa do Caos. A luz branca... do elemento espírito?

Ao se dar conta disso, Skandar sentiu todo o ar fugindo de seus pulmões, como se alguém o estivesse impedindo de respirar. Em pânico e incapaz de conter o brilho, enfiou a mão direita no bolso de sua nova jaqueta amarela. Lentamente, temendo o pior, olhou para cima, esperando que Ladra Redemoinho estivesse bem diante dele. Mas Amber tinha desaparecido. Ele a procurou como um louco em meio à massa colorida de unicórnios que se contorciam e disparavam magia por todos os lados, tentando ver sua expressão triunfal, algum sinal de que a garota certamente sabia de seu segredo.

Então, como se alguém tivesse apertado um botão de silêncio, os jovens unicórnios se calaram. O instrutor Anderson estava com o braço erguido acima da cabeça, a palma da mão virada para o céu. Os cascos de Pássaro de Fogo do Deserto brilhavam como carvões em brasa, espirais de fumaça subiam da grama, e a palma da mão do instrutor emitia uma luz vermelha intensa. O brilho foi ficando cada vez mais forte, até que ele estendeu a palma para o céu novamente e uma coluna de fogo explodiu de sua mão. Tanto o cavaleiro quanto a unicórnio permaneceram imóveis, embora Skandar pudesse ver o suor escorrendo pela cabeça careca do instrutor. Então a coluna de fogo atingiu um ponto distante no céu acima deles, e as chamas se espalharam para os lados e para baixo, em direção às bordas do campo de treinamento, como uma chuva de fogos de artifício.

Os cavaleiros estavam agora dentro de um domo em chamas. Não conseguiam mais ver a Ilha além da colina, e as árvores do Ninhal fortificado haviam se tornado um borrão por conta das labaredas. Parecia que o mundo estava pegando fogo. O instrutor Anderson baixou o braço devagar e conduziu Pássaro de Fogo em direção à fileira dos Filhotes. A coluna desapareceu, mas o domo permaneceu onde estava. Skandar sentiu o cheiro da magia intensa: uma mistura de fogueiras, fósforos recém-acendidos e torradas levemente queimadas. Kenna teria adorado aquilo. Toda vez que conversavam sobre o elemento ao qual seriam aliados, a resposta dela era sempre "fogo".

O instrutor interrompeu seus pensamentos.

– Pronto, agora podemos começar a primeira aula de fogo – disse ele alegremente, como se tivesse acabado de distribuir folhas de exercícios, em vez de criar um domo de fogo com as próprias mãos.

– Seus unicórnios estão conectados com a fonte de fogo criada por Pássaro de Fogo do Deserto – e a unicórnio mostrou os dentes ao ouvir seu nome. – Não vão conseguir invocar nenhum outro tipo de magia.

Skandar quase chorou de alívio. Tirou a mão do bolso e a abriu com cuidado. O brilho branco tinha desaparecido.

– A ideia é que seja mais fácil para vocês compartilharem e, no fim das contas, controlarem o poder do seu unicórnio. Qualquer tolo pode montar num unicórnio e deixar que ele use a magia do elemento que queira. Seus unicórnios fazem isso sozinhos desde que saíram do ovo. Mas isso são apenas explosões elementares, sem forma fixa. Pensem que as explosões são, para seus unicórnios, uma maneira de se desestressar ou de se divertir. Antes de cavaleiros e amazonas se vincularem a eles, era só isso que essas criaturas sabiam fazer.

O instrutor Anderson passou ao longo da fileira montado em Pássaro de Fogo, suas grandes asas marrons graciosamente fechadas.

– É o trabalho de vocês, como cavaleiros e amazonas, aprender a usar a magia, ofensiva e defensiva, e compartilhar esse conhecimento por meio do vínculo. Pensem no seu unicórnio como uma fonte de energia inteligente. E, juntos, ao invocarem os elementos na palma da mão através do vínculo, vocês têm o poder de controlá-los por completo. À medida que progredirem, seu unicórnio vai aprender a refletir e complementar a magia que invocarem com a deles. Então não vão apenas compartilhar sua magia, vão poder moldá-la também.

O instrutor Anderson parecia maravilhado.

Pássaro de Fogo parou, seu chifre marrom-dourado apontado para os Filhotes. Skandar viu o unicórnio negro de Sarika, Enigma Equatorial, dar vários passos para trás, com medo.

O instrutor Anderson continuou.

– A magia do fogo é a menos sutil entre os elementos. Digo isso com amor, como instrutor de fogo do Ninhal. É volátil e extremamente perigosa. É por isso que passamos nossa primeira sessão de treinamento ensinando a vocês um certo grau de controle. E, já que tocamos nesse assunto – pigarreou o instrutor –, se algum de vocês se machucar e começar a sangrar, terá que deixar o campo de treinamento imediatamente. Eu gosto de uma piada, mas estou falando muito sério. Nenhum cavaleiro ou amazona aqui tem o controle necessário para deter um unicórnio que acabou de farejar sangue humano. Seu unicórnio não vai atacá-lo, mas o unicórnio de outro cavaleiro não vai pensar duas vezes.

– Ah, não, ah, não, ah, não – murmurava Flo sem parar à esquerda de Skandar.

Havia tanto vapor se desprendendo do corpo de Lâmina de Prata que ele mal conseguia ver o rosto da garota.

– Agora, quero que todos fiquem com a palma da mão direita, que tem a cicatriz do Criadouro, voltada para cima. É só descansar essa palma numa das coxas... isso. Tentem não pensar em palavras, apenas imaginem a palma brilhando com uma luz vermelha, chamas saltando em sua mão. Fechar os olhos, às vezes, ajuda.

Skandar se sentia um idiota de olhos fechados enquanto montava numa perigosa fera mágica.

Um grito triunfal veio da sua direita. Bobby estendeu a palma da mão e mostrou ao instrutor Anderson.

– Chamas ardentes! – brincou ele. – Muito bem. É muito raro uma exímia em ar ser a primeira a invocar fogo.

Isso pareceu irritar Amber.

– Como ela já está fazendo isso? Ela nem é *da Ilha*!

– Como dizemos no Continente – gritou Bobby –, se a capa servir, agite-a por aí...

– Aff, do que você está falando? – perguntou Amber se virando.

– Bobby, desde quando falamos isso no Continente? – perguntou Skandar, olhando com inveja para as chamas que dançavam na mão da amiga. Se pensasse *quero que chamas saiam da minha mão* com mais força, desmaiaria.

Bobby deu uma piscadinha.

– Esses ilhéus acham que sabem de tudo. É bom eles pensarem que também temos nossas próprias coisas no Continente.

– Isso não faz sentido – bufou Mitchell para ninguém em particular. – Eu li que...

– Vocês não estavam prestando atenção? – exclamou Bobby. – Não podemos nos comunicar com nossos unicórnios *com palavras*.

– Eu *estava* prestando atenção... – começou Mitchell, mas Bobby já havia perdido o interesse quando chamas começaram a dançar em seus braços.

Skandar tentou fazer o que Bobby tinha dito. Colocou a palma na base do pescoço liso de Maroto e visualizou chamas aparecendo ali. Sua mão coçava. Ele abriu um dos olhos e sentiu uma onda de alegria quando viu que sua ferida do Criadouro estava emitindo um brilho vermelho. Skandar respirou fundo e se concentrou ainda mais na imagem.

– Skandar, você está conseguindo! Você está conseguindo! – gritou Flo.

Ele abriu os olhos, e lá estavam pequenas chamas dançando em sua mão. A magia do fogo não o queimava, mas ele sentiu uma espécie de pulsação na ferida do Criadouro, quase como um batimento cardíaco, enquanto as chamas tremeluziam em sua palma. Maroto guinchou muito alto e bateu as asas, satisfeito por ter feito a coisa certa. Skandar sentiu uma segunda onda de felicidade, que encheu seu peito como um balão, e se perguntou se suas emoções haviam deixado de ser apenas suas.

– Isso! – e Skandar se inclinou para dar um tapinha no pescoço preto e lustroso de Maroto. – Sim, isso mesmo, garoto. Conseguimos!

Depois de invocar as primeiras chamas, os Filhotes se aprimoraram rapidamente. A maior dificuldade era manter os unicórnios sob controle. Skandar viu pelo menos quatro pessoas caírem enquanto seus unicórnios empinavam, davam pinotes ou simplesmente saíam galopando sem rumo. Um garoto chamado Lawrence voou por cima das orelhas de seu unicórnio, Chefe Venenoso, e até mesmo Skandar quase foi atirado para longe quando Maroto se ergueu para comer um pássaro que voava baixo como aperitivo.

Apesar do caos reinante, o instrutor Anderson estava muito relaxado, andando de um lado para o outro da fileira, dando dicas. No último exercício da aula, eles lançaram chamas no chão, preparando-se para aprender a atacar com bolas de fogo na aula seguinte.

Skandar estava tão concentrado que apenas o grito de Flo o fez perceber que algo havia acontecido.

A poucos metros de distância, Lâmina de Prata estava suspenso no ar, empinando, as patas dianteiras erguidas enquanto as asas batiam furiosamente. Flo ainda estava montada nele, agarrando a crina prateada, mas uma coluna alta de chamas os envolvia. Os olhos de Lâmina eram de um vermelho resplandecente, e uma fumaça preta saía de suas narinas, envolvendo o chifre.

O instrutor Anderson gritava algo para Flo, mas Skandar mal conseguia enxergá-la através das chamas. Todos os outros cavaleiros e amazonas também tinham interrompido sua magia do fogo e estavam olhando para Lâmina, horrorizados. As labaredas ao redor dele e de Flo queimavam com tanta ferocidade que as bochechas de Skandar começaram a arder muito, e seus olhos lacrimejaram por causa do calor e da fumaça. Ele piscou várias vezes para evitar a luz intensa, tentando enxergar a amiga montada em seu unicórnio.

Flo continuava abraçando o pescoço de Lâmina enquanto ele rugia para Pássaro de Fogo do Deserto e cuspia chamas pela boca, mas Pássaro de Fogo se mantinha firme e bramia de volta. Após alguns segundos agonizantes, a coluna desapareceu e Lâmina aterrissou no chão com um baque.

Preocupado, o instrutor Anderson ajudou Flo a descer de seu unicórnio.

– Continuem praticando, cavaleiros e amazonas! – e, pela primeira vez, ele soou severo, e as chamas em suas orelhas ficaram mais altas.

Skandar o viu colocar um braço em torno dos ombros trêmulos de Flo antes de enviá-la de volta para o Ninhal com Lâmina de Prata.

Ele mal conseguiu se concentrar pelo resto da aula. Quando o instrutor Anderson dispensou os Filhotes, a aparência do grupo era desoladora. Quase todos tinham caído, a maioria tinha terra ou fuligem no rosto, e alguns até haviam chamuscado o cabelo e as sobrancelhas. Quando chegaram ao Ninhal, Skandar estava determinado a encontrar Flo e perguntar se ela estava bem, mas por algum motivo havia uma multidão do lado de fora da baia de Lâmina de Prata.

Skandar reconheceu a voz de Mabel, uma garota da Ilha.

– Você é muito sortuda! Sarika, venha cá ver isso.

Flo estava de pé, com as costas coladas na porta da baia.

– Inacreditável! Mas acho que metal faz sentido para o elemento terra. Como isso aconteceu? – perguntou Zac, que estava bloqueando a visão de Skandar.

Quando se aproximou da baia, Skandar conseguiu ouvir a voz de Flo sussurrando em resposta:

– Não sei. Só... aconteceu.

Ele abriu caminho em direção a Flo, com a intenção de resgatá-la do que quer que fosse que todos estavam admirando boquiabertos. Mas, quando conseguiu vê-la, ficou paralisado.

Seu cabelo afro agora estava salpicado de mechas prateadas.

Mais tarde, naquela noite, Skandar voltou para a casa na árvore sozinho. Tinha ouvido o instrutor Anderson dizer a Zac que os domos deixariam de ser usados depois do Festival da Terra, em alguns meses, e ficou preocupado. Os domos eram mais ou menos como as rodinhas quando se estava aprendendo a andar de bicicleta – e, sem sua estabilidade era quase certo que Skandar cairia.

Sem falar que, agora que tinha visto como a mutação de Flo era visível, estava morrendo de medo de sofrer uma mutação do elemento espírito. Então, assim que Maroto ficou seguro em sua baia depois do treinamento, ele foi até todas as quatro bibliotecas dos elementos para ver se conseguia encontrar alguma coisa que o ajudasse a esconder o elemento espírito.

As bibliotecas nas árvores eram muito bonitas, cada uma fora projetada para parecer que um livro semiaberto, virado para baixo, havia sido colocado na parte de cima, com a lombada formando o ponto mais alto do telhado. Eram grandes, com vários andares e decoradas de acordo com o elemento correspondente. A da água, por exemplo, tinha cadeiras e prateleiras forjadas em forma de ondas, e as paredes eram cobertas, por dentro e por fora, com pinturas de cavaleiros e amazonas exímios em água usando seus poderes.

Lá, Skandar encontrou as quatro escrituras elementares: *O Livro do Fogo*, *O Livro da Água*, *O Livro do Ar* e *O Livro da Terra*. Mas não parecia haver uma palavra sequer sobre seu elemento banido, e o garoto se preocupou com a possibilidade de Agatha ter levado um cavaleiro exímio no elemento espírito para a Ilha para seguir o plano do Tecelão.

Skandar pendurou a jaqueta amarela na porta de sua casa na árvore. Havia outras três jaquetas – verde, vermelha e azul – no andar de cima, guardadas e prontas para os festivais da Terra, do Fogo e da Água, que marcavam a mudança de uma estação elementar para a seguinte. As jaquetas dos Filhotes eram muito simples em comparação com as dos cavaleiros e amazonas mais velhos, que as personalizavam de acordo com o próprio estilo, cobrindo rasgos com remendos estampados, cravejando as mangas com metal pintado ou remendando as partes chamuscadas com desenhos dos elementos. A única coisa que havia na jaqueta de Skandar era um par de asas estilizadas na manga direita, simbolizando seu primeiro ano no Ninhal.

A casa na árvore do quarteto estava estranhamente silenciosa, exceto pelo crepitar do fogão a lenha e pela fumaça da chaminé se elevando e se dispersando pelo Ninhal. Skandar queria falar com Flo; não tinha nem conseguido perguntar se ela estava bem, muito menos falar com a amiga da mutação. Mas, apesar da preocupação com a garota, do medo de que Amber tivesse visto o brilho branco na palma de sua mão e de seus próprios temores a respeito da mutação, sentiu uma pontada de felicidade brotar em seu peito enquanto olhava ao redor.

Adorava os quatro pufes nas cores dos elementos espalhados pelo chão, adorava a estante cheia de livros de leitura essencial sobre unicórnios e gostava até da caixa pesada de pedra que servia de geladeira. Mas, mais do que qualquer outra coisa, amava o tronco da árvore que atravessava o centro da casa. Alças de metal saíam da casca e davam voltas em espiral, formando uma escada para o andar de cima. Lá do alto, ele podia olhar para fora pela janelinha redonda e contemplar quilômetros e quilômetros do Ninhal e da Ilha. Sentia-se seguro na casa na árvore. Sentia-se em casa.

Isso fez com que se lembrasse de algo. Skandar pegou o caderno de desenho e o lápis que estavam na estante para escrever para Kenna. Não podia contar nada sobre o elemento espírito, para o caso de os oficiais do Departamento de Comunicação com Cavaleiros e Amazonas estarem monitorando as cartas, mas podia desenhar a casa na árvore e contar a ela tudo sobre o treinamento com fogo e sobre a mutação de Flo, e – sentiu uma pontada de culpa no estômago – perguntar como ela estava lidando sozinha com o pai deles. Escreveu as primeiras coisas que lhe vieram à cabeça.

> Querida Kenn,
> Estou morrendo de saudade de você! E do papai também. Mas mais de você. (P.S.: Se estiver lendo isso para ele em voz alta, pule essa parte.) Como vão as coisas? Como está a escola? Como está o papai? Desculpe fazer tantas perguntas. É estranho não poder conversar com você. Acho que nunca passamos um dia inteiro sem nos falarmos, né? Não acredito que estou escrevendo isso (de uma casa na árvore, fiz um desenho para você!), mas agora sou oficialmente um cavaleiro de unicórnio. O meu se chama Sorte do Maroto. Maroto, para abreviar. Gostou do nome? Ele adora balas de gelatina. (Ah, é, eu peguei um pacote do seu estoque antes de ir embora... me desculpe!) Sei que talvez seja pedir demais, mas será que você pode me mandar mais alguns? Não tenho certeza se eles têm essas coisas aqui na Ilha. Embora tenham maionese, o que obviamente me preocupava...

Flo desceu os degraus do tronco da árvore, e Skandar levou um susto.

— Eu não sabia que você estava aqui! — disse ele, alegre, embora seu sorriso tenha vacilado quando viu a expressão no rosto dela. — O que houve?

Flo desabou no pufe verde mais próximo ao fogo, e Skandar não pôde deixar de notar as mechas prateadas em seu cabelo, cintilando à luz das chamas.

— Não consegui controlar o Lâmina hoje, Skar — disse Flo bem baixinho. — Achei que ele fosse me matar.

A voz dela falhou nas duas últimas palavras.

— Mas vocês estão vinculados — afirmou Skandar, tentando tranquilizá-la. — Ele nunca machucaria você!

— Você não está entendendo — disse Flo, a voz falhando de novo. — Foi exatamente por isso que fiquei tão chateada quando ele saiu do ovo. A questão é que, na verdade, eu nunca quis ser amazona. Eu queria ser seleira. Poderia ter sido aprendiz do meu pai... eu já estava ajudando na selaria, e... — Flo respirou fundo, continuando depressa: — Meu irmão gêmeo, Ebenezer, vai ser seleiro. A porta do Criadouro não se abriu para ele. Eu teria ficado muito feliz se isso tivesse acontecido comigo, e sei que é difícil para os continentais entenderem, mas eu não queria tentar abrir a porta, juro. Sei que isso pode parecer egoísta.

Ela respirou fundo.

— Mas aí veio o Lâmina de Prata, né?

— Sim! — disse ela, expirando. — E isso só piorou ainda mais as coisas.

— Por quê?

— Não estou dizendo que não o amo. Eu amo. Não poderia não amar. Estamos vinculados, viemos a este mundo juntos. Ele está esperando por mim há treze anos... mas... ele é um unicórnio prateado.

— Eu não...

— Os unicórnios prateados são especiais na Ilha, Skar. Eles são muito poderosos, estão profundamente conectados com a magia deste lugar. Mas nenhum unicórnio prateado venceu a Copa do Caos, nunca. E o que aconteceu hoje é o motivo. A magia desses unicórnios é tão forte que muitas vezes joga contra eles. O pior é que todos estão tão *felizes* por mim! Tão orgulhosos. Fazia muito tempo que não nascia um unicórnio prateado na Ilha. Eu vou ser a primeira nova integrante do Círculo de Prata em anos... É um grupo de elite para cavaleiros e amazonas com unicórnios como Lâmina, sabe? E, quando eu começar a frequentar as reuniões deles no ano que vem, vai haver muita *expectativa* – e ela se engasgou com a última palavra.

– O Círculo de Prata comanda as sentinelas, certo?

Skandar pensou em Agatha e Canto do Cisne Ártico na Praia do Pescador.

– Exatamente! – disse Flo erguendo os braços. – Eles protegem a Ilha. O Círculo tem muito poder e gosta de usá-lo. A Comodoro do Caos e o Conselho mudam a cada ano, mas os membros do Círculo de Prata, não. Dorian Manning está no comando há séculos, e ele também tem um filho com um unicórnio prateado. E agora vou ter que fazer parte de tudo isso. Não tenho escolha.

Skandar não se lembrava de tê-la ouvido falar tanto de si mesma – era como se todas aquelas palavras estivessem emaranhadas dentro dela.

– Sinto muito que as coisas não tenham saído do jeito que você queria – disse ele com delicadeza.

Sabia muito bem como era ter os sonhos despedaçados. Flo tinha o mesmo olhar de tristeza e derrota que Kenna. Ela sabia, assim como ele estava começando a compreender, que o vínculo mudava tudo. Conectava duas almas, dois corações... para sempre. E agora Flo jamais poderia abandonar Lâmina de Prata e realizar seu sonho de ser seleira.

Ela suspirou.

– Estou tentando ser corajosa, mas três dos últimos dez unicórnios prateados mataram acidentalmente seus próprios cavaleiros e amazonas... e morreram em seguida. Um unicórnio vinculado não sobrevive à morte de seu cavaleiro ou amazona.

Skandar ofegou.

– Como assim? Por que eles fariam isso?

– Não fazem de propósito. Mas têm tanto poder que, se suas explosões elementais ficarem muito fora de controle e atingirem o cavaleiro ou a amazona... – deteve-se Flo balançando a cabeça.

Uma sombra apareceu no alto do tronco da árvore. Mitchell estava ouvindo.

Skandar o ignorou.

– Então por que todo mundo é tão obcecado por unicórnios prateados? Todos estavam muito animados com o Lâmina na Caminhada.

– Eles são um símbolo de que a magia ainda é forte na população de unicórnios. Então, num momento como este, com o Tecelão, um unicórnio como Lâmina dá esperança a todos.

– Como assim?

– Os unicórnios prateados são fortes demais para serem mortos por um exímio em espírito – disse Mitchell de um degrau no meio do tronco.

– Eu não queria contar isso para ele ainda! – respondeu Flo cruzando os braços e franzindo a testa para Mitchell. Em seguida, virou-se para Skandar com olhos suplicantes. – Não queria que você pensasse que não podemos ser amigos só porque você é um cavaleiro exímio em espírito e eu, uma amazona prateada. Não queria que isso mudasse nada.

– Flo, eu não estou planejando matar *nenhum* unicórnio. Para ser sincero, descobrir que não vou matar Lâmina de Prata sem querer é a melhor notícia que recebi hoje.

– É sério, Skar. Antes de proibirem o elemento espírito, o Círculo de Prata e os cavaleiros e as amazonas exímios em espírito eram os dois grupos mais poderosos da Ilha. Havia uma rivalidade antiga...

Skandar deu de ombros.

– E daí? Somos amigos, o resto não importa.

Ele não pôde deixar de ficar contente por Flo ter guardado aquele segredo. Era um sinal de que se importava demais com a nova amizade deles para colocá-la em risco.

– É o que os da sua laia sempre dizem. Depois nos atacam à noite com seu elemento da morte – disse Mitchell, a voz cheia de censura.

– Não sou de *laia* nenhuma, Mitchell – respondeu Skandar com tristeza. – Sou uma pessoa igual a você. E gostaria que conseguisse enxergar isso.

A porta da casa na árvore se abriu e Bobby entrou com passos firmes. Sem cumprimentá-los, foi direto para a caixa fria, de onde retirou alguns ingredientes. Todos a observaram, absortos, enquanto ela passava manteiga, depois geleia de framboesa e pasta de extrato de levedura – que devia ter trazido do Continente – numa fatia de pão. Finalizou a estranha mistura com uma fatia de queijo, dobrou o pão e deu uma mordida. Ao perceber que todos a observavam com variados níveis de repulsa, Bobby engoliu o primeiro pedaço.

– É um sanduíche de emergência – explicou ela.

– E qual é a emergência? – perguntou Flo educadamente, olhando para os ingredientes espalhados pela bancada.

– Estou com fome, é óbvio.

Então o céu explodiu.

CAPÍTULO 11

SEGREDOS DA ILHA

A explosão não foi alta o suficiente para ter vindo de dentro do Ninhal, mas também não tinha sido muito longe. Bobby, que estava mais perto da porta, a abriu e correu para fora. Skandar foi atrás dela, e Flo e Mitchell os seguiram. A noite havia caído, escura como breu; as lanternas da capital, Quatropontos, piscavam na base da colina do Ninhal. O quarteto ficou parado na ponte entre a casa deles e a seguinte, olhando a Ilha. Uma nuvem de fumaça amarela ondulava na escuridão.

Mitchell balançou a cabeça com seriedade.

– Exímio em ar.

BANG!

Dessa vez, Skandar viu tudo. Algo parecido com fogos de artifício explodiu na escuridão, expelindo fumaça vermelha. O céu resplandecia com uma mistura de vermelho e amarelo.

– O que é isso? – perguntou Sarika, a luz da fumaça dançando em suas pálpebras marrons.

O restante do quarteto da garota tinha se juntado ao de Skandar na ponte.

O rosto de Mitchell estava sombrio, assim como o de Flo e Mabel. Mitchell recitou, como se estivesse lendo um livro didático em voz alta:

— As sentinelas protegem os principais pontos estratégicos da Ilha: o Criadouro, Quatropontos, os Penhascos Espelhados e assim por diante. Quando estão em patrulha, cada sentinela prende um cordão de sua jaqueta a um sinalizador de socorro em sua sela. Se o cavaleiro se separa do unicórnio, o sinalizador explode na cor de seu elemento.

— Puf... Então duas sentinelas acabaram de cair do unicórnio – zombou Bobby. – Todo esse alvoroço por causa disso?

— Sentinelas não caem, Bobby. A não ser que... – disse Flo engolindo em seco –, a não ser que tenham morrido. A finalidade dos sinalizadores é alertar outras sentinelas sobre um ataque fatal, sobre uma brecha na linha de defesa que precisa ser preenchida.

— Mas quem está por trás disso? – perguntou Gabriel, seu rosto de pele clara com uma expressão assustada. – Quem atacaria duas sentinelas?

— Eu tenho um palpite – murmurou Mitchell, enquanto procurava algo no bolso.

Mais cavaleiros e amazonas tinham saído de suas casas nas árvores. Lampiões iluminavam rostos preocupados. Perguntas ricocheteavam nos troncos blindados.

— SILÊNCIO! – gritou a instrutora O'Sullivan avançando até uma ponte próxima, a capa azul ondulando atrás dela na brisa noturna. – Silêncio, por favor – e ela respirava pesadamente pelo nariz. – Quatropontos acaba de sinalizar para o Ninhal que está tudo bem.

— Mas como... – começou Sarika.

— As duas sentinelas que faleceram hoje à noite foram substituídas por novos guardas.

— O que elas estavam protegendo, instrutora O'Sullivan? – perguntou Zac com a voz trêmula.

— Quem as atacou? Nossas famílias estão em perigo? – questionou Mabel.

— Foi o Tecelão, não foi? – perguntou Bobby, mas não era bem uma pergunta.

A instrutora O'Sullivan suspirou.

– Suspeitamos que seja esse o caso. Mas não precisam se preocupar. Preocupem-se mais com a minha sessão de treino amanhã. Todos para a cama, AGORA!

No entanto, não havia como esconder a tensão em seu rosto.

Assim que a instrutora O'Sullivan se afastou para acalmar o grupo seguinte, Mitchell foi até a grade na dianteira da plataforma. Ele tinha algo na palma da mão. Não parava de olhar das mãos para a fumaça colorida ao longe.

– Hum, Mitchell, o que você está fazendo? – perguntou Skandar, tímido.

Mitchell levou um dedo aos lábios, pedindo silêncio.

– Isso é uma bússola? – perguntou Bobby, tentando espiar o que ele estava segurando.

Ele fechou a mão e se virou para o resto de seu quarteto.

– Sim, Roberta. É uma bússola. E ela acabou de confirmar as minhas suspeitas.

– Quais? – perguntou Skandar.

– Aqueles sinalizadores foram disparados bem acima dos Penhascos Espelhados. E vocês sabem o que as sentinelas dos Penhascos Espelhados estão protegendo?

Flo ofegava, e Bobby e Skandar balançaram a cabeça.

– O Continente – disse Mitchell com um ar sombrio.

O corpo inteiro de Skandar ficou tenso quando uma imagem do Tecelão surgiu em sua mente, o chifre fantasmagórico do unicórnio selvagem iluminado pela lua. *Kenna. Seu pai.*

– Por que a instrutora O'Sullivan não nos avisou? – perguntou Flo em voz alta.

– Acho que eles não querem que a gente entre em pânico – disse Mitchell dando de ombros. – Todos os adultos estão preocupados com o que o Tecelão está planejando e, se for algo que envolva o Continente, então...

– Talvez você esteja errado – retrucou Bobby, embora houvesse um tom de preocupação em sua voz. – Essa bússola não parece muito moderna.

Mitchell deu de ombros.

– Bússolas não precisam ser modernas, elas são boas no que fazem. *Orientar*. Só estou repassando a informação que ela me deu.

Skandar se virou para encará-lo.

– Se você estiver certo, o que acontece se o Tecelão matar *todas* as sentinelas da linha de defesa? E se o Tecelão conseguir chegar ao Continente?

Por um momento, pareceu que Mitchell ia dizer algo para tranquilizá-los, mas sua boca formou uma linha sombria.

– Diga você, *exímio em espírito*.

Skandar cruzou os braços.

– Você não precisa me odiar só porque seu pai não gostaria que fôssemos amigos, sabia? Você tem o direito de ter opiniões diferentes das dele. De acreditar que eu não sou como o Tecelão.

– Não, não tenho – retrucou Mitchell, e voltou sozinho para a casa na árvore.

Certa tarde de sábado, algumas semanas depois, Skandar entrou no Cocho, onde os cavaleiros e as amazonas faziam todas as refeições. Era uma grande casa na árvore construída em meio a dezenas de árvores, cujos troncos flanqueavam os lados mais compridos. Havia mesas e cadeiras espalhadas por grandes plataformas circulares que se empoleiravam em galhos de diferentes alturas até chegar ao teto. Os cavaleiros e as amazonas usavam uma bandeja para pegar comida numa longa mesa no nível mais baixo, depois subiam para encontrar um lugar para comer. Depois que Skandar se acostumou a subir a escada e equilibrar a bandeja ao mesmo tempo, as mesas pareciam aconchegantes, aninhadas no alto, entre galhos e folhas. Só precisavam tomar cuidado com os esquilos, que adoravam tentar roubar a comida dos pratos.

Flo acenou para Skandar de uma das plataformas mais altas, apontando para uma cadeira vazia ao lado de Bobby, e ele foi invadido por uma onda de felicidade. No Continente, ninguém nunca havia guardado um lugar para ele.

Quando Skandar se juntou a elas, as meninas estavam falando de mutações. Além do recente ataque às sentinelas, as mutações eram o assunto preferido dos Filhotes desde que o cabelo de Flo havia mudado. Skandar não tinha certeza do que o preocupava mais. Enquanto os outros Filhotes discutiam teorias sobre o que as sentinelas mortas estariam protegendo, Skandar só conseguia pensar no que Agatha lhe dissera na praia: *Você o viu apontando para a câmera. Aquilo não foi um gesto ao acaso. Foi uma ameaça.* Mas uma ameaça de quê? O que o Tecelão planejava fazer com Geada da Nova Era? E será que Mitchell estava certo, será que o plano dele incluía mesmo atacar o Continente?

Como se não bastassem essas preocupações, Skandar não estava nem um pouco animado com o que poderia acontecer com *ele* em sua mutação. Uma mutação do elemento espírito tinha o mesmo potencial de entregá-lo que a Grande Fenda. Naquele momento, graças aos domos, não havia muito perigo de ele usar o elemento espírito. Ele e Maroto estavam aprendendo a lançar pequenas bolas de fogo ou jatos de água em alvos e a produzir rajadas de vento e leves tremores de terra, assim como todos os outros. O que tirava seu sono era a ideia de os domos deixarem de ser usados... e aquele brilho branco voltar a aparecer em sua mão. Além de revelar seu segredo, será que Skandar poderia acidentalmente matar um unicórnio com ele? Afinal, o elemento espírito também era chamado de elemento da morte.

– Vocês viram o cabelo do Gabriel? – perguntou Bobby revirando os olhos.

Flo estava muito mais entusiasmada.

– Ele passou pela mutação no treinamento do elemento terra hoje cedo... Eu vi tudo!

Gabriel estava sentado numa plataforma próxima, com Zac e Romily. Seu cabelo castanho-escuro tinha se transformado em pedra e agora lembrava os cachos de uma estátua grega. A cor era idêntica ao cinza-claro de sua unicórnio, Joia da Rainha.

– Ele está parecendo um doido *de pedra* – riu Bobby da própria piada. – Sacaram?

— Não se esqueçam de que Sarika e Mabel também passaram por mutações esta semana — acrescentou Flo.

Skandar não tinha se esquecido. A mutação de Sarika havia sido, ele tinha que admitir, muito divertida: todas as suas unhas pareciam estar constantemente pegando fogo. A de Mabel também era muito legal: as sardas em seus braços agora cintilavam como cristais de gelo. Ele não podia deixar de sentir uma certa inveja.

— Não chegam nem aos pés da minha — gabou-se Bobby, arregaçando as mangas de sua jaqueta amarela.

Ela não cabia em si por ter sido a segunda Filhote a passar pela mutação. Pequenas plumas cinza-ardósia haviam brotado de seus pulsos, indo até os ombros. Ela as alisou com carinho antes de voltar a comer sua fatia de torta de maçã.

— Estão animados para a aula para continentais hoje à noite? — perguntou Flo.

— Claro — respondeu Skandar, enquanto Bobby zombava com desgosto.

— Não precisamos de aulas *extras* — disse, cuspindo a palavra como se fosse venenosa. — Sou melhor que todos os ilhéus em treinamento... sem ofensa, Flo.

— Bem, eu estou feliz de ter essas aulas — insistiu Skandar, mantendo a voz baixa. — Assim posso perguntar ao instrutor se ele sabe alguma coisa dos ataques às sentinelas.

— Ah, Skar! Não sei se é uma boa ideia — sussurrou Flo. — E se o instrutor suspeitar de que você é você-sabe-o-quê?

— Não vou dar bandeira — disse Skandar. — Só quero saber se Mitchell está certo. Se o Tecelão está tentando chegar ao Continente.

— Mas...

— Minha família está lá, a família da Bobby está lá — disse ele com firmeza. — O mínimo que merecemos é saber o que o Tecelão está tramando.

— Vou ficar de olho nele, não se preocupe — e Bobby cutucou Skandar com a colher.

De repente, Amber começou a falar muito alto de uma plataforma próxima.

— Os continentais não fazem a menor ideia, é claro, mas o professor deles é aquele tal de Joby Worsham. Espero que estejam preparados para o choque: aparentemente ele nem é humano, muito menos cavaleiro.

O restante do quarteto dela – Meiyi, Alastair e Kobi – ouvia de olhos arregalados. Flo e Skandar tinham apelidado os quatro de "o Quarteto Ameaça", porque estavam sempre sendo cruéis com alguém. Amber ajeitou o cabelo castanho, jogando-o todo para o lado. Skandar tinha visto outras garotas que andavam com ela fazendo a mesma coisa: não entendia muito bem que graça havia em andar com um penteado torto.

— Já ouvi falar dele! – disse Meiyi, quase sussurrando. – Minha mãe me falou para nem chegar perto. Nunca se sabe quando alguém que nem ele vai perder o controle – completou a garota fazendo um ruído alto e arrepiante.

Kobi brincava com a trança curta.

— Quando meu irmão estava treinando no Ninhal, alguns anos atrás, ele viu Worsham certa noite. Parece que ele estava atravessando uma ponte bem no topo do Ninhal, resmungando para si mesmo como uma espécie de fantasma louco. Como se estivesse procurando por algo.

Nesse momento, Albert deixou cair um prato ao sair da mesa, e Kobi e Alastair deram um pulo.

— Bem, eu sei de algo *superbizarro* sobre Worsham que, sinceramente, deixaria vocês de cabelo em pé – gabou-se Amber.

Os outros imploraram por mais detalhes, mas ela fez um gesto como se estivesse fechando a boca com um zíper.

— A única coisa que posso dizer é que não faz nenhum sentido ter alguém como ele *dentro* do Ninhal – disse Amber erguendo as sobrancelhas. – Minha mãe diz que sempre foi contra Worsham dar aulas aqui. Tipo, por que os novos cavaleiros e amazonas deveriam ter aulas com uma pessoa cujo unicórnio foi morto? Não é bem um exemplo a se seguir.

Flo se levantou abruptamente da mesa, os olhos escuros brilhando de raiva. Skandar e Bobby se entreolharam, confusos, antes de segui-la escada abaixo e para fora do Cocho.

– Não acredito em como a Amber consegue ser cruel às vezes – balbuciou Flo, assim que chegaram à plataforma de metal do lado de fora.

– De quem ela estava falando? – perguntou Skandar, franzindo o cenho. Não tinha entendido nada da conversa.

– Do instrutor Worsham. É ele quem vai dar as aulas para os continentais – explicou Flo, com o rosto triste. – As pessoas falam dele porque... – e ela baixou a voz. – Bem, porque ele não tem mais a unicórnio dele. Ela morreu.

Bobby deu de ombros.

– As pessoas são idiotas. Principalmente a Amber, e ela nem passou pela mutação ainda... Sem ofensa, Skandar. Tudo bem, esse instrutor não tem mais sua unicórnio, por que isso seria motivo para falar dele?

Flo suspirou.

– Quando um unicórnio morre, o vínculo se rompe. Mas o cavaleiro continua vivo.

– Mas, se eu morrer, Falcão *morre* junto comigo, certo? – perguntou Bobby.

– Exatamente. A vida dela depende da sua porque você é a amazona dela. Mas a sua vida não depende da sua unicórnio. Quando um unicórnio morre, seu cavaleiro ou amazona continua vivo e, bem, nunca mais volta a ser a mesma pessoa de antes. Imagine ter todo aquele poder, toda aquela magia, todo aquele *amor*, e de repente tudo isso ser tirado de você junto com seu unicórnio. É compreensível que isso mude uma pessoa. Que ela se torne menos... completa.

Skandar pensou que talvez já tivesse experimentado uma ínfima fração daquilo a que Flo estava se referindo quando voltou para casa sem ter feito o teste de Criação. Ele se lembrava de como havia se sentido naquele momento, quando havia perdido apenas a *possibilidade* de se relacionar com um unicórnio. O *sonho* de se tornar cavaleiro.

Agora sentia o vínculo com Sorte do Maroto em cada batida de seu coração. Às vezes, até achava que sentia as emoções do animal. Sua mente gravitava em direção ao unicórnio, como uma bússola sem a qual estaria perdido. De repente, viu uma imagem horrível de si mesmo andando pelas pontes oscilantes do Ninhal à noite, procurando algo que nunca encontraria.

Skandar empurrou a porta da casa do instrutor Worsham e seu coração bateu um pouco mais rápido quando ela se abriu, fazendo as dobradiças enferrujadas rangerem.

Sarika, Gabriel, Zac, Albert e Mariam já estavam lá dentro, sentados em pufes, almofadas enormes e tapetes macios, em silêncio. Todos pareciam um pouco assustados: Sarika mexia, ansiosa, na pulseira de aço em seu pulso; Albert estava mordendo o lábio; e Gabriel estava tão pálido que parecia que ia desmaiar. Skandar se perguntou se eles também tinham ouvido Amber falar do instrutor Worsham.

O homem estava sentado num pufe roxo, olhando por uma janelinha, como se não tivesse percebido a presença de seus visitantes.

– Ele é meio jovem para ser um fantasma, não acha? – sussurrou Bobby para Skandar enquanto eles se sentavam num tapete laranja felpudo, o único espaço que restava na pequena sala de estar.

Às vezes, Bobby era direta demais, mas Skandar teve que admitir que ela tinha razão. O cabelo loiro do instrutor Worsham estava preso num rabo de cavalo alto e emaranhado, e ele não aparentava ter mais de trinta anos.

De repente, o instrutor pareceu notar a presença de todos eles e pigarreou. Vários dos continentais engoliram em seco.

Quando falou, no entanto, sua voz era gentil, mesmo que seus olhos azuis parecessem tristes e perdidos.

– Oficialmente – disse ele, sorrindo –, sou o instrutor Worsham, mas, por favor, me chamem de Joby. Devem ter notado que vocês são todos Filhotes do Continente – gesticulou ele para os alunos, que estavam sentados à sua frente. – *Eu* não sou do Continente, mas o estudei a fundo e me tornei um especialista desde que os primeiros cavaleiros e amazonas continentais nos honraram com sua presença. Por favor, não tentem descobrir minha idade com base nisso.

Ninguém riu.

– A razão para terem esta aula – continuou ele, ignorando o silêncio constrangedor – é que, durante o treinamento, e também em sua vida social, vocês vão se deparar com coisas que não compreenderão direito, já que nasceram no Continente – disse ele, abrindo bem as mãos. – Acho reconfortante lembrar que há milhares de anos os primeiros cavaleiros e amazonas de unicórnios, os antepassados dos ilhéus de hoje, chegaram a este lugar vindos de todos os cantos da Terra, então houve um momento em que a Ilha também era uma novidade para eles. Por isso, até vocês, Filhotes, se acostumarem, estou aqui para explicar o que for necessário. O que acham?

Silêncio. A maioria dos continentais ainda parecia aterrorizada. Albert olhava para todos os lugares, menos para o rosto de Joby, como se esperasse não ser notado se não fizesse contato visual com ele.

Joby suspirou, e Skandar nunca tinha ouvido um som tão impregnado de tristeza.

– Acho, com base no fato de todos vocês parecerem ter tanto medo de mim, que alguém contou a vocês a minha história.

Ninguém respondeu.

– Certo – disse Joby, fazendo uma careta e começando a falar num tom monótono, como se já tivesse contado aquela história muitas vezes. – Assim como vocês, quando eu tinha treze anos, abri a porta do Criadouro. Assim como vocês, minha unicórnio rompeu a casca do ovo e marcou minha palma com seu chifre... – e ele ergueu a mão direita para mostrar o ferimento do Criadouro. – E assim como vocês, e como todos os outros cavaleiros e amazonas, também me vinculei a minha unicórnio. O nome dela era Espectro Invernal.

A voz de Joby falhou, e ele demorou um momento para continuar. Skandar nem se atrevia a respirar.

– Durante meu primeiro ano de treinamento no Ninhal, quando eu ainda era um Filhote, como vocês, Espectro foi m-m-morta. E, desde então, estou sozinho – e Joby apertou o peito por cima da camiseta branca amassada, como se de repente sentisse dor. Se Skandar não soubesse que um vínculo cavaleiro-unicórnio envolvia diretamente o coração, poderia ter pensado que o instrutor estava sendo dramático. Mas o que ele estava agarrando, aquilo a que se aferrava, era o próprio coração, o lugar exato onde deveria estar seu vínculo com Espectro Invernal.

Lágrimas escorriam pelo rosto de Albert e Sarika. Até Bobby parecia um pouco perturbada.

Joby se ajeitou no pufe, tentando se recompor.

– Não sou um fantasma nem um espectro. Não sou louco nem desequilibrado. A coisa mais assustadora sobre mim é que não sou muito diferente de vocês. Minha mutação pode ter desaparecido, mas, aqui dentro, ainda sou um cavaleiro. – Ele tocou o peito novamente. – A única diferença entre mim e vocês é que seu vínculo está inteiro, enquanto o meu nunca mais vai estar.

Skandar sentiu seu vínculo com Maroto queimando diante da simples possibilidade de serem separados para sempre. Ele se deu conta, pela primeira vez, que, se tentasse se concentrar naquela sensação em seu peito, podia quase sentir a presença do unicórnio. Podia sentir a personalidade dele de alguma forma: a ousadia, a inteligência, o gosto pelas brincadeiras, a agudeza de seu poder elementar, a gula por balas de gelatina. Estava tudo lá, dentro dele. E, quase sem querer, Skandar murmurou:

– Sinto muito, instrutor Worsham.

Joby olhou para ele com seus olhos azuis assombrados e sorriu.

– Obrigado, Skandar.

Os outros continentais murmuraram palavras semelhantes até que o clima na sala melhorou um pouco.

Joby se levantou.

– Bem, vocês não vieram até aqui para saber sobre mim. Estão aqui para aprender sobre si mesmos, sobre seus unicórnios e sobre a Ilha. Alguma pergunta? Lembrem-se de que podem me perguntar qualquer coisa. Qualquer coisa mesmo.

Sete mãos dispararam no ar, e ele riu, claramente aliviado.

– Qual a probabilidade de sermos declarados nômades? – perguntou Zac, parecendo preocupado. – O fato de sermos continentais já nos deixa em desvantagem?

Joby parecia desejar ter escolhido outra pessoa primeiro, mas mesmo assim respondeu.

– É muito raro um Filhote ser declarado nômade antes da Prova de Treinamento.

– Mas eles vão expulsar cinco de nós! – lamentou Albert, a cor se esvaindo por completo de seu rosto pálido.

Joby sorriu para eles com tristeza, levando a mão ao peito, onde deveria sentir seu vínculo.

– Vocês têm que se lembrar de que é o vínculo que importa. Ser cavaleiro ou amazona não consiste apenas em treinar no Ninhal ou na glória de se classificar para a Copa do Caos.

Bobby soltou um grunhido de ceticismo.

Joby continuou.

– Sem o vínculo, a Ilha seria um lugar mortal: explosões elementais destruiriam as plantações, a vida selvagem, as pessoas. Mas os unicórnios têm a nós, seus cavaleiros e suas amazonas, e apenas os selvagens podem causar destruição de verdade. Por que vocês acham que a Copa do Caos se chama assim? Ela foi inventada para mostrar a força do vínculo, para demonstrar como os cavaleiros e as amazonas podem controlar o caos.

Joby respondeu todas as perguntas, uma por uma, desde coisas sobre como visitar as zonas elementais e se seriam dispensados do treinamento para celebrar dias sagrados como o Diwali, o Hanucá, o Natal ou o Eid, até perguntas sobre a possibilidade de encontrar guloseimas do Continente em Quatropontos. De tempos em tempos, porém, Joby perdia a linha de raciocínio ou olhava pela janela e se esquecia de que estava no meio de uma frase. Quando a aula começou a se aproximar do fim, Skandar fez uma pergunta que o vinha atormentando desde que a porta do Criadouro se abrira ao seu toque, e torceu para que ela não revelasse nada.

– Instrutor Worsham, quer dizer... Joby – gaguejou Skandar, sentindo o rubor que queimava suas bochechas sempre que tentava esconder alguma coisa. – Como as perguntas do teste de Criação ajudam a Ilha a decidir quem deve tentar abrir a porta? Além disso, vários continentais são mandados de volta, então...

– Bem... – e Joby parecia desconfortável de novo –, a verdade, Skandar, é que a verdadeira prova não é o teste escrito. A razão pela qual uma pessoa com vínculo comparece a todos os testes e aperta a mão de todos os candidatos é que eles são capazes de reconhecer um novo cavaleiro ou amazona em potencial. Não me pergunte como eles sabem, mas eles sabem. Às vezes, cometem erros, mas um cavaleiro ou uma amazona sente uma conexão com todos os continentais que vêm para cá.

– Então o teste de Criação é, na verdade, apenas uma questão de destino e *magia*? – perguntou Bobby pronunciando "magia" como se fosse um palavrão.

Albert balançou a cabeça.

– Poderiam pelo menos ter nos contado.

– A Ilha gosta de guardar seus segredos – disse Joby timidamente.

Sarika ergueu a mão.

– Pode nos falar do quinto elemento? Aquele que a comodoro mencionou no discurso dela. Eu sei que não devemos falar disso, mas...

Ela deixou a pergunta suspensa no ar, esperançosa.

– Você está certa: não devem falar disso.

Sarika se remexeu em seu tapete macio, incomodada.

– Mas, sem dúvida, todos os Filhotes ilhéus sabem sobre ele; seus pais se lembram – e Joby fechou os olhos por um segundo e, quando voltou a falar, parecia mais assombrado do que nunca. – O quinto elemento era conhecido como o elemento espírito. Há mais de uma década, o Tecelão o usou para se vincular a um unicórnio selvagem. As vinte e quatro vidas inocentes que a nossa comodoro mencionou em seu discurso foram as primeiras que o Tecelão tirou. Eles são conhecidos como os Vinte e Quatro Caídos, vinte e quatro unicórnios mortos em diferentes corridas eliminatórias para a Copa do Caos. Vinte e quatro vínculos cortados no mesmo dia, cavaleiros e amazonas condenados a viver uma meia-vida sem seu unicórnio. Foi um ato de crueldade inimaginável. Desde então, é ilegal ser exímio em espírito.

Joby falava em voz baixa.

– Depois disso, todos os exímios em espírito de que se tinha notícia foram presos. Em parte, porque o Conselho não sabia qual deles era o Tecelão e, em parte, porque temiam que outros exímios em espírito usassem o elemento para fazer o mal. O espírito é o único elemento capaz de matar um unicórnio vinculado, como aconteceu com a minha Espectro Invernal.

Houve um longo silêncio.

– Mas como eles impedem que os exímios em espírito tentem abrir a porta do Criadouro? – perguntou Albert em pânico. – Como podemos saber que não há um no Ninhal agora mesmo?

Skandar tentou com todas as forças não esboçar nenhuma reação, mas, debaixo da jaqueta, sentia o suor escorrendo por suas costas. Suas bochechas queimavam mais do que a magia do fogo.

– Bem, no caso dos continentais, isso acontece no teste de Criação – respondeu Joby. – Assim como são capazes de detectar se você está destinado a abrir a porta, os cavaleiros e as amazonas também identificam vagos indícios de qual vai ser o elemento de cada um. Nem sempre coincide com o resultado da Caminhada, mas, se um cavaleiro ou uma amazona aperta a mão de uma criança no Continente e nota o menor sinal do quinto elemento, essa criança será automaticamente reprovada. Fazemos verificações semelhantes aqui na Ilha.

Naquele momento, ele entendeu o que Agatha tinha feito. Ela sabia que Skandar teria sido reprovado no teste de Criação assim que o cavaleiro ou a amazona que o supervisionava apertasse sua mão! Ao não permitir que ele fizesse o teste, Agatha o havia salvado de ser reprovado por ser um exímio em espírito. Dera a ele uma chance de tentar abrir a porta do Criadouro. E talvez também tivesse sido esse o motivo de Kenna ter sido reprovada no teste! Ela, assim como inúmeros outros potenciais exímios em espírito, não teve uma Agatha para ajudá-la. Mas por que Agatha tinha ajudado justo ele? Parecia um grande risco a se correr apenas por uma promessa feita a sua mãe.

— Bem, isso é ótimo – disse Mariam, que estava quase sendo engolida por seu enorme pufe. – Fico feliz. Exímios em espírito não deveriam ter unicórnios. Veja só o que o Tecelão fez com aquelas sentinelas!

Joby não disse nada, seus olhos vazios vagando de volta para a janela. Skandar ficou olhando para o padrão no tapete e brincou com a insígnia da água em sua lapela. O Tecelão, os Vinte e Quatro Caídos, o elemento espírito. Todos conectados. Ele se sentiu enjoado.

Quinze minutos depois, Skandar e Bobby se demoraram enquanto os outros Filhotes do Continente deixavam a casa na árvore de Joby.

O instrutor Worsham notou, seus olhos azuis fixos neles enquanto ajeitava uma almofada verde-limão.

— Vocês têm mais alguma pergunta? – questionou ele num tom amigável.

— Hum, sim, mais ou menos – disse Skandar, deixando que as palavras escapassem. – É sobre as sentinelas que foram mortas há algumas semanas.

Joby suspirou e largou a almofada.

— Uma tragédia.

— Bem, eu achei que talvez a fumaça estivesse vindo dos Penhascos Espelhados. E alguém me disse que as sentinelas do penhasco protegem o Continente, então acho que a minha pergunta é...

— Se o Tecelão estava tentando invadir o Continente?

Joby terminou a pergunta por ele.

— Sim.

O instrutor se apoiou no tronco central da casa na árvore.

– Oficialmente não sabemos onde essas sentinelas foram mortas. Mas extraoficialmente... – e Joby tirou um pedaço da casca da árvore – vocês estão certos. Não vejo sentido em mentir.

Skandar sentiu o pânico crescer em seu peito.

– Mas isso não significa que o Continente está em perigo? Não significa que alguém deveria estar fazendo alguma coisa?

– Não se preocupem com isso. Nossa nova comodoro está determinada a caçar o Tecelão. Determinada a encontrar Geada da Nova Era, é claro. Embora isso fosse muito mais fácil se não tivessem trancafiado todos os exímios em espírito. É irônico, na verdade, mas acho que seria preciso um exímio em espírito para deter o Tecelão. Não é uma opinião popular por aqui, mas é o que eu acho.

Skandar quase se engasgou.

– Como assim? O que você acha que o Tecelão está planejando? O que um exímio em espírito poderia fazer para ajudar?

Bobby deu um chute forte na batata da perna de Skandar.

Os olhos de Joby ficaram turvos, obviamente percebendo que tinha ido longe demais.

– Como vou saber? – disse ele bruscamente. – E, de qualquer maneira, não adianta ficar pensando nisso, não existe mais nenhum exímio em espírito. Como nossa comodoro nos lembrou, o espírito é o elemento da morte. Na verdade, não deveríamos nem estar falando disso.

– Não – grunhiu Bobby –, não deveríamos mesmo.

Ela praticamente arrastou Skandar até a porta.

– Cuidem-se – murmurou Joby, olhando para eles com curiosidade enquanto se virava e fechava a porta depois que eles saíram.

De volta à casa na árvore, Skandar andava de um lado para o outro, nervoso.

— Então Agatha me ajudou a chegar à Ilha, impedindo que eu fizesse o teste de Criação e me trazendo até aqui em seu unicórnio.

— Ainda não acredito que fiz toda aquela revisão para nada — resmungou Bobby.

— E agora sabemos que ela estava certa quando disse que o plano do Tecelão envolvia, de alguma forma, o Continente.

Flo ainda estava pensando na pergunta que Skandar vinha se fazendo desde que tinha visto um unicórnio adulto nos fundos de seu prédio.

— Mas quem *é* essa Agatha? — questionou ela. — Ainda não entendi por que ela ia querer ajudar você a chegar à Ilha. Será que ela estava apenas sendo gentil?

— Ou talvez — disse Bobby com um ar sombrio — ela esteja trabalhando *para* o Tecelão?

Flo estremeceu.

— Por que você não pode simplesmente imaginar que Agatha estivesse fazendo uma boa ação?

— Mas faz sentido, não faz? — insistiu Bobby. — O Tecelão queria o Skandar... para ajudar com o elemento espírito ou algo assim... então mandou essa tal de Agatha trazê-lo.

— Eu já disse — interveio Skandar, exasperado. — A Agatha me *alertou* sobre os perigos do Tecelão! E, se o Tecelão me queria aqui, por que a Agatha não me levou direto para um covil ou algo assim?

Flo deu uma risadinha.

— O Tecelão não tem covil. Ele vive nas Terras Selvagens, com todos os unicórnios selvagens.

— No mais puro estilo vilão asqueroso — disse Bobby, parecendo quase impressionada.

— Mas a coisa mais importante que descobrimos na aula de Joby — disse Skandar, dando mais uma volta pela casa na árvore — é que um exímio em espírito talvez seja capaz de deter o Tecelão. Se ele estiver certo, então é possível que Agatha tenha me trazido para cá porque eu posso ajudar em alguma coisa.

— Mas o elemento espírito é ilegal, Skar — disse Flo com tristeza. — Se tentar fazer alguma coisa, você e Maroto vão para a cadeia... ou algo pior. A Agatha não pode ter trazido você para cá para ser preso.

Os três ouviram um tilintar metálico vindo de cima de suas cabeças e olharam para o alto.

— Eu me esqueci completamente que o Mitchell estava aqui — murmurou Bobby.

— Vocês acham que ele ouviu? — sussurrou Skandar. — O que falamos da Agatha?

— Estávamos falando muito alto — disse Flo, levando a mão à boca.

Em pânico, Skandar subiu os degraus do tronco da árvore, dois de cada vez, e abriu a porta do quarto deles.

Mitchell pareceu assustado. Estava sentado no chão, tentando esconder algo debaixo da perna.

Skandar viu a borda de uma carta, um vislumbre de cor.

— Você mexeu nas minhas coisas? — perguntou ele, esquecendo-se por completo de todos os pensamentos sobre Agatha. — Essas são minhas Cartas do Caos — disse, aproximando-se.

— Elas estavam debaixo da sua rede. Eu queria ver o que o Continente... Nós... nós não temos essas cartas aqui. Gosto das estatísticas — balbuciou ele, claramente envergonhado.

Skandar suspirou e se sentou ao lado de Mitchell no chão.

— Eu gosto de como os unicórnios parecem realistas, mesmo sendo apenas desenhos. Queria saber desenhar assim... com todos esses detalhes.

Mitchell pegou outra carta, representando Sangue do Crepúsculo, a unicórnio vinculada a Federico Jones.

— Exatamente! Os detalhes são fascinantes. As batidas de asa por minuto são particularmente interessantes quando você compara os vencedores anteriores da Copa do Caos... — e Mitchell pigarreou para parar de falar. — Mas tenho certeza de que você está aqui apenas para me pedir para não contar nada sobre seu voo ilegal para a Ilha. Não se preocupe. Isso me ligaria a você, e essa é a última coisa que eu quero.

Skandar tentou não parecer muito aliviado.

Mitchell se levantou de repente.

– Eu estava muito animado para conhecer cavaleiros e amazonas do Continente, sabia? Mal podia esperar para fazer parte de um quarteto, com três outras pessoas que tinham quase cem por cento de chance de serem minhas amigas! Eu só queria um novo começo. Aí você apareceu e estragou tudo.

Skandar também se levantou, e os dois ficaram cara a cara.

– Pense em como eu me sinto! Eu queria ser cavaleiro de unicórnio mais do que qualquer outra coisa no mundo. Aí descubro que sou aliado a um elemento que eu nem sabia que existia! Não faço ideia do que vou fazer quando os domos deixarem de ser usados! E agora, ao que parece, Maroto e eu talvez possamos ajudar a acabar com o plano do Tecelão, seja ele qual for. Mas, se fizermos isso, estaremos mortos. Ah, e meu colega de quarto me odeia. Isso é ruim o suficiente para você?

Mitchell entrou em sua rede, a expressão terrivelmente triste.

– Não podemos falar dessas coisas. Se você for pego e meu pai achar que ajudei a esconder um exímio em espírito clandestino... Ele é o Representante da Justiça no Conselho, está encarregado de aprisionar cavaleiros como você! Ele ficaria muito decepcionado, nunca mais falaria comigo. E eu tenho que zelar pelo nome da nossa família. Você é perigoso.

Skandar balançou a cabeça.

– Sabe o que eu acho? Acho que o verdadeiro Mitchell Henderson é alguém que eu, com certeza, ia querer que fosse meu amigo. Mas a pessoa que ele finge ser para o pai... Não tenho tanta certeza.

Ele saiu para se juntar às meninas... triste, decepcionado e assustado.

Mas, enquanto descia pelo tronco, foi tomado por um turbilhão de felicidade que o fez se sentir um pouco menos infeliz. *Maroto?*, se perguntou ele. Talvez o vínculo pudesse invocar algo além da magia.

CAPÍTULO 12

MUTAÇÃO

Para a infelicidade de Bobby, os Filhotes não foram autorizados a comparecer ao Festival da Terra no início de agosto, quando todos trocavam a jaqueta amarela pela verde, representando a estação da terra. De acordo com os instrutores, o festival havia coincidido com um momento crucial do treinamento deles, embora Bobby tivesse insistido que aquilo era "muito conveniente". Então ela ficou exultante quando, assim que as folhas de outono começaram a cair das árvores blindadas, um aviso foi publicado, anunciando que os Filhotes poderiam comparecer ao Festival do Fogo, que aconteceria em algumas semanas.

Skandar também mal podia esperar para ir, mas Flo não estava muito animada.

– Esses festivais são muito barulhentos e caóticos, e há gente por toda parte – disse ela enquanto se dirigiam para as árvores postais depois do café da manhã. – Prefiro ficar aqui a brigar por espaço no meio da aglomeração.

Bobby balançou a cabeça.

– Não vamos ficar aqui de jeito nenhum. Ouvi dizer que eles têm fogos de artifício *e* barracas de comida. Nada vai me impedir de ir a esse festival.

Flo riu.

— Bobby, você não poderia ser uma exímia em ar mais típica nem se tentasse.

— Como assim? — perguntou Bobby, desconfiada.

— Minha mãe diz que os exímios em ar são extrovertidos. E que gostam de mudanças, de dançar e de barulho, então basicamente amam festas, enquanto os exímios em terra...

— Preferem ficar em casa com um bom livro e biscoitos de chocolate?

— Exatamente.

Flo sorriu enquanto abria sua cápsula verde e dourada.

Skandar já havia se acostumado com aquele sistema. Cada cavaleiro e amazona tinha um buraco na árvore com uma cápsula de metal encaixada. A dele era metade dourada, metade azul, para o elemento água, e ele tinha que girá-la para abrir e verificar se havia correspondência. Se quisesse enviar uma carta, precisava colocar a cápsula com o lado azul virado para fora para indicar que havia algo dentro. Era simples e colorido: as cápsulas davam um tom alegre e decoravam os troncos, como se fossem joias.

Skandar abriu sua cápsula sem pressa e enfiou um pacote enviado por Kenna no bolso. Sempre sentia um incômodo durante conversas sobre elementos e personalidade. Já tinha ouvido de tudo sobre a personalidade dos aliados aos outros elementos: os exímios em fogo eram imaginativos, cheios de ideias e se enfureciam rápido; os exímios em água eram compreensivos, versáteis e assertivos. Skandar tinha a impressão de que ninguém sabia — ou queria discutir — como eram os exímios em espírito, e comparar sua personalidade com a dos outros exímios em água parecia errado, uma mentira. Além disso, as bibliotecas não tinham servido de nada — até Bobby e Flo tinham procurado com ele. Haviam folheado as quatro escrituras elementais, bem como várias páginas de outros livros, em busca de uma menção que fosse ao elemento espírito, qualquer coisa que pudesse ajudar Skandar quando os domos de treinamento desaparecessem. Mas não havia nada.

Flo ficou ofegante ao ler a carta que tinha em mãos.

MUTAÇÃO

– O que foi? – perguntou Skandar rapidamente, pensando na mesma hora num ataque a sentinelas.

Seus sonhos ainda eram assombrados pela possibilidade de o Tecelão romper as barreiras de segurança e chegar a Kenna e seu pai no Continente de alguma forma – embora tudo estivesse tranquilo nos penhascos desde a primeira semana deles na Ilha.

– Uma amiga dos meus pais... uma curandeira. Desapareceu em Quatropontos.

– Como assim "desapareceu"? – perguntou Skandar em voz baixa.

Flo ainda estava com os olhos fixos na carta.

– Meu pai contou que ela foi levada durante uma debandada de unicórnios selvagens duas noites atrás. Dizem que foi o Tecelão.

– Mas por que teria sido o Tecelão? – perguntou Bobby. – As pessoas podem desaparecer por vários motivos.

A voz de Flo ao responder era tão baixa que Skandar mal conseguiu ouvi-la.

– Aparentemente, havia uma marca branca na casa na árvore da curandeira. Uma faixa branca pintada com tinta. Igual à faixa no rosto do Tecelão.

E na cabeça do Maroto, pensou Skandar sombriamente.

Flo virou a carta.

– Meu pai parece muito preocupado. As pessoas culpavam o Tecelão quando cavaleiros, amazonas e unicórnios desapareciam perto das Terras Selvagens, mas eles poderiam muito bem ter sido atacados por unicórnios selvagens. O Tecelão nunca tirou ninguém de sua casa na árvore antes. Nunca deixou sua marca.

Skandar imaginou uma marca branca aparecendo na janela do apartamento 207; um unicórnio selvagem putrefato com um olhar insano; a mortalha do Tecelão balançando na brisa do mar; a mão dele estendida na direção de Kenna, adormecida em sua cama.

Flo apontou para a carta.

— Meu pai acha que a Ilha não deveria realizar *nenhum* festival agora. Então talvez não devêssemos ir ao Festival do Fogo, no fim das contas.

Bobby revirou os olhos, mas Skandar não achou que o gesto fora tão convincente quanto de costume.

Um pouco depois, eles estavam alinhando seus unicórnios numa fileira no campo de treinamento da terra quando Amber passou cavalgando por Maroto, Falcão e Lâmina, sacudindo o cabelo com agressividade e com o restante do Quarteto Ameaça atrás dela. A garota parou Ladra Redemoinho bem na frente deles.

— Oi, Skandar — disse Amber, dando um tchauzinho para atrair a atenção dele. — Já ouviu a *superboa* notícia?

Bobby olhou para ela com os olhos semicerrados.

— Acho que tem uma coisa nojenta na sua cabeça, Amber. Ah, não, é só a sua mutação. Perdão — e Bobby fez uma mesura irônica.

Uma estrela branca brilhou na testa de Amber, combinando com a marca branca de sua unicórnio.

Skandar detestava Amber tanto quanto Bobby, mas preferiria que a amiga a ignorasse, em vez de provocá-la. Ainda estava preocupado que, na primeira sessão de treinamento, Amber tivesse visto o brilho branco em sua mão.

— É tão fofo como vocês do Continente não sabem de nada do que acontece por aqui! Fico surpresa por conseguirem distinguir um lado de um unicórnio do outro — falou ela, soltando uma risadinha falsa.

Skandar viu Bobby segurar as rédeas de couro de Falcão com mais força.

Flo avançou com Lâmina para intervir.

— Também não sei do que você está falando, Amber — disse Flo sem elevar a voz. — E eu nasci e fui criada na Ilha. Por que não explica para nós?

Uma fumaça sinistra saiu das narinas de Lâmina.

De repente, Amber pareceu constrangida. Flo estava apenas tentando ser pacífica, como sempre, mas como era uma amazona de prata, tinha uma autoridade que não passava despercebida.

— Os domos vão deixar de ser usados hoje.

Os dentes de Amber refletiram a luz do sol como as presas de um tubarão.

Um calafrio percorreu a espinha de Skandar. Tinha a esperança de que seriam avisados antes. Achava que teria mais tempo!

Flo deixou escapar um grito abafado.

— Agora? Nesta sessão de terra?

O fato de Lâmina de Prata ser capaz de conjurar todos os elementos também não era uma boa notícia para ela. Flo tinha dificuldade para controlar seu unicórnio durante o treinamento — a magia dele era extremamente forte —, mas era muito pior para Skandar, que estava prestes a vomitar por cima da asa de Maroto.

— Por que você usa isso o tempo todo?

Num piscar de olhos, Amber avançou com Ladra e agarrou uma ponta do cachecol preto de Skandar, quase estrangulando-o. Maroto guinchou em protesto e tentou morder o ombro da unicórnio castanho.

— Não! — gritou Flo. — Era da mãe dele. É a única coisa que ele tem dela.

Skandar olhou para Flo, incrédulo. Depois de anos sendo atormentado por Owen, sabia que era um erro revelar qualquer informação pessoal a um valentão. E não deu outra: Amber parecia ter vencido a Copa do Caos.

— Então temos algo em comum, não é, *Skan*dar? — disse ela, prolongando a primeira metade do nome dele, fazendo-o soar ridículo. — Meu pai morreu como herói numa batalha contra cem unicórnios selvagens, mas você não me vê andando por aí deprimida e usando as coisas velhas dele. É superpatético.

Ela largou o cachecol, e Skandar quase caiu do lombo de Maroto.

— Ou talvez você esteja escondendo alguma coisa *embaixo* dele. Talvez... uma mutação. Hum?

— O Skandar ainda não passou pela mutação — disse Flo, e Lâmina soltou um grunhido baixo. — E... e, se seu pai morreu mesmo como herói, então não acho que ele ficaria muito orgulhoso da maneira como você trata as pessoas às vezes. Não é muito gentil.

O rosto de Amber se contorceu de raiva, e ela guiou Ladra até o outro extremo da fileira, acompanhada do restante do Quarteto Ameaça.

– É sempre um prazer! – gritou Bobby tirando um chapéu imaginário enquanto ela se afastava.

– Você acha que eu fui muito dura? O pai dela foi morto *mesmo* por unicórnios selvagens, e isso deve deixá-la muito triste, mas ela sempre muda o número de unicórnios que o atacaram, então não tenho certeza...

– Ela sabe – interrompeu Skandar assim que Amber tinha se afastado o suficiente para não conseguir ouvi-los.

– Sabe o quê? – perguntaram Flo e Bobby juntas, aproximando-se de Maroto com Falcão e Lâmina.

Skandar baixou a voz para que os cavaleiros e amazonas mais próximos não ouvissem.

– Amber sabe que eu sou um... vocês-sabem-o-quê. Não ouviram o que ela disse sobre os domos deixarem de ser usados, sobre eu estar escondendo uma mutação debaixo do cachecol? Por que mais ela diria isso?

Flo franziu o cenho.

– Hum. Mas, nesse caso, ela com certeza já teria denunciado você, não acha?

– Talvez ela esteja gostando de torturá-lo antes de fazer isso.

– Bobby! – gritou Flo. – Não diga isso!

– Só estou dizendo a verdade – e Bobby deu de ombros. – Não posso fazer nada se sou sincera.

Montado em Pó do Luar, o instrutor Webb apitou. Skandar ainda não estava acostumado com o musgo da mutação do instrutor de terra, que crescia entre o cabelo ralo de sua cabeça calva.

– Hoje vamos experimentar alguns escudos de areia simples. Numa batalha celeste, podem criar essa barreira para se proteger de ataques iminentes. Útil, não é? São três passos simples. Invoquem o elemento terra na direção do vínculo e virem a palma da mão direita para fora – e ele virou a mão para que os cavaleiros e amazonas pudessem ver o brilho verde. – Levantem o cotovelo, apontando os dedos para a esquerda. Em seguida, deslizem a mão para cima e para baixo no ar à sua frente.

O rosto profundamente enrugado do instrutor Webb desapareceu atrás de uma sólida parede de areia. A magia cheirava a solo recém-revolvido, agulhas de pinheiro e pedras queimadas pelo sol.

– Mas ainda não há nenhum domo da terra, instrutor Webb – disse Albert, montado em Alvorecer da Águia, alguns unicórnios adiante.

O instrutor Webb riu, o escudo se desfazendo quando ele desmontou.

– Chega de domos, Filhotes. Vocês devem aprender a voar por conta própria, como pássaros saindo do ninho. Todos os instrutores concordaram que vocês estão prontos.

– Vai ficar tudo bem – sussurrou Flo para Skandar, que conseguiu balançar a cabeça concordando.

Skandar não parava de olhar para a palma da mão, para verificar se ainda estava no tom branco pálido de sempre. As palmas dos outros cavaleiros e amazonas na fileira começaram a emitir um brilho verde, e Skandar não teve escolha a não ser respirar fundo. Imaginou a areia fina do escudo e o cheiro da magia da terra e soltou um longo suspiro de alívio quando sua mão emitiu um brilho verde como a de todos os outros, e moveu o braço para cima para tentar realizar o movimento defensivo.

No entanto, sem avisar, Maroto saiu galopando pelo campo de treinamento a uma velocidade vertiginosa. Skandar puxou as rédeas e cravou os dedos em sua crina, tentando desesperadamente se segurar. E, entre os dedos, viu o fantasmagórico brilho branco do elemento espírito.

– Não, Maroto! Não! Não podemos fazer isso!

Skandar tentou fazer a palma ficar verde de novo com todas as forças, mas sentiu, de repente, uma pontada de raiva tão feroz que fez sua visão embaçar. Nesse momento, ele soube que Maroto estava bravo com ele, furioso por seu cavaleiro estar tentando bloquear o elemento espírito. Quando fecharam o círculo, o unicórnio preto empinou, expelindo fogo pela boca e lançando jatos de água de seus cascos dianteiros em direção ao céu enquanto dava coices para cima e para os lados. Logo toda a fileira de cavaleiros e amazonas estava encharcada.

Com a água e o suor, os flancos de Maroto ficaram escorregadios, e as pernas de Skandar deslizavam, fazendo com que fosse muito difícil se segurar. O instrutor Webb mandou que Skandar desmontasse. Ao ver que isso não adiantou de nada, ele apitou, mas isso só deixou Maroto ainda mais furioso. O unicórnio passou voando pelo instrutor e o derrubou, enquanto Luar guinchava de raiva.

– Por favor, Maroto! PARE! – gritou Skandar enquanto se agarrava a ele, as rédeas agora abandonadas, os braços agarrados ao pescoço do unicórnio como último recurso.

Maroto grunhiu e, irritado, tentou morder as mãos de seu cavaleiro, um brilho branco iluminava as plumas negras de suas asas. Ao vê-lo, Skandar gritou de medo e desespero, implorou, suplicou, mas não havia como deter Maroto. Um vendaval gelado sibilou ao redor de suas asas, machucando as bochechas de Skandar. De repente, o garoto teve a sensação de que seu peito estava prestes a explodir, como se tivesse inspirado uma quantidade excessiva de ar. Sentiu o cheiro forte do elemento espírito: uma doçura de canela com um toque de couro.

Então, sem que essa fosse sua intenção, Skandar parou de pensar no elemento terra. E, por alguns segundos gloriosos, a alegria que ele e Maroto sentiram enquanto o elemento espírito preenchia o vínculo eclipsou todos os pensamentos sobre a morte e sobre o Tecelão. Eles podiam fazer qualquer coisa. Aquele era o elemento deles. Invocá-lo era mais fácil do que respirar. Cores explodiram ao longo da fileira de cavaleiros: vermelhos, amarelos, verdes e azuis. Uma bola fantasmagórica num tom de branco resplandecente começou a se formar em sua palma, e, de alguma forma, Skandar soube que, se a jogasse, poderia usá-la para atacar, defender, ganhar corridas... Mas, então, Maroto fez uma curva brusca, a asa esquerda colidindo com a perna de seu cavaleiro, e Skandar voltou a si.

– Maroto, eu não posso! – uivou sobre o vento, as lágrimas escorrendo pelo rosto. – Não podemos! Desculpe. Poderíamos matar um unicórnio! Não sei...

Maroto abaixou um dos ombros e jogou Skandar de lado. Ele caiu no chão com força. O unicórnio empinou sobre ele, dando coices no ar acima da cabeça do garoto, os cascos soltando faíscas e fumaça. Ele cobriu a cabeça, com medo de que o unicórnio o pisoteasse com sua fúria implacável.

Um amontoado de terra surgiu do nada, protegendo Skandar de Maroto, e o instrutor Webb se aproximou, agora montado novamente em Pó do Luar e ofegante por causa do esforço de galopar até ele. O instrutor de cabelo ralo desmontou e ergueu Skandar, que nunca o vira tão zangado.

– Tempestades de areia escaldante! Esse unicórnio está fora de controle! – gritou ele, com uma rispidez pouco habitual na voz. – Ele é um perigo para você e para os outros cavaleiros e amazonas – e apontou para Sorte do Maroto, que grunhia, os olhos alternando entre preto e vermelho sem parar. – Leve Maroto de volta aos estábulos e, por tudo que há de mais sagrado, acalme-o. Achei que ele ia matar vocês dois.

O instrutor Webb semicerrou os olhos ao olhar para Skandar.

– Você se machucou, rapaz? O que é isso no seu braço?

Enquanto o velho instrutor procurava os óculos na capa verde, Skandar sentiu uma onda de alívio ao se dar conta de que o homem não o tinha visto usar o elemento espírito. Então ele olhou para o braço. A manga verde de sua jaqueta tinha subido até o cotovelo. Skandar virou a palma da mão para cima e olhou para o interior do antebraço esquerdo. Era como se alguém tivesse pintado uma faixa branca da dobra do cotovelo até seu pulso. Mas o mais estranho era que o branco era translúcido. Através da pele, era possível ver os tendões e ossos de seu braço. Ao fechar o punho, viu todos os músculos se contraírem. Maroto grunhia alegremente atrás dele.

– É uma queimadura? Deixe-me dar uma olhada.

Skandar começou a estender o braço esquerdo para o instrutor quando... BAM! Alguém lhe deu um empurrão.

– Instrutor Worsham! O que o senhor está...

Skandar ficou tão atordoado que nem conseguiu terminar a pergunta. O instrutor Webb abriu e fechou a boca.

– Perdão. Vi que Skandar está ferido. Vou levá-lo à casa de cura.

O velho parecia incrédulo, assustado até.

– Mas... mas o que você está fazendo aqui embaixo? É totalmente contra o regulamento. Totalmente contra. Sim, instrutor Worsham. Sugiro que volte para sua casa na árvore.

Uma sombra atravessou o rosto de Joby, e ele pareceu muito mais assustador do que nas aulas para os continentais.

– Vou levar Skandar até a casa de cura na árvore no caminho – disse Joby com firmeza. – Vamos, Skandar. Maroto pode voltar para os estábulos com Pó do Luar.

– Não vou embora sem ele... – começou Skandar, tentando pegar as rédeas de Maroto, mas Joby o empurrou para longe dos outros Filhotes.

– *Não* pare de andar – sussurrou Joby atrás dele. – Abaixe a manga e não pare até chegar à minha casa na árvore. Entendeu?

Maroto guinchou, alarmado, enquanto seu cavaleiro se afastava pela colina do Ninhal.

– O-ok.

O medo começou a eclipsar a adrenalina de Skandar.

Será que Joby finalmente tinha ficado louco por causa da dor de ter perdido sua unicórnio, como Amber e seus amigos haviam insinuado semanas antes?

De volta ao Ninhal, Joby bateu a porta de sua casa depois que eles entraram e se virou para Skandar.

– O que, em nome de todos os cinco elementos, você estava fazendo?

– Eu, hã, o quê? – gaguejou Skandar.

O rabo de cavalo loiro de Joby balançava de um lado para o outro enquanto ele andava.

– Eu sei que você é um exímio em espírito! – gritou ele. – Vi todas as falhas se acenderem para você. Vocês não me enganaram com aquele teatro envolvendo o Tecelão. Imagino que seus amigos tenham sido os responsáveis por isso!

Skandar não disse nada. O pânico fazia sua cabeça zumbir. A casa na árvore parecia estar balançando, vibrando. O que ele tinha feito?

– E aí você decide usar o elemento espírito durante o *treinamento* de hoje? No que você estava pensando? Webb só não percebeu porque foi derrubado por Maroto!

– Eu não fiz de propósito!

Skandar não conseguiu se conter. De qualquer forma, agora já era tarde demais. Não havia escapatória. Joby ia contar para todo mundo. Ele e Maroto iam ser... Não conseguia nem pensar nisso.

– Eu não fiz de propósito – repetiu Skandar com mais calma. – Mas Maroto estava puxando com tanta força que nem percebi que eu estava fazendo aquilo, e depois...

– Aaaargh – gritou Joby, puxando a ponta de seu rabo de cavalo e jogando a cabeça para trás, aflito. – Não poderíamos nem estar falando disso, Skandar!

– Mas foi você que me trouxe para cá! – protestou Skandar. – Eu estava bem. Não tinha me machucado...

– Se eu não tivesse tirado você de lá, o instrutor Webb teria visto seu braço.

De repente, Joby estava na frente dele, puxando a manga da jaqueta verde de Skandar.

– Isso – sussurrou Joby – é uma mutação de um exímio em espírito.

Skandar olhou para o braço, os tendões e ossos visíveis por baixo da pele. A faixa branca lembrava a mancha de Maroto... e a marca que o Tecelão tinha no rosto.

– Você vai ter que escondê-la o tempo todo – murmurou Joby, soltando o braço de Skandar. – Sabe como isso vai ser difícil?

– Por quê? – disse Skandar, desanimado.

– Por quê? – explodiu Joby. – Como assim "por quê"?

– Você vai me denunciar, não vai? – perguntou Skandar, sem rodeios. – Somos exímios em espírito; somos ilegais... E agora você sabe, então... – disse, dando de ombros.

Joby o encarou como se tivesse levado um tapa.

– Denunciar você? – perguntou, franzindo o cenho. – Skandar, eu... – e ele afundou num dos pufes, toda a raiva se esvaindo. – Eu não vou entregar você.

O coração de Skandar disparou.

– Por que não?

Joby suspirou.

– Porque eu sou como você. Sou um exímio em espírito. Ou pelo menos era.

Então, por alguma razão inexplicável, Joby tirou a bota e uma meia cor de mostarda do pé esquerdo.

– Veja – disse ele, levantando o pé. – Era mais parecida com a sua... Como pode ver, se o seu unicórnio morre, elas desbotam. Mas ainda é possível ver a semelhança.

A princípio, Skandar achou que o pé de Joby era apenas estranhamente branco, mas, ao olhar mais de perto, teve um vislumbre dos tendões, ligamentos e ossos sob a pele. Em alguns pontos, havia uma nova camada de tecido, escondendo a mutação e compondo uma colcha de retalhos de diferentes tonalidades.

Skandar o encarou.

– Mas você disse que a sua unicórnio foi morta por um exímio em espírito.

– E foi! – exclamou Joby, percorrendo a sala com olhos desorientados, a angústia ressoando em sua voz. – Eu era um Filhote exímio em espírito quando o Tecelão apareceu pela primeira vez e matou aqueles vinte e quatro unicórnios durante as Eliminatórias. O Círculo de Prata começou a nos prender e, em pouco tempo..., todos os nossos unicórnios estavam mortos.

– Mas como eles mataram Espectro Invernal sem matar você? Os exímios em espírito são os únicos cavaleiros que podem fazer isso, não são?

Joby engoliu em seco.

– O Círculo de Prata deu a todos os exímios em espírito uma "oportunidade" de se salvarem, mas apenas um mordeu a isca. Disseram a ela que tinha uma escolha: morrer junto com todos os exímios em espírito ou ajudar o Círculo de Prata a matar nossos unicórnios e roubar nosso poder. Eles a chamaram de Carrasca – e Joby enxugou uma lágrima. – O que você precisa entender é que, antes de o elemento espírito ser declarado ilegal, os exímios em espírito e o Círculo de Prata eram os dois grupos de cavaleiros e amazonas mais poderosos da Ilha. Eles se odiavam. Recrutar a Carrasca foi a vingança perfeita do Círculo de Prata.

O professor respirou fundo.

– Ela salvou a minha vida, eu acho, e a vida de todos os exímios em espírito, mas... – interrompeu-se, balançando a cabeça. – Nunca serei capaz de perdoá-la por ter tirado Espectro Invernal de mim. Veja o que me tornei: sem Espectro, não sou nada, sou pior que nada! Não deixe que o mesmo aconteça com você, nem com Sorte do Maroto – e os olhos de Joby brilharam com uma determinação maníaca. – Você não deve usar o elemento espírito, Skandar. Nunca.

– Mas eu não *quero* usá-lo. É o elemento da morte! Morro de medo de matar um unicórnio. Eu não queria usar o elemento espírito hoje, mas é muito difícil parar. Não quero ser como o Tecelão...

– Preste atenção – e Joby se ajoelhou na frente de Skandar, como se estivesse implorando. – Exímios em espírito como você, como eu, têm a habilidade de matar unicórnios vinculados, mas isso não vai acontecer por acaso. Para matar um unicórnio, um exímio em espírito precisa querer fazer isso. Entendeu? Não se torture pensando que poderia matar o unicórnio de um amigo por acidente, está bem?

Skandar sentiu um alívio tão grande que quase caiu de joelhos. O garoto fez que sim com a cabeça. Ele não era perigoso... a menos que quisesse ser.

– Assim como os outros quatro elementos, o espírito está em todos os unicórnios, em todos os cavaleiros e amazonas – continuou Joby. – Mas ninguém o ensina, ninguém mais o usa, então os cavaleiros e amazonas não o compreendem, mesmo que ele flua através de seu vínculo. Não estou dizendo para você parar de usar o elemento espírito porque ele é ruim. Estou pedindo isso porque o Círculo de Prata *vai* matá-lo se descobrir o que você é. Aspen McGrath está procurando desesperadamente um culpado pela morte daquelas sentinelas. Eles não vão poupar nem você nem seu unicórnio.

– Mas eu não consegui controlar o Maroto hoje... não consegui impedir que o espírito invadisse o vínculo.

– Você tem que aprender a bloqueá-lo. Tem que pensar em outro elemento com toda a força e a concentração que puder.

– Era o que eu estava tentando fazer! – gritou Skandar. – Mas não funcionou!

– Você precisa aprender a se concentrar – insistiu Joby. – Sua mente e sua determinação têm que ser fortes. Você precisa lutar contra Maroto, não pode desistir – e Joby se levantou e começou a andar de um lado para o outro, com mais energia do que nunca. – Como está escondendo a mancha do Maroto?

– No começo usei tinta, mas agora estou usando esmalte preto para cascos – explicou Skandar.

– Quem mais sabe? – perguntou Joby.

– Bobby Bruna, Flo Shekoni...

Joby congelou.

– A do unicórnio prateado?

– Ela não vai contar nada. Somos amigos.

– Uma amazona de prata e um exímio em espírito. Isso é perigoso.

Skandar ignorou o comentário.

– Ah, e Mitchell Henderson.

– O filho de *Ira* Henderson? Mas ele está no Conselho! – exclamou Joby, incrédulo. – Você está falando sério?

– Ah, e talvez Amber Fairfax saiba também. É com ela que estou mais preocupado – murmurou Skandar rapidamente, esperando que Joby perdesse o controle.

Em vez disso, Joby apenas fez um gesto de indiferença com a mão.

– Ela não vai contar nada.

– Você a conhece, por acaso? – perguntou Skandar com um tom sarcástico. – Claro que vai!

Joby parou diante dele.

– Ela não vai querer ser associada a um exímio em espírito. Não vai querer que o Conselho faça perguntas e não vai querer o rosto dela estampado ao lado do seu na *Folha do Ninhal*.

– Por que não? – balbuciou Skandar. – Aparecer no jornal da Ilha parece bem o tipo de coisa que Amber adoraria!

– O pai dela, Simon Fairfax, está na prisão.

– Mas ela disse que ele foi morto por unicórnios selvagens!

Skandar se enfureceu. A mãe dele morrera *de verdade*... Como Amber tivera coragem de mentir sobre o pai daquele jeito?

Joby soltou uma gargalhada forçada.

– Bem, acho que ela e a mãe prefeririam que ele estivesse morto. Mas não, Skandar. Simon Fairfax é um exímio em espírito. Assim como nós.

Perguntas explodiram no cérebro de Skandar, colidindo umas com as outras como pássaros fugindo de uma manada de unicórnios famintos. Ele fez a primeira que lhe ocorreu.

– E por que você não está na prisão com Simon Fairfax e os outros exímios em espírito?

– Eles decidiram mostrar um pouco de *compaixão* por mim – e Joby deu uma risada seca. – Eu era o exímio em espírito mais jovem do Ninhal, não achavam que eu pudesse causar muitos danos com minha unicórnio morta. Permitiram que eu lesse livros sobre o Continente, e eu me aprofundei tanto no assunto, que me deixaram dar aulas para os cavaleiros e amazonas continentais que vinham para cá. Mas não sou livre, pelo menos não desde o dia em que tiraram Espectro Invernal de mim. E imagino que as coisas vão mudar um pouco depois de hoje. Depois do que aprontei com o Webb, não vou mais conseguir sair sorrateiramente para ficar de olho no seu treinamento.

Houve um ruído na ponte do lado de fora, e os dois se sobressaltaram.

— Preste atenção, Skandar. *Não* use o elemento espírito de novo. *Não* fale mais comigo do elemento espírito. E, por tudo que há de mais sagrado, nunca deixe que ninguém veja essa mutação.

— Mas quero perguntar tantas coisas! Se o elemento espírito não faz mal a ninguém, então será que ele não pode ajudar? Você me disse que os exímios em espírito seriam capazes de deter o Tecelão... O que quis dizer com isso? Você sabe o que o Tecelão está tramando? Será que eu posso fazer alguma coisa? Uma pessoa me trouxe para a Ilha, Joby... Você acha que talvez tenha sido por isso?

Joby já o estava conduzindo até a porta, como se estivesse apavorado com a possibilidade de alguém chegar.

— Com pessoas desaparecendo e sentinelas explodindo, se alguém descobrir que você é um exímio em espírito, não vai fazer a menor diferença se estiver disposto a ajudar ou não.

— Mas eu preciso saber mais. E o Continente? E a minha família?

— Mesmo que você pudesse ajudar, não significa que deveria. O quinto elemento é chamado de elemento da morte por um motivo, Skandar. Não deixe que ele mate você também.

E, em seguida, Joby fechou a porta na cara dele.

CAPÍTULO 13

CREME DE CHOCOLATE

Sentindo uma mistura de choque, terror e decepção, Skandar voltou para a casa na árvore batendo os pés, saltando sobre as perigosas lacunas entre as plataformas e descendo as escadas quatro degraus por vez. Não conseguia acreditar que Joby, o único exímio em espírito que conhecia, havia se recusado a ajudá-lo e a contar mais sobre o Tecelão. Na segurança de seu quarto, rasgou o pacote enviado por Kenna, que havia pegado na árvore postal naquela manhã, na esperança de que isso o acalmasse. Um saco de balas de gelatina caiu ruidosamente sobre o tapete, entre suas botas pretas, enquanto ele lia.

Skar!
Não acredito que você já está aprendendo a usar a magia dos elementos. Imagino que, como é seu elemento aliado, suas aulas preferidas sejam as de água, certo? Estou muito orgulhosa de você, irmãozinho. Na verdade, acho que é muito corajoso da sua parte montar um unicórnio de verdade. Bem, tenho uma lista de perguntas, então se prepare. Quero saber de TUDO! E todo mundo na escola quer saber também. Sou praticamente uma celebridade agora, por sua causa... As pessoas querem saber de Maroto, do seu treinamento, de como está se saindo. Querem que eu fale de você para todo mundo no auditório.

Não se preocupe, na minha próxima carta vou descrever a cara do Owen com MUITOS detalhes!

P.S.: Espero que as balas de gelatina não cheguem muito esmagadas.

Skandar fez uma bolinha com o papel. Não podia responder a nenhuma daquelas perguntas, pelo menos não com sinceridade. Não se sentia nem um pouco corajoso, sobretudo com os avisos de Joby ainda ressoando em seus ouvidos. A única coisa que o impedia de chorar era se concentrar na sensação do vínculo em seu peito, naquele formigamento de vida, a maneira de Maroto lhe dizer: *Sempre teremos um ao outro, mesmo que o mundo inteiro esteja contra nós.*

Por fim, vencido pela fome, Skandar dirigiu-se ao Cocho para almoçar e esbarrou em Mitchell do lado de fora.

– Já foi declarado nômade? O instrutor Webb expulsou você? O que o instrutor Worsham disse?

Mitchell parecia estranhamente preocupado para alguém que achava que Skandar era mau.

– Não, dessa vez, não. Mas foi por pouco.

Mitchell franziu o cenho.

– Ah. Que bom. Seria ruim para o nosso quarteto se você fosse declarado nômade tão cedo, sabe?

– É – respondeu Skandar, completamente confuso.

– Você deixou isso cair – disse Mitchell de repente, entregando a Skandar o cachecol de sua mãe. – No campo de treinamento.

Skandar levou a mão ao pescoço num gesto automático; não acreditava que não tinha percebido.

– Obrigado, Mitchell. Isso é muito...

– Vou indo, então – interrompeu ele, e entrou no Cocho depressa.

Pouco tempo depois, com o estômago roncando, Skandar estava prestes a pegar um prato quando viu Mitchell outra vez. Ele estava escolhendo uma sobremesa e Amber se aproximava dele, acompanhada pelo restante do Quarteto Ameaça.

Skandar ouviu a voz alta e o falso tom doce de Amber.

– Ainda não fez amigos, Mitchico?

– Vá embora, Amber, me deixe em paz – murmurou Mitchell, sem erguer os olhos.

– Qual é o problema? Não quer brincar com a gente? – murmurou Meiyi, a garota de cabelo preto.

– Olhe, eu só quero comer minha comida. Não estou incomodando ninguém. Ei, Kobi, devolva isso!

Kobi tinha pegado a tigela de sobremesa de Mitchell e a segurava bem longe para irritá-lo.

– Isso é meu!

– Não... é..., não – disse Amber, dando-lhe três empurrões no peito.

Depois do dia que tivera, algo dentro de Skandar explodiu. De repente, Amber representava todas as garotas que já haviam o chamado de esquisito e todos os garotos que tinham dito que o pai dele era um fracassado e que ele ia terminar do mesmo jeito. Mas ele não era mais o Skandar de antes. Não estava mais preso numa escola sem amigos nem precisava de Kenna para defendê-lo. Era um cavaleiro agora. Tinha Flo, Bobby e Sorte do Maroto, e não ia aturar mais ninguém implicando com ele. Muito menos alguém que mentia sobre a morte do pai.

Skandar caminhou em direção a Mitchell. O Quarteto Ameaça estava tão ocupado rindo, que nem o viu chegar. Ele parou atrás dos quatro e, com um movimento ágil, pegou a tigela de creme de chocolate da mão de Kobi.

– Ei! – gritou Kobi.

Os outros pararam de rir.

– Como se atreve? – grunhiu Amber, dando um passo na direção de Skandar.

Ele entrou em pânico. Não sabia o que fazer, não tinha pensado em nada além de impedir que eles continuassem intimidando Mitchell. Então, quando o Quarteto Ameaça se aproximou, Skandar usou a única arma que tinha e jogou a tigela na direção deles.

O creme de chocolate foi parar bem na testa de Amber, boa parte caiu na cabeça de Kobi, e Meiyi se agachou, gritando que o creme havia sujado seu cabelo. O único que saiu ileso foi Alastair, que partiu para cima de Skandar com os punhos cerrados. Mas Skandar teve uma ideia.

– Se encostarem um dedo em mim ou no Mitchell – rosnou ele da maneira mais ameaçadora que conseguiu –, vão ter que se entender com Sorte do Maroto. Mesmo que seja a última coisa que eu faça antes de sermos expulsos do Ninhal.

O quarteto olhou para ele com raiva.

– Vocês o viram no treinamento hoje – disse Skandar, dando de ombros. – Podem pagar para ver.

Ele ficou surpreso com a firmeza em sua voz.

Os membros do quarteto se entreolharam, nervosos, sem saber o que fazer. Skandar decidiu encerrar o assunto. Mas tinha uma última coisa a dizer. Ele se aproximou de Amber, que estava limpando um resto de creme de seu nariz arrebitado.

– Se fizer alguma coisa – sussurrou ela baixinho –, eu conto para todo mundo...

– Duvido – grunhiu Skandar em voz baixa. – E, se eu for para a prisão, pode ter certeza de que vou dizer oi para o seu pai.

Amber abriu e fechou a boca como um peixinho-dourado.

– Ele não está na prisão – resmungou ela, e sua mentira ajudou Skandar a ignorar a pontada de culpa que sentiu por usar o segredo dela para se proteger.

Ele se afastou e pegou um prato como se nada tivesse acontecido. Suas orelhas estavam quentes e o coração batia descontrolado, mas se serviu de um pouco de comida e colocou mais creme na tigela de Mitchell. Quando se virou, o Quarteto Ameaça havia desaparecido.

– Quer mais sobremesa? – perguntou Skandar a Mitchell, e não pôde deixar de sorrir ao ver a expressão no rosto dele.

– Raios bifurcados! Não *acredito* no que você acabou de fazer. Aquilo foi... a MELHOR coisa que eu já vi na minha vida.

Então Mitchell começou a rir, e Skandar, que nunca o tinha visto sorrir antes, muito menos rir, riu também.

– A Amber com a cara cheia de chocolate – disse Mitchell, quase sem fôlego. – Você não imagina por quanto tempo sonhei com algo assim acontecendo.

Então eles ouviram uma espécie de tosse atrás de Skandar. Bobby e Flo estavam ali, balançando a cabeça.

– *Vão ter que se ver com Sorte do Maroto?* – perguntou Bobby, arqueando uma das sobrancelhas. – Eu ouvi você dizer isso mesmo?

Mitchell sorriu para ela, com lágrimas nos olhos de tanto rir.

– Exatamente! Como foi mesmo, Skandar? *Antes de sermos expulsos do Ninhal?*

Bobby fez um gesto de aprovação com a cabeça.

– Que durão.

Flo não parecia nada feliz.

– Skandar – e aquela era a primeira vez que ela não o chamava de "Skar" desde a primeira noite, e isso o fez parar de rir –, você não pode sair por aí dizendo essas coisas. Alguém pode achar que você está falando sério, você pode ser declarado nômade. Sem falar que alguém pode pensar que você é perigoso de verdade!

– Você não viu o que aconteceu no treino de hoje? – perguntou Skandar baixinho, olhando para o rosto preocupado dela. – Nós *somos* perigosos.

Flo começou a retorcer as mãos de nervoso.

– Eu sei, Skar, mas que tal reduzir as ameaças de morte ao mínimo?

Skandar sorriu para ela.

– Vou tentar. Mas já adianto que vai ser difícil.

E, dessa vez, os quatro começaram a rir.

Algumas semanas mais tarde, Skandar acordou cedo. Desceu pelo tronco, colocou alguns pedaços de lenha no fogo e escreveu uma carta para

Kenna. Dizer a ela como estava se sentindo sempre fazia com que se sentisse melhor, como se a irmã estivesse sentada ao seu lado, ajeitando cuidadosamente o cabelo atrás da orelha enquanto ele escrevia.

> Kenn,
> Não quero mentir para você: as coisas não estão bem por aqui. Maroto anda meio estranho, e tenho a impressão de que o nosso vínculo não está fazendo a menor diferença. Ele não para de me morder, de me dar coices e guinchar e, sinceramente, eu quase nunca consigo controlá-lo. Os outros cavaleiros e amazonas têm medo dele, e alguns até disseram que deveríamos ser expulsos do Ninhal. E acho que a culpa pode ser minha.

Skandar não apenas *achava* que era culpa dele; tinha certeza de que era. Mas não podia arriscar mencionar sua batalha constante para impedir que a luz branca surgisse em sua mão, muito menos a culpa que sentia quando bloqueava o elemento ou a raiva que queimava em seu peito, vinda de Maroto. De que adiantava poderem sentir as emoções um do outro se o vínculo parecia mais um cabo de guerra do que uma conexão? As coisas tinham ficado tão ruins que, algumas vezes, Skandar havia tentado falar com o instrutor Worsham depois das aulas para os continentais, para pedir conselhos, mas Joby havia praticamente expulsado o garoto de sua casa.

> Você se lembra de quando contei que o Maroto gostava de brincar com a Vermelha na clareira, jogar água na Falcão para irritá-la e mastigar meu cabelo? Bem, ele não faz mais nada disso. E não quer mais comer as balas de gelatina... nem as vermelhas. Queria que você estivesse aqui, Kenn. Há tantas outras coisas que eu queria contar. Nunca senti tanto a sua falta.
> Beijos,
> Skar

Ele anexou um desenho que havia feito de Maroto empinando as patas, depois desceu até a árvore postal. No caminho de volta, Skandar sentiu um puxão no vínculo, despertando sua curiosidade, uma palpitação inesperada de felicidade vinda de Maroto, que tentava animá-lo. Então, em vez de voltar para casa, mudou de direção e foi para os estábulos.

Ao chegar lá, o coração de Skandar quase saltou pela boca. Junto com os guinchos e relinchos habituais dos unicórnios, ressoava o eco de conversas animadas, de martelos se chocando contra metal e de ferro em brasa crepitante.

Ao lado da baia de Maroto, havia um garoto parado com os braços cruzados e as sobrancelhas erguidas. Era apenas um pouco mais velho que Skandar, seu cabelo era castanho-dourado e seus olhos eram cada um de uma cor: um castanho e o outro verde. Ele não parecia muito feliz.

– Esse monstro é seu? – perguntou ele a Skandar, mal-humorado.

Skandar não tinha certeza do que responder. Maroto expelia fumaça pelas narinas e ainda havia manchas de sangue do café da manhã em seu lábio inferior.

– Ele me deu dois choques, lançou uma bola de fogo na minha perna e praticamente me expulsou do estábulo com um jato de água. Ele é sempre assim?

– O Maroto anda meio inquieto ultimamente – respondeu Skandar envergonhado.

Aquele era o eufemismo do século.

– Bem – resmungou o garoto –, espero não me arrepender de ter escolhido você.

– Como assim me escolhido?

– Eu sou o seu ferreiro.

– Ahhh...

Quando ainda vivia no Continente, Skandar tinha sonhado com aquele momento. Fazia desenhos de unicórnios usando armadura desde pequeno, tentando imaginar como seria a sua. Todos os jovens unicórnios eram equipados com um conjunto completo de armadura para protegê-los durante as batalhas celestes. A armadura dos cavaleiros protegia tanto sua vida quanto a de seu unicórnio, por causa do vínculo.

– Desculpe, eu não sabia – e Skandar teve praticamente que gritar por causa do barulho de metal contra metal. – É que você parece muito...

– Novo? – perguntou o garoto, colocando as mãos na cintura. – Sim, e daí se sou aprendiz de ferreiro? Algum problema?

Ele se apoiou na porta da baia, com cara de poucos amigos. Estava usando uma camisa polo verde-escura, calça marrom e botas marrons de cano baixo. Assim como todos os outros ferreiros, também usava um avental de couro muito sujo e um cinto cheio de ferramentas. O menino devia ser apenas um ano mais velho que ele, mas, de alguma forma, fazia Skandar se sentir como um bebê.

– Não, não, problema nenhum. Sinto muito que o Maroto tenha tentado explodir você – murmurou ele.

– Bem, talvez ele se comporte melhor agora que você está aqui – disse o ferreiro com rispidez. – Meu nome é Jamie Middleditch.

E estendeu a mão, que estava ainda mais suja do que o avental.

– Skandar Smith – respondeu, com a sensação de que tudo aquilo era formal demais.

– Eu sei – respondeu Jamie, tirando uma fita métrica do bolso do avental.

Em seguida, olhou para Skandar com expectativa.

– Ah, sim. É claro. Eu entro primeiro, então? – perguntou Skandar, pegando uma escova e se sentindo desconfortável sob o olhar bicolor do garoto.

– Isso aí – disse Jamie, dessa vez com um sorriso discreto nos lábios.

Maroto bufou uma torrente de água da qual Skandar teve que se esquivar ao entrar. A pelagem negra do unicórnio chiou com faíscas elétricas, suas asas, cada vez maiores, batendo de forma agressiva e fazendo com que algumas das penas pegassem fogo.

– Hoje vai ser um daqueles dias, né?

Skandar suspirou, erguendo as sobrancelhas para Maroto. Colocou a mão no pescoço negro e quente do unicórnio e tentou acalmá-lo.

– Posso entrar? – perguntou Jamie da porta da baia.

– Por que não? – respondeu Skandar, murmurando baixinho para Maroto em seguida: – Este aqui é o Jamie. Ele quer fazer uma armadura para nós dois, para nos proteger quando lutarmos contra outros unicórnios. Por favor, *por favor*, tente não matá-lo.

Jamie se aproximou, e as narinas de Maroto ficaram vermelhas. Skandar se preparou para uma explosão de elementos. Mas nada aconteceu. O rapaz começou a cantarolar uma melodia reconfortante para o unicórnio. O animal abaixou o pescoço, farejou as botas e o avental de ferreiro de Jamie, que estendeu a mão para acariciar a cabeça de Maroto.

– Não! – exclamou Skandar de repente, com medo de que o ferreiro notasse a mancha de Maroto.

Jamie e o unicórnio o encararam, surpresos. Skandar pensou rápido.

– Ele não gosta que toquem em sua cabeça. Desculpe. Eu deveria ter avisado.

– Não tem problema – disse Jamie e, em vez da cabeça, acariciou o pescoço do animal.

Skandar continuou a observá-los com espanto. Alguns dias antes, Flo tinha tentado acariciar o nariz de Maroto e ele quase arrancara o dedo dela com uma mordida.

– Maroto nunca deixa ninguém chegar perto dele, muito menos...

– Nós, ferreiros, temos um dom – sorriu Jamie para o unicórnio. – Eu gosto dele quando não está tentando me fritar.

– Idem – disse Skandar, e os dois garotos riram.

Enquanto Jamie desenrolava sua fita métrica e Maroto brincava, tentando morder a ponta do objeto, uma pergunta começou a se formar na mente de Skandar.

– Você ouviu alguma coisa sobre o Tecelão nos últimos dias?

Era a primeira vez que falava com um ilhéu que não morava no Ninhal, e se perguntou o que poderia descobrir por intermédio dele.

— Vimos os sinalizadores das sentinelas daqui de cima, mas não tivemos muitas notícias.

Jamie estava de costas para Skandar enquanto encostava a fita na pata de Maroto.

— Acho que eles preferem manter vocês seguros e sem preocupações aqui em cima, nesse ninho de metal. Não gostam que vocês se distraiam.

— Ouvi dizer que uma curandeira desapareceu – disse Skandar, lembrando-se da carta que Flo recebera do pai no início do mês. — E você sabe se alguém achou o Geada da Nova Era?

Jamie fez sinal para que Skandar se aproximasse da parede da baia que ficava mais afastada da porta.

— Nenhum sinal do Geada da Nova Era, mas muito mais pessoas desapareceram – disse ele baixinho.

Skandar esperou.

— Desde a última Copa do Caos, houve mais debandadas de unicórnios selvagens do que nunca. E todos sabem que o Tecelão está por trás delas, fazendo os monstros saírem das Terras Selvagens. Mas, cada vez que há uma debandada, mais de nós desaparecem.

— Mais de vocês? – perguntou Skandar.

Jamie estremeceu.

— Nenhum *cavaleiro ou amazona* foi levado. Só pessoas como a curandeira que você mencionou... ilhéus comuns. Ilhéus que não são cavaleiros nem amazonas, como eu.

— Quantas pessoas estão desaparecidas? – perguntou Skandar, horrorizado.

Jamie suspirou pesadamente.

— Uma lojista, um bardo, um aprendiz de seleiro, a dona de uma taverna e pelo menos dois ferreiros. Dá para imaginar? Nós achávamos que estávamos a salvo do Tecelão, já que não somos cavaleiros nem amazonas, sabe?

— Mas ainda não entendo por que o Tecelão levaria pessoas.

— Nem eu – disse Jamie, dando de ombros. — Embora tenha havido rumores sobre experimentos.

– Que tipo de experimentos?

– Não faço ideia. Talvez sejam apenas rumores.

– Alguém está tentando encontrar as pessoas desaparecidas? – perguntou Skandar, indignado.

A risada de Jamie soou vazia.

– Aspen McGrath está desesperada para descobrir qual é o plano do Tecelão. Mas, pelo visto, está mais concentrada em encontrar Geada da Nova Era do que os ilhéus desaparecidos. Sim, o Conselho tem espalhado cartazes por toda parte, pedindo às pessoas que denunciem qualquer atividade suspeita, mas até agora não deu em nada.

Skandar puxou a manga da jaqueta verde para garantir que sua mutação estava bem coberta.

– Na minha opinião, nossa comodoro está cega depois de ter perdido seu unicórnio. O Tecelão está planejando algo grande, tenho certeza. Maior do que roubar Geada da Nova Era, maior do que os Vinte e Quatro Caídos. O Tecelão nunca matou sentinelas antes. Vocês precisam ter cuidado.

Jamie deu tapinhas no pescoço de Maroto, que guinchou em agradecimento.

– Não quero que a armadura do Maroto caia nas mãos asquerosas do Tecelão.

Skandar passou um tempo observando Jamie tirar medidas, segurando pedaços de metal contra as patas de Maroto.

– Quando a armadura vai ficar pronta?

Skandar estava pensando que ela poderia ser bastante útil para protegê-lo *de Maroto* se as coisas continuassem do jeito que estavam.

– Depois do Festival do Fogo – respondeu Jamie, endireitando a postura.

Skandar lembrou-se de algo que Jamie dissera.

– Humm... O que você quis dizer quando falou de ter nos escolhido?

Jamie sorriu.

– Os instrutores enviam fichas de todos os unicórnios para os ferreiros, e nós temos que escolher um.

– E você escolheu Sorte do Maroto? – perguntou Skandar, incrédulo. – Ele não tem os melhores registros de comportamento nos últimos tempos. Mas não é culpa dele – acrescentou. – Ele é meio... diferente.

– Olhe, Skandar, eu sei muito bem como é ser diferente – suspirou Jamie. – Venho de uma família de bardos... Eles ganham a vida cantando. Mas eu sempre quis ser ferreiro. Ser diferente requer coragem. E é preciso coragem para vencer a Copa do Caos. Foi por isso que escolhi você e Maroto.

– Você descobriu tudo isso lendo nossa ficha?

Jamie riu.

– Foi uma leitura *muito* divertida. Você cai muito do Maroto, né?

Skandar resmungou.

– Mas logo sobe de volta – acrescentou ele com mais gentileza. – Por isso escolhi você.

Ele brandiu a fita métrica para Skandar.

– Sua vez!

Naquela noite, o som das gotas de chuva ecoou pelos telhados do Ninhal como mãos batendo em tambores de aço. Cada casa na árvore tinha o próprio ritmo, juntando-se à cacofonia que preenchia o ar noturno. Mas nem mesmo a chuva conseguiu acabar com a animação de Skandar. O Festival do Fogo aconteceria no dia seguinte e, pela primeira vez, iria a Quatropontos montado em Sorte do Maroto. E, o melhor de tudo, estaria acompanhado dos amigos. Claro, agora que os domos tinham deixado de ser usados, as sessões de treinamento de Skandar eram permeadas pelo terror de que alguém descobrisse que ele era um exímio em espírito, mas, por algum motivo, ele se sentia protegido entre as paredes de metal de sua casa na árvore. Antes do incidente com o creme de chocolate, Skandar não havia percebido que suas preocupações com o elemento espírito eram amplificadas pelo comportamento de Mitchell em relação a ele. A casa na árvore agora era um lugar completamente diferente. Parecia ainda mais um lar.

– Posso ver de novo? – pediu Bobby, interrompendo Skandar no meio de um esboço.

Skandar puxou a manga verde para exibir sua mutação esquelética. Ao cerrar o punho, Bobby observou os músculos e tendões se movendo sob a pele dele, os ossos brilhando.

No canto, Mitchell cobriu os olhos, como se a mutação pudesse cegá-lo.

Bobby revirou os olhos.

– Ah, pare de palhaçada.

– Espere aí! – protestou ele. – Não faz nem cinco minutos que estou tentando ficar minimamente bem em relação a isso tudo, então foi mal se eu demorar um pouco mais para me acostumar com a *verdadeira* mutação de um exímio em espírito.

Mitchell voltou a ler seu livro.

– O que você está lendo? – perguntou Skandar, tentando manter a paz.

– Minha mãe me enviou um livro incrível sobre selas de unicórnio – e Mitchell o ergueu para mostrar a capa a Skandar. – Ela é bibliotecária do Conselho.

Ele parecia orgulhoso, e não assustado, como quando falava do pai.

– Então você acha que ela saberia do *Livro do Espírito*? – perguntou Skandar, incapaz de se conter.

Mitchell estremeceu e fez que não com a cabeça.

– Ela trabalha para a Biblioteca da Água.

Mas Bobby estava interessada em outra coisa que Mitchell havia mencionado.

– Quando vamos receber nossas selas?

– Só quando formos Ninhegos – respondeu Flo. – Meu pai disse que vai me matar de vergonha quando trouxer os desenhos para a cerimônia do ano que vem – ela sorriu como se estivesse imaginando a conversa.

— Bem, mal posso esperar – disse Bobby, resmungando e mudando de posição no pufe. – Minha bunda está mais destroçada que um bolo que grudou na forma.

— O que isso significa? – perguntou Flo educadamente. – É uma expressão do Continente? Você não acha interessante estar num quarteto com dois continentais, Mitchell? Todo mundo na Ilha se conhece, então é muito legal se surpreender com as coisas.

— Não dê ouvidos à Bobby! – disse Skandar tentando não rir. – Nós *não* dizemos isso no Continente.

— Você sempre corta o meu barato – reclamou Bobby.

— O que você está desenhando, Skar? – perguntou Flo, levantando-se.

Skandar corou quando ela espiou por cima do seu ombro.

Ele havia desenhado o quarteto com seus unicórnios. Vermelha e Maroto estavam explodindo uma árvore juntos, enquanto Mitchell e Skandar se protegiam, não muito longe. Bobby escovava a crina de Falcão; sua unicórnio insistia em estar sempre bem-arrumada. E ele havia desenhado Flo sorrindo para Lâmina, com uma das mãos apoiada no pescoço dele.

Flo começou a chorar, e Skandar largou o caderno de desenhos na mesma hora.

— Eu desenhei você errado? É para a minha irmã. Eu ia enviar o desenho com a minha carta, mas não preciso...

— Não, Skar, é... é lindo – disse Flo, soluçando. – É como eu gostaria que Lâmina e eu nos olhássemos, mas não temos a mesma conexão que vocês. Eu vejo vocês juntos e é como se fossem feitos um para o outro. Mitchell, Vermelha mantém você aquecido quando dorme na baia dela... Fica em brasas, como uma fogueira. Eu a vi fazer isso! – e ela se virou para Bobby. – E a Falcão pode ser uma princesa, mas ela entende que você é competitiva, então sempre tenta se esforçar ao máximo por você. E, Skar – disse Flo, respirando fundo –, você mesmo disse que já consegue sentir as emoções de Maroto! E isso só costuma acontecer quando nos tornamos Voantes! Vocês se encaixam perfeitamente, todos sentem o amor do vínculo. Mas o Lâmina nem gosta de mim. Nunca gostou. Não entende por que tenho medo dele.

Num movimento nada típico dela, Bobby se levantou e abraçou Flo.

– Vai melhorar. Eu vou ajudar você, está bem?

Flo enxugou as lágrimas.

– Mas eu não consigo...

– NEM PENSE em desistir! – e Bobby olhou para Flo com ferocidade. – Porque, se desistir, vai ter que se ver comigo. E acredite em mim, Florence, eu sou muito mais assustadora do que um unicórnio prateado.

– Não duvido – murmurou Mitchell para Skandar.

Skandar riu baixinho. Mas, enquanto a observava abraçar Flo mais apertado, pensou que ela era, na verdade, muito menos assustadora do que seria capaz de admitir.

BUM! Houve uma explosão do lado de fora.

Skandar correu para a porta e a abriu, e Bobby surgiu logo atrás. Eles correram até o parapeito de sua plataforma e olharam para o horizonte. Havia uma fumaça verde subindo novamente dos Penhascos Espelhados.

– Será que foi o sinalizador de mais uma sentinela?

Flo levou a mão à boca quando ela e Mitchell se juntaram a eles.

– É o sinalizador de um exímio em terra – disse Mitchell, com a voz baixa e triste.

BUM! Outra explosão ecoou pelo Ninhal. Fumaça amarela dessa vez.

BUM! Agora uma fumaça vermelha se misturava à amarela e à verde por cima dos Penhascos Espelhados, parecendo muito mais uma nuvem de fumaça saindo de uma fogueira. Skandar sabia que deveria estar pensando na família e nos amigos das sentinelas mortas, mas uma imagem do rosto aterrorizado de Kenna irrompeu em sua mente.

Havia outros cavaleiros e amazonas fora de suas casas na árvore agora, parados nas pontes, apontando para o lugar onde as sentinelas haviam caído. As vozes que mais se ouviam eram as dos continentais, de Filhotes a Rapinas.

– Com certeza foi nos Penhascos Espelhados!

– O Tecelão está tentando chegar ao Continente!
– Foram três?
– Uma depois da outra?
– Será que o Tecelão conseguiu atravessar?
– Precisamos fazer alguma coisa!
– Quatropontos mandou algum sinal?

Vários minutos caóticos depois, tochas brilharam na clareira, a luz se refletindo na armadura das árvores. Os instrutores do Ninhal passaram cavalgando pela floresta e gritando:

– O Continente está seguro! A linha de defesa foi mantida! O Continente está seguro!

– Mas por quanto tempo vai continuar seguro? – perguntou-se Skandar enquanto eles desabavam em pufes na casa na árvore. – Não podemos ficar de braços cruzados aqui em cima enquanto o Tecelão se aproxima cada vez mais do Continente!

Bobby concordou, os olhos brilhando com o mesmo fogo que os de Skandar. As famílias deles estavam no Continente, desprotegidas. Para eles, era diferente.

– Do que você está falando? – perguntou Flo, apreensiva.

Mas Skandar olhava para outra coisa. Um pedaço de jornal despontava do livro de Mitchell. Ele o pegou.

– Você desmarcou a página! – reclamou Mitchell.

Skandar estava olhando para a primeira página da *Folha do Ninhal*, incapaz de acreditar no que via.

– O que foi? O que aconteceu? – perguntou Flo.

– Agatha está viva – murmurou Skandar, apontando para uma fotografia em preto e branco sob a manchete: ATRÁS DAS GRADES NOVAMENTE: A FUGA DA CARRASCA CHEGA AO FIM.

– É ela? – perguntou Mitchell com urgência. – A mulher que trouxe você para a Ilha... é a Carrasca? A mesma que traiu os exímios em espírito? Que matou todos os unicórnios deles? Que matou o unicórnio de *Joby*?

– Tem certeza? – perguntou Flo, olhando para a foto com os olhos apertados. – Tem certeza, Skar?

– Absoluta – respondeu ele. – Eu me lembro das marcas nas bochechas dela. Achei que fossem queimaduras... mas é ela. Deve ser a mutação do elemento espírito.

Houve um momento de silêncio.

– Por que a Carrasca traria você para cá? – perguntou Bobby, com o cenho franzido.

Mas uma ideia tinha começado a se formar na mente de Skandar. Agatha era exímia em espírito, assim como ele. Agatha o havia levado até lá. Ela teria as respostas de que ele precisava.

– Mitchell, seu pai está encarregado dos exímios em espírito presos, certo?

Mitchell parecia muito cauteloso.

– Sim...

– Consegue me ajudar a entrar na prisão onde eles estão?

Os olhos de Mitchell se arregalaram por trás dos óculos.

– Desculpe, você quer ir aonde?

– Joby se recusa a falar comigo do elemento espírito. Ele tem muito medo. Mas Agatha... De alguma forma, ela sabia que o Tecelão ia atacar o Continente. Ela me ajudou a chegar até aqui. Preciso saber por quê. E, mesmo que ela não queira me ajudar, lá há um monte de exímios em espírito que talvez possam me explicar como controlar esse elemento. Talvez eles saibam mais dos planos do Tecelão.

– É muito perigoso – interveio Flo na mesma hora. – Ela é a Carrasca, Skar!

– Mas ela já me ajudou antes! E vai estar atrás das grades. O que ela poderia fazer?

Mitchell parecia prestes a vomitar.

– Mas e meu pai? E se ele...

– Não dá para ficar em cima do muro, Mitch – disse Bobby sem rodeios. – Ou você está disposto a ajudar o Skandar ou não está. Decida-se.

— Bem, não acho que seja tão simples assim – explodiu Mitchell. – Você está me pedindo para invadir uma prisão! Já verificou as bibliotecas? Talvez, com a minha ajuda, pudéssemos encontrar...

Mas Skandar já estava balançando a cabeça.

— Não tem nada sobre o elemento espírito nas bibliotecas. Olhe, não é pela Agatha ou pelo plano do Tecelão. Se eu não aprender a controlar o elemento espírito, a escondê-lo, não vou continuar treinando no Ninhal por muito mais tempo. Maroto me derruba praticamente todos os dias. Eles com certeza vão acabar me declarando nômade, e, mesmo que eu chegue à Prova de Treinamento, vai ser impossível não terminar em último. Por favor, Mitchell. Se tivesse outra maneira, eu não pediria a você.

— Bem, eu tenho uma sugestão... – disse Mitchell, refletindo.

— Então você vai me ajudar? – perguntou Skandar.

— Vocês perderam o juízo! – gritou Flo.

Skandar olhou para ela.

— Não precisam vir todos. Eu posso ir só com o Mi...

— De jeito nenhum! – gritou Bobby.

Mitchell concordou:

— Nem pensar. Vamos precisar dos quatro.

— Eu vou – disse Flo baixinho. – Só quero que alguém deixe registrado por escrito que eu disse que não era uma boa ideia.

— Vamos precisar de um planejamento detalhado – disse Mitchell se levantando. – Vou precisar de que todos vocês estejam presentes na nossa primeira Reunião do Quarteto.

— Acho que as pessoas chamam isso apenas de "conversa" – disse Bobby.

Mitchell olhou para ela, apertando os olhos.

— É sério.

— Está beeeeem. Quando é?

— Agora – disse Mitchell com firmeza. – Se quisermos que dê tudo certo, precisamos entrar na prisão num momento em que as sentinelas e meu pai estejam ocupados.

– Ocupados com o quê? – perguntou Skandar.
– Com o Festival do Fogo.
– Mas o festival é amanhã à noite! – exclamou Flo.
– Sim – concluiu Mitchell. – Exatamente.

CAPÍTULO 14

O FESTIVAL DO FOGO

Durante a noite, a chuva havia se transformado em neve, então, na manhã do Festival do Fogo, os cavaleiros e as amazonas despertaram com os sinos das árvores e se depararam com um Ninhal branco e cintilante. Da janela redonda de sua casa na Ilha, Skandar olhava para os telhados, pontes e copas das árvores sob o peso da nevasca que tinha acabado de cair. O Ninhal resplandecia ao sol do início de novembro, o gelo branco enterrando parcialmente a armadura em torno do tronco das árvores, e foi como se Skandar tivesse acordado num mundo diferente, num país das maravilhas invernal em vez de uma escola de treinamento.

Flo não cabia em si de tanta empolgação. Era raro nevar na Ilha, e ainda mais raro antes da estação do fogo, então quando Mitchell e Bobby desceram pelo tronco da árvore, sonolentos, ela já estava vestindo casaco, cachecol e luvas.

– Vamos! Se apressem! Podemos ir para o campo de treinamento antes da nossa sessão de água, antes que a neve derreta. Eu quero mostrar ao Lâmina. Talvez isso o ajude a relaxar um pouco.

– Como é que você consegue ficar tão entusiasmada em relação a tudo? É exaustivo – resmungou Bobby.

– Nem tudo – e Flo correu até Bobby. – Só com a neve! Não seja tão chata, Bobby.

— Você vai se arrepender de ter me chamado de chata quando eu acabar com a sua raça numa guerra de bolas de neve – resmungou ela. – Todos os anos neva em Sierra Nevada, na Espanha, onde minha mãe cresceu. Meus avós ainda moram lá, então vai ser bem difícil ganhar de mim.

Flo parecia encantada.

Mitchell estava perto do fogo, debruçado sobre um mapa de Quatropontos.

— Ei, você não vem? – perguntou Skandar.

— Não sei. Ainda não terminamos o plano para entrarmos na prisão, e temos que estar devidamente preparados...

— Mas está nevando! – implorou Flo, puxando-o para que o garoto ficasse de pé. Ela riu e tentou fazê-lo girar. Enquanto davam voltas, os óculos de Mitchell deslizaram até a ponta do nariz dele. – Eu sou uma amazona de prata. Você tem que me obedecer – brincou Flo.

Ele parecia confuso, mas contente, seu rosto ficando corado.

— Ouvi dizer que as guerras de bolas de neve são muito divertidas – disse ele, pensativo. – Que tal eu e a Bobby contra o Skandar e a Flo?

— Por que você fica com a Bobby? – queixou-se Flo.

— Ei! – gritou Skandar.

— Na verdade – disse Flo, abrindo a porta da casa na árvore e saindo para a plataforma coberta de neve –, temos um unicórnio prateado e um unicórnio exímio em espírito na nossa equipe. Está bem equilibrado.

Mas, no fim das contas, os unicórnios não foram de muita ajuda na guerra de bolas de neve. Estavam tão animados quanto Flo com a estranha substância gelada que cobria a clareira. Fúria do Falcão demorou um pouco para baixar a crina, derretendo cuidadosamente a neve sob os cascos para não molhá-los, mas quando Maroto a empurrou, tentando brincar, ela se esqueceu de tudo. Vermelha ficou tão entusiasmada que acabou perdendo o equilíbrio e enterrando o chifre num monte de neve. Maroto tentou puxá-la pelo rabo, o que fez Flo e Bobby caírem na gargalhada. Até Lâmina de Prata se juntou a eles, rolando na neve de costas e batendo as asas de um lado para o outro.

– Ah, olhem, um anjo de neve letal – brincou Skandar, as bochechas doendo de tanto rir.

– Quer dizer, um unicórnio de neve, né? – corrigiu-o Mitchell, e Skandar jogou uma bola de neve na cara dele.

Flo suspirou enquanto observavam Lâmina relaxado na neve.

– Eu queria que ele fosse sempre assim.

Durante uma hora, foram apenas quatro Filhotes normais brincando com seus unicórnios. Skandar se esqueceu completamente de suas preocupações de invadir a prisão e de saber se Agatha o havia levado para a Ilha com boas ou más intenções. Não pensou em Geada da Nova Era, no Tecelão, nas sentinelas mortas, nem em todas as pessoas desaparecidas. Esqueceu-se até de se preocupar com o próximo treinamento da água, do medo de perder a batalha contra Maroto e revelar o verdadeiro elemento ao qual era aliado. Em vez disso, Skandar se jogou num montinho de neve, tentando se esconder de seu unicórnio, que, assim que o encontrava, tentava tirar suas botas pretas, fazendo Skandar perder o fôlego de tanto rir.

A diversão terminou de repente quando os unicórnios, claramente famintos depois da brincadeira, decidiram capturar todo tipo de animais que haviam sido expulsos de suas tocas e ninhos pelo clima, arrastando pela neve as criaturas mortas antes de comê-las. O resultado foi repugnante e sangrento, os montes de neve brancos se tingindo de um vermelho-rosado, e, depois disso, os amigos perderam a vontade de fazer bolas de neve. As coisas ficaram ainda piores quando os outros unicórnios chegaram para o treinamento e se juntaram ao banquete.

A instrutora O'Sullivan por fim conseguiu restaurar a ordem, gritando instruções em meio aos uivos do vento gelado que açoitava a colina do Ninhal.

– Hoje vocês vão conjurar ondas com a magia da água. As ondas são úteis no ataque ou na defesa por causa da grande quantidade de líquido que geram. Por exemplo – a instrutora O'Sullivan sempre dava exemplos –, certa vez vi um cavaleiro usar o elemento ar para eletrificar uma onda tão grande que derrubou metade dos unicórnios na Copa do Caos.

Às vezes, Skandar se perguntava se a instrutora O'Sullivan não seria a amazona em todos os exemplos que dava.

As demonstrações dela faziam tudo parecer tão fácil: montada em Ave-Marinha Celeste, ela ergueu a palma azul brilhante e rapidamente moveu os dedos para baixo e para cima, desenhando uma curva suave. Uma onda perfeita se ergueu e cortou o ar acima do campo de treinamento, quebrando numa explosão de espuma na extremidade oposta.

– Agora são vocês! – bramiu ela.

Bobby e Mitchell conseguiram fazer ondas pequenas quase de imediato, junto com muitos dos outros Filhotes. Litros e litros de água jorraram das orelhas e narinas de Lâmina enquanto Flo tentava explicar calmamente ao unicórnio prateado o que era uma onda.

– Skandar – a instrutora O'Sullivan se aproximou montada em Ave-Marinha –, deixe-me ver o que você e Maroto sabem fazer. Já vi muitos exímios em água usarem as ondas para garantir uma excelente pontuação na Prova de Treinamento no fim do ano. Como estão as suas?

Skandar respirou fundo e se concentrou no elemento água com todas as forças, afastando todos os pensamentos de seu elemento da mente. Imaginou os aromas de menta, sal e cabelo molhado do elemento água enchendo suas narinas. Sua palma emitiu um brilho azul. Talvez Maroto tivesse entendido. Talvez tudo fosse ficar bem. Trêmulo, Skandar ergueu a mão como a instrutora O'Sullivan havia demonstrado e...

Maroto guinchou e se ergueu nas patas traseiras, mais alto e mais rápido do que jamais havia feito. A raiva do unicórnio explodiu no coração de Skandar também. A fúria por seu cavaleiro nunca permitir que ele usasse o elemento ao qual era aliado. As asas de Maroto se abriram, golpeando as coxas de Skandar, e o garoto foi arremessado das costas do unicórnio, caindo na grama encharcada do campo de treinamento com um baque molhado. Maroto, mais calmo agora que Skandar não estava tentando bloquear ativamente o elemento espírito, olhou com curiosidade para seu cavaleiro estirado no chão, como se estivesse surpreso por vê-lo ali.

A instrutora O'Sullivan saltou das costas de Ave-Marinha depressa.

– Não se mexa – ordenou ela. – Você se machucou?

– Só estou sem fôlego – respondeu Skandar, com a mão no peito. – Mas acho que estou bem.

A instrutora suspirou de alívio.

– Talvez você tenha quebrado uma costela, o que é muito melhor do que um pescoço quebrado – disse ela, examinando-o. – Mas eu mesma vou levá-lo até a casa de cura na árvore.

– Não precisa...

– Eu decido o que preciso e o que não preciso fazer, Skandar, obrigada – retrucou a instrutora O'Sullivan, agarrando as rédeas de Maroto. – Você vai montado em Ave-Marinha Celeste.

– Não, por favor – implorou Skandar.

Mas ela não aceitou não como resposta.

Foi a coisa mais humilhante que aconteceu com Skandar desde que ele tinha chegado à Ilha. O resto da turma ficou para trás, sussurrando, enquanto a instrutora O'Sullivan conduzia Sorte do Maroto morro acima. Skandar ia ao seu lado, com a mão no peito e tentando se equilibrar em Ave-Marinha.

A grande entrada da árvore do Ninhal se abriu para a instrutora O'Sullivan num redemoinho de água.

– Quero mostrar uma coisa para você – disse ela, a voz surpreendentemente doce.

Depois de percorrerem o caminho entre os troncos blindados do Ninhal por um tempo, a instrutora parou e apontou para uma árvore isolada das outras.

Skandar piscou várias vezes, confuso. O tronco cintilava ao sol do fim da tarde.

– O que é isso? – perguntou ele antes de desmontar de Ave-Marinha e se aproximar da árvore, cuja casca estava cravejada de metal dourado.

— Quando um cavaleiro é declarado nômade, o Ninhal quebra a insígnia de seu elemento em quatro pedaços.

Skandar se aproximou, com um misto de fascinação e horror. Distinguiu pontas de chamas douradas, uma espiral quebrada, uma rocha solitária, metade de uma gota de água: tudo cravado no tronco.

— Um quarto da insígnia é dado a cada um dos membros restantes do quarteto ao qual o nômade pertencia – explicou a instrutora O'Sullivan –, e o quarto pedaço é trazido para cá e cravado nesta árvore, como uma lembrança de que um dia eles treinaram aqui.

— Por que está me mostrando isso? – perguntou Skandar, entrando em pânico, as palavras saindo atropeladas de sua boca. – Você... Eu não posso ser declarado nômade! Ser cavaleiro é tudo que eu sempre quis. Prometo que vou me esforçar mais. Eu quero competir, quero competir pelo meu pai, pela minha irmã... pela minha mãe. Ela amava a Copa do Caos e acreditava que talvez um dia eu pudesse competir, que talvez eu pudesse deixá-la orgulhosa. Vou me esforçar mais, prometo. Por favor, me dê mais uma chance!

A instrutora O'Sullivan ergueu as mãos, a luz do sol incidindo sobre sua cicatriz.

— Não estou declarando nada. Ainda não. Trouxe você aqui porque acho que você tem muito potencial – e ela apontou para a árvore. – Não acho que virar nômade seja o caminho certo para você, nem para Sorte do Maroto. Sua magia é digna de batalha, eu vi quando os domos ainda estavam sendo usados. Mas não vou colocar os outros Filhotes em risco. Sinceramente, suas últimas sessões de treinamento foram um desastre. Então entenda isso como uma advertência: a menos que consiga controlar Sorte do Maroto, não terei escolha a não ser pedir que você deixe o Ninhal. E não desejo isso para nenhum dos meus exímios em água.

— Nós vamos melhorar – murmurou Skandar. – É que o Maroto estava muito bravo comigo.

A instrutora O'Sullivan se virou bruscamente, ficando de costas para a árvore.

– Você achou que ele estava com raiva ou sentiu a raiva dele? São duas coisas diferentes.

– E-eu acho que consigo sentir as emoções dele – gaguejou Skandar. – Tenho certeza de que senti a raiva dele hoje. E, quando estou triste com..., bem, com alguma coisa, sinto Maroto quase cutucando meu peito, como se quisesse checar se estou bem. Ele me transmite sentimentos felizes, como se seu coração estivesse tentando animar o meu. Isso é... normal?

– É exatamente disso que estou falando, Skandar! – e os olhos da instrutora O'Sullivan giravam descontrolados. – Isso é impressionante. Está muito avançado se já está sentindo emoções por meio do vínculo. Isso mostra que a conexão entre vocês é muito forte – e ela acariciou o nariz negro de Maroto. – Você precisa se esforçar mais, por vocês dois. Lembre-se: se ele estiver com medo, você pode ser corajoso por ele. O vínculo permite que vocês se apoiem. Ainda vamos transformar você num exímio em água.

Ela deu um tapinha no ombro de Skandar, mas suas palavras finais só fizeram com que ele se sentisse ainda pior.

De repente, obter respostas de Agatha parecia mais importante do que nunca. Porque nunca seria um exímio em água, não importava o quanto se esforçasse.

Mais tarde, naquele mesmo dia, todos os cavaleiros e amazonas do Ninhal vestiram a jaqueta vermelha e partiram para o Festival do Fogo. Havia unicórnios por toda parte, e o ar cheirava a suor e magia. Desde que tinha começado a treinar, Skandar havia se acostumado com o cheiro dos elementos. Não lembravam em nada o cheiro da magia do unicórnio selvagem com o qual havia se deparado no caminho para o Ninhal, que era podre e rançoso, um odor de morte requentada. A magia dos vínculos era diferente. Cada elemento tinha um cheiro particular para cada cavaleiro e amazona, então a magia da água, por exemplo, cheirava diferente para Skandar do que para o restante de seu quarteto. Agora que estavam todas misturadas, porém, Skandar achava que tinham um aroma penetrante, como laranjas e fumaça.

Depois que a entrada da árvore foi aberta, os cavaleiros e amazonas mais velhos não se demoraram muito, seus unicórnios decolando pelo céu numa sinfonia de guinchos e asas batendo. Skandar se perguntou como seria aprender a voar montado em Maroto, o que aconteceria dali a algumas semanas, e sentiu uma pontada de empolgação – até se lembrar de que havia uma grande chance de Maroto derrubá-lo em pleno voo.

Em meio ao caos, Vermelha arrotou na direção de Falcão. Uma bolha de cinzas fedorentas estourou, molhando o pescoço da unicórnio cinza.

– Quantas vezes eu já disse para você não deixar a Vermelha fazer isso? – gritou Bobby, limpando as cinzas de arroto das penas em seus braços. – Você sabe como a Falcão se sente em relação às necessidades fisiológicas!

– É algo perfeitamente natural – disse Mitchell calmamente.

– Não é... – se interrompeu Bobby, o que era incomum.

Skandar reparou que sua pele marrom-clara parecia pálida, e sua franja estava grudada na testa, como se estivesse suando. Ele se perguntou se Bobby estaria tendo outro ataque de pânico, mas não achou que a amiga ia querer que ele verificasse se ela estava bem na frente dos outros.

Enquanto cavalgavam seus unicórnios para longe do Ninhal, Flo não parava de lançar olhares preocupados para Maroto.

– Ele vai ficar bem – disse Skandar, tentando tranquilizá-la. – Ele está de bom humor hoje. Não é, garoto? – disse Skandar, acariciando o pescoço negro de Maroto. – Ai!

O unicórnio o atingiu com um leve choque elétrico.

– Hilário – murmurou ele, e poderia jurar que, se unicórnios fossem capazes de rir, o vínculo estaria vibrando com uma risada.

Seguiram adiante, mais longe do Ninhal do que jamais tinham ido. No céu, unicórnios voavam de leste a oeste, as asas refletindo os últimos raios de sol, como se estivessem correndo contra o crepúsculo. Do chão, não dava nem para dizer se eram vinculados ou selvagens. Skandar sentiu o vínculo fervilhando em seu coração, enquanto Maroto fazia estranhos ruídos estridentes e lhe enviava choques de entusiasmo. Skandar apertou mais o cachecol no pescoço. Queria que a mãe pudesse vê-lo montando Maroto. Onde quer que estivesse, esperava que ela pudesse ver os unicórnios também.

Skandar supôs que estivessem entrando em Quatropontos, embora não se parecesse nem um pouco com nenhuma das cidades que ele visitara no Continente. Em ambos os lados da estrada, as árvores explodiam num carnaval de cores. Quer tivessem apenas um andar e fossem modestas, quer se elevassem como torres desordenadas em direção ao céu, o vermelho-escarlate contrastava com o amarelo-canário, o intenso azul-celeste com o verde-folha; até os troncos e galhos das árvores estavam decorados com tecido. Skandar achou legal que não houvesse separação entre os elementos – lembrava a vida em seu quarteto.

Mais adiante, na rua flanqueada por árvores, havia lojas que pareciam muito mais interessantes do que qualquer uma que Skandar tivesse visto em Margate. Muitas tinham letreiro dourado em espiral e vitrines dedicadas a todas as coisas relacionadas a unicórnios, cavaleiros, amazonas e corridas. A entrada das lojas ficava no nível do chão, para que os clientes pudessem entrar pela calçada, mas, ao olhar para uma loja de cura especializada em ferimentos causados por fogo, Skandar percebeu que a lojista morava numa casa na árvore logo acima. Examinando a fileira de árvores, viu que o mesmo acontecia com a SELAS NIMROE, a ESCOVARIA DA BETTY, O EMPÓRIO DOS UNGUENTOS E DOS ÓLEOS e a COMPANHIA DAS BOTAS LUSTRADAS. Depois de ver de perto as explosões dos elementos, Skandar entendia muito bem por que os ilhéus construíam suas casas nas árvores. Explosões de unicórnios vinculados já eram perigosas o suficiente, mas, ao se lembrar do vídeo de suas aulas de Criação, estremeceu só de imaginar quão perigosa seria uma debandada de unicórnios selvagens.

– Você confia nele? – perguntou Bobby a Skandar, interrompendo seus pensamentos.

– Em quem, no Mitchell?

— Claro que é no Mitchell, em quem mais poderia ser? — rosnou Bobby enquanto Falcão guinchava junto com ela. — E se ele estiver nos levando para uma armadilha? Já pensou nisso?

— Não, eu... — começou Skandar.

— Você atira uma tigela de creme no Quarteto Ameaça e, de repente, ele está todo "vamos fazer uma Reunião do Quarteto". Não acha que isso é um pouco suspeito? Algumas semanas atrás, ele preferia morrer a ser visto com você e agora vai ajudar você a invadir uma prisão?

Skandar deu de ombros.

— Você sempre acha que todo mundo está tramando alguma coisa.

— Todo mundo *está* sempre tramando alguma coisa, Skandar.

— Não, não está!

— Você, por exemplo — e Bobby gesticulou para ele, as rédeas ainda na mão. — Sério, você parece um Filhote patético e inofensivo, mas, na verdade, é um exímio em espírito ilegal, montando um unicórnio aliado ao elemento espírito e que foi trazido para a Ilha pela Carrasca fugitiva. Ah, e seu unicórnio tem uma mancha que você esconde desde que chegou aqui e que é idêntica à pintada na cara do Tecelão, o cavaleiro mais cruel que já existiu.

— Fale baixo! — pediu Skandar.

Ainda assim, enquanto Maroto virava a cabeça de um lado para o outro, bufando e soltando faíscas no novo ambiente, ele verificou se o verniz de casco ainda estava cobrindo a mancha do unicórnio. Precisava admitir que Bobby tinha razão. Apenas alguns meses antes, ela havia mostrado a ele que, apesar de parecer ser a exímia em ar mais extrovertida de todos, estava lutando contra seus próprios demônios. Talvez as pessoas fossem mais parecidas com os elementos do que ele havia imaginado. O fogo não era composto apenas por faíscas ou chamas violentas, havia muito entre uma coisa e outra. Uma brisa suave e um furacão não poderiam ser mais diferentes. Talvez ser exímio num elemento não significasse ser um tipo específico de pessoa — os elementos, como as pessoas, eram formados por muitas partes visíveis e invisíveis.

Skandar esperava que Bobby tivesse contado a ele sobre seus ataques de pânico se ele não os tivesse descoberto por acidente. De alguma forma, agora era mais fácil entendê-la, como se ele tivesse visto todo o seu rosto, em vez de parte dele ficar oculta nas sombras. E isso não a tornava menos exímia em ar.

Bobby deu de ombros.

– Só estou comentando. Veja quanta coisa você está escondendo. Não confio em ninguém, muito menos no arrogante do Mitchell Henderson.

– Tudo bem – disse Skandar. – Mas que outra opção nós temos? Se eu conseguir perguntar à Agatha sobre como controlar o elemento espírito, isso pode me salvar, pode salvar o Maroto. E você não está preocupada com sua família no Continente? E se a Agatha souber algo do Tecelão que Aspen McGrath não sabe? E se ela puder ajudar? E se *eu* puder fazer alguma coisa? É o único plano que temos, Bobby!

– Bem, não gosto desse plano – resmungou a garota, e as asas de Falcão, cobertas de plumas cinza, soltaram faíscas elétricas. – Se você estiver errado a respeito do Mitchell, ele está nos mandando para a armadilha mais óbvia do mundo. Estamos indo por conta própria para uma prisão *de verdade*.

Quando os Filhotes deixaram a rua principal, Quatropontos tornou-se um labirinto escuro de lojas antigas, barracas de madeira e tavernas nas árvores, com ruas estreitas demais para todos os unicórnios e ilhéus vestidos de vermelho que se espremiam tentando passar. Eles chegaram à Praça dos Elementos no momento em que o sol estava se pondo e tochas eram acesas ao redor de quatro estátuas de pedra que havia no centro.

Unicórnios abarrotavam a praça. O som era ensurdecedor e o cheiro de magia, avassalador. À medida que se aproximavam, as estátuas foram assumindo formas mais definidas: chamas para o elemento fogo, ondas para a água, uma rocha irregular para a terra e um raio para o ar. Antes que Skandar pudesse se perguntar se alguma vez houvera uma estátua para o elemento espírito, cinco unicórnios cruzaram o céu acima deles, com a cauda, a crina e os cascos formando rastros de chamas. Voavam em ziguezague e em espiral, e davam voos rasantes sobre a praça, fazendo a multidão soltar exclamações de entusiasmo.

– São as Flechas Flamejantes! – gritou Flo, animada, para Skandar e Bobby.

Como se tivessem ouvido, os cavaleiros e amazonas acrobatas dispararam faíscas, bolas de fogo e chamas em belas formas na escuridão acima deles. Para Skandar, o ar tinha o mesmo cheiro que a magia do fogo: fogueiras, fósforos acesos e torradas tostadas demais. Ele desejou que Kenna pudesse ver aquilo, já que a irmã sempre tinha amado fogos de artifício e aquele espetáculo era mil vezes melhor.

No chão, numa longa área cercada, havia uma fileira de tochas acesas. Em cada extremidade, havia um unicórnio envergando uma armadura completa, o luar se refletindo nos diferentes tons metálicos enquanto o cavaleiro e a amazona acenavam para a multidão.

Alguém levantou uma bandeira no meio da fileira e, partindo das extremidades, os unicórnios galoparam a toda velocidade um em direção ao outro. Skandar viu a palma do cavaleiro e da amazona brilhar – uma, verde; a outra, vermelha – e armas reluzentes se materializaram na mão deles.

O exímio em fogo criou um arco e flecha feito inteiramente de chamas. Tensionou a corda incandescente para disparar a flecha no momento em que os dois unicórnios estavam prestes a se cruzar. Mas a exímia em terra produziu uma espada de areia e, ao cortar o ar com ela, interceptou a flecha flamejante e a extinguiu. A areia pesada bateu com força no peito do exímio em fogo assim que os unicórnios passaram um pelo outro a galope. A multidão aplaudiu.

Quando os unicórnios diminuíram a velocidade para um trote – agora em extremidades opostas –, o árbitro levantou uma bandeira com o número dois e a agitou na direção da exímia em terra.

Mitchell reparou que Skandar os observava e gritou por cima do barulho.

– Vocês não têm justas no Continente?

– Não desse jeito! – gritou Skandar de volta, entusiasmado.

– Vamos aprender a conjurar armas no ano que vem – disse Mitchell. – Há um torneio de justas entre Ninhegos.

– Aquela é Nina Kazama? – Flo estava tentando identificar a dupla seguinte. E, de fato, a Rapina que havia mostrado o Ninhal a eles no primeiro dia estava colocando o capacete para competir.

Flo suspirou.

– Ela não é incrível? Meu pai acha que ela tem muitas chances de se classificar para a Copa do Caos.

Skandar empurrou Maroto para a frente para ter uma visão melhor, mas se viu preso atrás de dois ilhéus que estavam a pé.

– Se estiver falando sério, pegue isto. Depois me avise, entendeu? E não diga uma palavra a ninguém – disse um homem de cabelo ruivo, colocando um pedaço de papel na mão de uma mulher loira.

Quando ela o pegou, Skandar viu um símbolo de relance: um grande arco com um círculo preto embaixo, cortado de cima a baixo por uma linha branca irregular. Ele espiou por cima da asa fechada de Maroto, tentando decifrar as palavras.

– Está tudo bem? – perguntou Flo, quando os dois desconhecidos se afastaram do unicórnio prateado.

– Eu acabei de ver...

Skandar franziu a testa. O que ele *tinha* visto? Apertou mais o cachecol da mãe em volta do pescoço para se proteger do frio.

– Vamos – insistiu Mitchell. – Está na hora.

– Não podemos comer alguma coisa antes? – perguntou Bobby. – Flo disse que há barracas vendendo todo tipo de...

Mitchell a interrompeu.

– Não temos tempo. O plano, lembra? Já estamos atrasados.

Bobby fechou a cara, parecendo que queria dar um soco nele.

Os quatro deixaram a Praça dos Elementos e passaram por um bardo cantando uma bela canção sobre chamas e destino, e, em seguida, por barracas de comida onde eram vendidas iguarias relacionadas ao fogo:

uma anunciava CHILLI VULCÂNICO DA VAL — TÃO PICANTE QUE SUA BOCA VAI EXPLODIR; outra vendia BALAS DE BRASAS, com pás para que as pessoas se servissem direto de um fogo baixo. O ar estava repleto de deliciosos aromas, e Skandar quis muito que eles parassem quando viu uma barraca vendendo CHOCOLATE FLAMEJANTE.

Além das barracas de comida, era possível comprar jaquetas vermelhas, pinturas de unicórnios de fogo famosos, cachecóis vermelhos e – inexplicavelmente – salamandras como animais de estimação. O quarteto seguiu em seus unicórnios, passando por ilhéus sorridentes que seguravam lanternas ou tochas, vestidos de vermelho da cabeça aos pés. Maroto não parava de se virar para morder a ponta da bota de Skandar, o chifre perigosamente perto da canela de seu cavaleiro – o unicórnio andava obcecado por comer sapatos –, mas estava se comportando. De vez em quando, ilhéus paravam para admirar Lâmina de Prata.

A cada curva sinuosa, as multidões iam se dispersando. Longe do burburinho da Praça dos Elementos, as ruas logo ficaram escuras e desertas. Com o festival a todo vapor, todos tinham saído para se divertir. Mas Mitchell não diminuiu o passo de Encanto da Noite Vermelha até eles estarem nos limites de Quatropontos.

– Chegamos – anunciou ele, mas não era necessário.

Acima deles, uma pedra gigante flutuava no ar. Correntes de metal se estendiam de quatro árvores muito altas e rodeavam o meio da pedra, sustentando-a à luz da lua. A superfície era cinza e lisa, e parecia... impenetrável.

Havia quatro sentinelas logo abaixo da prisão, montando guarda. Seus unicórnios estavam imóveis como estátuas, iguais aos que guardavam a entrada do Ninhal. Parecia que Mitchell estava certo: naquela noite, todos os outros estavam ocupados com o Festival do Fogo.

– Hora da fase um, Roberta – murmurou Mitchell.

Bobby fez uma cara feia para ele e desmontou de Fúria do Falcão, entregando as rédeas a Skandar para que ela e os outros três unicórnios pudessem se esconder num pequeno bosque.

– Lembre-se de ser gentil – sussurrou Flo enquanto Bobby se afastava.

Skandar ouviu a voz de Bobby em alto e bom som.

– Saudações, vossas pratitudes metalcandescentes.

– O que ela está fazendo? – resmungou Mitchell. – Não são nem palavras de verdade!

Bobby pigarreou, imponente.

– O Representante da Justiça precisa da intervenção imediata de vossas senhorias na Praça dos Elementos.

As sentinelas permaneceram imóveis.

A vinculada ao unicórnio preto falou primeiro.

– Temos ordens de não deixar a prisão sem vigilância.

Bobby se empertigou ainda mais.

– Reforços estão a caminho. Não temam, ficarei aqui até eles chegarem.

A outra sentinela soltou uma risada de cima de seu unicórnio castanho.

– Você nem é uma amazona! Cadê seu unicórnio?

– Está questionando a autoridade de Ira Henderson?

Embora esse fosse o plano, Mitchell se encolheu ao ouvir o nome do pai.

A sentinela parou de rir.

– Você não é Ira Henderson.

Flo e Skandar trocaram olhares preocupados. Aquele era o momento da verdade.

Bobby bradou a única palavra que eles esperavam que fizesse toda a diferença.

– Correnteza!

O efeito foi imediato. Em segundos, todos os quatro unicórnios estavam galopando para longe.

Sem as sentinelas, Skandar, Mitchell e Flo saíram do bosque com seus unicórnios, levando Falcão com eles.

– Isso funcionou muito bem – sussurrou Flo, surpresa.

— Preocupantemente bem – murmurou Bobby, dirigindo a Skandar um olhar significativo.

— Não sei por que vocês estavam tão preocupados. Eu sabia que esse era o código de emergência do meu pai – falou Mitchell, dando de ombros. – Já disse: se você tiver um livro em mãos, ninguém vai suspeitar que esteja escutando o que não deve.

— E, se mandar sua amiga falar, ninguém vai suspeitar que você invadiu uma prisão – e Bobby ergueu uma das sobrancelhas para Skandar. – De qualquer forma, não é melhor passarmos para a fase dois antes que eles percebam que não há emergência nenhuma?

Flo olhou para a prisão.

— Mas como vamos chegar lá em cima?

— Boa pergunta – e Bobby olhou para cima também. – Bem que gosto de um desafio, mas essa prisão deve ficar a pelo menos uns cinquenta metros de altura!

— E onde fica a porta? – perguntou Skandar, vasculhando a imaculada superfície de pedra da prisão.

Para sua surpresa, ele se deu conta de que cada uma das quatro correntes estava pintada com a cor de um dos quatro elementos, e mais do que nunca se sentiu como um exímio em espírito ilegal.

— Meu pai me ensinou a entrar na prisão, no caso de ele morrer de forma prematura. Para pegar os pertences e documentos dele, esse tipo de coisa.

Mitchell estufou o peito.

— No caso de ele morrer de forma prematura? – murmurou Bobby para Skandar.

— Foi um gesto quase paternal da parte dele – suspirou Mitchell. – Um verdadeiro momento de união entre pai e filho.

— Mas como vamos fazer isso? – insistiu Flo. – E por que você está tão relaxado?

— Temos um plano, por isso estou relaxado.

– Certo, mas aquelas sentinelas vão encontrar seu pai a qualquer momento.

– Ok, ok – disse Mitchell, contrariado. – Confiem em mim, está bem? Agora que os guardas foram embora, entrar não é tão difícil. Estão vendo as quatro correntes? A magia dos elementos abre a prisão. Vai funcionar melhor se escolhermos a corrente que corresponde ao elemento ao qual somos aliados e lançarmos magia nela. Se todos fizermos isso ao mesmo tempo, deve funcionar.

– Você não nos contou isso na Reunião do Quarteto – rosnou Bobby.

– Não era necessário que fossem informados com antecedência.

– Hum, Mitchell – interveio Skandar. – Só há um probleminha. Eu sou um exímio em espírito, lembra? Não um exímio em *água*.

– Na verdade, você não precisa *ser* um exímio em água; é só invocar a magia – disse ele, impaciente.

Alguns momentos depois, o quarteto ocupou suas respectivas posições sob a prisão suspensa. As palmas das mãos de Flo, Bobby e Mitchell já estavam brilhando em verde, amarelo e vermelho, mas Skandar decidiu esperar até o último minuto para invocar sua magia de água, na esperança de que isso reduzisse o tempo que teria que lutar contra Maroto por causa do elemento espírito.

Mitchell começou a contagem regressiva.

– Dez, nove...

– Tudo bem, Maroto – e Skandar se inclinou para sussurrar perto da orelha do unicórnio. – Se quiser usar o elemento espírito um dia, preciso que me deixe usar o elemento água agora.

– Seis, cinco...

– Só por alguns segundos. Por favor, garoto. Vou lhe dar um pacote inteiro de balas de gelatina. E vou caçar um pássaro para você. Vou deixar você brincar com a Vermelha depois do treinamento.

Skandar sabia que Maroto não conseguia entendê-lo, mas esperava que pudesse sentir seu desespero através do vínculo.

– Dois, um...

Skandar invocou o elemento água, sua palma emitindo um brilho azul. Maroto guinchou.

– AGORA! – gritou Mitchell, e o céu explodiu em chamas, eletricidade, pedras e... uma fonte de água.

– Isso, Maroto! – comemorou Skandar quando a água atingiu a corrente acima de sua cabeça.

As quatro correntes começaram a brilhar intensamente com as cores elementares, a magia circulando os elos de metal em direção à rocha da prisão e então...

BUM!

Uma porta se abriu na parte inferior da pedra acima de suas cabeças e uma escada metálica saiu como um raio, o último degrau pontiagudo batendo no chão aos pés de Mitchell.

O garoto não lhes deu tempo para comemorar.

– Vamos esconder os unicórnios no bosque de novo. Para o caso de as sentinelas voltarem mais rápido do que esperamos.

Agora que o caminho até a prisão estava livre, Skandar voltou a ficar nervoso. Mitchell tinha dito a eles que as sentinelas só ficavam do lado de fora, mas e se ele estivesse errado? Seu coração martelava a cada degrau da escada. Detestava ter que deixar Maroto lá embaixo. E as palavras de Bobby não paravam de dar voltas em sua cabeça: *Você confia nele? Você confia nele?* E se Skandar tivesse se metido, junto com as amigas, numa armadilha? Será que estava sendo ingênuo ao pensar que Mitchell agora era seu amigo? O exímio em fogo podia tê-los ajudado a entrar na prisão, mas e se planejasse não deixá-los sair? E se estivesse ajudando o pai a aprisionar mais um exímio em espírito?

Depois que entraram, Skandar se sentiu ainda pior. Era um lugar assustador: seus passos ecoavam nas paredes côncavas da rocha e pequenas tochas ardiam em suportes nas paredes, fazendo suas sombras tremeluzirem e se dividirem, como se estivessem sendo seguidos. Mitchell os conduziu rapidamente por um corredor cheio de retratos de unicórnios de aparência aterrorizante que pareciam observá-los. Alguns retratavam sangrentas batalhas celestes, enquanto outros mostravam unicórnios vitoriosos com seus oponentes no chão, derrotados. As cenas se tornavam cada vez mais violentas à medida que o quarteto avançava, apressado, por uma passagem que seguia a parede curva da pedra e conduzia até as celas. Skandar se perguntou se os cavaleiros e amazonas derrotados eram exímios em espírito.

— Acho melhor eu falar com a Agatha a sós – sussurrou Skandar assim que a parede interna deu lugar a barras de metal.

— Esse não era o plano – argumentou Mitchell. – Eu fiz uma lista de perguntas e...

Skandar suspirou.

— Eu sei. Mas tenho medo de que os exímios em espírito não nos contem nada se todos tentarmos falar com eles. Por que deveriam confiar em nós? Mas a Agatha me conhece.

— Tem certeza, Skar? – perguntou Flo, colocando a mão no ombro do menino.

Ele fez que sim com a cabeça. Já podia ouvir os prisioneiros murmurando alguns metros à frente.

— Vamos esperar você aqui – disse Mitchell, como se estivesse recalculando os planos. – Vamos ficar de olho nas sentinelas. Lembre-se: você não tem muito tempo.

Quanto mais Skandar avançava, mais escuro ficava, e as vozes distantes ficavam mais altas.

— Agatha? – chamou ele.

Nenhuma resposta.

— Agatha? Posso falar com você?

Ainda nenhuma resposta.

Skandar sentiu um aperto no peito. Ela não estava ali, no fim das contas. Teria que fazer perguntas a outros exímios em espírito. Talvez eles soubessem onde encontrá-la. Talvez pudessem ajudar. Tentou pensar em alguma coisa, *qualquer* coisa que os fizesse falar. E então se lembrou. Como poderia ter se esquecido do pai de Amber?

– Simon Fairfax, você está aí?

As vozes atrás das grades cessaram abruptamente.

– Ele não está aqui – respondeu uma voz aguda. – Você sabe muito bem disso. A comodoro também sabe.

– Como assim ele não está aqui? – perguntou Skandar, com o coração martelando no peito.

– Quem é você? – gritou uma voz áspera. – Você parece muito jovem...

Skandar hesitou. Agatha o reconheceria, mas tinha a sensação de que revelar sua identidade para aqueles estranhos seria muito perigoso.

– Não sou um dos guardas. Mas não posso dizer quem sou. Sinto muito. Queria poder contar.

Houve um murmúrio de interesse. Sombras se moveram atrás das grades, recusando-se a se transformar em rostos.

– Bem, seja lá quem você for, Simon Fairfax não está aqui! – disse alguém, a voz grave ressoando entre as barras. – Vou contar a verdade, rapaz. A verdade que não contam a você nem a ninguém. Ele nunca foi capturado. A Carrasca matou o unicórnio dele, sim, mas Fairfax nunca pôs os pés dentro desta prisão. E a comodoro ainda nos pergunta quem é o Tecelão.

O coração de Skandar disparou. Será que aquilo era verdade? Será que o Tecelão poderia ser o pai de Amber? Ele abriu a boca para fazer outra pergunta, mas se conteve. A artimanha da senha que tinham usado com as sentinelas não lhes garantia muito tempo, e havia outras coisas que ele precisava perguntar.

– A Carrasca está aqui? – perguntou Skandar com a voz trêmula. – Agatha está nesta prisão? Você sabe onde ela ou Canto do Cisne Ártico estão?

– Não falamos esses nomes aqui! – gritou alguém.

– Quem *é* você? – grasnou a voz velha novamente.

Skandar saiu correndo, contornando a toda velocidade a parede curva na esperança de que o levasse de volta para os amigos, mas nada parecia familiar. A luz da lua mal conseguia passar pelas janelas gradeadas da prisão. Ele não gostava do escuro. Nem um pouco. Então parou. Não ouvia mais os exímios em espírito. Será que estava perdido? Aquilo tinha sido um erro. Um *grande* erro. Tinha colocado Sorte do Maroto em perigo, e para quê? E o pai de Amber? Se o pai de Amber era o único outro exímio em espírito em liberdade, será que isso significava que ele era o...

— Skandar! — chamou uma voz fraca. — Espere.

Alguns metros adiante, a mão de alguém se estendeu por entre as barras. A mão era pálida, com os nós dos dedos deformados, como se sua dona tivesse se metido numa briga.

— Agatha? — parou Skandar abruptamente. — É você?

— Achei que tinha ouvido sua voz! O que, em nome de todos os cinco elementos, você está fazendo aqui?

— Procurando você — sussurrou Skandar, de frente para as barras. — Chamei, mas pensei que não estivesse aqui. Os outros não me disseram nada sobre você. Está tudo bem?

— Não estou presa com os outros — respondeu Agatha.

Skandar mal conseguia distinguir seu contorno nas sombras.

— Eles me trancaram numa cela separada. Não sou popular por aqui. Mas por que veio me procurar?

Agora que a havia encontrado, Skandar não sabia por onde começar.

— Você é um exímio em espírito — disse Agatha.

— Como você...?

— Um palpite — respondeu ela.

Skandar pensou ter detectado um vestígio de humor em suas palavras.

— O elemento espírito. Como faço para escondê-lo? Como faço para controlá-lo? — perguntou Skandar, desesperado. — Eu tentei bloqueá-lo, mas não está funcionando, e acho que vou ser declarado nômade a qualquer...

— Deixe-o entrar no vínculo junto com o outro elemento — disse Agatha rapidamente. — Bloqueá-lo pode funcionar, mas imagino que você esteja tendo problemas com seu unicórnio, certo?

Skandar engoliu em seco.

– Ele me odeia quando não o deixo usar o elemento espírito.

– Ele não odeia você, só não entende. Deixe o elemento espírito atuar, isso deve ajudá-lo a controlar o elemento e também a reação do seu unicórnio.

Skandar quis cair de joelhos de alívio, mas não sabia quanto tempo ainda tinha. Quanto tempo levaria para os guardas voltarem. E se o pai de Mitchell fosse investigar o que estava acontecendo?

– O Tecelão – disse Skandar com urgência, tentando se lembrar do que Joby tinha dito. – Existe alguma maneira de um exímio em espírito ajudar a resgatar o Geada da Nova Era? Foi por isso que você me trouxe para a Ilha? Há alguma coisa que eu possa aprender a fazer para ajudar na luta contra o Tecelão?

Houve uma pausa.

– Não tenho certeza. Não sei exatamente quais são os planos do Tecelão, mas deve ser alguma coisa relacionada ao vínculo, Skandar. É isso que o Tecelão faz. E você pode vê-los.

– *Ver* os vínculos? Não, eu não os vejo!

No entanto, no momento em que disse isso, Skandar se lembrou das estranhas luzes coloridas quando sofreu a mutação. Seriam aqueles os vínculos dos outros Filhotes?

– Você vai poder em breve. Se deixar o elemento espírito atuar. É por isso que apenas um exímio em espírito pode parar o Tecelão. Apenas os exímios em espírito podem ver os vínculos.

– Mas será que você não pode...

Seu coração batia tão rápido que ele conseguia sentir o peito se movendo contra a camiseta. Tinha tantas perguntas, mas não havia tempo suficiente. E quase desejava que Joby estivesse errado... que ele não pudesse fazer nada para ajudar, que o Tecelão não fosse responsabilidade dele, no fim das contas.

– Tem que ser você, Skandar. Eu não consigo, não sou forte o suficiente. E, além disso, eles pegaram o meu unicórnio. Sinto muito. Tem que ser você.

Agatha parecia mais aflita do que nunca.

– Mas como vou aprender sobre o elemento espírito? Como vou aprender a usá-lo? Não há nada nas bibliotecas e, se descobrirem, eles vão me jogar aqui... ou pior. Ninguém lá fora vai me ajudar! – disse Skandar, angustiado, sua voz se elevando.

– Leve isso. Eles o trancaram aqui comigo, acham que é tão perigoso quanto eu.

Um enorme volume encadernado em couro branco surgiu entre as barras. O lugar estava iluminado o suficiente para que Skandar distinguisse um símbolo: quatro círculos dourados entrelaçados. Em letras douradas e em relevo na capa, estava escrito: *O Livro do Espírito*.

– Leve – murmurou Agatha, e Skandar estendeu a mão para o quinto e último volume das escrituras elementares. Sentiu o peso em seus braços.

O garoto não pôde deixar de folhear as páginas aleatoriamente e ler alguns trechos.

Os exímios em espírito têm a capacidade de amplificar o uso dos demais elementos, o que significa que podem rivalizar com aqueles aliados ao fogo, à água, à terra e ao ar, mesmo que lutem contra eles com o próprio elemento...

Embora não seja um elemento de ataque particularmente forte, as capacidades defensivas do espírito não têm paralelo entre os outros quatro elementos...

O elemento espírito existia de verdade! E parecia incrível! Tinha nas mãos um livro que reconhecia que havia cinco elementos, não quatro! Ele folheou mais algumas páginas.

Aqueles aliados ao elemento espírito têm uma afinidade com os unicórnios selvagens que pode ser explicada por sua ligação incomparável com o vínculo, muito superior à dos exímios em outros elementos. Os unicórnios selvagens sentem a força do elemento espírito nos aliados a ele e têm por eles um interesse e respeito que não demonstram pelos outros...

Os unicórnios aliados ao espírito têm a capacidade de se transformar e assumir a aparência dos próprios elementos...

Agatha voltou a falar.

– Procure o refúgio do espírito. Deve haver mais livros lá, mais informações sobre o elemento. Aprenda o máximo que puder.

– O que é o refúgio do espírito? – perguntou Skandar.

Mas, quando Agatha estava prestes a responder, uma sirene disparou.

– Vá! Vá embora! Você tem que ir! – insistiu ela, porém, ao dizer isso, agarrou o pulso de Skandar e o puxou para mais perto das barras.

Sua voz era áspera, desesperada.

– Por favor, não mate o Tecelão, Skandar. Faça tudo que puder para deter seus planos, mas, por favor...

– O quê? – perguntou Skandar por sobre a sirene estridente.

– Eu imploro. Não mate o Tecelão.

Então ela o soltou e seu braço sumiu pelas grades como se nunca tivesse estado ali.

Desesperado, Skandar correu de volta para seus amigos, que o procuravam como loucos por toda parte, tapando os ouvidos com as mãos. O primeiro pensamento que lhe veio à cabeça foi que as sentinelas haviam retornado e disparado o alarme. Mas, então, Flo e Mitchell gritaram:

– DEBANDADA!

CAPÍTULO 15

DEBANDADA

— Bolas de fogo flamejantes! – gritou Mitchell quando Skandar os alcançou. – Isso aí é *O Livro do Espírito*?

— Será que podemos adiar o clube do livro enquanto tentamos não MORRER? – gritou Bobby, enquanto eles corriam para a saída, fazendo caretas por causa do ruído incessante da sirene que alertava sobre a debandada.

Lá fora, um rugido ensurdecedor preenchia a noite, acompanhado pelo estrondo de cascos e pelo som de gritos ao longe.

— Precisamos chegar aos unicórnios! – gritou Flo, enquanto pulava os últimos degraus e aterrissava no chão.

— *O que* é isso? – perguntou Bobby, com a voz entrecortada.

Havia um cheiro horrível no ar. Skandar já o sentira uma vez, em seu primeiro dia na Ilha: o fedor da morte em vida. A debandada estava se aproximando.

Skandar correu o mais rápido que pôde em direção ao esconderijo de Maroto em meio às árvores. O unicórnio negro relinchou de alegria ao ver seu cavaleiro e o saudou com faíscas crepitando nas asas fechadas.

O trovejar dos cascos agora era tão alto, que, enquanto saltava nas costas de Maroto, Skandar quase esperou ver unicórnios selvagens se aproximando da prisão. Tentou não prestar atenção aos gritos humanos que se misturavam aos guinchos e bramidos dos unicórnios selvagens.

– Montem nos unicórnios! Vamos! – gritou Mitchell, embora fosse o único ainda no chão, lutando para desamarrar as rédeas de Vermelha de uma árvore.

Maroto farejou o ar e, através do vínculo, Skandar sentiu uma onda de medo vindo do unicórnio.

– Não se preocupe – disse ele, acariciando o pescoço escuro do animal. – Vou tirar você daqui.

Mitchell atravessou as ruas sinuosas e desertas a galope, liderando o grupo, montado em Encanto da Noite Vermelha. Skandar esperava que Mitchell conseguisse identificar melhor do que ele a direção de onde vinham os unicórnios selvagens. Quando chegaram a um beco sem saída numa forja, com pranchas de metal abandonadas e martelos jogados no chão, Skandar entrou em pânico. Tentou se concentrar na força reconfortante do vínculo em seu coração, no exemplar do *Livro do Espírito* debaixo do braço e na respiração estável de Maroto, mas o som da debandada era tão avassalador que dava a impressão de que, enquanto fugiam de Quatropontos, dariam de cara com os unicórnios selvagens ao dobrar qualquer esquina.

As ruelas os levaram à Praça dos Elementos. Sem a multidão, as quatro estátuas de pedra pareciam assustadoramente grandes. O fedor de unicórnios selvagens era tão intenso que Skandar teve que respirar pela boca para não passar mal. Os guinchos agudos invadiam seus ouvidos.

Skandar tentou conduzir Sorte do Maroto para o outro lado da praça, mas o animal começou a recuar. Os outros três unicórnios estavam fazendo a mesma coisa, e explosões elementais fervilhavam sob a pele deles. O lombo de Vermelha começou a fumegar. O medo de Maroto preencheu o vínculo, ampliando o sentimento de Skandar.

– O que está acontecendo com eles? – perguntou Flo, tentando desesperadamente fazer Lâmina avançar.

— Aquilo — disse Bobby categoricamente, e apontou para a extremidade oposta da praça.

Os unicórnios selvagens tinham chegado.

Flo soltou um grito que fez Lâmina empinar. Maroto não parava de dar voltas no mesmo lugar, agitando as asas. Skandar calculou que tinham menos de trinta segundos antes de serem esmagados pelos unicórnios selvagens em debandada.

— Voar! Temos que voar! — gritou Bobby.

— Não seja ridícula! — gritou Mitchell em resposta. — Ainda nem tivemos nossa primeira aula de voo. Vai ser só daqui a algumas semanas.

— Eu não sei voar; *eles* também não! — exclamou Flo.

— Se ficarmos no chão, eles vão nos alcançar. Os unicórnios selvagens não são tão bons em voar quanto os unicórnios vinculados. Talvez não tentem nos seguir. Talvez procurem presas mais fáceis — insistiu Bobby, já pegando as rédeas de Falcão e abaixando-se nas costas dela.

— "Talvez"? — balbuciou Mitchell. — Você vai mesmo se arriscar com base numa possibilidade?

— Vamos! — gritou Bobby para Fúria do Falcão, ignorando Mitchell.

A unicórnio apontou o chifre cinza diretamente para os monstros que se aproximavam... e galopou direto na direção deles.

— Isso é loucura! — berrou Mitchell.

— Eles vão se chocar! — bramiu Flo, cobrindo os olhos com uma das mãos.

Mas não se chocaram. As asas cinzentas de Falcão se abriram, batendo depressa, e ergueram a amazona do chão, bem acima dos unicórnios selvagens, em direção ao céu. Os gritos de Bobby ecoaram pela praça.

Esquecendo-se de tudo que tinha dito sobre aquilo ser loucura, Mitchell avançou com Encanto da Noite Vermelha em direção à debandada. Flo o seguiu de perto em Lâmina de Prata, e Skandar e Sorte do Maroto ficaram na retaguarda. Skandar observou quando Mitchell se abaixou e Vermelha abriu as asas de penas grossas, ergueu as patas dianteiras e tentou decolar. Mas as patas bateram no solo novamente: ela não conseguia sair do chão.

– Vamos, Vermelha! – murmurou Skandar baixinho.

Ele ouviu Mitchell gritar de medo enquanto olhava para a debandada cada vez mais próxima. Vermelha, então, bateu as asas, uma, duas vezes e, na terceira, seus quatro cascos deixaram o chão e se alçaram no ar.

Lâmina foi o próximo, e foi como se estivesse esperando por aquele momento havia muito tempo. Bem diante do nariz de Maroto, o unicórnio prateado bateu as asas e decolou com elegância. Flo se agarrou ao pescoço do unicórnio, aterrorizada – Skandar tinha quase certeza de que ela estava com os olhos fechados –, mas, pela primeira vez, o unicórnio cuidou de sua amazona e ergueu os dois suavemente em direção ao céu. Então chegou a vez de Skandar, que cutucou o unicórnio com as pernas, desejando com todo o coração, implorando a Maroto que fizesse o mesmo, que os erguesse no ar, para longe do perigo.

Skandar sentiu as articulações de Maroto se moverem sob seus joelhos, e as asas negras da criatura se abriram, maiores do que Skandar jamais as tinha visto. As plumas escuras aproveitaram uma rajada de vento, enquanto Skandar pressionava as pernas contra os flancos quentes do unicórnio para que ele se movesse mais rápido. *O Livro do Espírito* estava debaixo de seu braço, mas seus músculos estavam falhando, e o galope de Maroto era muito irregular. O livro escorregou. Skandar agarrou um punhado de páginas, mas o volume era pesado demais, e as páginas começaram a escorregar de suas mãos, até que o livro ficou pendurado por apenas uma delas. E, com outro solavanco de Maroto, a página se rasgou no canto, fazendo com que *O Livro do Espírito* caísse no chão.

– Não! – gritou Skandar.

Mas não havia tempo para pensar se conseguiria recuperá-lo. Maroto ergueu as asas, a respiração irregular e entrecortada, enquanto galopava a toda velocidade em direção à debandada de unicórnios selvagens, as criaturas agora tão próximas que Skandar conseguia ver o rosto esquelético e a substância viscosa que escorria dos olhos e do nariz delas. Ele largou as rédeas e agarrou o pescoço de Maroto, abaixando-se o máximo que pôde para diminuir a resistência do ar. E, justo quando achou que não iam conseguir, sentiu o estômago revirar no momento em que os cascos de Maroto deixaram terra firme.

De repente, Skandar sentiu a cabeça leve, seus olhos se recusando a aceitar a visão do céu no espaço entre as duas orelhas negras de Maroto. O ar da noite rugia ao seu redor, sacudindo-o de um lado para o outro, bagunçando seu cabelo. Naquele momento, ele se sentiu mais diferente do que nunca. Era um super-herói. Um feiticeiro. Não, melhor: um cavaleiro de unicórnio. Maroto voou em direção ao céu escuro, deixando os monstros em debandada bem abaixo de si. E, como Bobby havia previsto, eles não tentaram segui-los.

Skandar nunca tinha passado tão rápido do mais puro terror à alegria incontrolável. Voar era maravilhoso. Voar era tudo. Não era nada parecido com a experiência com Agatha e Canto do Cisne Ártico. Voar no próprio unicórnio era diferente, compartilhar o céu com a criatura a quem sempre estivera destinado. Não parecia assustador nem perigoso, nem nenhuma das coisas que Skandar havia imaginado. Parecia certo. No fim das contas, o vínculo lhe dizia que, se caísse, Sorte do Maroto o pegaria.

Os unicórnios do quarteto entraram em formação no céu, como um diamante: Bobby à frente, Flo e Mitchell nas laterais e Skandar na retaguarda. Enquanto Maroto cortava o ar, ele sorria tanto, que seus dentes doíam por causa do frio. Finalmente tinha algo sobre o qual poderia escrever para Kenna e que era completa e absolutamente verdadeiro. Nada de segredos, nada de elemento espírito, apenas voar. O cachecol preto de Skandar ondulava atrás de si, e ele estava tão feliz por tê-lo ganhado de Kenna, tão feliz que um pequeno pedaço de sua mãe pudesse voar com ele naquela noite.

Os unicórnios chamavam uns aos outros suavemente, o som dos relinchos sendo carregados pelo vento. Skandar se perguntou se Bobby sabia o caminho de volta para o Ninhal, mas, enquanto Maroto deslizava sob as estrelas, ele se deu conta de que não se importava. Pensou de novo nas palavras de Agatha enquanto voavam: *Deixe o elemento espírito atuar.*

Não faria mal nenhum ali no alto, faria? Deixar que o elemento entrasse no vínculo mesmo que apenas por um instante?

O branco do elemento espírito brilhou na mão de Skandar, e Maroto soltou um bramido animado quando as pontas de suas penas brilharam para espelhar seu cavaleiro.

Nesse momento, a voz de Flo, repentinamente urgente, o alcançou através do vento.

– Olhem! Lá embaixo!

– Para o que exatamente devemos olhar? – gritou Mitchell de volta.

Por entre as penas negras de Maroto, Skandar viu algo que fez seu sangue gelar.

Na retaguarda da manada de unicórnios selvagens, saindo de Quatropontos, havia um unicórnio muito diferente de seus companheiros esqueléticos. Enquanto os músculos destes estavam carcomidos, os daquele eram fortes; enquanto as asas destes eram frágeis, as daquele pareciam capazes de qualquer coisa; enquanto a pele destes apodrecia, a daquele estava imaculada e, enquanto os chifres destes eram translúcidos, o chifre daquele era cinza sólido.

Geada da Nova Era. E montado nele estava o Tecelão, a mortalha negra ondulando ao vento, o rosto brilhando com uma sólida faixa branca.

– Há mais alguém sentado atrás do Tecelão! – gritou Bobby. – Há duas pessoas montadas no Geada da Nova Era!

– A segunda pessoa me parece familiar – gritou Mitchell. – Tenho certeza de que já a vi antes, mas está muito longe. Flo, você a reconhece?

Mas, quando se virou para olhar a figura, a magia branca do espírito ainda brilhando em sua palma, Skandar viu algo mais: um cordão branco brilhante ligando os corações de Geada da Nova Era e do Tecelão. Um vínculo. Será que o Tecelão tinha de alguma forma conseguido se *vincular* a Geada da Nova Era? O vínculo de Aspen ainda existia? Ou tinha se rompido? Como aquilo era possível?

Skandar olhou para cima para contar aos amigos, mas também se distraiu com as cores que brilhavam em torno deles. Um cordão vermelho unia Mitchell a Vermelha, um amarelo unia Bobby a Falcão e um verde unia Flo a Lâmina. Ele olhou para o próprio peito... mas não viu nada. Talvez os exímios em espírito não pudessem ver o próprio vínculo. Sentiu o assombro e o medo atravessarem seu corpo. Agatha estava certa. Usar o elemento espírito, *de fato*, permitia que ele visse os vínculos dos outros cavaleiros e amazonas. Olhou de novo e viu o vínculo do Tecelão com Geada da Nova Era brilhando enquanto, juntos, conduziam os unicórnios selvagens de volta para as Terras Selvagens. Mas será que isso significava que Agatha estava certa a respeito de tudo? Ele estremeceu quando se lembrou das palavras dela: *Tem que ser você, Skandar.*

Não demoraram muito para chegar à entrada do Ninhal. Aterrissar não foi nem de longe tão divertido quanto voar. Maroto havia se lançado na colina em alta velocidade, derrapando e deslizando na lama, enquanto Skandar se agarrava com força para evitar ser catapultado por cima da cabeça do unicórnio.

Assim que todos estavam sãos e salvos no chão, Bobby saiu correndo para colocar a palma da mão no grande nó do tronco da árvore, torcendo para que as sentinelas que montavam guarda não fizessem perguntas, quando...

— Tempestades de areia do deserto! Vocês quatro *voaram* até aqui?

A figura do instrutor Webb contrastava com a muralha do Ninhal. Ele parecia estar vestindo um roupão feito todo de musgo, combinando com os tufos em sua cabeça.

Nenhum deles respondeu.

— E então? Imagino que saibam que houve uma debandada no Festival do Fogo — disse ele. — Um quarteto de Filhotes desaparecido, dados como mortos. É assim que nossas mentes funcionam hoje em dia. Cinco sentinelas foram mortas esta noite. Cinco! E mais dois ilhéus foram levados pelo Tecelão. Não viram a fumaça?

— O Continente está seguro? — perguntou Skandar.

— Sim, rapaz, mas e vocês quatro? Estávamos mortos de preocupação. Um unicórnio prateado levado pelo Tecelão... Céus, já imaginaram? É impensável!

A entrada do Ninhal se abriu num redemoinho de água e mais quatro pessoas saíram com passos firmes, suas sombras dançando nas plantas de fogo da muralha.

Skandar reconheceu três deles. A instrutora O'Sullivan parecia furiosa, os punhos cerrados ao lado do corpo. Skandar ouvira um boato de que o corte permanente no pescoço da instrutora tinha sido feito durante uma luta contra três unicórnios selvagens. E, pela forma feroz como seus olhos de redemoinho giravam, ele teria apostado um quilo de maionese que ela poderia ter lutado contra pelo menos mais dez. O instrutor Anderson parecia mais decepcionado do que zangado, as chamas bruxuleando desanimadamente ao redor de suas orelhas. E a instrutora Saylor, a glamorosa instrutora de ar, parecia serena, embora todas as veias de seus braços estivessem pulsando de forma perigosa, carregadas de eletricidade.

Skandar não reconheceu a quarta pessoa. Entre os instrutores havia um homem de pele marrom-clara e com uma longa trança escura. Uma das mechas da trança era azul e parecia viva, caindo pelas costas como uma cascata.

— Estamos ferrados — resmungou Mitchell enquanto o grupo caminhava em direção aos instrutores.

Skandar nunca tinha visto Mitchell com tanto medo; até seus dedos tremiam.

— O que foi? — sussurrou Skandar. — Quem é aquele?

— Meu pai — murmurou Mitchell com a voz rouca. — Ele já deve saber o que aconteceu. A invasão da prisão. Você. Tudo. Por que mais estaria aqui?

Skandar ficou sem ar. Instintivamente, segurou com mais força as rédeas de Maroto. Não deixaria que ninguém o levasse. Não seria como Joby. Preferia morrer...

— Mitchell – disse o instrutor Anderson; sua voz estava calma, preocupada, até –, receio que seu pai tenha vindo lhe dar uma má notícia.

— O que... Uma má notícia? – Mitchell se virou para o pai. – A mamãe está bem?

— Seu primo, Alfie – rugiu Ira Henderson, impaciente. Se o homem estava preocupado com a suspeita de desaparecimento do filho, não demonstrou. – Seu primo foi levado pelo Tecelão. Achei que você deveria saber por mim antes que saia na maldita *Folha do Ninhal* amanhã – e seus intensos olhos castanhos, tão parecidos com os de Mitchell, brilharam na escuridão. – Se alguém lhe pedir para comentar, não diga nada. Temos que evitar mais escândalos associados ao nome Henderson.

Não havia nenhum vestígio de afeto no rosto do conselheiro.

— Sim, pai – murmurou Mitchell.

Bobby, Flo e Skandar trocaram olhares. *O primo de Mitchell? Era ele quem estava na garupa do Tecelão?*

Ira Henderson se virou para a instrutora O'Sullivan.

— Preciso ir. Já esperei demais. Vamos transferir a Carrasca para um novo local hoje à noite – falou ele mais baixo, mas Skandar ainda podia ouvi-lo. – Essa informação não deve sair daqui, mas *O Livro do Espírito* foi roubado. Minha senha foi usada para afastar as sentinelas da prisão. Vou ser sincero, Perséfone, tememos que alguém de dentro do Conselho esteja ajudando o Tecelão. Quem mais teria acesso a isso?

Skandar se esforçou para não olhar para Mitchell.

A instrutora O'Sullivan balançou a cabeça, incrédula.

— Não pode ser!

Ira pigarreou.

— O Ninhal deve ficar em alerta máximo. Enviarei mais sentinelas. Hoje à noite.

Com um último olhar rápido para o grupo, Ira Henderson desapareceu na noite, sem dizer uma palavra sequer de despedida para o filho.

A partida de Ira Henderson foi seguida pela pior repreensão da vida de Skandar. Mas, por sorte, os instrutores não tinham provas para refutar a versão do quarteto de que tinham ficado para trás quando a sirene soou. Foram mandados direto para a cama com sérias advertências ecoando nos ouvidos.

Eles não foram para a cama, é claro. Assim que se acomodaram em pufes e aqueceram as mãos perto do fogo, Skandar contou aos três amigos o que havia descoberto: desde a informação de que Simon Fairfax nunca fora capturado até o fato de ter visto a ligação entre Geada da Nova Era e o Tecelão. Deixou apenas um detalhe de fora, aquele que o assustava mais: *Tem que ser você, Skandar. Eu sinto muito. Tem que ser você.*

Quando ele terminou, Mitchell se levantou de repente e subiu para o quarto.

— Você acha que ele está bem? — perguntou Flo, e o aglomerado de pedras douradas de sua insígnia da terra cintilou. — Não acredito que o primo dele tenha sido capturado. Alfie é aprendiz na Selas Martina, uma das concorrentes do meu pai... Meu irmão o conhece!

— O pai dele não foi nada cuidadoso ao dar a notícia — disse Bobby, com a boca cheia de um sanduíche de emergência.

A geleia e a pasta de levedura escorriam entre as fatias de queijo. Skandar ainda não sabia onde ela conseguia aquele pão.

Mas Mitchell desceu a escada praticamente no mesmo minuto, carregando um grande objeto retangular debaixo do braço.

— Isso é... um quadro-negro? — perguntou Bobby, incrédula.

— Correto, Roberta — e Mitchell pegou um pedaço de giz com um floreio. — Não tive tempo de usá-lo na nossa última Reunião do Quarteto. Mas agora podemos começar a fazer as coisas de forma apropriada. — pigarreou ele. — Bem-vindos à nossa segunda Reunião do Quarteto, convocada às vinte e duas zero zero.

— Vinte e duas zero zero? — murmurou Skandar para Flo.

— Dez em ponto — sussurrou ela, abafando uma risadinha.

— Vou precisar de um sanduíche maior — disse Bobby em voz baixa.

Mitchell ajeitou os óculos no nariz e deu batidinhas com o giz no quadro.

— O que nós sabemos? Sabemos que o Tecelão criou, de alguma forma, um vínculo com Geada da Nova Era. Sabemos que o Tecelão está matando as sentinelas que protegem o Continente. Sabemos que o Tecelão está sequestrando pessoas, pessoas que não são cavaleiros nem amazonas – e Mitchell engoliu em seco. – Pessoas como meu primo Alfie.

— Também sabemos que o Círculo de Prata nunca capturou Simon Fairfax – acrescentou Flo.

— Na minha opinião, faz todo sentido que o pai da Amber seja o Tecelão – disse Bobby. – Ela mentiu sobre o pai estar morto. Quem faz uma coisa dessas?

— E ela não é uma pessoa muito legal – acrescentou Flo, parecendo imediatamente culpada.

— Concordo – assentiu Mitchell e traçou uma linha entre a palavra *Tecelão* e o nome de Simon Fairfax. – Ele, com certeza, é o nosso principal suspeito.

— Será que devemos contar isso a alguém? – perguntou Flo. – Ou perguntar à Amber?

Skandar suspirou.

— Acho melhor não. A única razão pela qual a Amber não contou a ninguém que eu sou um exímio em espírito é porque ela não quer que as pessoas saibam do pai dela. Se sairmos por aí dizendo que Simon Fairfax é o Tecelão, ela não vai ter mais nada a perder. Além disso, os exímios em espírito disseram que Aspen não acredita que seja Fairfax.

— Além disso – bufou Bobby –, como vamos explicar o que descobrimos? – e ela fez uma voz engraçada: – Então, é... nós estávamos só passeando pela prisão dos exímios em espírito, como quem não quer nada, e por acaso batemos um papo com...

Flo fez uma careta.

— Está bem, está bem.

— Nós também precisamos descobrir... – interveio Skandar.

— ...por que o instrutor Webb tem um roupão feito de musgo?

Bobby sorriu, dando outra mordida no sanduíche de emergência em seguida.

— Hum... não – disse Skandar. – Precisamos encontrar o refúgio do espírito, seja lá o que isso for. Principalmente agora que tudo o que me resta do *Livro do Espírito* é isso.

Ele estendeu o canto rasgado da página que tinha tentado segurar. Restava apenas meia frase – *unicórnio selvagem e consertar* –, o que não servia para absolutamente nada.

— Será que não podemos voltar a Quatropontos para procurá-lo?

— É muito arriscado – respondeu Mitchell na mesma hora. – Pelo menos os refúgios ficam no Ninhal.

— Vai ser difícil encontrá-los – disse Flo. – Ficam bem escondidos.

— Mas você sabe o que eles são? – perguntou Skandar, animado.

Flo assentiu.

— Quer dizer, não sei *onde* ficam, mas já ouvi falar deles. São quatro, bem, cinco, suponho, espaços subterrâneos no Ninhal dedicados exclusivamente aos exímios em cada elemento. Vamos poder acessá-los no ano que vem se passarmos na Prova de Treinamento. A Mina, para os exímios em terra, a Colmeia, para os exímios em ar, a Fornalha, para os exímios em fogo, e o Poço, para os exímios em água.

— Isso... É... INCRÍVEL! – exclamou Bobby, com os olhos brilhando.

— Gosto dessa ideia de entradas secretas – continuou Flo. – Um Ninhego me explicou que você precisa encontrar um toco de árvore específico que o leva para o subsolo. E, se você não for aliado ao elemento de um determinado refúgio, a entrada não se abre para você – disse ela franzindo a testa. – Mas encontrar o toco de árvore do refúgio *perdido* do espírito... não vai ser fácil.

Mitchell parecia preocupado.

— Será que devemos mesmo confiar na Agatha? Quer dizer, ela é a Carrasca, Skandar. Ela matou todos os unicórnios aliados ao espírito! E *Maroto* é um unicórnio aliado ao espírito.

— Não vejo outra opção – disse Skandar lentamente. – Tenho que aprender o máximo que puder sobre o elemento espírito. E o refúgio do espírito parece um bom lugar para começar.

Naquele momento, Skandar soube que tinha que contar a eles a única coisa que estava escondendo. Eram seus amigos, as únicas pessoas na Ilha que poderiam ajudá-lo. Ele respirou fundo.

— Joby estava certo. Ele tinha razão quando disse que apenas um exímio em espírito seria capaz de deter o Tecelão. A Agatha me disse a mesma coisa. E, quando vi o vínculo do Tecelão com Geada da Nova Era, soube que os dois estavam falando a verdade. Só um exímio em espírito poderia ter visto esse novo vínculo. Então eu tenho que descobrir qual é o plano do Tecelão... e detê-lo. Tem que ser eu.

— Mas por que você? – quis saber Flo. – Você não passou nem cinco minutos treinando!

— Não acho que você seja capaz de enfrentar o Tecelão – balbuciou Mitchell. – E não vamos nos esquecer de que nem sabemos direito quem ele é! A Agatha provavelmente estava pensando em alguém mais velho, tipo um cavaleiro ou uma amazona da Copa do Caos. Talvez ela estivesse se referindo a si mesma. Não a você, não a um Filhote!

— Maroto e eu somos a única dupla de unicórnio e cavaleiro aliada ao elemento espírito que sobrou. Ou, pelo menos, a única dupla que ainda está livre. Não há mais ninguém – sussurrou Skandar, e a verdade daquelas palavras pesou sobre ele. – Só eu e Sorte do Maroto.

Eles ficaram em silêncio. Uma coruja piou do lado de fora da janela.

— Ah, que ótimo! – exclamou Bobby. – Então tudo *continua* girando ao seu redor? Não quer dar uma chance a um de nós?

Apesar de tudo, Skandar caiu na gargalhada, então Flo, Bobby e Mitchell começaram a rir também. Os amigos o envolveram num enorme abraço, e foi tão cheio de amor que ele achou que talvez fosse o suficiente para salvar o mundo.

Mais tarde, naquela noite, Mitchell não apagou a luz de imediato. Em vez disso, puxou assunto com Skandar. Aquilo nunca tinha acontecido: ele era sempre muito metódico no que dizia respeito à quantidade de horas de sono.

– Skandar, eu só queria dizer que eu sei que não fui legal antes do episódio do creme... É que... Eu...

– Está tudo bem – murmurou Skandar de sua rede.

– Não – retrucou Mitchell bruscamente. – Não está. Você não tem culpa de ser exímio em espírito. E sempre foi legal comigo enquanto eu basicamente passei o tempo todo tratando você como...

– Como as pessoas sempre trataram você?

– Não as pessoas – e Mitchell esfregou os olhos por trás das lentes dos óculos. – Na verdade, meu pai. Ele... Como você deve ter notado, ele não é bem o tipo atencioso e carinhoso. Mas, mesmo assim, eu sempre quis que ele tivesse orgulho de mim. Que me notasse. Ele e minha mãe se separaram quando eu era pequeno e, sempre que era a vez do meu pai cuidar de mim, ele estava muito ocupado, sabe? Até mesmo agora, nada do que faço parece ser digno da atenção dele. Quer dizer, ele nem suspeitou que poderia ter sido *eu* quem compartilhou a senha! Isso só mostra como ele nem repara em mim. E, sempre que eu *tento* falar com ele, ele faz aquela cara de decepção, mesmo que não esteja prestando atenção no que eu digo. Então, passei a vida inteira tentando estar à altura do sobrenome Henderson, tentando conseguir a aprovação dele. Nada mais importava, nem mesmo fazer amigos...

– Mitchell, isso é horrível...

– Mas, desde que conheci vocês, estou começando a perceber que a vida pode ser mais do que tentar provar ao meu pai que eu mereço o tempo dele. É difícil fazer amigos quando seu pai não acha que você é interessante, sabia? Eu achava que ninguém ia querer ser meu amigo. E então aparecem pessoas horríveis como a Amber e meio que confirmam a teoria.

Mitchell suspirou.

— E meu pai odeia os exímios em espírito com todas as forças, Skandar. O sonho dele é colocar todos na prisão! Quando eu era pequeno, ele até fingia que nunca havia existido um quinto elemento. Então, estar associado a você, bem... seria a pior maneira de decepcioná-lo. De confirmar que, no fim das contas, eu sou um inútil.

— Mitchell — disse Skandar gentilmente —, você *não* é um inútil.

— Mas isso não é desculpa — prosseguiu Mitchell. — Só porque ele odeia exímios em espírito, não significa que eu tenha que odiá-los também. Agora eu entendo isso. Eu conheço você, e você é legal, o que me faz pensar que talvez eu estivesse errado sobre todos os outros.

Skandar riu.

— Eu salvei sua vida no caminho para o Ninhal, você salvou a minha nas falhas e a única coisa que você tem para dizer é que eu sou *legal*?

Mitchell corou, ficando da cor de seu elemento, e Skandar se sentiu mal.

— Somos amigos, Mitchell. Ok? É só isso. Nós somos amigos. Eu cuido de você, você cuida de mim. E nos ajudar a entrar na prisão hoje, com seu pai e tudo mais, foi muito corajoso da sua parte.

— A verdade é que não tenho muita experiência em ter amigos — murmurou Mitchell.

— Nem eu — disse Skandar. — Mas acho que estamos indo bem até agora.

— Você acha?

— Acho — e Skandar se levantou e apagou a luz. — Só me faça um favor e pare de falar que eu vou destruir a Ilha, pode ser?

Mitchell riu.

— Combinado. Skandar?

— Sim, Mitchell.

— Se descobrirmos quais são os planos do Tecelão, você vai querer tentar impedi-lo, não vai? Mesmo que seja perigoso?

Skandar nunca tivera o poder de mudar nada em sua vida no Continente, mas talvez pudesse mudar algo ali. Ele pensou no que Joby tinha dito: *Mesmo que você pudesse ajudar, isso não significa que deveria.* Mas Skandar não concordava com isso. Como poderia ficar escondido no Ninhal enquanto outras pessoas estavam correndo perigo?

Então, em meio à escuridão, ele disse:

– Acho que sim.

Skandar não disse o outro motivo pelo qual queria descobrir mais sobre o elemento espírito, porque não achava que Mitchell entenderia. Mitchell era um ilhéu. Era um exímio em fogo que havia aberto a porta do Criadouro e chocado uma unicórnio vermelha. Ele sabia quem era. Mas Skandar ainda não se encaixava em lugar nenhum. Nem no Continente, nem na Ilha. Skandar não conhecera nem a própria mãe. E tudo o que sabia de seu elemento até aquele momento eram alguns trechos do *Livro do Espírito* e as atrocidades do Tecelão. Descobrir mais sobre o elemento espírito talvez fosse sua única chance de descobrir mais sobre si mesmo, uma chance de fazer parte de algo. E, quem sabe, depois que isso acontecesse, ele pudesse mudar as coisas.

Mitchell bocejou.

– Ser amigo de alguém é sempre tão cansativo assim?

CAPÍTULO 16

BATALHAS CELESTES

A notícia de que mais sentinelas estavam alocadas no Ninhal se espalhou mais rápido do que um ataque de fogo, dos Filhotes às Rapinas. Mas o Tecelão não era o único assunto entre os cavaleiros e as amazonas. Quando dezembro terminou, dando início ao mês de janeiro, a Prova de Treinamento e o fato de que os cinco últimos Filhotes na corrida não continuariam no Ninhal pareciam, de repente, muito mais iminentes do que antes.

Por sorte, o que Agatha dissera a Skandar no dia do Festival do Fogo havia se comprovado. Se invocasse uma combinação do elemento espírito e de qualquer um dos elementos que *deveria* estar usando no vínculo, Skandar conseguia controlar Maroto. Nos melhores dias, podia invocar a magia do ar, da água, da terra e do fogo como todos os outros. Não era nem de longe bom o suficiente para evitar ser declarado nômade ao final da Prova de Treinamento, mas pelo menos não seria expulso ainda.

Como se isso não fosse o bastante para ocupar seus pensamentos, logo todos os Filhotes começaram a voar – embora Skandar, Flo, Bobby e Mitchell ainda estivessem bastante presunçosos por terem voado *antes* da primeira aula. Depois de algumas lições, Skandar ficou orgulhoso ao descobrir que Sorte do Maroto voava muito rápido, um dos mais rápidos de seu ano. E aprender a decolar e aterrissar com delicadeza, inclinar-se contra o vento e decifrar as correntes de ar era uma distração bem-vinda das Reuniões do Quarteto que Skandar e seus amigos realizavam quase todas as noites.

Encontrar o refúgio do espírito estava se mostrando tão complicado quanto Flo havia previsto. Mitchell passava horas nas bibliotecas procurando mapas antigos do Ninhal, mas toda vez que achava que havia identificado um livro que poderia ser útil, as páginas que faziam referência ao refúgio do espírito tinham sido arrancadas. Certa noite, ele começou a chorar ao se deparar com mais um beco sem saída, e Skandar se deu conta de que talvez Mitchell estivesse muito mais preocupado com seu primo Alfie do que estava deixando transparecer.

Enquanto isso, Flo e Bobby percorriam as pontes suspensas do Ninhal, investigando os quadrantes elementais em busca de qualquer pista que pudessem encontrar. Tentaram inclusive perguntar a cavaleiros e amazonas mais velhos – continentais e ilhéus – de seu refúgio, mas só conseguiram sorrisos enigmáticos:

– Vocês vão descobrir no ano que vem – disse um Voante.

– Precisam passar na Prova de Treinamento primeiro – cantarolou um Aspirante em tom condescendente.

Skandar ficou encarregado de procurar no solo, mas parecia meio estúpido procurar um toco no Ninhal, um lugar repleto de árvores. Tentou bater à porta de Joby, mas o exímio em espírito não se dignou a atendê-lo e se certificava de nunca ficar sozinho com ele depois das aulas para os continentais.

Quando não estava procurando o refúgio do espírito, o quarteto se juntava e repassava tudo o que sabia: que Agatha era a Carrasca; que Simon Fairfax estava vivo e em liberdade; que sentinelas estavam explodindo e que pessoas que não eram cavaleiros nem amazonas estavam desaparecendo; que o Tecelão havia se vinculado ao unicórnio mais poderoso do mundo de alguma maneira; que o Continente era um dos alvos e, o mais importante de tudo, que apenas Skandar seria capaz de deter os planos do Tecelão. O problema era que eles ainda não sabiam ao certo que planos eram esses.

Certa manhã, no fim de fevereiro, algumas semanas depois do início da estação da água, Skandar vestiu a jaqueta azul e o cachecol da mãe, e foi em direção à árvore postal. Dentro de sua cápsula, encontrou uma carta de Kenna e torceu para que ler suas palavras aliviasse a preocupação com ela e com o pai, que lhe desse a sensação de que a vida deles estava muito distante das mortes das sentinelas do penhasco e do plano do Tecelão... Embora, na realidade, ele soubesse que sua família não estava nem um pouco segura.

> Querido Skar (e Maroto),
> Você perguntou das novidades, então aqui vão elas. Tenho conversado com outras pessoas pela internet, tipo um fórum de ajuda para pessoas como eu, que não se tornaram cavaleiros nem amazonas e não conseguem, bem... não conseguem se acostumar com a ideia de que isso não vai mais acontecer. Não quero que se sinta mal, porque não é culpa sua. Mas, às vezes, tenho a impressão de que minha vida é em preto e branco, e não em cores. É impossível não ver unicórnios em toda parte. É impossível não sonhar com eles. E o problema é que, agora, quando papai tem um dia bom, ele só quer falar de você e de Sorte do Maroto. E adoro falar disso em alguns dias, mas, em outros... não...

A tristeza e a culpa inundaram o peito de Skandar, e ele sentiu como se estivesse se afogando. Andava tão ocupado tentando encontrar o refúgio do espírito, que quase não tinha escrito para Kenna. Do estábulo, uma pulsão questionadora agitava o vínculo: era a maneira de Maroto perguntar a ele o que havia de errado. Mas, enquanto se dirigia para a muralha antes do treinamento, a única coisa na qual Skandar conseguia pensar era em como Kenna poderia estar destinada a um unicórnio, em como poderia até estar treinando ali, como uma Ninhega, naquele exato momento. Em como talvez tenha sido automaticamente reprovada no teste de Criação por ter sido identificada como exímia em espírito. Em como era cruel permitir que unicórnios vinculados ao espírito saíssem do ovo sozinhos e se tornassem selvagens, fadados a morrer para sempre. E em como tudo aquilo era culpa do Tecelão.

Do lado de fora da baia de Maroto, havia uma silhueta.

Skandar se aproximou, seu coração batendo furiosamente até identificar a pessoa.

– Jamie! – exclamou ele, dando as boas-vindas. – Tudo bem?

Então Skandar viu Sorte do Maroto. O unicórnio estava quase irreconhecível. Havia uma couraça de metal preto e reluzente sobre o peito do animal, proteções de metal que iam dos joelhos até a parte inferior das patas, uma cota de malha protegendo a barriga e uma espécie de capacete de metal cobrindo as orelhas. Ele estava idêntico aos unicórnios da Copa do Caos.

Maroto guinchou, cumprimentando-o. Skandar teve a impressão de que ele parecia muito satisfeito consigo mesmo.

Jamie o olhava de soslaio, esperando sua reação.

– É tudo resistente a elementos. Qualquer ferreiro que diga que uma armadura pode ser completamente *à prova* de elementos está mentindo.

– É inacreditável!

– Inacreditável no bom sentido?

A voz de Jamie estava trêmula. Skandar não tinha se dado conta de como aquilo era estressante para o aprendiz de ferreiro.

– No melhor sentido de todos – tranquilizou-o Skandar.

Como de costume, Skandar verificou se a mancha de Maroto ainda estava coberta de verniz. Mas, de repente, sentiu-se triste. Ali, no estábulo, Sorte do Maroto parecia um campeão, mas será que conseguiria ganhar uma corrida se não pudesse usar seu elemento aliado da forma correta?

A armadura de Skandar também se ajustou perfeitamente a ele. A flexibilidade da cota de malha em seus braços e pernas lhe dava liberdade de movimentos, e o peitoral não era muito pesado, permitindo que ele usasse a jaqueta azul por baixo, para esconder a mutação, com espaço suficiente para respirar.

Eles deixaram a muralha juntos, serpenteando por entre os troncos altos do Ninhal e desviando das raízes maiores: Skandar de um lado de Maroto, tilintando em sua armadura, e Jamie do outro, segurando o capacete com viseira de Skandar.

— Viu aqueles unicórnios de gelo gigantes no Festival da Água? — perguntou Jamie, embora sua voz estivesse mais triste do que o normal.

— Não consegui ir... Estava muito ocupado com o treinamento — mentiu Skandar.

Eles tinham passado o dia inteiro de frente para o quadro-negro de Mitchell.

— Ah, você perdeu. Eu fui com minha amiga Claire, e nós... — e Jamie parou de repente, incapaz de terminar a frase.

— Jamie? O que foi? Aconteceu alguma coisa?

— Ela, bem... o Tecelão a levou — respondeu Jamie, a voz carregada de tristeza. — Ainda não acredito que não ouvi nada. Moramos na mesma casa na árvore com os outros aprendizes de ferreiro da minha forja. O quarto dela fica bem ao lado do meu, e eu não ouvi nenhum ruído. Só ouvi a sirene de debandada e corri para o quarto dela. Ela não estava lá. Saí correndo e vi a marca branca do lado de fora da nossa casa. A marca do Tecelão.

— Sinto muito — murmurou Skandar.

Jamie suspirou.

— O mais estranho é que foi quase como se ela soubesse que alguma coisa ia acontecer. Até me deu um presente na noite anterior, um unicórnio de ferro que ela mesma tinha feito na forja. Como se estivesse se despedindo ou algo assim. Mas deve ter sido só coincidência, eu acho.

Skandar sabia exatamente o que Mitchell diria: *Não acredito em coincidências*. Primeiro, o primo de Mitchell e, agora, alguém que morava na mesma casa na árvore que Jamie? A impressão era de que o Tecelão estava chegando cada vez mais perto.

— E não conseguimos tirar a marca de lá. Tentamos de tudo. A única coisa que consigo pensar sempre que a vejo é: e se eu for o próximo? É assim que todos pensam hoje em dia.

– Sinto muito pela sua amiga.

Skandar colocou a mão no ombro de Jamie.

– Eu também – disse o ferreiro, e logo mudou de assunto. – Não vai tirar esse cachecol? Talvez não caiba debaixo da sua armadura.

– Ah, eu... – hesitou Skandar.

Sabia que era bobagem, mas tinha passado a usá-lo para dar sorte. E, ultimamente, precisava de toda a sorte do mundo.

– Quer dizer, se você quiser mesmo usá-lo, acho que pode dar um jeito de colocá-lo por baixo – e Jamie pegou a ponta do cachecol, analisando a espessura do tecido entre os dedos. – Onde conseguiu isso? Em Quatropontos?

– Era da minha mãe – respondeu Skandar em voz baixa.

– Hum – disse Jamie, franzindo o cenho. – Interessante. Você é do Continente, não é? Esse cachecol parece feito na Ilha.

– Não tem como ter sido feito aqui – murmurou Skandar, mexendo na etiqueta que Kenna havia costurado com o nome dela.

– Enfim... – disse Jamie –, é melhor eu ir andando. Quero pegar um bom lugar.

– Para quê? – perguntou Skandar, enquanto Jamie o ajudava a montar.

Maroto já estava quase alto demais para que Skandar montasse nele sem ajuda.

– Para assistir às batalhas celestes, é claro! Por que você achou que ia usar a armadura? Para um desfile de moda?

Assim que Maroto pousou no platô dos Filhotes, Skandar sentiu um frio na barriga ao ver todos os outros unicórnios com suas armaduras. Eram idênticos aos que crescera vendo na televisão. Vermelha estava magnífica com uma armadura cor de ferrugem. Falcão parecia aterrorizante: sua armadura incluía um capacete de metal com um buraco do qual saía o chifre. A armadura prateada de Lâmina refletia o sol de quase primavera com tanta intensidade que os olhos de Skandar doíam só de olhar para ele.

Os unicórnios não estavam confinados a um dos quatro campos de treinamento elemental, como de costume. Ambos os grupos de treinamento, todos os quarenta e três Filhotes, perambulavam pelo platô gramado, suas explosões elementais obscurecendo a vista do Ninhal com vestígios de magia. Os quatro instrutores estavam reunidos no centro de tudo, montados em seus unicórnios.

Skandar sentiu o nervosismo tomar conta dele quando viu os assentos num dos extremos do campo de treinamento do elemento terra, como uma versão em menor escala das arquibancadas do estádio da Copa do Caos. Alguns dos Filhotes da Ilha acenavam e gritavam na direção das arquibancadas. Ele se perguntou se as famílias de Flo e Mitchell estariam lá e, de repente, sentiu que um pouco de tristeza se misturava ao frio na barriga. Queria que Kenna e o pai estivessem lá para vê-lo em sua armadura e sorrirem, orgulhosos, como as famílias de ilhéus sentadas ali. Mas teria que esperar pela Prova de Treinamento.

Ao passar montado em Maroto, Skandar avistou Joby, que estava olhando para o platô com um olhar perdido e o cenho muito franzido. Os outros ilhéus haviam deixado vários lugares vazios ao redor de onde ele estava sentado. Claramente a desconfiança em relação a cavaleiros sem unicórnios não se limitava ao Ninhal.

Maroto bufava, ansioso, e as pontas de suas asas se sacudiam, soltando faíscas. Com a armadura, o animal parecia mais pesado e perigoso, e a cota de malha que cobria o tronco tinia contra as botas pretas de Skandar. O garoto dava voltas com Maroto, tentando mantê-lo sob controle. Enquanto observava a instrutora O'Sullivan martelar uma placa que dizia INÍCIO perto do campo de treinamento do ar, ele notou um vínculo azul brilhante que se estendia até Ave-Marinha Celeste, na outra extremidade do platô. Skandar piscou, cerrando o punho e afastando o elemento espírito. Precisava se concentrar. Precisava lutar contra ele.

A instrutora Saylor, do elemento ar, soou o apito, convocando os cavaleiros e as amazonas para se organizarem numa fileira. Skandar estava tão distraído, admirando os unicórnios com os quais não costumava treinar, que mal teve tempo de ajeitar Maroto antes que a instrutora apitasse novamente, pedindo silêncio.

– Hoje vamos dar início às batalhas celestes! – gritou ela, indo de um lado para o outro em Pesadelo da Brisa Boreal ao longo da fileira de unicórnios. Ela era, de longe, a instrutora mais jovem e a mais glamorosa do Ninhal, com cachos cor de mel e uma capa amarela bordada com espirais de ar. Sua voz era sempre calma e suave, mas, quando se irritava, as veias dos braços e do pescoço crepitavam e faiscavam como raios bifurcados. Naquele dia, ela estava usando sua voz mais tranquila, o que, de alguma forma, deixou Skandar ainda mais nervoso.

– Nos últimos meses, ensinamos vocês a atacar e a se defender usando a magia dos elementos, com o objetivo de prepará-los para as batalhas celestes. Na Prova de Treinamento, vencer uma batalha pode ser a diferença entre permanecer no Ninhal e deixá-lo como nômade. Vocês não podem depender apenas de sua velocidade no voo; precisam ser capazes de usar a magia dos elementos para garantir e melhorar sua posição.

– Psiu...

Vermelha surgiu perto do ombro direito de Maroto. Os olhos de Mitchell brilhavam de emoção, o que Skandar achou muito estranho. O amigo detestava surpresas, e ter que lutar uns contra os outros era a maior e mais indesejável de todas até aquele momento.

– Você viu que meu pai veio me assistir lutar? – disse ele. – Nem acredito que ele saiu da prisão só para vir até aqui. Para assistir à *minha* primeira batalha celeste. O Ninhal deve ter escrito para as famílias dos ilhéus, e ele veio. Por minha causa! Dá para acreditar? Olhe!

Ele nunca tinha visto Mitchell tão entusiasmado, nem mesmo quando Amber ficou com o rosto todo sujo de creme de chocolate. Skandar olhou para onde o amigo estava apontando e viu Ira Henderson com sua trança em cascata. Ele tinha a mesma expressão impassível que Mitchell fazia quando Bobby o irritava.

– Será que vocês podem falar um pouco mais baixo? – pediu Flo, com a voz trêmula, montada em Lâmina. – Vocês podem se dar mal se continuarem conversando, e eu preciso muito ouvir o que os instrutores estão dizendo.

Mitchell murmurou um pedido de desculpas; Bobby revirou os olhos.

– Vocês vão lutar em duplas – explicou a instrutora O'Sullivan, a voz mais severa que a da instrutora Saylor. – As regras são... – e ela fez uma pausa. – Bem, na verdade, não temos nenhuma regra. Podem usar qualquer combinação de elementos, mas eu os aconselho a usar seu elemento aliado sempre que puderem. O primeiro a cruzar a linha de chegada vence.

As chamas ao redor das orelhas do instrutor Anderson se movimentaram enquanto ele ria.

– Vocês parecem preocupados. Não fiquem. Vai ser muito divertido!

– Divertido? – sussurrou Mariam, com os olhos castanhos temerosos. – E se eu tiver que lutar contra Flo e Lâmina de Prata?

Skandar sentiu o estômago revirar. Tinham mesmo que fazer aquilo? E se Maroto jogasse Skandar para longe em pleno voo? E se ele perdesse a batalha celeste de uma forma tão horrível, que os instrutores decidissem declará-lo imediatamente um nômade? Ele se sentiu ainda pior ao ver que os curandeiros tinham chegado... com *macas*.

Então, quando a instrutora Saylor anunciou os pares, as coisas ficaram ainda piores.

– Skandar Smith vai enfrentar Amber Fairfax.

Skandar resmungou:

– Quarenta e dois Filhotes, mas claro que tinha que ser ela.

Bobby e Albert lutaram primeiro. Skandar viu que as mãos do pobre Albert tremiam nas rédeas antes mesmo de o apito soar. Por um momento, foi bonito ver Alvorecer da Águia, com sua cauda branca flutuando no ar, até que... BUM! Bobby conjurou um tornado com a palma da mão e o lançou pelo céu em direção ao oponente. O vento atingiu as asas de Águia com força e a tirou violentamente do prumo. Skandar viu que Albert tentava desesperadamente levantar um escudo de água.

– Você acha que ela vai eletrificar o escudo? – perguntou Flo, preocupada, enquanto a água tremeluzia de forma graciosa no ar.

Mas, em vez disso, o tornado jogou a magia de Albert contra ele mesmo e empurrou Águia para cima, lançando-os para ainda mais longe da linha de chegada. Bobby aterrissou com Falcão, galopando até a chegada. O vento diminuiu quase na mesma hora, e Albert, envergonhado, cruzou sozinho a extensão do platô, trotando no lombo de Águia.

— Muito bem! — gritaram Skandar e Flo para Bobby, enquanto ela se aproximava do quarteto montada em Falcão.

Bobby deu de ombros.

— Ah, sim, é claro que eu ia ganhar. Podem me dar os parabéns quando eu vencer a Prova de Treinamento.

Outros pares estavam mais em pé de igualdade. Sarika e Alastair travaram uma furiosa batalha celeste, rodeando um ao outro por quase metade da corrida.

— Vamos, Sarika! — gritou Skandar. — Continue!

O fogo irrompeu no céu e, de repente, Caçadora do Crepúsculo estava caindo em espiral, com Alastair pendurado no pescoço da unicórnio. Os dois aterrissaram desajeitadamente e o garoto foi jogado no chão. Sarika pousou com Enigma Equatorial pouco antes do fim e galopou sobre a linha de chegada, as unhas flamejantes de sua mutação dançando ao vento.

Flo gritou, ofegante.

— Olhem para a asa de Caçadora do Crepúsculo!

Ainda estava pegando fogo.

— Acho que Alastair está sangrando — disse Skandar.

Enigma Equatorial salivava, tentando voltar para o lugar onde Alastair havia caído. Caçadora do Crepúsculo protegia seu cavaleiro, enquanto outros unicórnios farejavam o ar e grunhiam, famintos. Os curandeiros correram para o campo bem a tempo, levando Alastair, lívido, numa das macas.

— Amber Fairfax e Skandar Smith! — chamou a instrutora O'Sullivan.

— Use o elemento fogo — aconselhou Mitchell. — Estatisticamente, você terá vantagem.

— Faça o melhor que puder, só isso – encorajou Flo.

Bobby sorriu.

— Acabe com a raça dela!

Na linha de largada, Ladra Redemoinho grunhiu e bateu os cascos no chão. Maroto mostrou os dentes e tentou mordê-la, sacudindo Skandar. As bordas dos peitorais dos unicórnios rasparam umas nas outras, suas asas se chocando.

— Você vai cair, exímio em espírito – rosnou Amber.

Skandar cerrou os dentes.

— Na verdade, eu vou *subir*.

Quando o apito soou, Maroto voou mais alto e mais rápido que Ladra, batendo as asas furiosamente de ambos os lados das pernas de Skandar. O garoto se preparou para enfrentar as correntes de ar, tentando se acostumar com o novo peso de sua armadura. Como vinha tentando havia semanas, imaginou os elementos espírito e fogo atuando lado a lado, o branco e o vermelho se misturando em sua mente. Mas não havia mais tempo. Debaixo dele, a palma de Amber emitiu um brilho verde-floresta escuro, e rochas afiadas voaram na direção de Maroto, parecendo centenas de mísseis minúsculos. Skandar foi pego de surpresa. Esperava que Amber fosse usar o ar, o elemento ao qual era aliada, mas ela escolheu a terra.

Maroto rugiu em tom de ameaça e Skandar sentiu a força do elemento espírito mais forte do que nunca, ainda mais forte do que quando havia passado pela mutação. Era como se um balão estivesse se expandindo dentro de seu peito, como se o poder do elemento estivesse crescendo do centro do próprio vínculo.

— Maroto! – avisou ele.

— Ainda usando o cachecol da mamãe, pelo visto.

Amber havia direcionado seus mísseis para cima, mas, quando Maroto desviou deles, toda a raiva que Skandar vinha reprimindo transbordou.

— Como você consegue viver assim? Como consegue sair por aí dizendo que seu pai está morto quando ele não está?

— Ele é um exímio em espírito! — gritou Amber friamente. — Eu preferia que estivesse morto.

Mais mísseis rochosos voaram de sua mão. Skandar percebeu um brilho branco em sua palma enquanto gritava em meio ao bater das asas de Maroto.

— Como tem coragem de dizer isso? Você não sabe como é perder um dos seus pais. Não pode dizer que prefere isso. Você não faz ideia do que está falando!

Ele guiou Maroto para baixo, tentando se livrar de Amber e de suas pedras, mas ela o perseguiu pelo ar, sua mutação estelar cintilando na testa.

— Está perdido sem sua mamãezinha, exímio em espírito? Queria que ela...

Skandar perdeu o controle. De repente, o elemento espírito era a única coisa que ele sentia no vínculo, no mundo. Estava em sua mente, sob sua pele, em cada respiração. O espírito tinha um cheiro diferente de todos os outros elementos, sua magia de canela doce dançava na língua. A ligação mágica que o unia a Maroto zumbia. *Ceda. Ceda. Este é o elemento para o qual você está destinado.* E Skandar viu, mais nitidamente do que nunca, uma linha amarela brilhante que ia do coração de Amber, com a palma ainda emitindo um brilho verde, até o centro do peito de Ladra.

Algum instinto fez Skandar esticar a palma da mão. Maroto guinchou de entusiasmo, e o coração de Skandar se alegrou quando as emoções do unicórnio colidiram com as suas. Por um momento fugaz, ele não se importou que fossem vistos. Não pensou nos alertas de Joby. Skandar sabia o que fazer. Pela primeira vez, sabia exatamente como usar sua magia. Uma bola de *alguma coisa* brilhante saiu de sua palma e envolveu o fio amarelo que se projetava do coração de Amber. Ela foi pega de surpresa. A mão da garota parou de emitir o brilho verde, e os mísseis de terra se precipitaram do céu.

As palavras do *Livro do Espírito* flutuaram na mente de Skandar: *Embora não seja um elemento de ataque particularmente forte, as capacidades defensivas do espírito não têm paralelo entre os outros quatro elementos...* Era a isso que o trecho se referia? Ele tinha a capacidade de deter a magia dentro do vínculo de um cavaleiro ou de uma amazona rival?

Amber gritou, confusa, e Skandar se deu conta do que tinha feito, do risco que tinha corrido. Precisava usar outro elemento. Tinha que fingir que estava lutando como todos os outros.

Horrorizado, Skandar invocou o elemento fogo o mais rápido que pôde, mas algo havia mudado. A magia surgiu facilmente, embora ele continuasse sentindo a força – e o cheiro – do elemento espírito. Maroto rugiu, lançando diversas bolas de fogo que explodiam de sua boca.

Amber recuperou a compostura e mudou para a água, disparando uma sucessão de jatos. Seus olhos se encheram de pânico ao perceber que não eram fortes o suficiente para resistir à tempestade de fogo de Maroto. Skandar também lançava chamas de sua palma agora. Então, de repente, Amber apontou para Maroto e gritou de medo.

Skandar olhou para baixo. O pescoço de Maroto estava pegando fogo sob a armadura, e as chamas se espalhavam rapidamente pelos flancos da criatura. Geralmente, a crina e a cauda produziam faíscas dos elementos, mas não o corpo inteiro. Aquilo não era normal. Aquilo não acontecia. Naquele momento, as palavras do *Livro do Espírito* que ele não havia compreendido fizeram sentido: *Os unicórnios aliados ao espírito têm a capacidade de se transformar e assumir a aparência dos próprios elementos...* Mas ele não podia deixar que Maroto se transformasse em fogo. Mesmo na altura em que estavam, todos veriam. Todos entenderiam o que aquilo significava...

– Maroto! Calma, garoto! – pediu Skandar.

Maroto bramiu e lançou outra bola de fogo em Ladra. Amber conjurou o escudo de água tarde demais, e ela não teve escolha a não ser desviar bruscamente. Skandar aproveitou a chance para agarrar as rédeas de Maroto e voar o mais rápido possível até o ponto final da corrida. Maroto tocou o chão e cruzou a linha de chegada segundos antes de Ladra Redemoinho.

– Desmontar! – exclamou a instrutora O'Sullivan.

Sob o peitoral da armadura, o coração de Skandar batia acelerado. Será que ela havia visto? Será que mais alguém tinha visto?

– Muito bem, Skandar. Você venceu a batalha.

Skandar sentiu o alívio inundando seu corpo. Se a instrutora o tivesse visto usar o elemento espírito, com certeza não o teria parabenizado.

– Mais sorte da próxima vez, Amber. Precisa praticar um pouco mais esse escudo de água, não acha?

Amber abaixou a cabeça.

– Apertem as mãos, por favor – ordenou a instrutora O'Sullivan.

Amber mal tocou na mão de Skandar antes de se afastar, indignada. Skandar não tinha dúvidas de que ela sabia exatamente o que havia acontecido no ar.

– Foi um ataque de fogo muito forte para um exímio em água – observou a instrutora O'Sullivan. – Você parecia até um aliado ao fogo.

Skandar puxou a manga da jaqueta para baixo, nervoso.

Mas a instrutora O'Sullivan não disse mais nada.

– Você venceu a Amber! Foi quase tão bom quanto o seu lendário arremesso de creme de chocolate.

Bobby e Falcão estavam esperando por ele perto das arquibancadas. Flo dava pequenas voltas em círculo com Lâmina nas proximidades para mantê-lo sob controle.

– Acho que você até merece um sanduíche de emergência.

– Ah, não, não foi para tanto – disse Skandar rapidamente. – Não precisa.

– Você que sabe. Aliás, desde quando ficou tão bom no fogo? Andou treinando escondido? Poderia ter me convidado!

– Fale baixo! – pediu Skandar. – Eu conto depois.

Bobby franziu a testa, mas não insistiu.

– Mitchell vai lutar contra uma garota exímia em água chamada Niamh, do outro grupo de treinamento. E aquela é Nadadora da Neve. – apontou Bobby para uma unicórnio branca na linha de partida. – É melhor ele vencer. Senão vai falar nos nossos ouvidos para sempre.

– O pai dele está assistindo e tudo.
– Não, não está. Ele foi embora faz uns quinze minutos.
– Já?
– Sim. Antes da sua batalha celeste com a Amber.

O apito soou e Encanto da Noite Vermelha disparou em direção ao ar. Mas, na mesma hora, Skandar e Bobby se distraíram com uma conversa exaltada atrás das arquibancadas.

– Foi patético, Amber, de verdade. Eu ficaria surpresa se a deixassem entrar no refúgio do ar no ano que vem. A Colmeia é para cavaleiros e amazonas de verdade.

Skandar sentiu todos os pelos de seu corpo se arrepiarem diante da crueldade com a qual a mulher falava. Owen também o chamava de patético na escola.

– Mas, mãe, o Skandar não respeitou as regras! Ele...
– Tudo o que ouço são desculpas – ressoou a voz. – Na minha primeira batalha celeste, passei pela linha de chegada em menos de dez segundos – e então, baixando a voz, ela acrescentou: – Talvez você se pareça mais do que eu pensava com seu pai, aquele asqueroso exímio em espírito.

Bobby estremeceu ao ouvir aquelas palavras ríspidas.

– Desculpe, mãe. Vou praticar as transições entre os elementos. Vou me esforçar mais, prometo.

A mulher fungou.

– É melhor mesmo. Ou eu mesma vou sugerir que você seja declarada nômade.

Skandar ouviu Amber abafar um soluço.

– Vamos – sussurrou ele, e os amigos se afastaram o mais rápido que puderam junto com seus unicórnios cansados da batalha.

– Acho que isso explica por que a Amber é tão cruel com as pessoas – disse Bobby assim que eles não podiam mais ser ouvidos.

Skandar mal conseguia processar a informação.

– Sim, e aposto que também não foi ideia dela fingir que o pai morreu num ataque de unicórnios selvagens.

Ele não conseguia acreditar que, de todas as pessoas, estava sentindo pena justamente de Amber.

Nesse momento, um unicórnio vermelho veio galopando em direção a eles. Skandar se deu conta de que era Encanto da Noite Vermelha, não só porque Maroto guinchou de felicidade ao ver a amiga, mas porque ela peidava alegremente a cada trote.

– Meu pai viu? Eu ganhei!

Mitchell estava suando quando tirou o capacete e secou os óculos.

– Eu derrubei Niamh com uma bola de fogo enorme! Foi quase um incêndio. Vou falar com ele!

Skandar e Bobby se entreolharam, sentindo-se culpados. Não apenas o pai de Mitchell tinha ido embora antes de sua batalha celeste, mas *eles* também não haviam assistido a ela.

– É... – começou Skandar.

Então Bobby interveio.

– Mitchell, seu pai não assistiu à sua batalha celeste. Ele, bem..., teve que sair para uma reunião do Conselho dos Sete. Alguma emergência na prisão.

O semblante de Mitchell mudou na hora.

– Ele... não ficou para assistir?

Pela voz do amigo, Skandar percebeu que ele estava segurando as lágrimas.

Bobby balançou a cabeça, e Skandar tentou fazer uma cara que desse a impressão de que não era a primeira vez que ouvia falar de uma emergência na prisão.

– Mas ele falou que a armadura da Vermelha estava incrível – disse Bobby. – Quer dizer, não tanto quanto a da Falcão, claro, mas, ainda assim, como uma unicórnio do Caos.

O olhar de Mitchell pareceu um pouco menos desolado.

– Sério?

Bobby fez que sim com a cabeça, e Mitchell, agora mais feliz, foi levar Vermelha até o pavilhão.

— Isso foi muito legal da sua parte, sabia? – murmurou Skandar para Bobby.

Ela deu de ombros, passando os dedos pelas mechas da crina cinza de Falcão.

— Se decepcionar, ainda mais com os pais, é a pior coisa do mundo – e ela hesitou. – Por muito tempo, meus pais não aceitaram que meus ataques de pânico eram reais. Eles achavam que eu estava querendo chamar a atenção.

— E eles ainda acham isso? – perguntou Skandar timidamente.

Bobby balançou a cabeça.

— Não. Eles acabaram entendendo, no fim das contas, mas acho que Mitchell e o pai dele ainda vão levar um bom tempo para se sentarem juntos nesse pudim.

Skandar começou a rir.

— Ah, de novo não! "Se sentarem juntos nesse pudim"? Nem os ilhéus vão engolir essa.

— Na verdade, eu ensinei isso para a Mabel na semana passada, quando ela estava falando sem parar dos ilhéus passarem pela mutação mais cedo do que os continentais. E agora ela ensinou para todos os amigos dela.

Bobby parecia extremamente satisfeita.

Pouco tempo depois, Bobby, Skandar e Mitchell estavam montados em seus unicórnios, esperando para assistir ao combate final: Flo e Lâmina contra Meiyi e Favorita do Roseiral.

— Vamos, Meiyi! – gritou Amber ao passar. Ela se virou na direção deles com um sorriso doce e doentio. – Sua amiga pode até ser uma amazona de prata, mas todo mundo sabe que ela *morre* de medo até da própria sombra. Ela não merece Lâmina de Prata. Eu não ficaria surpresa se tivessem misturado os ovos e dado um que não estava destinado a ela.

– Não é assim que funciona! – disse Mitchell em voz alta assim que ela não podia mais ouvi-lo.

– Ela continua a mesma – murmurou Skandar para Bobby, mas ela não estava ouvindo. Estava observando Flo se atrapalhar com o capacete na linha de partida gramada.

– Parece que ela está prestes a vomitar – observou Bobby.

Mesmo vestindo sua reluzente armadura prateada, não havia como esconder a expressão de puro terror no rosto de Flo.

– Eu me pergunto se eles teriam coragem de declarar uma amazona de prata nômade – refletiu Mitchell.

– Mitchell! – exclamou Skandar, virando-se para ele, chocado. – Não diga isso! Ela vai se sair bem!

Mas eles não precisavam se preocupar. Assim que a instrutora O'Sullivan apitou, Lâmina de Prata disparou como uma bala, ficando um segundo à frente de Favorita do Roseiral. Foi o suficiente. Flo virou Lâmina bruscamente no ar, a palma da mão emitindo um brilho verde, e, antes mesmo que os cascos traseiros de Favorita deixassem o solo, um monte de lama espessa se chocou contra ela, seguido de uma rajada de areia. Agora que sua oponente estava atordoada, com a visão comprometida pela areia e presa ao chão, Flo criou uma barreira de terra que cercou Favorita e Meiyi, encerrando as duas numa prisão de barro que as deixou incapazes de decolar. Satisfeita, Flo girou seu unicórnio prateado no ar e, como um borrão de prata ofuscante, cruzou a linha de chegada.

Os espectadores aplaudiram mais alto do que em qualquer uma das outras batalhas celestes. A única pessoa que não aplaudiu foi Bobby, as sobrancelhas escuras franzidas numa carranca.

– Não gosto dessa nova conexão entre Flo e Lâmina que começou depois que ele a salvou na debandada. Se continuarem assim, nunca vou vencê-los na Prova de Treinamento.

– Skandar – chamou o instrutor Worsham, surgindo na frente dos três amigos. Ele estava olhando para Skandar e parecia furioso. – Posso falar com você um minuto?

O instrutor levou Maroto e ele até o pavilhão azul da água. Tinha um aspecto terrível, atormentado... como se estivesse há dias sem dormir.

– O que você estava fazendo, usando o elemento espírito numa batalha celeste? Os *membros do Conselho* estavam assistindo! E se eles tivessem notado a magia da terra de Amber se extinguindo no vínculo? Você deu sorte de estarem tão alto no ar, mas, ainda assim, foi completamente imprudente!

Skandar tentou explicar.

– Eu não fiz de propósito. Encontrei uma maneira de deixar o espírito entrar no vínculo para que Maroto não enlouqueça. Mas acabei perdendo o controle, só isso. Só que funcionou, no fim das contas, e eu consegui sentir os elementos trabalhando juntos...

– No fim das contas não é bom o suficiente, Skandar! Está na cara que você não tem a habilidade necessária para combiná-los, então tem que continuar bloqueando!

Joby parecia fora de si. Partículas de saliva voavam por todos os lados enquanto ele se esforçava para não elevar a voz.

– Isso é difícil, está bem? Você não entende! – e Skandar estava perdendo a paciência, podia sentir. – Você nunca teve que esconder o elemento espírito. Nunca teve que impedir sua unicórnio de usá-lo. Não é tão fácil quanto parece, não é só bloquear e pronto. Maroto sabe que é aliado ao espírito, e, se eu continuar bloqueando o nosso elemento ele vai ficar louco, selvagem. Assim é melhor.

– O Círculo de Prata, a Comodoro do Caos, o Conselho... todos vão querer você morto se descobrirem. Skandar, por favor. Você tem que entender.

Joby parecia que estava prestes a bater em Skandar ou irromper em lágrimas e que não conseguia decidir entre uma coisa e outra.

– Eu entendo – disse ele, empurrando Maroto para longe de Joby. – Entendo que você esteja com medo de se arriscar para ajudar. Isso é com você, mas não importa quanto tempo leve, eu vou entrar no refúgio do espírito...

— Como você *sabe* do refúgio? – perguntou Joby, incrédulo. – E entrar lá é uma insensatez sem tamanho! Fica bem no meio da clareira do Ninhal. Você vai ser descoberto! Vai ser visto! Está arriscando tudo. E para quê?

— Não posso viver como você – disse Skandar com tristeza. – Não posso passar o resto da vida fingindo ser algo que não sou. E não vou ficar escondido no Ninhal sem fazer nada, se tenho uma chance de impedir os planos do Tecelão.

Enquanto se afastava, montado em Maroto, Skandar de repente se deu conta do que Joby tinha dito: *Fica bem no meio da clareira do Ninhal.* Então, milagrosamente, sabia exatamente onde ficava o refúgio do espírito.

Skandar estava tão ansioso para se juntar aos amigos, para dar a boa notícia a eles, que nem olhou para Joby, e não viu a expressão no rosto do exímio em espírito passar de desolação para determinação.

CAPÍTULO 17

O REFÚGIO DO ESPÍRITO

Chegou o dia das Eliminatórias da Copa do Caos. Para todos os outros no Ninhal, era o dia em que assistiriam às baterias para ver quais cavaleiros, amazonas e unicórnios iam participar da Copa do Caos alguns meses mais tarde. Os Filhotes estavam particularmente ansiosos, já que, para eles, significava uma pausa na preocupação com a Prova de Treinamento, que aconteceria dali a algumas semanas. Mas, como o Ninhal estaria deserto, aquele era o dia que o quarteto de Skandar tinha escolhido para procurar o refúgio do espírito.

Infelizmente, não ir às Eliminatórias estava sendo mais difícil para Mitchell do que ele esperava. Quando os sinos do Ninhal soaram no início do dia, ele já estava acordado em sua rede, olhando melancolicamente para o teto da casa na árvore. O garoto soltou um suspiro dramático.

— Eu quase prefiro as Eliminatórias à Copa do Caos em si, sabe? Tem muito mais coisa para ver – disse ele.

Skandar se levantou para evitar a conversa, mas deu de cara com Bobby no alto do tronco. Ela estava igualmente desolada.

— Não acredito que vamos perder as Eliminatórias da Copa do Caos! – lamentou ela. – E se Joby estiver errado? E se o refúgio do espírito não for lá?

— Não precisa vir comigo — disse Skandar, repetindo a mesma coisa que tinha dito a Mitchell no andar de cima. — Posso procurar sozinho, vou ficar bem.

— Não seja ridículo — respondeu Bobby, virando-se para olhar pela janela enquanto Sarika, Niamh e Lawrence atravessavam uma ponte próxima, os rostos pintados com as cores de seus cavaleiros e amazonas favoritos. Bobby continuou a observá-los de cara feia, acrescentando:

— Você não pode fazer isso sozinho, Skandar. Mal consegue se vestir. Já penteou o cabelo hoje de manhã? Está todo despenteado, parece um cientista maluco.

Flo parecia ter acordado no pior dia de sua vida quando desceu, ainda de pijama, então Skandar decidiu sair para ver Maroto. Pelo menos *ele* não ia reclamar que não podia assistir às Eliminatórias. Aproveitou o momento de tranquilidade e, enquanto Maroto tentava morder a parte de trás de seu sapato, acrescentou algumas linhas à carta que tinha escrito para Kenna. Ele não parava de pensar em algo que Jamie tinha dito.

> P.S.: Kenn, o que você sabe do cachecol que me deu? Jamie, o ferreiro do Maroto, disse que parecia uma peça feita na Ilha. Talvez o papai saiba onde nossa mãe o conseguiu. Quando/se ele estiver de bom humor, poderia perguntar a ele?

Ao meio-dia, o Ninhal já estava completamente deserto, como Skandar jamais o vira. Ele não aguentava esperar nem um segundo a mais. O quarteto cruzou a rede de pontes suspensas e desceu até o solo. À sombra de uma árvore, nos limites da clareira, Skandar falou, mantendo a voz baixa.

— Acho que devemos começar do centro para fora.

Flo pulou de susto quando um pássaro deu um rasante sobre a cabeça deles.

— Estou cansada de tanto planejar — reclamou Bobby. — Não podemos ir de uma vez?

— Uma clássica exímia em ar – comentou Mitchell, estalando a língua. – Totalmente precipitada.

— Quando eu contar até três, corremos até a Grande Fenda o mais rápido possível e tentamos encontrar o toco – disse Skandar. – Um. Dois. Três!

Eles saíram em disparada para o centro da clareira e começaram a procurar onde as quatro rachaduras na terra se cruzavam. Skandar se ajoelhou e, com os dedos, apalpou a grama primaveril, mas encontrou apenas terra e uma ou outra minhoca.

Seus dedos bateram em algo duro. Animado, Skandar tateou a grama ao redor e seguiu sua forma circular. Era um toco de árvore muito baixo, cercado por grama alta e coberto de plantas rasteiras.

— Acho que encontrei alguma coisa! – gritou ele para os outros, que também estavam agachados ali perto.

Mitchell e Bobby correram até ele, e Flo os seguiu, arrastando os pés.

— É um tronco de árvore, com certeza – confirmou Mitchell, apalpando a grama junto com Skandar.

— Odeio ser pessimista – disse Bobby com as mãos na cintura –, mas e se for *só* um toco de árvore?

No entanto, Skandar havia identificado algo entalhado na parte superior do toco. Ele afastou a grama para o lado. Seu coração disparou quando ele reconheceu o sinal na madeira: quatro círculos entrelaçados.

— Acho que é aqui – sussurrou, quase sem acreditar, e se inclinou para trás para mostrar a marca aos outros. – Este é o símbolo do *Livro do Espírito*!

— Tem certeza de que quer entrar? – perguntou Mitchell. – Será que podemos mesmo confiar na Agatha?

— Talvez seja perigoso – acrescentou Flo.

Skandar olhou para eles do chão e franziu a testa.

— Foi justamente esse o objetivo de termos feito tudo isso. Foi por isso que não fomos às Eliminatórias...

— Você pode acabar descobrindo que o elemento espírito é *mesmo* tão ruim quanto todo mundo diz – argumentou Bobby – e talvez isso não nos dê nenhuma pista de como derrotar o Tecelão. Talvez você acabe se sentindo ainda pior.

– Você não tem ideia de como é! Nenhum de vocês tem – explodiu Skandar. – Até Joby me faz sentir que ser um exímio em espírito é algo ruim, algo de que eu deveria me envergonhar, como se eu não devesse vir para o Ninhal, mesmo tendo sido destinado a um unicórnio. Minha família está no Continente e eu não conheci minha mãe. Eu só quero encontrar meu lugar, mesmo que seja apenas por alguns minutos, para ter a chance de descobrir como posso usar meu elemento para fazer o bem. Mas, se não estiverem de acordo, não precisam vir.

Quando terminou de falar, ele estava ofegante.

Mitchell deu um tapinha desajeitado nas costas de Skandar.

– Nós vamos. Mas, só para ficar claro, o seu lugar com certeza é no nosso quarteto.

Bobby ergueu as sobrancelhas.

– Que emotivo, Mitchell, nem parece você.

– É apenas um fato. Embora, é claro, se ele for declarado nômade, aí vai ser outra história...

Bobby agitou a mão bem diante do rosto dele.

– Shhh, não estrague tudo.

Flo fechou os olhos, respirou fundo e assentiu para Skandar.

Em sua primeira tentativa, Skandar colocou a ferida do Criadouro sobre o símbolo na madeira. Nada. Examinou as bordas do toco com as pontas dos dedos, tentando sentir se havia alguma abertura. Não havia. Enquanto pensava em como poderia funcionar a entrada, traçou os sulcos circulares do símbolo distraidamente, como se estivesse desenhando.

Um rangido alto de madeira se propagou pela clareira, e cabos de metal enferrujados brotaram do toco.

– Segurem-se! – gritou Skandar para os outros.

Bem a tempo, o quarteto se espremeu num círculo em cima da base coberta de grama e a plataforma mergulhou na escuridão. Os quatro gritaram a plenos pulmões, como se estivessem numa montanha-russa.

Skandar sentiu o estômago revirar, e suas bochechas tremiam com a velocidade com que despencavam no abismo.

Depois de um minuto inteiro em queda livre na escuridão, o toco parou abruptamente, e Skandar saiu de cima dele aos tropeços, tossindo em meio a uma mistura de poeira e terra. Quando o toco rangeu e voltou para a superfície, ele abriu os olhos. O lugar estava tão escuro que não fez nenhuma diferença.

Mitchell resmungou ainda mais alto que o choramingar de Flo.

– Acho que vou vomitar.

O som de um fósforo sendo riscado ecoou no breu. De repente, um clarão iluminou o rosto de Bobby.

– Vocês dariam péssimos exploradores – disse ela com um tom petulante, aproximando-se de um suporte de tocha na parede. A chama se acendeu e a luz preencheu a caverna abobadada. – Imagine não trazer fósforos numa aventura como essa! Bando de amadores...

O mármore preto da sala circular deveria ter sido muito bonito um dia. Mas não era mais. Rabiscos confusos em tinta branca – palavras, diagramas e rasuras – cobriam todas as superfícies: as paredes, o chão, até o armário de troféus. Em alguns lugares, a escrita era tão errática e ilegível que parecia ter sido feita por uma criança pequena com um pedaço de giz.

Skandar se virou para os amigos, que arregalavam os olhos de medo e confusão.

– Não acho que esse era o estado normal desse lugar – murmurou, a culpa começando a invadi-lo. – Olhem – apontou ele para uma estante vazia –, acho que quem fez isso também roubou todos os livros.

– Está bem claro quem foi que fez isso – disse Mitchell de forma sombria, apontando para a parede na frente deles.

Skandar levou apenas um segundo para ler a palavra pintada na parede. Não conseguia acreditar que não tinha visto antes.

Tecelão, Tecelão, Tecelão – espremida entre diagramas brancos e séries de palavras ininteligíveis.

– Eu não estou gostando *nada* disso – sussurrou Flo. – E se o Tecelão voltar? E se houver outra entrada?

– Que besteira – retrucou Bobby, embora também houvesse medo em sua voz.

Skandar estava observando as paredes.

– A tinta parece antiga – disse ele lentamente. – Tipo, muito antiga. Olhem só, está descascando.

– Você acha que é um aviso? – perguntou Mitchell, com a voz trêmula.

Mas Skandar estava concentrado numa sequência de diagramas e mal o ouviu. O primeiro representava uma pessoa estendendo a mão para tocar o pescoço de um unicórnio, com uma palavra rabiscada na parte superior: *encontrar*. No segundo diagrama, havia outra pessoa desenhada ao lado deles, de cuja palma saía uma luz que se contorcia e formava linhas que uniam o unicórnio ao coração da primeira pessoa. Acima deles, estava escrita a palavra *tecer*. No terceiro diagrama, a primeira pessoa estava montada no unicórnio, com a palma da mão estendida e havia a palavra *vincular*.

– Acho que sei por que o Tecelão anda raptando pessoas.

A voz de Skandar soou vazia ao ecoar pelas paredes de mármore.

– Como assim? – perguntou Mitchell. – O que você viu?

Os três se aproximaram para olhar os diagramas.

– Não entendi – disse Mitchell. – São apenas desenhos de figuras palito e...

Skandar não tinha entrado em muitos detalhes sobre como havia usado o elemento espírito contra Amber e Ladra Redemoinho. Nunca tinha explicado a eles como havia estendido a mão e, com sua magia do espírito, extinguido o elemento terra que Amber estava usando para atacá-lo. Não tinha explicado como seu poder havia assumido o controle do vínculo amarelo brilhante dela. Tinha medo do que eles poderiam pensar.

Mas, naquele momento, decidiu explicar. Contou a eles o que achava que estava vendo nos diagramas. A primeira pessoa era alguém que não era cavaleiro nem amazona. A segunda era o Tecelão, com a habilidade de ver os vínculos. O unicórnio era selvagem, com o característico chifre transparente. O Tecelão estava, como seu nome sugeria, tecendo: entrelaçando os fios da alma do humano aos da alma do unicórnio. Reproduzindo o vínculo.

– Jamie mencionou uns experimentos – disse Skandar com um tom sombrio. – Ele me contou que havia rumores de que o Tecelão estava fazendo experimentos com pessoas que não eram cavaleiros nem amazonas. E é isso! É isso que o Tecelão está fazendo com eles! Fez isso com um unicórnio selvagem, depois com Geada da Nova Era, e a próxima etapa deve ser com outras pessoas, outros unicórnios.

– Ele está tentando descobrir como funciona o vínculo – murmurou Mitchell para si mesmo. – Vinculando não cavaleiros e não amazonas a unicórnios selvagens? Você acha que foi isso que aconteceu com o Alfie? Com a amiga do Jamie? Será que isso é possível? Eu nunca li nada sobre...

– Mas por que o Tecelão desenharia esse plano maligno nas paredes? – interrompeu Bobby. – Não acham um pouco idiota? Porém, se o Tecelão for *mesmo* o pai da Amber, isso não me surpreende, eu acho...

Flo interrompeu Bobby, como se estivesse preocupada de que o Tecelão pudesse estar ouvindo.

– Estamos falando do Tecelão! – exclamou Mitchell com a voz áspera, puxando o cabelo escuro com frustração. – Ninguém tem certeza se o Tecelão ainda é humano. Não me surpreende a falta de um processo lógico de tomada de decisão!

Flo ainda estava olhando os desenhos quando falou.

– Acho que você está certo, Skar. Deve ser por isso que o Tecelão queria Geada da Nova Era. O unicórnio mais poderoso do mundo. A magia dele seria muito mais fácil de controlar do que a de um unicórnio selvagem. Será que o Tecelão achou que isso ajudaria a acelerar esses experimentos? Talvez Geada da Nova Era já tenha ajudado a fazer... *isso*. – gesticulou ela para a parede.

– Mas por quê? *Por que* o Tecelão faria algo assim? – questionou Mitchell.

– Está na cara.

Pela primeira vez, Bobby parecia realmente assustada. Todas as penas cinzentas em seus braços estavam eriçadas.

– Simon está formando um exército.

– Não chame o Tecelão de Simon! – retrucou Mitchell com veemência. – Essa teoria não está confirmada!

– O Continente – disse Skandar com o coração acelerado. – Como não pensei nisso antes? O Tecelão não quer só atacar o Continente. Pensem bem: se ele levar esse exército para lá, então os *continentais* poderão ser vinculados a unicórnios selvagens. Pessoas como a minha irmã! Com um exército de unicórnios selvagens desse tamanho, o Tecelão poderia dominar o Continente *e* a Ilha.

Ele se lembrou da imagem do Tecelão apontando para a câmera na Copa do Caos. O que Agatha tinha dito mesmo? *Aquilo não foi um gesto ao acaso. Foi uma ameaça.*

– Não, não, não devemos nos precipitar! – protestou Mitchell. – Tudo bem, o Tecelão está matando as sentinelas do penhasco, o que parece ruim.

– Não parece ruim! *É* ruim – interveio Skandar. – O Tecelão está se preparando para...

– Mas até agora ele só sequestrou algumas pessoas – interrompeu Mitchell com convicção. – Mesmo que o experimento tenha funcionado em pessoas como... – e engoliu em seco – meu primo, é impossível ele ter formado um exército grande o bastante para invadir o Continente. Não com as sentinelas, o Círculo de Prata e os cavaleiros e amazonas da Copa do Caos para detê-los.

– E com todos nós, cavaleiros e amazonas do Ninhal – acrescentou Bobby com veemência.

Mas, apesar da coragem dos amigos, Skandar sentiu um aperto no peito. Encontrar o refúgio do espírito deveria servir para que ele descobrisse como ajudar. Para provar para seus amigos que os exímios em espírito um dia tinham sido como os cavaleiros e amazonas aliados aos outros elementos. Para mostrar que ele poderia fazer algo de bom com o elemento espírito. Mas, como sempre, eles tinham voltado à estaca zero: o Tecelão estava usando o elemento para o mal.

– Temos que falar com Joby – disse Flo com firmeza. – Ele com certeza vai querer ajudar se souber que o Tecelão está recrutando um exército. Ele não pode ignorar isso! Se o Tecelão é um exímio em espírito e é capaz de tecer falsos vínculos, talvez haja uma maneira de Skandar reverter isso. Talvez Joby possa, de fato, ajudar, pelo menos dessa vez.

Skandar demorou um pouco para descobrir como voltar à superfície. Um tronco de árvore se erguia na escuridão, bem onde estivera o toco. Dessa vez, foi Flo quem encontrou o símbolo do espírito. E, quando Skandar traçou o desenho dos círculos com o dedo, o tronco começou a descer até parecer um toco mais uma vez. Os quatro seguraram as alças com força enquanto eram impelidos de volta à superfície da clareira.

Por sorte, o Ninhal ainda estava deserto. Bobby, em pleno modo aventureira, declarou que não havia tempo a perder e que eles deveriam falar com o instrutor Worsham imediatamente. Mas Skandar estava preocupado. Joby não tinha gostado quando descobriu que ele estava procurando o refúgio do espírito. Esperava que o exímio em espírito entendesse. Não se tratava apenas de Skandar e Maroto – tratava-se da segurança da Ilha e do Continente. Tratava-se de saber se o Tecelão seria capaz de criar um exército.

Em poucos minutos, Skandar estava batendo na porta de Joby.

– Instrutor Worsham? – chamou ele. – Você está aí? É o Skandar! Eu preciso perguntar...

A porta se abriu sozinha.

– Joby? – chamou Skandar. – Você está aí?

– Skar, não deveríamos entrar se... – advertiu Flo, mas Skandar já estava dentro da sala de estar com pufes e tapetes.

– E se ele estiver dormindo? – sussurrou Flo para Bobby enquanto a garota subia os degraus de metal do tronco da árvore.

– Ele não está aqui! – gritou Bobby alguns segundos depois.

Skandar avistou uma porta entreaberta na sala principal. Se não tivesse reparado na fresta, poderia ter pensado que era parte da parede de metal.

Skandar a abriu mais, para que a luz do restante da casa na árvore entrasse.

– Joby? Você está bem? Está aí?

Bobby, Mitchell e Flo se juntaram a ele na soleira. Não havia vestígio de Joby em lugar nenhum. A única coisa dentro da salinha era uma mesa com um mapa aberto sobre ela.

Mitchell deu um passo na direção do mapa.

– Onde fica isso?

Bobby riu ao se aproximar da mesa também, seguida de perto por Flo e Skandar.

– Adoro saber coisas que você não sabe, Mitch. Quando você fica com essa ruguinha na testa, eu sei que eu...

– É o Continente – disse Skandar, interrompendo Bobby e impedindo que ela continuasse a torturar Mitchell.

– Deslizamentos de terra trepidantes! – exclamou Flo, e pegou dois tubos de papel enrolado. – Há muitos outros mapas aqui. Você acha que Joby desenhou todos eles?

– Acho que sim.

Skandar desenrolou outro mapa, e um pedaço de papel caiu no chão. Parecia um panfleto. Skandar o pegou e o virou. Havia um símbolo nele. Ele tinha certeza de já ter visto aquele símbolo antes. Olhou para o papel por alguns segundos, tentando se lembrar... É isso! Era o símbolo com um arco e um círculo que ele tinha visto sendo passado entre dois ilhéus no Festival do Fogo.

– Ei, olhem só isso!

Então eles ouviram a porta da casa na árvore se abrir.

– Rápido! – gemeu Flo.

E eles saíram correndo da sala minúscula enquanto Skandar enfiava o panfleto no bolso da jaqueta.

De repente, a sala estava *cheia* – mas nada de Joby.

– Furacões uivantes! – exclamou Dorian Manning.

O diretor do Criadouro e líder do Círculo de Prata estava acompanhado pelos instrutores dos quatro elementos, que pareciam tão surpresos ao se deparar com o quarteto de Skandar quanto eles ao se depararem com os adultos.

Mitchell foi o primeiro a reagir diante da surpresa.

– Estávamos procurando o instrutor Worsham – disse ele.

Skandar achou que havia um ar de desdém em sua voz, o mesmo de antes de serem amigos.

– Por que não estão nas Eliminatórias com todo mundo? – perguntou a instrutora Saylor. Embora sua voz estivesse calma enquanto ela analisava o rosto de Bobby, suas veias crepitavam e faiscavam sob a pele.

– Nós...

– Isso tudo é inadmissível. Talvez eles saibam alguma coisa. Talvez estejam *envolvidos*! – explodiu Dorian Manning.

– Ou – interveio a instrutora O'Sullivan, que parecia estar se esforçando para não revirar os olhos de redemoinho – talvez eles possam nos dizer se viram alguma coisa que nos ajude a *encontrar* Joby Worsham. Estou preocupada. Ele tem andado muito estranho ultimamente.

– Joby desapareceu? – perguntou Skandar.

Dorian Manning o interrompeu:

– Acho que todos sabemos para onde ele foi, Perséfone!

– Eu acho que não, Dorian – respondeu a instrutora O'Sullivan com frieza.

– Nenhum sinal do fugitivo, nenhum sinal de luta, nenhuma marca... – gesticulou Dorian Manning, apontando para a casa na árvore – e um exímio em espírito desaparecido do lugar de onde estava proibido de sair. Acho que podemos muito bem imaginar para onde, ou, devo dizer, para *quem*, ele fugiu. Eu sempre disse que deveríamos ter prendido Joby com os outros. E agora vejam só o que está acontecendo: com as sentinelas e todos esses desaparecimentos, estamos enfrentando uma crise pior do que a dos Vinte e Quatro Caídos!

– Você acha que Joby se juntou ao Tecelão por conta própria? – perguntou Skandar.

Mitchell pisou com força em seu pé.

– Ah! Então eles *sabem* de alguma coisa! – gritou Dorian Manning, triunfante.

Flo deu um passo na direção dele, seu halo de cabelo prateado refletindo a luz que entrava pela janela da casa na árvore.

– Diretor Manning – disse ela baixinho –, não estamos nas Eliminatórias por minha culpa. Dormi demais e não quis arriscar sair com Lâmina sozinha com o Tecelão por aí. Meus companheiros de quarteto ficaram comigo. Ficamos sabendo que o instrutor Worsham também estava aqui, então Skandar e Bobby vieram fazer algumas perguntas a ele sobre, hã, a Ilha.

Ela mal tinha feito um intervalo entre as palavras, então engoliu em seco e respirou fundo.

– Parece uma explicação razoável, não acha, diretor Manning?

O instrutor Anderson sorriu para eles, as chamas dançando em suas orelhas.

A instrutora O'Sullivan expulsou o quarteto de lá antes que Dorian Manning pudesse dizer alguma coisa.

– Venham, todos vocês, vamos.

Mas, quando estavam na porta, a instrutora de água murmurou:

– Acham que poderiam pelo menos *tentar* ficar longe de confusão? Primeiro o Festival do Fogo e agora isso?

– Sim, instrutora – responderam eles, tentando parecer inocentes.

E se viraram para ir embora. Mas, enquanto caminhavam para sair, Mitchell gritou de medo.

Em menos de um segundo, a instrutora O'Sullivan estava de volta à porta, Dorian Manning e os outros instrutores logo atrás dela.

– O que houve?

O grupo se reuniu do lado de fora da casa na árvore de Joby e olhou para a grossa faixa branca na parede de metal.

– Pronto, Dorian – rosnou a instrutora O'Sullivan. – Ele foi levado, assim como os outros.

Quando chegaram à segurança de sua casa na árvore, Skandar começou a falar assim que fechou a porta.

— Acho que o diretor Manning estava certo. Não acho que o Tecelão tenha sequestrado Joby.

— Mas é claro que foi o Tecelão – disse Mitchell, se jogando no pufe vermelho. – Nós vimos a prova. A marca branca estava bem ali do lado de fora da casa.

— Mas olhe isso aqui.

Skandar tirou do bolso o panfleto que havia pegado na casa de Joby.

VOCÊ SE DECEPCIONOU NA PORTA DO CRIADOURO?

SONHOU EM TER UM UNICÓRNIO, MAS DISSERAM QUE ESSE NÃO ERA O SEU DESTINO?

SEU UNICÓRNIO MORREU E VOCÊ FICOU SOZINHO E PERDIDO?

ACHA INJUSTO QUE TODO O PODER FIQUE NAS MÃOS DOS CAVALEIROS E AMAZONAS VINCULADOS?

Nós estamos aqui para ajudar.

Estamos aqui para abrir o Criadouro para todos.

Estamos aqui para garantir que todas as pessoas sintam a magia do vínculo.

PORQUE TODO MUNDO MERECE UM UNICÓRNIO. E TODO UNICÓRNIO MERECE UM CAVALEIRO OU UMA AMAZONA.

JUNTE-SE A NÓS.

Nesse momento, Skandar se deu conta do que o símbolo que ele tinha visto no Festival do Fogo significava. O horror ficou nítido em sua voz enquanto explicava aos outros: era o arco do monte do Criadouro, com o círculo da porta embaixo dele. E, na porta, havia uma rachadura de cima a baixo: na forma de uma linha branca irregular.

O panfleto estava rasgado na parte de baixo, então era impossível dizer quem era "nós" ou com quem entrar em contato caso quisesse se juntar a eles.

Mitchell arrancou o panfleto das mãos de Skandar e o leu novamente.

– Parem para pensar – disse Skandar, cauteloso. – A primeira vez que perguntei a Joby do plano do Tecelão, ele já sabia o suficiente para me dizer que os exímios em espírito poderiam impedi-lo. E sabia onde ficava o refúgio do espírito, então talvez ele tenha visto os desenhos nas paredes, os diagramas de vínculos sendo tecidos. E, além disso, tem esse panfleto. Aposto que o Tecelão está por trás disso. Acho que Joby estava cansado de ficar preso no Ninhal. Acho que ele queria o que o Tecelão oferece. Acho que ele queria...

– Voltar a ser um cavaleiro – disse Flo, completando a frase com um olhar triste.

– E Jamie me disse que sua amiga Claire parecia saber que o Tecelão iria atrás dela. Ele disse que, na noite em que desapareceu, ela praticamente se despediu.

– Então talvez – continuou Flo –, talvez as marcas brancas não estejam assinalando as vítimas. Talvez sejam um *convite*. Talvez seja uma forma de dizerem ao Tecelão que querem ser levados.

Mitchell desviou o olhar do panfleto, e uma lágrima escorria pelo seu rosto.

– Eu era pequeno quando o Alfie tentou abrir a porta do Criadouro, mas me lembro... de como ele ficou chateado. Tudo que ele mais queria era ser cavaleiro de unicórnio, e então tudo acabou. Ele não me escreve desde que comecei o treinamento. Talvez meu primo tenha recebido um desses panfletos e tenha desejado a chance de se vincular a um unicórnio.

— Um unicórnio *selvagem*! — gritou Bobby. — Quem ia querer isso, pelo amor dos céus?

— Você não sabe como é ter o vínculo tirado de você, ter que viver sem seu unicórnio — disse Skandar com um tom severo. — Nenhum de nós sabe. Mas Joby sabe, e não conseguia suportar.

— Aqueles mapas que Joby tinha do Continente... — interveio Mitchell de repente — eram muito detalhados.

— Isso é péssimo — disse Bobby, arregalando os olhos. — Joby é um verdadeiro nerd quando se trata do Continente... Ele não fez mais nada nos últimos dez anos. Aposto que sabe tudo de que Simon precisa: lugares tranquilos para pousar unicórnios selvagens sem ser visto, a população das cidades, castelos que serviriam de fortalezas... esse tipo de coisa.

A voz dela estava trêmula.

A janela da casa na árvore se iluminou com um clarão verde, como se quisesse provar que Bobby tinha razão. Outra sentinela morta. Mitchell nem se deu ao trabalho de pedir para Bobby não chamar o Tecelão de Simon.

Na pausa inquietante que se seguiu, Skandar se lembrou do olhar maníaco de Joby depois das primeiras batalhas celestes dos Filhotes. Ele parecia uma pessoa atormentada por uma escolha. E, no fim, havia decidido que não podia deixar a chance de ter um vínculo passar outra vez. Um vínculo que só o Tecelão poderia lhe oferecer, mesmo que o Continente fosse o preço.

— Vou dormir nos estábulos hoje à noite — anunciou Skandar. — Não vou deixar Maroto lá sozinho.

Os outros concordaram e, depois de pegarem os cobertores das redes, foram passar a noite com seus unicórnios.

Mas Skandar não dormiu. Não conseguia parar de desenhar as figuras que tinha visto nas paredes do refúgio do espírito. *Encontrar. Tecer. Vincular.* O tempo estava se esgotando. Joby estava com o Tecelão. E Joby sabia que Skandar era um exímio em espírito.

Será que o instrutor realmente tinha ficado com medo de ajudar Skandar? Ou, na verdade, tinha medo de que ele soubesse demais?

Porque, embora Skandar agora soubesse que o Tecelão estava vinculando pessoas a unicórnios selvagens, ele ainda não tinha a menor ideia de como detê-lo.

CAPÍTULO 18

A ÁRVORE DO TRIUNFO

As semanas seguintes passaram como um borrão. A Prova de Treinamento estava perigosamente próxima, e Skandar estava a ponto de explodir. Pesadelos em que o exército de unicórnios selvagens do Tecelão voava para o Continente faziam com que ele passasse as noites em claro, e, em cada sessão de treinamento, ele parecia estar caminhando numa corda bamba enquanto tentava reprimir o elemento espírito para que ninguém o notasse. Ao mesmo tempo, porém, precisava permitir que ele entrasse no vínculo o suficiente para que Maroto não o derrubasse. Os vínculos dos outros cavaleiros e amazonas com seus unicórnios brilhavam ao seu redor enquanto treinavam para a competição – vermelhos, azuis, verdes e amarelos –, mas ele tinha que fingir que não conseguia vê-los.

O fato de os Filhotes terem começado a se dividir em grupos de acordo com seu elemento antes e depois das sessões de treinamento também não ajudava. Os exímios em fogo discutiam os novos ataques que haviam tentado. Os exímios em terra, como melhorar sua performance. Os exímios em ar repassavam diversas vezes a eficácia de seus escudos de raios. Skandar tentou se juntar aos exímios em água, mas foi em vão. Em vez disso, ia sozinho para os estábulos, sentindo pontadas dolorosas de inveja e folheando seus desenhos dos diagramas do Tecelão.

Não era de se estranhar que, considerando todas as suas distrações, Skandar estivesse perdendo todas as batalhas celestes – não apenas contra Flo, Bobby e Mitchell, mas contra todos os outros Filhotes. E, nos treinos de corrida, ele quase sempre terminava entre os cinco últimos. Não precisava que ninguém lhe dissesse que, se as coisas continuassem daquela forma, ele estaria fora do Ninhal antes do fim do ano. E, naquele momento, a ideia de que haveria uma arena cheia o vendo durante a Prova de Treinamento, incluindo Kenna e o pai, o deixava aterrorizado.

Mas Skandar não era o único que estava estressado. A maioria dos Filhotes passava horas nas quatro bibliotecas elementais, lendo sobre técnicas de ataque e defesa e qualquer outra coisa que pudesse ajudá-los a não terminar entre os cinco últimos na Prova de Treinamento. Às vezes, chegavam a brigar por alguns dos livros mais raros, e choravam quando perdiam ou venciam batalhas celestes. Quando chegou o dia do Festival do Ar, no início de maio, os Filhotes estavam tão concentrados em estudar e treinar que nem pensaram em comparecer.

Amber vinha se comportando com mais crueldade do que nunca, sobretudo com Mitchell, e não perdia nenhuma oportunidade de criticar a magia do garoto. Ele, por sua vez, estava sendo muito duro consigo mesmo. Toda vez que perdia uma batalha celeste ou terminava um dos treinamentos de corrida numa colocação ruim, passava horas obcecado pelos erros que cometera.

– Tudo bem errar de vez em quando – disse Flo a Mitchell um dia, depois que ele e Vermelha perderam uma batalha celeste particularmente brutal contra Romily e Estrela da Meia-Noite, aliados ao ar.

– Eu deveria ter lançado meu ataque de lança-chamas mais rápido. Fui muito descuidado – esbravejou ele, chutando um pufe. – E *ainda* não passei pela mutação! Só eu e o Albert não passamos pela mutação!

Flo tentou acalmá-lo de novo.

– Está tudo bem, Mitchell.

– Não está – disparou ele. – Não quando você é filho de Ira Henderson.

Algumas semanas mais tarde, a atmosfera no Ninhal se tornou ainda mais deprimente quando Albert, que tinha que se esforçar muito para não ser derrubado de seu unicórnio em quase todas as corridas, foi declarado nômade. Embora ele tivesse dito a todos que estava aliviado por não ter que competir na Prova de Treinamento, quando chegou a hora de deixar o Ninhal e de sua insígnia do fogo ser quebrada, Skandar não conseguiu nem descer para se despedir dele. Não queria aquelas imagens em sua mente: Albert galopando pela última vez com Alvorecer da Águia sob as folhas elementais da entrada do Ninhal; os pedaços de sua insígnia sendo entregues aos outros membros do seu quarteto desfeito; o fragmento de chama dourada cintilando no tronco da Árvore dos Nômades. E por mais que tivesse tentado bloquear aquilo, quando chegou a hora, o som das batidas do martelo chegou a seus ouvidos. Os golpes curtos e sonoros de metal contra metal pareceram ecoar durante toda a noite.

Então, antes que se dessem conta, não restavam mais sessões de treinamento entre os Filhotes e a corrida que determinaria se eles permaneceriam ou não no Ninhal. Os unicórnios, que tinham ganhado um dia livre, cochilavam nos estábulos. E os cavaleiros e amazonas tinham apenas um compromisso em sua agenda.

Às três em ponto, Skandar, Bobby, Flo e Mitchell se reuniram na clareira com os outros Filhotes e esperaram pela instrutora Saylor. Enquanto olhava em volta, observando todos os cavaleiros e amazonas que conhecia, Skandar pensou na Prova de Treinamento que aconteceria no dia seguinte. Eles iam competir diante de toda a Ilha, diante de sua família, com o objetivo de não perder o lugar no Ninhal. Naquele dia, eram todos Filhotes. No dia seguinte, seriam rivais.

A instrutora de ar chegou montada em seu unicórnio cinza, Pesadelo da Brisa Boreal, e gesticulou graciosamente para que os Filhotes a seguissem por entre as árvores.

— Aonde vamos? — reclamou Bobby, pisando num galho. — Preciso repassar minhas táticas. Não podemos dar uma volta pelo Ninhal depois? Tipo, *depois* da corrida mais importante das nossas vidas?

– Eu não poderia concordar mais – disse Mitchell, e Skandar quase tropeçou numa raiz.

Bobby e Mitchell concordarem era algo que acontecia com tanta frequência quanto Amber fazer um elogio.

– Espero que ela não esteja nos levando para a Árvore dos Nômades – murmurou Skandar para Flo.

A última coisa de que precisava era que o lembrassem de que havia uma grande chance de ele ser expulso no dia seguinte.

– Acho que a árvore fica para o outro lado – respondeu Flo, olhando para a muralha ali perto. – A Árvore dos Nômades fica no quadrante da água, mas esse é o quadrante do ar... veja só as plantas.

Flo tinha razão. Havia ranúnculos e girassóis de um amarelo intenso crescendo sobre a muralha, junto com gramíneas altas e farfalhantes e dentes-de-leão cujas sementes leves eram espalhadas pela brisa. Enquanto Skandar observava, duas sentinelas com máscaras prateadas passaram montadas em seus unicórnios por cima da muralha.

A instrutora Saylor parou Pesadelo da Brisa Boreal ao pé de um grosso tronco de árvore e abriu um sorriso tranquilizador para eles.

– Prometo que não teremos nenhuma prova hoje. Mas é tradição trazer os Filhotes para visitar esta árvore na véspera da Prova de Treinamento, a Árvore do Triunfo, na esperança de que ela os inspire a dar tudo de si na competição. Qual quarteto quer subir primeiro?

A mão de Bobby disparou no ar.

Mitchell suspirou.

– Uma *típica* exímia em ar.

– Ótimo! – exclamou a instrutora Saylor, e seu unicórnio relinchou.

Enquanto o quarteto se aproximava do pé da árvore, Skandar se deu conta de que, ao contrário de muitas outras árvores do Ninhal, não havia escada para subirem nessa. Em vez disso, entalhados no tronco, havia degraus de madeira que o rodeavam em espiral, como uma escadaria.

– Durante a subida – informou a instrutora Saylor –, vocês vão ver placas de metal cravadas no tronco. Nelas, estão os nomes dos vencedores de todas as Provas de Treinamento desde que o Primeiro Cavaleiro fundou o Ninhal. Quando chegarem ao topo, ousem sonhar... Ousem sonhar que seu nome vai se juntar ao deles.

Murmúrios abafados surgiram entre os outros Filhotes, e Skandar começou a ficar nervoso enquanto seguia Bobby e Flo. Não esperava *ganhar* a Prova de Treinamento, mas aquele discurso não o estava ajudando a se esquecer de que no dia seguinte, àquela mesma hora, tudo estaria acabado.

A cada poucos passos, ele parava para ler as simples placas de metal. Mas, conforme subiam, ele se deu conta de que algumas haviam sido arrancadas. Não muito longe da copa, Skandar parou junto a uma lacuna e se virou para Mitchell.

– Você sabe por que estão faltando algumas placas? – perguntou Skandar a ele, incapaz de reprimir a curiosidade.

De repente, Mitchell pareceu constrangido.

– Bem, imagino que sejam as placas dos exímios em espírito.

Skandar piscou.

– Então todos os exímios em espírito que venceram a Prova de Treinamento foram... apagados? Isso é... Isso é muito... – mas Skandar não conseguiu encontrar uma palavra ruim o suficiente – injusto.

Era, de fato, injusto que todos os exímios em espírito fossem culpados pelos crimes do Tecelão. Era injusto que todos os unicórnios aliados ao espírito tivessem sido mortos e separados de seus cavaleiros e amazonas para sempre, arrancando-lhes o vínculo. Era injusto que houvesse pessoas lá fora, continentais e ilhéus, que poderiam ter aberto a porta do Criadouro se tivessem a oportunidade, e cujos unicórnios foram abandonados para morrer eternamente. Era injusto que as conquistas dos exímios em espírito tivessem sido simplesmente apagadas da história. Na mesma hora, sua mente foi invadida pelo horror, pela crueldade de tudo aquilo.

– Sinto muito, Skandar – disse Mitchell.

Mas Skandar estava apontando para a lacuna mais próxima.

— De quem será que era essa? Você sabe? Você se lembra do nome de algum exímio em espírito?

Por algum motivo, parecia importante se lembrar de alguém, de qualquer um, que tivesse sido exímio no mesmo elemento que ele e tivesse triunfado, sobretudo naquele dia, na véspera da própria Prova de Treinamento.

— Bem, a julgar pela posição na árvore, imagino que esse fosse o lugar da placa de Erika Everhart.

— Quem é Erika Everhart? – perguntou Bobby, parando no degrau mais alto do tronco para dar meia-volta.

— Todo mundo sabe quem foi Erika Everhart! – exclamou Flo, rindo no degrau acima de Skandar. Mas, diante da expressão furiosa no rosto de Bobby, ela se apressou em acrescentar: – Todos a amavam. Ela foi a amazona mais jovem a vencer a Copa do Caos. Ela ganhou duas vezes e, então... uma tragédia aconteceu... Na terceira vez, bem, sua unicórnio, Equinócio da Lua de Sangue, foi morta... Provavelmente por outro exímio em espírito.

— Isso era comum? – perguntou Bobby.

— Na verdade, não – respondeu Flo. – Aconteceu antes de nascermos, mas meus pais me contaram que a terceira Copa do Caos de Everhart foi uma das mais sujas que eles já viram. Os cavaleiros e amazonas se envolveram numa batalha celeste após a outra, e Lua de Sangue foi morta.

— Erika Everhart? – murmurou Skandar.

— Sim, Skandar, continue subindo! – disse Bobby com impaciência.

Ele traçou a marca deixada pela placa no tronco com o dedo e finalmente se lembrou.

— Eu sabia que já tinha visto esse nome em algum lugar! – exclamou ele. – Foi no Criadouro. No Túnel dos Vivos.

— Impossível – disse Mitchell.

— Não pode ser – disse Flo ao mesmo tempo.

— Por quê? – perguntaram Bobby e Skandar juntos.

— Porque Erika Everhart está morta, Skar – explicou Flo em voz baixa. – Depois que mataram Lua de Sangue, ela não suportou e...

— Se jogou dos Penhascos Espelhados – disse Mitchell sem rodeios. – Aparentemente, ela não conseguia conviver com a dor.

— E no Túnel dos Vivos só aparecem os nomes de cavaleiros e amazonas que ainda estão vivos – disse Flo.

— Mas eu vi o nome dela, tenho certeza!

— Se ela estiver viva... – começou Mitchell.

— Ela *está* viva! – gritou Skandar.

A voz da instrutora Saylor chegou até eles vinda lá de baixo.

— O que está acontecendo aí em cima? Já está na hora de darem uma oportunidade aos outros, por favor!

Mitchell não se moveu, a expressão muito séria.

— Se Erika Everhart estiver viva, então isso significa que ela era uma exímia em espírito extremamente talentosa, talvez a melhor que já existiu. Se Erika Everhart estiver viva, então é muito provável que ela seja... o Tecelão.

Bobby franziu a testa.

— Mas e o Simon...

BUM! BUM! BUM! BUM!

Confusão. Gritos. Fumaça colorida por toda parte.

O quarteto saltou do topo da escada para a ponte suspensa mais perto deles. Skandar agarrou a mão mais próxima que conseguiu encontrar. A de Mitchell. Mitchell agarrou a mão de Bobby. Bobby agarrou a de Flo.

— Vocês estão bem?

A voz de Skandar tremia.

Era difícil enxergar em meio à fumaça, mas eles tinham acabado de chegar à plataforma mais próxima quando...

BUM! BUM! BUM! BUM!

Os sinalizadores das sentinelas caídas dominaram o céu acima das muralhas do Ninhal, as cores se misturando como as folhas da árvore da entrada.

— O que está acontecendo? – gritou Flo.

— Não sei! – gritou Skandar, enquanto outros cavaleiros e amazonas chamavam uns aos outros pelas passarelas.

— São as sentinelas do Ninhal — disse Mitchell, tossindo por causa da fumaça. — Tenho certeza. Mas acho que o Tecelão não está sozinho: as explosões vieram de todos os lados. Ao mesmo tempo.

Skandar deixou escapar um grito abafado.

— Quer dizer que você acha que o Tecelão trouxe um exército?

Nesse momento, a voz da instrutora O'Sullivan chegou até eles, apesar das explosões.

— INSTRUTORES! PROTEJAM OS ESTÁBULOS!

— Eu vou até a Falcão! — gritou Bobby. — Não vou ficar aqui enquanto os soldados do Tecelão a levam embora!

Skandar ficou sem ar. *Maroto*. Eles desceram correndo pela escada mais próxima e foram em direção à porta oeste da muralha... mas havia um unicórnio bloqueando o caminho.

— O que vocês estão fazendo aqui embaixo? — perguntou a instrutora O'Sullivan montada em sua unicórnio, Ave-Marinha Celeste. — Voltem para sua casa na árvore. O Ninhal está seguro.

— Então por que você está vigiando os estábulos? — perguntou Bobby com um tom um pouco rude.

— Não cabe a você me questionar, Roberta. É uma precaução, até termos certeza de que a ameaça passou. As sentinelas do Ninhal já foram substituídas.

— A ameaça não vai passar! — disse Skandar, incapaz de suportar a tranquilidade da instrutora O'Sullivan. — A ameaça não vai passar até que o Tecelão seja capturado. Você ainda não entendeu?

As íris azuis da instrutora O'Sullivan rodopiavam perigosamente.

— Skandar, você é um Filhote. O melhor que pode fazer agora é ir dormir um pouco. A Prova de Treinamento é amanhã.

— Erika Everhart — disse Mitchell numa tentativa desesperada. — Achamos que Erika Everhart pode ser o Tecelão.

— Do que você está falando? — perguntou a instrutora O'Sullivan, irritada. — Erika Everhart morreu anos atrás. Já chega. Saiam daqui antes que eu os declare nômades agora mesmo.

— Vocês sabem o que isso significa – disse Skandar assim que eles entraram na casa na árvore. Os outros desabaram em pufes, mas ele não conseguia ficar parado.

— Nós estávamos certos – disse Mitchell, virando-se para pegar livros na prateleira mais baixa atrás dele. – O Tecelão está montando um exército e seus soldados estão atacando as sentinelas.

— Mas por que o Simon atacaria o Ninhal e depois simplesmente iria embora? – perguntou Bobby.

— Roberta, chega dessa história de Simon! – gritou Mitchell.

— Não acho que esse era o plano – sussurrou Flo. – Acho que o Tecelão estava atrás dos nossos unicórnios. Os instrutores estavam protegendo os estábulos, não estavam? – estremeceu ela.

— Para quê? Para matá-los? Para vinculá-los? – perguntou Bobby, as penas em seus braços se eriçando.

— Precisamos de provas – disse Mitchell, imerso em sua pilha de livros. – Precisamos de provas de que Erika Everhart está viva. Só assim poderemos falar com a Aspen. É óbvio que ela precisa de mais do que suspeitas: não acreditou nem sequer no que os exímios em espírito disseram de Simon Fairfax.

— Mas o Skandar não precisa tomar cuidado? – perguntou Flo. – Se ele se revelar como um exímio em espírito...

— Vai ser apagado, assim como os cavaleiros e amazonas daquelas placas que sumiram – disse Bobby, com a voz sombria.

— O Skandar ainda não precisa fazer nada – disse Mitchell. – Primeiro precisamos ter certeza de que Everhart é o Tecelão.

— Odeio ser a sensata do grupo – disse Bobby. – Mas como vamos encontrar Erika Everhart? Está na cara que ela é muito boa em se esconder, se conseguiu desaparecer por todo esse tempo.

— E amanhã é a Prova de Treinamento – observou Flo, nervosa. – Não é melhor esperarmos até depois...

— Acho que temos que pensar num plano primeiro.

Skandar os ouvia e sentia sua inquietação aumentar, suas preocupações — com tudo, desde a possibilidade de o Tecelão raptar Kenna até a de Maroto ser levado por um soldado num unicórnio selvagem — aflorando de repente.

— Por favor! Se não fizermos alguma coisa agora mesmo, o Tecelão vai continuar matando sentinelas, sequestrando pessoas e formando um exército. Ah, além disso, não se esqueçam de que estamos falando de um exército de unicórnios selvagens que podem voar até o Continente, que está *desprotegido*! E lá o Tecelão pode vincular minha família, a família da Bobby, o Continente inteiro, a unicórnios selvagens! E matar qualquer um que fique em seu caminho! Não podemos ficar de braços cruzados! Não podemos ficar esperando que alguém faça alguma coisa!

— O Tecelão não é sua responsabilidade, Skar — disse Flo baixinho. — Não é sua culpa!

— Não! — continuou gritando Skandar, sem se importar de fazer Flo estremecer. — Mas significa que toda a minha família elemental está morta ou na prisão. Eu sou o único que pode fazer alguma coisa. Sou o único que consegue ver vínculos, que talvez consiga entender o que o Tecelão fez... e quem sabe até reverter suas ações! Mas estou aqui, sentado numa casa na árvore, esperando o desastre acontecer. O Mitchell tem razão: se Erika Everhart é o Tecelão, ou melhor, a Tecelã, precisamos de provas para que a Aspen acredite em nós. Mas não podemos esperar até depois da Prova de Treinamento... Precisamos dessas provas agora.

Skandar estava ofegante. Ele não sabia se parecia corajoso, arrogante ou estúpido... Mas não se importava.

— Bolas de fogo flamejantes! Será que você pode se acalmar? — disse Mitchell, erguendo as mãos. — Nós já entendemos.

De repente, Flo se levantou de seu pufe.

— Não acredito que estou sugerindo isso, mas talvez exista uma maneira de sabermos se Erika está viva ou morta.

— Como? — perguntou Skandar, mas Flo estava olhando para Mitchell.

Ela engoliu em seco.

– O cemitério.

– Sim! – gritou Mitchell, levantando-se também. – Equinócio da Lua de Sangue!

– Será que um de vocês, ilhéus, pode, por favor, nos explicar o que é que está acontecendo? – grunhiu Bobby. – Odeio quando vocês fazem isso!

– Nós sabemos onde a unicórnio de Erika Everhart está enterrada – disse Flo, com os olhos brilhando. – Se quisermos encontrar Erika, talvez haja alguma pista lá.

– Num cemitério? – perguntou Skandar, se esquecendo da irritação por um segundo. – Olhando a inscrição numa lápide ou algo assim?

Mas Flo já estava balançando a cabeça.

– É um tipo especial de cemitério. Você vai ver.

CAPÍTULO 19

O CEMITÉRIO

O caos ainda reinava no Ninhal quando, antes do pôr do sol, o quarteto saiu às escondidas para o cemitério. Após um breve voo, Maroto, Vermelha, Falcão e Lâmina aterrissaram nos limites de um bosque, e o quarteto abriu caminho por entre as árvores. Lâmina ia à frente – ele gostava de ser o líder do grupo, mesmo que Flo não gostasse tanto.

– Ano que vem, será que podemos, por favor, ter um pouco menos *disso tudo*? – Bobby gesticulou, indicando o entorno.

As asas de Falcão crepitaram com uma corrente elétrica, refletindo a frustração de sua amazona.

– Achei que você gostasse de ação. Achei que eu estivesse mantendo as coisas interessantes – brincou Skandar, embora seu estômago não parasse de se revirar por causa do nervosismo.

Ele realmente esperava que o cemitério trouxesse alguma resposta... qualquer coisa. O ataque às sentinelas do Ninhal o deixara abalado. Tinha a sensação de que o Tecelão estava sempre dois passos à frente.

– Por mais interessante que tudo isso seja, não quero ser atacado por um exército de unicórnios selvagens – disse Mitchell sem rodeios, antes de voltar a consultar um mapa.

Depois de um tempo, o bosque foi ficando menos denso, e eles se aproximaram de um portão de madeira simples.

— Chegamos — sussurraram Mitchell e Flo ao mesmo tempo.

Bobby desmontou para abrir o trinco, mas, quando passou por trás de Encanto da Noite Vermelha, a unicórnio soltou um peido alto, deu um coice com o casco em chamas e o incendiou.

Bobby tossiu.

— Essa unicórnio tem algum problema. Estamos num cemitério! Tenha um pouco de respeito.

Vermelha arrotou na direção dela e uma bolha de fumaça estourou no ar. Mitchell apenas deu de ombros: tinha desistido de tentar controlar os modos da unicórnio.

Skandar ficou um pouco decepcionado com a entrada sem graça do local. No cemitério onde sua mãe estava enterrada, no Continente, havia um elaborado portão de ferro forjado. Uma de suas primeiras lembranças era de Kenna mostrando a ele as rosas e os pássaros de metal em volta das barras.

Mas não havia túmulos ali, apenas árvores. Centenas, talvez milhares, espaçadas de forma regular. Pelo menos, Skandar achou que fossem árvores.

Algumas tinham o tronco coberto de plantas aquáticas que pareciam mais típicas de um lago do que de uma árvore, com algas marinhas em vez de folhas e flores cor-de-rosa e laranja que lembravam anêmonas-do-mar ondulando sinistramente na brisa.

Outras tinham folhas em tons intensos de vermelho e laranja ardentes, com galhos que apontavam diretamente para cima, como se fossem chamas. Skandar podia jurar que, ao passar por elas montado em Maroto, sentiu cheiro de fumaça. Outras tinham folhas amarelo-ouro que se dobravam com a brisa com muito mais facilidade do que as de suas vizinhas, desenhando sombras que giravam sob os galhos e crepitando ao encostarem umas nas outras, como se estivessem carregadas de eletricidade. E havia outras, ainda, que tinham raízes enormes que brotavam do solo, seus galhos repletos da vida selvagem que deveria estar vivendo debaixo da terra: minhocas, ratazanas, coelhos. Skandar viu até a cabeça de uma toupeira despontando de um buraco num dos troncos.

Lâmina e Maroto estavam muito quietos. Skandar tinha a impressão de que eles entendiam o que era aquele lugar.

— São árvores dos elementos, não são? Como as muralhas do Ninhal? – perguntou ele a Flo.

A menina fez que sim com a cabeça.

— Quando um unicórnio morre, é enterrado aqui.

— Debaixo da árvore do seu elemento? – arriscou Skandar, mas Flo balançou a cabeça.

— Não, não exatamente. Quando um unicórnio é enterrado, a Ilha dá algo em troca: uma árvore representando o elemento no qual ele era exímio. No lugar onde jaz um unicórnio, uma árvore cresce – disse ela, sorrindo. – É bem legal, né?

— Os cavaleiros e amazonas também são enterrados aqui?

— É claro. A árvore cresce sobre ambos.

— Que bom – disse Skandar, sentindo-se aliviado, embora estivessem falando de morte. – Eu não gostaria que Maroto ficasse sozinho. E não gostaria de ser enterrado em nenhum outro lugar.

— Como deixaram que as pessoas pichassem as árvores? Não é muito respeitoso, né? – comentou Bobby atrás deles.

Mitchell suspirou.

— Você sempre espera o pior de todo mundo?

— Olhe só quem fala. Já se esqueceu do que disse do Skandar e Maroto quando os conheceu? Acho que suas palavras exatas foram "esse unicórnio é perigoso. Esse tal de Skandar é perigoso!".

Mitchell olhou para ela, boquiaberto.

— Como você se lembra disso?

— Eu me lembro de tudo.

— Enfim – disse Flo, tentando acabar com a discussão –, é uma tradição, Bobby. Quando um unicórnio e seu cavaleiro ou amazona morrem, é um costume da Ilha que a família e os entes queridos entalhem seus nomes na casca da árvore depois que ela cresce, geralmente no primeiro aniversário de sua morte. A ideia é que os vivos cuidem de seu local de descanso final.

– E se o unicórnio for morto primeiro? Como aconteceu com Joby e Espectro Invernal? Ou com Erika e Equinócio da Lua de Sangue? – perguntou Skandar.

– Bem – disse Flo, mordendo o lábio –, alguns cavaleiros e amazonas gravam o próprio nome na árvore, junto com os nomes de seus amigos e familiares. É isso que esperamos que tenha acontecido com Lua de Sangue. É um tiro no escuro, mas esperamos que... – e Flo olhou para Mitchell – que, se Erika ainda estiver viva, talvez ela tenha deixado uma pista, uma mensagem.

Bobby e Skandar ficaram em silêncio, tentando decifrar os padrões das inscrições entalhadas nos troncos das árvores à medida que passavam por eles. Skandar começou a identificar semelhanças: era comum ter o nome do unicórnio e do cavaleiro ou amazona no topo, depois as conquistas e os nomes dos entes queridos embaixo, com caligrafias diferentes, como se cada um tivesse entalhado o próprio nome. Skandar gostou da ideia: assim que o nome do cavaleiro ou amazona desaparecia do Túnel dos Vivos, seus entes queridos o entalhavam novamente na casca da árvore.

– Como vamos encontrar Equinócio da Lua de Sangue? – perguntou Bobby, depois que já tinham percorrido boa parte do cemitério.

– As árvores estão ordenadas por ano de morte – respondeu Mitchell bruscamente, consultando o mapa mais uma vez. – A árvore de Lua de Sangue deve estar... Ah... – e ele parou no meio de uma fileira. – Aqui!

Skandar não precisava que Mitchell apontasse. Era a primeira árvore do elemento espírito que ele via no cemitério, e a ligação com o elemento era inconfundível. Os galhos, as folhas, as raízes e até o tronco eram de um branco reluzente, liso como marfim. Skandar sentiu que a árvore o atraía, algo parecido com seu vínculo com Maroto. Queria estar perto dela. Tinha a sensação de que era como estar em casa.

– Nunca tinha visto uma árvore do elemento espírito antes – disse Flo, maravilhada.

Skandar desmontou, e Maroto imediatamente abaixou a cabeça para mastigar a grama, com as asas fechadas e o chifre preto brilhando ao sol da tarde. Skandar notou que os outros desmontavam dos unicórnios atrás dele, mas estava muito concentrado em ler as palavras no tronco para esperar por eles.

EQUINÓCIO DA LUA DE SANGUE
– MORTA EM BATALHA –
COPA DO CAOS, JUNHO DE 2006
VENCEDORA DA COPA DO CAOS 2005
VENCEDORA DA COPA DO CAOS 2004

ERIKA EVERHART
– MORTA –

PENHASCOS ESPELHADOS, AGOSTO DE 2006
VENCEDORA DA COPA DO CAOS 2005
VENCEDORA DA COPA DO CAOS 2004

Skandar ergueu os braços.

– Então é isso! Ela está morta. O que eu vi no Túnel dos Vivos devia estar errado.

– Skandar...

– O que vamos fazer agora? Outro beco sem saída. Que ótimo...

– SKANDAR! – gritou Mitchell, afugentando os pássaros pousados nos galhos da árvore branca.

– O QUÊ? – gritou Skandar de volta. Ele não achava que seria capaz de suportar aquela decepção.

– Seu nome está na árvore.

– O quê?

– Seu nome está na árvore.

– O quê?

– Seu... nome... está... na... árvore... do... elemento... espírito – disse Mitchell muito lentamente, apontando para a parte de baixo do tronco.

Skandar se ajoelhou para olhar mais de perto. Mitchell tinha razão.

SKANDAR

Ver seu nome escrito ali era bem estranho, mas seus dedos tremeram ao traçar os dois nomes que havia acima.

BERTIE

E depois:

KENNA

— O nome da sua irmã não é Kenna? — perguntou Flo com delicadeza.

Skandar fez que sim com a cabeça, sem entender. Sem entender absolutamente nada. Será que havia uma possibilidade remota, *muito remota*, de que alguém na Ilha pudesse ter gravado seu nome naquela árvore? Mas por quê? Será que era uma brincadeira de mau gosto? Mas só o seu quarteto sabia o nome de Kenna. E o nome do pai? Achava que nunca o havia pronunciado em voz alta na Ilha. E a maioria das pessoas o chamava de Robert. Apenas a mãe de Skandar o chamava de Bertie...

Ele estendeu a mão para se apoiar no tronco branco.

A voz de Mitchell parecia distante.

— Ninguém da família do Skandar poderia ter gravado o nome nesta árvore... Eles são do Continente, não são? E ele nasceu em 2009, mas aqui diz que Everhart morreu em 2006, então *ela* também não poderia ter gravado os nomes de Kenna e Skandar. A não ser que Erika Everhart *não* tenha se jogado dos Penhascos Espelhados. E, nesse caso, ela...

— Mitchell, será que você pode tentar parar de resolver enigmas por um segundo? — retrucou Bobby. — Isso significa mais do que simplesmente Everhart estar viva. Skandar, isso pode significar que Erika é da sua família, talvez? Que ela é... sua mãe?

— Não pode ser. O nome da minha mãe era... — hesitou Skandar. — A não ser que...

— A não ser que...? – sussurrou Flo.

— Alguém a viu pular dos Penhascos Espelhados? Erika pode ter simulado a própria morte – murmurou Bobby.

— E pode ter feito isso de novo no Continente – e a voz de Mitchell era firme.

Skandar estava balançando a cabeça.

— Minha mãe morreu logo depois que eu nasci. Mas se esta é a letra dela, se o Túnel não mente, então ela...

Skandar olhou para o nome de Kenna escrito no tronco. Em seguida, pegou a ponta do cachecol da mãe porque se lembrou de uma coisa. Ele se lembrou de algo que parecia impossível ter se esquecido. A etiqueta com o nome que Kenna havia costurado no cachecol flutuou diante de seus olhos. Nunca havia parado para pensar no nome do meio da irmã. Mas lá estava, mais claro do que nunca: Kenna E. Smith. "E" de Erika.

A mãe deles havia escondido o próprio nome num lugar seguro, com Kenna... E, no fim das contas, seu nome não era Rosemary.

A atração que a árvore do espírito exerce no peito de Skandar se intensificou, e foi como se o volume do mundo tivesse diminuído. Os pássaros, o vento fazendo farfalhar as folhas das árvores, os unicórnios, tudo tinha sido silenciado, como se prendessem a respiração.

— Ela não morreu no Continente – disse Skandar com a voz rouca. – O que significa que Erika Everhart forjou a própria morte... duas vezes. A primeira vez na Ilha, fingindo se atirar dos Penhascos Espelhados, e a segunda no Continente, logo depois que eu nasci. Então ela não é o Tecelão... Ela é minha mãe.

— Você está bem? – perguntou Flo, a mão pairando sobre o ombro de Skandar sem tocá-lo.

— Claro que não! – explodiu Bobby. – Ele acabou de descobrir que a mãe dele está viva *e* nasceu na Ilha. Quer dizer, é coisa demais para uma tarde só!

— Será que vocês podem... — parou Skandar, lutando para manter a calma. — Será que podem me deixar aqui sozinho com Maroto por um minuto? Eu só preciso... de um minuto.

Eles o deixaram sozinho. Para onde foram, Skandar não se importou. As lágrimas escorreram, quentes e rápidas, por seu rosto. Ele começou a tremer incontrolavelmente. Sorte do Maroto apoiou a cabeça no ombro dele, fazendo ruídos baixos, e Skandar colocou a mão no nariz macio do unicórnio. Deixaram de lado a luta contra o elemento espírito e, por meio do vínculo, Maroto enviou ondas de amor que inundaram o coração de Skandar com um calor que ele não poderia ter encontrado dentro de si.

Suas emoções estavam um caos completo. Não sabia se estava feliz, triste ou apenas confuso. Tinha ido ao cemitério em busca de respostas, mas agora tudo o que tinha eram mais perguntas. Erika era mesmo sua mãe? Se sim, por que ela havia abandonado a ele e a Kenna? Por que tinha deixado a Ilha, para começo de conversa? Teria sido assim que Agatha havia conhecido sua mãe, porque também era uma exímia em espírito? Sua mãe tinha sido comodoro! Será que o pai sabia daquilo o tempo todo? Apesar do calor da noite de verão, Skandar estremeceu. Seu pai sempre tinha dito que a mãe dele adorava a Copa do Caos... embora só tivesse assistido à primeira que passou na televisão. Será que tinha sido isso? Será que ver os unicórnios tinha feito com que ela abandonasse Kenna, que ela o abandonasse?

Skandar secou as lágrimas que molhavam seu rosto com força, e Maroto bufou, endireitando-se. Ele engoliu os soluços, não tinha tempo para aquilo. Precisava encontrá-la. Era a única coisa que importava. Será que ela ficaria feliz em vê-lo? Ficaria orgulhosa porque agora ele era um cavaleiro? A esperança começou a brotar em seu peito. Quem se importava com a Prova de Treinamento no dia seguinte ou com a possibilidade de se tornar um nômade? Quem se importava em deter o Tecelão? Havia outras pessoas que poderiam se preocupar com isso. O pai deles ia voltar a ser feliz. Talvez Kenna pudesse ir morar na Ilha. *A mãe deles estava viva.*

Tinha sido uma das melhores amazonas que a Ilha já vira... e era igual a ele. Era uma exímia em espírito. Ele não estava mais sozinho, e a única coisa que importava agora era encontrá-la.

Quando Flo e Bobby voltaram, Skandar já tinha decidido que voltaria à prisão dos exímios em espírito. Mesmo que Agatha tivesse sido transferida, talvez os outros soubessem onde Erika Everhart estava escondida. Dessa vez, diria a eles quem era. Dessa vez, diria a eles que era o filho dela.

Bobby pigarreou quando Falcão se aproximou de Maroto.

– Hum, alguém sabe que bicho mordeu o Mitchell? Ele está esquisito. Bem, mais esquisito que o normal.

Mitchell estava sentado à sombra de uma árvore de fogo, com Vermelha parada ao lado dele de maneira protetora, a pelagem carmesim se misturando com as folhas acima deles. Quando se aproximou, montado em Maroto, Skandar viu que, por trás dos óculos, os olhos castanho-escuros de Mitchell estavam inchados, a camiseta preta estava amarrotada e o cabelo, despenteado.

– Mitchell, o que houve? – perguntou Flo baixinho.

Ela desmontou de Lâmina e se ajoelhou ao lado dele. Mas Mitchell estava com os olhos esbugalhados, olhando fixamente para Skandar, que encarava o amigo de volta com uma sensação de vazio no estômago.

– Fale logo – disse Skandar, quase com raiva.

Ele não tinha tempo para mais uma crise de Mitchell. Precisava voltar à prisão... naquela noite.

Mitchell engoliu em seco, levantou-se e começou a andar de um lado para o outro na sombra da árvore, sua voz, monótona.

– Fui dar uma olhada em algumas das outras árvores de unicórnios no cemitério. Não sei como, mas acabei indo parar onde enterraram os Vinte e Quatro Caídos.

Ele apontou vagamente para trás.

– Os vinte e quatro unicórnios que foram mortos pelo Tecelão? No mesmo dia?

Skandar não tinha ideia de aonde Mitchell estava querendo chegar, ou por que estava agindo de modo tão estranho.

– Nas Eliminatórias de 2007, sim – disse Mitchell ofegante. – Eu soube na hora o que estava vendo porque as datas de morte coincidiram e, claro, os cavaleiros e amazonas não foram enterrados com eles. Mas reparei em outra coisa... Uma coisa de que não tinha me dado conta antes.

– O quê? – perguntou Skandar com impaciência.

– Todos aqueles unicórnios que morreram em *diferentes* Eliminatórias em 2007... Todos eles competiram na *mesma* Copa do Caos em 2006. É o que está escrito nas árvores. Entenderam? A Copa do Caos em 2006 foi a corrida na qual mataram Equinócio da Lua de Sangue. Todos os Vinte e Quatro Caídos viram Equinócio da Lua de Sangue morrer. *Ela* era o vigésimo quinto unicórnio da corrida da Copa do Caos. Erika era a vigésima quinta amazona.

Era evidente que Flo também não estava entendendo aonde ele queria chegar.

– Eu não...

– Mitchell! – explodiu Bobby. – Vá direto ao ponto, antes que eu solte Falcão em cima de você!

– Não acham curioso que o Tecelão tenha matado todos os unicórnios daquela mesma Copa do Caos? – perguntou Mitchell, com as mãos tremendo.

– Talvez seja uma coincidência – sugeriu Flo.

– Não acredito em coincidências – disse ele, parecendo-se um pouco mais com o Mitchell de sempre. – Aqueles unicórnios específicos eram os alvos do Tecelão desde a Copa do ano anterior. O Tecelão quis que aqueles cavaleiros e amazonas sofressem a agonia de perder o vínculo.

– O que você está dizendo? – perguntou Skandar lentamente.

— Estou dizendo que não acho que os Vinte e Quatro Caídos tenham sido um ato aleatório de violência. Estou dizendo – e Mitchell engoliu em seco – que foi uma vingança pela morte de Equinócio da Lua de Sangue. Que Erika Everhart queria que aqueles cavaleiros e amazonas sentissem a mesma dor que ela havia sentido.

Flo parecia ter sido eletrocutada com o elemento ar.

— Todo mundo achava que Erika Everhart tinha morrido meses antes dos Vinte e Quatro Caídos serem assassinados, então... nunca suspeitaram dela!

— Exatamente – disse Mitchell com um tom grave, passando a mão pelo cabelo. – Até os exímios em espírito que estão na prisão devem achar que ela está morta. É por isso que suspeitam de Simon Fairfax: ele é o único exímio em espírito livre que conhecem.

— Mas, se Everhart foi responsável por matar os Vinte e Quatro Caídos, então isso significa que ela... – Bobby franziu a testa. – Você está dizendo que ela é...

— O Tecelão, ou melhor, a Tecelã – concluiu Mitchell.

Skandar sentiu uma fúria ardente se inflamar dentro dele, como se um monstro sacudisse suas entranhas com as mãos cobertas de lava. Maroto guinchou, alarmado, e Skandar desmontou.

— Vocês enlouqueceram! Ela não pode ser o Tecelão... O Tecelão é assustador e esquisito. Erika é minha mãe!

— Skar...

Flo tentou tocar no braço dele, mas ele a afastou com um movimento brusco.

— Você fez todas essas suposições – disse Skandar para Mitchell – só para concluir que ela é o Tecelão. Talvez o Tecelão quisesse se livrar dos unicórnios *mais fortes*. Talvez seja por isso que os Vinte e Quatro Caídos eram unicórnios que participaram da Copa do Caos do ano anterior. Já parou para pensar nisso?

— Não estou dizendo que tenho certeza do que estou falando – disse Mitchell depressa. – Mas a questão, Skandar, é que temos que nos perguntar por que sua mãe fingiu a própria morte.

— Duas vezes – interveio Bobby. – Isso é muuuuito suspeito.

Skandar se virou para Bobby.

— Você está há meses dizendo que o Tecelão é Simon Fairfax. Por que de repente está do lado do Mitchell?

Bobby ergueu as mãos.

— Calma, Skandar!

— Você não está pensando de maneira lógica – murmurou Mitchell.

— CLARO QUE NÃO ESTOU!

— Nós viemos até aqui para tentar descobrir se Erika Everhart estava mesmo viva. E você concordou que, se Erika estivesse viva, seria quase certo que ela fosse o Tecelão!

Skandar se virou para Mitchell, furioso.

— Quando terminar de acusar minha mãe, preciso que me ajude a entrar na prisão. Talvez os exímios em espírito a conheçam. Talvez eles possam me ajudar a encontrá-la. E tenho certeza de que ela vai nos dar uma explicação perfeitamente lógica para tudo isso.

Skandar estava respirando com dificuldade, e sua voz ecoava nos troncos próximos.

— Não quero que você vá procurar por ela e acabe cara a cara com o Tecelão! – disse Mitchell, com a voz rouca. – É muito perigoso. Ainda não sabemos o suficiente...

— Minha mãe NÃO É o Tecelão!

— Apenas me ouça – disse Mitchell, com a voz triste, mas firme. – Suspeitamos de Simon Fairfax porque ele era um exímio em espírito que nunca foi pego. Por que Erika Everhart merece tratamento especial?

— Suspeitamos de Fairfax porque a Amber mentiu sobre ele estar morto! Porque foi o que os exímios em espírito me disseram!

— Erika Everhart mentiu sobre estar morta, Skandar! Como Bobby disse, forjar a própria morte é muito suspeito. E duas vezes!

Lágrimas de frustração escorriam pelo rosto de Mitchell.

Skandar olhou para ele, incrédulo.

– Nem todo exímio em espírito é mau, Mitchell, lembra? Ou também vai me incluir na sua lista de suspeitos? Estamos falando da minha mãe. Minha mãe! Passei a vida toda achando que ela estava morta, mas ela está viva! E, depois desse tempo todo, você espera que eu fique tranquilo e aceite você me dizendo que ela é uma assassina?

– Se Erika Everhart é sua mãe, existe uma grande possibilidade de que ela também seja a Tecelã. Só estou dizendo que...

Skandar cambaleou de volta para Maroto.

– A Prova de Treinamento é amanhã... Não temos tempo para isso. Flo, Bobby, vamos! Tenho certeza de que podemos encontrar uma maneira de entrar na prisão hoje à noite. O Mitchell vai ficar de fora, como sempre!

Mitchell se encolheu, como se Skandar tivesse lhe dado uma bofetada, mas Skandar não se sentiu culpado. A única coisa que sentia era uma raiva incandescente. Sua cabeça zumbia, e ele não parava de pensar que Mitchell estava tentando arruinar o fato de que ele tinha uma mãe que, depois de todo aquele tempo, estava viva.

– Skar, não sei... – disse Flo enquanto Skandar montava em Maroto. – Os prisioneiros nem sabem que Erika está viva. Não acho que vão poder nos ajudar. Eu só... E se o Mitchell estiver certo? Só porque Erika é sua mãe, isso não significa que ela *não* seja a Tecelã.

– TUDO BEM! – rugiu Skandar. – Fique do lado dele. Eu não ligo! Vamos, Maroto!

Skandar pressionou os pés nos flancos de Maroto e foi como se o unicórnio quisesse deixar Mitchell e os outros para trás tanto quanto seu cavaleiro.

– Skandar, espere! – gritou o resto do quarteto, mas ele estava zangado demais para ouvir.

Em apenas algumas passadas, as asas de Maroto se abriram e os dois alçaram voo para longe, as cores das árvores elementais do cemitério virando um borrão abaixo deles. Skandar soltou um grito de frustração quando estavam no ar, e Maroto o imitou enquanto voavam cada vez mais rápido em direção ao Ninhal, correndo contra o pôr do sol.

No dia seguinte, Kenna estaria na Ilha para assistir à Prova de Treinamento. Talvez, se Skandar conseguisse entrar na prisão naquela noite, depois que estivesse devidamente escuro, ele e Kenna pudessem procurar por Erika juntos depois da corrida. Poderiam devolver o cachecol para a mãe e dizer a ela que os dois o haviam guardado durante todo aquele tempo. Seu cachecol *feito na Ilha*.

Quando Skandar pousou diante da árvore de entrada do Ninhal, percebeu o assobio das asas de outro unicórnio no ar e, em seguida, os pés de outra pessoa batendo no chão atrás dele. Skandar olhou por cima do ombro...

– Bobby?

Ela derrapou até parar.

– Se quiser ir até a prisão, eu vou com você. Mas não vou fazer isso por sua causa, entendeu? Vou fazer pela aventura – disse ela, ofegante. – Mas só vamos *depois* que eu ganhar a Prova de Treinamento amanhã. Esse é o acordo.

– Não é ela, Bobby. Minha mãe não é o Tecelão. Não é. NÃO é! NÃO É!

Skandar arrancou punhados de algas marinhas da muralha do elemento água à sua frente e gritou as palavras para as copas das árvores do Ninhal sem parar. Sua voz falhava e seu coração estava partido: porque Mitchell era seu amigo, mas estava errado e estava tentando estragar tudo. Skandar tinha acabado de recuperar a mãe, não ia perdê-la outra vez.

Então os braços de Bobby o envolveram, e ela cheirava a pão fresco e à efervescência cítrica da magia do ar. Quando o corpo dele estremeceu com os soluços, ela o abraçou com mais força. Era como se todos os sentimentos que guardava na caixa com as antigas coisas da mãe tivessem saído de repente. Ondas de frustração, esperança e medo o inundaram como a água do mar nas areias da praia de Margate, enquanto a dor, o amor e a raiva ocupavam todo o espaço de que eles sempre precisaram.

CAPÍTULO 20

A PROVA DE TREINAMENTO

Skandar acordou meio grogue com o som dos cavaleiros e amazonas abrindo os ferrolhos das baias e dos unicórnios relinchando para lhes dar boas-vindas. Uma enorme gota de saliva de unicórnio caiu em sua bochecha e, ainda meio dormindo, ele percebeu que Sorte do Maroto estava mastigando um tufo de seu cabelo, que, por sorte, continuava preso à cabeça. Ele só estava com um dos tênis no pé e viu que o outro havia sido destroçado por Maroto durante a noite – o unicórnio finalmente tinha conseguido.

– O que você está fazendo aí?

A voz de Jamie chegou aos ouvidos de Skandar.

O ferreiro fechou a porta da baia e Skandar fez uma careta de dor. A cabeça doía de tanto chorar e por conta das poucas horas de sono. Bobby o havia levado para a baia de Maroto? Não conseguia se lembrar. E a que horas tinha sido aquilo? De súbito, ele se sentou. A mãe. Precisava encontrá-la.

Mas Jamie estava no caminho entre ele e a porta da baia, bloqueando a passagem com a armadura de Maroto.

– Aonde você pensa que vai? – perguntou ele. – Ajude-me a colocar a armadura nele.

Skandar esfregou os olhos.

– Não posso, Jamie. Eu tenho que ir a um lugar.

Jamie arqueou as sobrancelhas.

– Um lugar que *não seja* a Prova de Treinamento?

A Prova de Treinamento. Skandar tinha se esquecido completamente.

– Ah... Não... Acho que não, então... – divagou Skandar.

Jamie o agarrou pelos ombros e o sacudiu.

– Acorde, Skandar! Não é só o seu pescoço que está em jogo hoje. Se você for declarado nômade, não vou ter ninguém para quem fazer armaduras. E não quero ficar desamassando panelas para sempre. Não me decepcione. Não decepcione Maroto. Não decepcione a si mesmo.

O rosto de Jamie era feroz.

Um novo plano começou a se formar na mente de Skandar. Faria a Prova de Treinamento. De qualquer maneira, Bobby tinha dito que só o ajudaria depois da competição. Provavelmente perderia, mas daria tudo de si, porque Kenna e o pai estariam lá para vê-lo e, depois, todos poderiam ir atrás da mãe dele juntos. Não se importava de ser declarado nômade, contanto que a encontrassem. Skandar assentiu para Jamie.

– Bem melhor – disse o ferreiro, e jogou um balde de água na cabeça de Skandar.

Jamie os acompanhou até o estádio, caminhando ao lado de Maroto. A Prova de Treinamento era uma versão mais curta, de cinco quilômetros, da Copa do Caos, e Skandar tinha decidido caminhar com Maroto até a pista para não desperdiçar a energia do unicórnio voando. Para acalmar os nervos, inclinou-se para a frente e verificou se a mancha de Maroto ainda estava coberta, certificando-se também de que sua mutação estava coberta pela manga da jaqueta azul – os cavaleiros e amazonas eram obrigados a usar as cores do elemento ao qual eram aliados para a corrida. Ele tentou não olhar para as centenas de ilhéus que tinham ido assistir à prova e se perguntou se as famílias dos continentais já teriam chegado, vindas nos helicópteros. Será que Kenna e o pai já estavam sentados nas arquibancadas? Sentiu um frio na barriga. Eles ainda não sabiam. Não sabiam que a mãe dele estava viva.

— Aqui está seu capacete – disse Jamie enquanto se aproximavam da barra de largada. – E, só para constar, se fritarem você, é porque o cachecol é inflamável, e não por causa de um defeito na minha armadura. Esconda-o, pelo menos!

Skandar o enfiou embaixo da armadura.

— Além disso, não quero pressionar você nem nada, mas eu *adoraria* mostrar para a minha família de bardos como estou indo bem como ferreiro. Assim, talvez eles parem de me obrigar a aprender canções para o caso de eu ter que mudar de ofício.

Skandar fez uma careta.

— Tudo bem.

Jamie protegeu os olhos do sol para olhar para Skandar.

— Sei que ainda não nos conhecemos muito bem, e não faço ideia do que está acontecendo com você hoje, mas, o que quer que seja, pode esperar. Pelos próximos trinta minutos da sua vida, seja lá o que for, pode esperar... entendeu? Você é corajoso, lembra? Por isso escolhi você! Você vai se sair bem. Eu acredito na minha armadura e acredito em você.

Enquanto Jamie se afastava a passos lentos, Skandar se perguntou o que o ferreiro diria se soubesse que sua armadura estava sendo usada por um exímio em espírito.

Ao se aproximar da barra de largada, Skandar sentiu o vínculo vibrar com a animação nervosa de Maroto. O unicórnio não parava de bufar, expelindo faíscas, a cabeça e o chifre erguidos enquanto olhava para a pista de corrida, as tendas dos curandeiros esvoaçando na brisa e a multidão reunida dos dois lados das cordas.

Skandar tentou relaxar enquanto outros Filhotes começavam a avançar com seus unicórnios em direção à barra de largada. Os instrutores haviam explicado mil vezes como funcionava: não havia voltas naquela corrida; era apenas uma linha reta que atravessava o estádio; qualquer combinação de elementos era permitida nas batalhas celestes; quem caísse estava eliminado; e eles tinham que aterrissar antes de cruzar a linha de chegada. Skandar sentia calafrios toda vez que imaginava Maroto dando um voo rasante naquele famoso estádio. Talvez Maroto se comportasse e eles terminassem à frente dos cinco últimos. Kenna e o pai estariam assistindo! Será que sua mãe também estaria assistindo escondida, cheia de orgulho? Só de pensar nisso, Skandar ficou sem fôlego, como se Jamie tivesse apertado demais o peitoral de sua armadura.

Skandar levou Maroto para que eles se juntassem aos outros quarenta e um Filhotes. Aquilo já era um campo de batalha. Uma massa de asas soltando faíscas, crinas em chamas e caudas caindo como cascatas, todas próximas demais umas das outras, enquanto os cascos explodiam e revolviam a terra abaixo deles. Aquilo não lembrava em nada as sessões de treinamento, nem mesmo quando praticavam corrida. Os unicórnios sabiam que aquele dia era diferente. O ar cheirava a suor e magia.

De repente, Luz de Estrelas Ancestrais bloqueou seu caminho até a barra de largada, cuspindo cristais de gelo na cara de Maroto. O unicórnio bateu o casco com força no chão, a eletricidade chiando na parte inferior do protetor de perna de Skandar.

– Desculpe! – gritou Mariam, enquanto Luz de Estrelas Ancestrais girava de novo no mesmo lugar, os olhos fumegando.

Pela sua visão periférica, Skandar avistou Encanto da Noite Vermelha empinando e arrotando chamas para o céu, enquanto Mitchell se agarrava à crina dela e cerrava os dentes. *Bem feito*, pensou Skandar, num novo rompante de raiva.

Por fim, surgiu uma brecha junto à barra de largada. Skandar encorajou Maroto a se posicionar entre Lâmina de Prata e Joia da Rainha, mas o animal tentava andar para trás, afastando-se da linha de partida e dos outros unicórnios. Skandar não o culpava, aquilo era um caos.

– Você está bem? – gritou Flo para ele, enquanto uma fumaça espessa se desprendia das costas prateadas de Lâmina.

Skandar não respondeu. Ela havia ficado do lado de Mitchell.

Joia da Rainha empinou ao lado de Maroto, que respondeu sacudindo a cabeça com agressividade.

– Cuidado! – gritou Gabriel, afastando Joia bruscamente da barra para evitar o chifre de Maroto.

– Que bom ver você aqui! – gritou Bobby através do capacete, enquanto Falcão tomava o lugar de Joia.

Falcão parecia estranhamente serena em comparação com os outros unicórnios ao seu redor.

Os bramidos e grunhidos dos unicórnios ficaram ainda mais altos. O ar estava tão carregado de magia que era difícil respirar. O estômago de Skandar dava cambalhotas, as mãos tremiam nas rédeas. Maroto parecia inquieto, mudando o peso de um casco para o outro, as extremidades das asas soltando faíscas elétricas, depois chamas e faíscas de novo. As emoções de ambos giravam num turbilhão – medo, entusiasmo, fúria e ansiedade –, e Skandar não tinha mais certeza de qual sentimento era de quem. Ele estava tão perto de Flo e Bobby, uma de cada lado, que os joelhos blindados de suas armaduras raspavam uns contra os outros.

– Dez segundos! – gritou uma voz oficial no alto-falante.

Skandar tentava desesperadamente se lembrar de qual tinha sido sua estratégia para a corrida quando o apito soou. Houve um rangido e um estrondo alto quando a barra de largada foi levantada. Skandar nunca tinha visto Maroto se mover tão rápido. Ele decolou depois de apenas três trotes, as asas se abrindo com um solavanco. Skandar segurou firme nas rédeas e agarrou a crina negra do unicórnio.

Eles estavam voando pela pista em direção ao marcador flutuante do primeiro quilômetro. Maroto estava no grupo do meio. Na liderança, Flo e Lâmina travavam uma batalha com Mabel e Lamúria Marítima. Bobby e Falcão, não muito atrás, avançavam a toda velocidade pelo ar. Skandar avistou Lawrence e Chefe Venenoso despencando em espiral em direção ao solo, Vermelha voando logo acima deles, a mão de Mitchell emitindo um brilho escarlate. Houve uma explosão e um grito atrás de Skandar – ele não tinha certeza se vinha de um unicórnio ou de seu cavaleiro ou amazona –, seguido por um clarão. Em seguida, Caçadora do

Crepúsculo abria caminho pelo ar, e a palma da mão de Alastair emitia um brilho azul bem ao lado do ombro direito de Maroto.

A mão de Skandar começou a emitir um brilho verde, mas o esforço para controlar o elemento espírito fez com que seu escudo de areia não surgisse a tempo, e Alastair lançou um jato de água bem no ombro de Skandar. À medida que Maroto perdia velocidade, ficando atrás de Caçadora do Crepúsculo, a água espumava das asas da unicórnio e as ondas se moviam pelo ar, empurrando Maroto ainda mais para trás. A única opção de Skandar era fazer Maroto voar mais alto, evitando o ataque de Caçadora e o cheiro salgado da magia da água que entupia suas narinas. Maroto guinchou para Caçadora enquanto a unicórnio avançava. Ele sabia que haviam perdido uma distância preciosa e estava desesperado para usar o elemento espírito. Skandar sentia a palma da mão pulsando, como se Maroto estivesse tentando forçar o elemento a aparecer nela.

– NÃO! – gritou Skandar, e Maroto rugiu de volta.

O unicórnio empinou no ar, os cascos se iluminando com o branco do elemento espírito, e ele parou de voar para a frente. Mais unicórnios os ultrapassaram.

– Por favor, Maroto, não faça isso! Não com todas essas pessoas assistindo! Eles vão nos matar!

Mas Skandar podia sentir a raiva de Maroto vibrando no vínculo e em seu coração. O unicórnio ia vencer a corrida e não se importava com o que seu cavaleiro queria.

– Bem, isso vai ser *superdivertido*!

Ladra Redemoinho havia se virado para Maroto em pleno ar. Amber tinha uma expressão maníaca no rosto – seus dentes estavam à mostra e a estrela de sua mutação zumbia com a eletricidade em sua testa – e, então, de sua palma, surgiu um tornado que avançou direto na direção de Skandar.

Ele tentou invocar algum elemento, qualquer elemento permitido, mas Maroto bloqueou todos eles. Tentou fazer com que o animal voasse para baixo para desviar do ataque, mas ele empinou e relinchou, sacudindo a cabeça de um lado para o outro. Para não cair, Skandar não teve escolha a não ser abraçar o pescoço agitado de Maroto com força e esperar que o tornado de Amber os atingisse.

Então, vindo do nada, ele viu Encanto da Noite Vermelha. Àquela altura, Mitchell e Vermelha estavam bem à frente deles, mas, por algum motivo, a unicórnio estava agora voando de volta para Maroto.

– Amber! – gritou Mitchell, e ela se virou, montada em Ladra. Não tinha ouvido Vermelha chegar por trás dela.

– Você vai mesmo querer lutar comigo, Mitchico? – zombou ela, e ergueu a palma da mão para atacar.

Mas Mitchell foi mais rápido. Chamas explodiram de sua palma e atingiram o flanco de Ladra, enquanto Vermelha lançava bolas de fogo, o cheiro de fumaça da magia enchendo o ar. A água era o elemento mais fraco de Amber, e ela não teve tempo de conjurar um escudo. Ladra diminuiu a velocidade e mergulhou para escapar das chamas.

O tornado de Amber passou roçando pelo casco esquerdo de Maroto, depois desviou na direção oposta quando ela perdeu o controle. Numa fração de segundo, Mitchell mudou para o elemento terra e lançou uma saraivada de pedras para baixo. Elas atingiram a cauda do tornado de Amber, voando a toda velocidade na direção de Ladra. Os olhos de Amber se arregalaram em choque. A garota não esperava que sua própria magia fosse usada contra ela. As pedras pontiagudas perseguiram Ladra Redemoinho até o chão.

– Isso é por... bem, por tudo! – gritou Mitchell atrás dela.

– O que você está fazendo? – gritou Skandar.

Vermelha batia as asas ao lado de Maroto. Ao redor deles, batalhas celestes eram travadas, com detritos e magia voando em todas as direções.

O rosto de Mitchell estava coberto de cinzas e terra.

– Garantindo que você não seja declarado nômade!

– Mas você estava na frente! – gritou Skandar, incrédulo. Ele sabia quanto Mitchell queria impressionar o pai. – Vou atrasá-lo, vá sem mim!

– De jeito nenhum.

Mitchell tirou as rédeas de Maroto das mãos de Skandar e passou-as por cima do chifre do unicórnio negro. Maroto guinchou, confuso, as asas batendo furiosamente.

– Eu cuido de você, você cuida de mim, lembra? Além disso, Vermelha nunca me perdoaria se perdesse Maroto.

Skandar não podia nem imaginar quanto havia custado a Mitchell – que sempre seguia o plano, que adorava regras e que gostava de fazer tudo na ordem correta – dar meia-volta e voar na direção contrária da pista.

– Deixe comigo – disse Mitchell, segurando as rédeas de Skandar. – Não tente fazer nenhuma magia, eu protejo vocês dois. Siga a Vermelha e voe o mais rápido que puder!

Vermelha relinchou, aflita, para o amigo, e Maroto bramiu de volta. Skandar não sabia o que eles tinham dito um ao outro, mas seu unicórnio finalmente começou a voar para a frente, e rápido. Eles se esquivaram do pedregulho voador de Zac, mergulharam para desviar da explosão de fogo de Niamh, voaram sobre tentáculos de eletricidade se contorcendo no ar e seguiram em frente. Vermelha e Maroto bramiram juntos quando passaram pelo marcador flutuante do último quilômetro: eles sabiam que a linha de chegada estava próxima.

No momento em que Mitchell estava disparando bolas de fogo em Kobi e Príncipe de Gelo, a sombra de um unicórnio encobriu o céu acima de suas cabeças.

– Mitchell! – gritou Skandar em meio ao som do bater das asas de seus unicórnios.

– Estou meio ocupado agora! – gritou Mitchell em resposta, enquanto lançava uma última explosão sobre Príncipe.

O escudo de água de Kobi tremeluziu, estremeceu e, em seguida, se desfez, jorrando do céu e deixando o caminho livre para Vermelha e Maroto avançarem.

– É melhor eu passar pela minha mutação depois disso! – gritou Mitchell para Skandar. – O que você estava dizen... – mas a pergunta de

Mitchell morreu na garganta quando ele também viu o unicórnio mais poderoso do mundo se precipitando em direção à arena.

Geada da Nova Era.

— Não consigo ver para onde ele foi! — gritou Skandar, em pânico. O ar estava tão cheio de fumaça e detritos, que o unicórnio cinza havia desaparecido completamente.

A multidão explodiu em aplausos ao ver vários Filhotes começarem a cruzar a linha de chegada.

— Temos que aterrissar! — gritou Mitchell, quando o estádio apareceu diante deles.

Eles voaram sobre um mar de rostos virados para cima, os chifres de Maroto e Vermelha apontando para a areia. Maroto grunhiu quando seus cascos tocaram o solo, a metros da linha de chegada. Mitchell jogou as rédeas de Maroto para Skandar, e os dois garotos esporearam seus unicórnios o mais forte que puderam para que eles percorressem o trecho final da pista. Aplausos e gritos irromperam da multidão quando Mitchell, e depois Skandar, passaram a galope sob o arco. Skandar não tinha ideia se havia terminado entre os cinco últimos ou não. Ninguém estava fugindo. Não havia sinal de pânico. Será que eles tinham imaginado Geada da Nova Era?

Então Skandar viu Flo.

Ele saltou de Maroto, tirou o capacete e correu na direção dela, que estava agachada logo depois da linha de chegada. A garota estava tentando se fazer ouvir em meio aos gritos e aplausos da multidão alheia a tudo. Skandar teve a sensação de que já havia vivido aquele momento antes. Estava de novo em Margate, assistindo à Copa do Caos, ouvindo seu pai dizer "tem alguma coisa errada", a fumaça se extinguindo, a escuridão se dissipando... A sensação de que nada voltaria a ser como antes.

O tempo estava mudando, desacelerando, parando, enquanto ele ouvia os soluços de Flo.

— O Tecelão! — e lágrimas escorriam por seu rosto. — O Tecelão levou Lâmina de Prata!

Skandar se ajoelhou ao lado dela e desejou estar passando pelas falhas novamente, desejou que Flo estivesse apenas fingindo. Mas o terror em seus olhos não deixava dúvidas. E agora estava muito claro por que o Ninhal tinha sido atacado. O Tecelão não queria qualquer unicórnio... O Tecelão queria um unicórnio prateado.

Bobby e Mitchell os alcançaram, tiraram o capacete, e os quatro cavaleiros ficaram agachados, as brigas anteriores deixadas para trás. Mitchell começou a sussurrar um plano, decidido a conseguir a ajuda dos instrutores, das sentinelas e até mesmo de seu pai, se fosse necessário. Mas Skandar sabia que não tinham tempo. A maneira mais rápida de encontrar Lâmina era usando o elemento espírito – e isso significava que ninguém mais poderia estar envolvido.

Skandar montou em Maroto, e Flo montou também, sentando-se na frente dele. No bolso, a palma da mão de Skandar brilhava com toda a força do elemento espírito, e o vínculo de Flo – um verde escuro e brilhante, característico do elemento terra – brilhou em seu coração como um holofote. Em meio aos aplausos da multidão, unicórnios exaustos circulavam pelo estádio, curandeiros atendiam os feridos e cavaleiros se abraçavam. Então, quando o quarteto saiu em disparada da área dos cavaleiros e amazonas, ninguém prestou atenção neles.

Eles galoparam pelos arredores de Quatropontos, com medo de voar e serem vistos lá de baixo. Os cascos de seus unicórnios trovejaram pelas ruas, depois por caminhos de terra e pelo solo da floresta, até chegarem aos confins mais distantes das Terras Selvagens. Skandar abraçava a cintura de Flo com força, sentindo a cota de malha fria sobre a mutação em seu braço enquanto Maroto avançava com estrépito. Eles não falaram do que se vincular a um unicórnio de prata significaria para o Tecelão. Não era necessário.

Concentrado em seguir o vínculo de Flo, Skandar mal reparou em como as Terras Selvagens eram diferentes. Enquanto Quatropontos e o Ninhal eram exuberantes e saudáveis, as Terras Selvagens eram estéreis e ermas. Grupos de árvores sem folhas pontuavam uma planície abrasada pela magia elementar. O solo era rachado e poeirento, e não havia praticamente nenhuma mísera folha de grama à vista. Skandar se lembrou das imagens que havia visto sobre a extinção dos dinossauros – talvez alguns dos unicórnios selvagens fossem tão velhos quanto eles.

– Falta muito? – e a voz de Bobby parecia abafada.

A princípio, Skandar pensou que ela estivesse apenas tremendo. Um vento gélido soprava, e nem mesmo as penas nos braços de Bobby conseguiriam protegê-la do frio. Mas, então, Skandar olhou de soslaio para a amiga. Bobby estava curvada sobre as costas de Falcão, com a mão no peito, arquejando enquanto tentava respirar.

Skandar agarrou uma das rédeas de Falcão para que ela diminuísse o passo.

– Por que estamos parando? – perguntou Flo.

– O que houve? – gritou Mitchell, Vermelha relinchando quando ele parou de repente.

Skandar os ignorou e virou Maroto para ficar asa a asa com Falcão.

– Respire fundo, Bobby – orientou ele. – Respire fundo até passar. Concentre-se em Falcão. Concentre-se no vínculo.

A respiração ofegante de Bobby ecoou no silêncio das Terras Selvagens. Falcão virou a cabeça cinza e olhou fixamente para sua amazona, emitindo ruídos graves para confortá-la.

– Precisamos de você, Bobby. Você consegue – encorajou-a Skandar.

E cada uma daquelas palavras era verdade. Se quisessem ter alguma chance de recuperar Lâmina de Prata, precisavam lutar juntos.

– O que houve? Ela está...

Skandar balançou a cabeça para Flo. Mitchell, pela primeira vez, ficou calado.

A respiração de Bobby foi se suavizando e, por fim, ela conseguiu se levantar. Com a franja grudada na testa por causa do suor, ela respirou fundo até se acalmar.

– Você está bem? – perguntou Skandar. – Podemos continuar?

Bobby assentiu, um pouco trêmula.

– Nem os unicórnios selvagens conseguiriam me deter.

Nesse momento, um guincho agudo cortou a planície.

– É Lâmina! – gritou Flo. – Vamos!

Maroto, Falcão e Vermelha também pareceram reconhecer o grito do unicórnio e começaram a responder.

Os guinchos de Lâmina vinham de uma pequena colina à frente. Não havia nada além de solo seco e poeira, mas um aglomerado de árvores secas coroava o topo. E o vínculo de Flo estava brilhando até ele.

– Skandar? – perguntou Mitchell. – É aqui? E agora, qual é o plano? Como vamos...

– Mitchell, não temos tempo! – retrucou Bobby, com a voz um pouco rouca. – Entramos. Pegamos Lâmina de Prata. Saímos. É isso. *Esse* é o plano!

Skandar teve que concordar com Bobby, porque, mesmo que também preferisse ter algum tipo de plano, não conseguia formular nenhum. Os pensamentos davam voltas e mais voltas em sua mente. Eles cara a cara com o Tecelão. O Tecelão atacando o Continente com um unicórnio de prata. Kenna gritando, seu pai correndo. Erika Everhart. E se fosse verdade? Não conseguia decidir do que tinha mais medo.

Outro guincho ecoou pelas Terras Selvagens.

– Vamos! – gritou Flo.

E, como se compreendesse o desespero dela, Maroto galopou até o alto do morro, com Vermelha e Falcão atrás dele, abrindo caminho por entre as árvores.

A primeira coisa que Skandar viu foi Lâmina de Prata, o vínculo verde brilhante indo de seu peito até o de Flo. O unicórnio chamava a atenção em qualquer lugar, mas ainda mais naquela desolação incolor. Grossas trepadeiras prendiam seu tronco, seu pescoço e sua cabeça, amarrando-o a duas árvores. Ele parecia abatido e sonolento em comparação com sua energia de sempre. Será que já era tarde demais?

Então Lâmina encarou Flo com seus olhos escuros e ficou fora de si, rugindo, bramindo e tentando se desvencilhar das trepadeiras. Flo saltou das costas de Maroto e correu na direção dele, o cabelo negro e prateado flutuando ao vento. Mas, antes que pudesse alcançar Lâmina, antes que pudesse estender a mão para tocá-lo, viu que as árvores, de repente, estavam repletas de unicórnios selvagens. Unicórnios selvagens com cavaleiros e amazonas.

– Flo! – gritaram Skandar, Mitchell e Bobby juntos, quando um dos cavaleiros desmontou e agarrou a garota pela cintura, arrastando-a para longe do unicórnio.

Skandar tentou desesperadamente pensar numa maneira de ajudá-la, mas sua mente continuava em curto-circuito, como acontecia na escola quando ele era incapaz de pensar numa resposta. Ele olhou ao redor. Acariciou o pescoço de Maroto, tentando se acalmar, tentando pensar, mas os unicórnios selvagens estavam se aproximando, e o fedor nauseante de carne pútrida impregnava o ar.

Mitchell examinava os rostos, procurando o primo entre eles. Quando começou a fazer o mesmo, Skandar reconheceu um dos cavaleiros, apesar da faixa branca que ocultava suas feições.

– Joby! Instrutor Worsham, sou eu! – chamou ele, enquanto as criaturas em decomposição se moviam para bloquear cada abertura entre as árvores.

O cabelo de Joby não estava mais preso no rabo de cavalo; agora, caía, comprido e escorrido, em volta do rosto. O símbolo do panfleto – a porta do Criadouro rachada – estava rabiscado na manga de sua jaqueta. Ele encarou Skandar, com os olhos de um azul intenso que contrastava com a mancha branca de tinta em seu rosto, mas não havia nenhum calor neles.

– Como pôde fazer isso? – choramingou Flo enquanto dois dos cavaleiros puxavam seus braços para tentar silenciá-la. – Como pôde ajudar o Tecelão a levar Lâmina quando sabe como é perder seu unicórnio? Como pôde causar essa dor a outra pessoa... a mim? – se engasgou ela com a última palavra.

– Eu não sinto mais dor. Agora tenho um unicórnio – respondeu Joby com frieza, completamente diferente da pessoa que tinham conhecido. – Um novo vínculo. Uma parceria mais poderosa.

O unicórnio selvagem que ele montava bufou, e uma gosma verde voou de suas narinas. Enquanto ele piscava um enorme olho injetado de sangue, Skandar notou uma costela saindo de seu flanco e larvas devorando a pele sangrenta.

– Por favor, ajude-nos! – exclamou Skandar. – Se o Tecelão conseguir um unicórnio prateado, nenhum de nós, nem ilhéus, nem continentais, *nenhum* de nós terá chance!

Mas Joby parecia não estar ouvindo. Ele olhava com adoração para o unicórnio selvagem sobre o qual estava montado, como se fosse a criatura mais preciosa do mundo. E Skandar soube que Joby nunca ia ajudá-los. Estavam por conta própria.

Skandar estava tão ocupado com seu pânico crescente que levou um momento para notar Geada da Nova Era se juntando ao grupo de unicórnios selvagens.

– Bem-vindo, exímio em espírito – disse uma voz rouca.

O Tecelão, envolto em seu manto negro, levantou um dedo longo e ossudo e apontou diretamente para o coração de Skandar.

CAPÍTULO 21

O TECELÃO

— Como você sabe o que eu sou? – perguntou Skandar, com a voz surpreendentemente calma.

– Seu vínculo... o trai.

A voz do Tecelão parecia quebradiça, como folhas mortas sendo pisadas, enquanto as palavras saíam daquele rosto inquietante obscurecido pela tinta branca, indo do alto da cabeça até a ponta do queixo.

– Assim como meu soldado do Ninhal também o traiu – disse o Tecelão, gesticulando para Joby com um braço comprido. – Ele me disse que você ajudaria sua amiga, e que hoje eu conseguiria não apenas um unicórnio de prata, mas também um aliado ao elemento espírito.

Ouviram-se risadinhas baixas vindo dos cavaleiros e amazonas ao redor do círculo.

Skandar desviou o olhar do Tecelão ao ouvir o som. Incapaz de olhar para Joby novamente, estudou os outros rostos pintados de branco. Perguntou-se qual deles seria Claire, a amiga de Jamie; Alfie, o primo de Mitchell; a curandeira; a dona da taverna; a lojista...

– Você está procurando aqueles que poderia reconhecer entre meus soldados? É uma pena que muitos estejam tão fracos. É difícil sobreviver ao processo de tecedura. Tecer duas almas é sempre... arriscado.

O Tecelão suspirou e, por algum motivo, o som era mais inquietante do que a voz que o acompanhava. Como um estertor de morte. Seria Simon Fairfax, o pai de Amber, escondido por trás da pintura?

– Embora eu esteja me saindo cada vez melhor. Deixe-me mostrar.

O Tecelão fez um sinal na direção das árvores, que farfalharam conforme mais unicórnios selvagens se juntavam ao círculo, cada um montado por um cavaleiro ou uma amazona com o rosto pintado de branco. Os unicórnios selvagens fediam a peixe podre, pão mofado e morte. A respiração deles gorgolejava, como se seus pulmões estivessem encharcados de água... ou de sangue.

– Que conveniente que trouxe o resto de seu quarteto com você, exímio em espírito. Uma exímia em ar... – e Bobby grunhiu num tom tão grave que parecia Falcão – e um exímio em fogo também. Junto com Lâmina de Prata e Geada da Nova Era, reuni uma equipe completa de elementos.

– Fique longe deles, Erika!

A voz de Mitchell estremeceu, mas ele conseguiu pronunciar as palavras.

Skandar queria calá-lo. Aquela não era sua mãe. Era...

O Tecelão arqueou o pescoço comprido enquanto suas pálpebras, cobertas de tinta branca, piscaram duas vezes para Mitchell.

– Faz muito tempo que ninguém me chama assim.

Não, por favor, não. Por favor, não pode ser verdade.

Skandar desejou mais do que tudo no mundo não ter ouvido aquelas palavras, poder voltar a acreditar que sua mãe era alguém amável, alguém de quem ele pudesse se orgulhar. O cachecol que ele estava usando, que planejava devolver a ela, de repente parecia sufocá-lo.

O conteúdo da caixa de sapatos que tinham em casa brotou em sua mente.

Como era possível que a mulher que seu pai havia amado, que deixara para trás um marcador de página, um grampo de cabelo, um chaveiro do horto, também fosse uma ladra, uma assassina? Erika Everhart havia matado vinte e quatro unicórnios antes de ir para o Continente, antes mesmo de ser sua mãe. O corpo inteiro de Skandar tremeu. A única coisa que impedia que seu coração se estilhaçasse em milhares de fragmentos era o vínculo, que Maroto segurava com força, enquanto imagens do rosto de uma mãe amorosa se dissipavam como fumaça se desprendendo das costas de um unicórnio e eram substituídas por ela, por Erika Everhart... pela Tecelã.

Mitchell estava falando novamente.

– Devolva Lâmina de Prata e Flo, ou vamos contar a todo mundo quem você é. Deixe-nos ir e vamos deixá-la em paz.

A risada rouca da Tecelã interrompeu a óbvia mentira.

– Você acha mesmo que eu os deixaria ir? Depois de me *ameaçar*? Depois de me dizer que sabe meu nome de batismo? Vou tecer a alma de seus unicórnios na minha, mas vocês quatro não vão viver para contar essa história.

A tinta na boca da Tecelã rachou quando ela retorceu os lábios num sorriso.

– Pense em todas as almas desesperadas que agora posso tecer a unicórnios selvagens. Muitos desejam se vincular a um unicórnio, mas a porta do Criadouro permanece cruelmente fechada para eles. Nenhum dos meus soldados veio até mim contra sua vontade. Eles não foram *sequestrados*; eles vieram até mim por livre e espontânea vontade. E agora, com o poder de um unicórnio de prata, meu leal exército vai se tornar maior do que jamais sonhei.

Os soldados gritaram junto com ela, entusiasmados, e Skandar se perguntou, ao observar seus olhos e suas expressões vazias, se tinham alguma escolha além de continuar lutando pela Tecelã.

– Isso mesmo, isso mesmo – rosnou a Tecelã. – Vamos derrubar cada sentinela. As defesas da Ilha estão, na melhor das hipóteses, fragilizadas. Venho testando-as há meses. O Continente será meu. A Ilha será minha. Nada vai me deter.

– Por favor... – e as palavras de Skandar eram apenas um sussurro. – Você não é assim, não pode ser assim.

As emoções se chocavam contra ele como ataques de água, mas Skandar se aferrava a um pensamento, um farol brilhante cheio de esperança. Erika havia gravado o nome dele na árvore de Lua de Sangue *depois* de deixar o Continente. Isso tinha que significar alguma coisa. Sua mãe simplesmente não o havia reconhecido ainda, e tudo bem, era normal, porque Skandar era um bebê quando ela o vira pela última vez. Mas, se revelasse quem era, talvez conseguisse convencê-la. Talvez pudesse fazê-la enxergar que ela não precisava ser a Tecelã. Ela poderia ser simplesmente Erika Everhart. Poderia ser simplesmente sua mãe.

De maneira quase involuntária, Skandar empurrou Maroto em direção a Geada da Nova Era. Maroto lutou contra o perigo, bufando e mostrando os dentes, estendendo as asas para parecer o maior possível diante da sombra gigantesca do unicórnio cinza.

– Você tem que parar com isso – disse Skandar, com a voz embargada. – Por favor, olhe para mim – suplicou ele. – Não sabe quem eu sou? Não me reconhece?

– Você é um exímio em espírito recém-saído do Criadouro. E eu não preciso de você.

Skandar percebeu que os unicórnios selvagens iam se aproximando pouco a pouco: os velhos joelhos de ossos partidos e os cascos podres golpeando o chão duro.

– Joby não lhe disse meu nome, não é? – perguntou Skandar, olhando para o antigo instrutor. – Ele não achou que fosse importante. Ele não sabia.

– Por que eu deveria me importar com seu nome? – retrucou a Tecelã com a voz áspera. – Em alguns minutos você estará morto, e seu nome não terá nenhuma importância.

Skandar sentiu lágrimas de desespero escorrendo pelo rosto. Ele deixou que rolassem. Se compreendesse quem ele era, então Erika ia parar, não ia? Se o buraco no coração dela fosse tão grande quanto o que ela havia deixado no seu, então isso com certeza mudaria as coisas.

Ele respirou fundo. No dia da Copa do Caos, quase um ano antes, seu pai lhe contara uma história. Uma história de uma promessa feita a um bebê, selada com o toque mais suave na palma da mão.

– Sou eu, mãe – disse Skandar com a voz trêmula. – Olhe – e ele fez um gesto indicando Maroto. – Você me prometeu um unicórnio... e aqui está ele. Eu me tornei um cavaleiro, como você queria.

A Tecelã piscou, a tinta branca nas pálpebras amplificando o movimento.

Skandar mal conseguia falar em meio às lágrimas, mas conseguiu dizer mais oito palavras.

– Meu nome é Skandar Smith – falou ele, desenrolando o cachecol preto do pescoço e o estendendo para ela por cima da asa de Maroto. – E eu sou...

– Meu filho – disse Erika Everhart, a luz do reconhecimento por fim se acendendo em seus olhos assombrados.

Silêncio. Até os unicórnios ficaram quietos.

– Já se passaram mesmo treze anos? Como... Como você... Ahhh... – e o som do entendimento fez com que sua boca se abrisse como um bocejo. – A-ga-tha – disse, pronunciando cada sílaba do nome da Carrasca devagar, deleitando-se, como se as estivesse saboreando. – Minha irmãzinha – e Erika estendeu a mão na direção do cachecol preto que Skandar segurava, pegando-o com avidez. – Eu deveria ter adivinhado. Ela me deu esse cachecol pouco antes de eu entrar no Criadouro.

– Irmã? – perguntou Skandar, piscando em meio às lágrimas silenciosas. – Agatha é sua irmã? A Carrasca?

Ele se lembrou de como o pai tinha identificado algo familiar em Agatha, quase como se a tivesse reconhecido. E de Agatha implorando: *Por favor, não mate o Tecelão.*

– Sua irmã... minha tia... me trouxe para a Ilha?

– E me levou para o Continente – disse Erika. Seus olhos tinham uma expressão distante enquanto ela colocava ternamente o cachecol em volta do próprio pescoço comprido. – Depois de Lua de Sangue...

Depois dos Vinte e Quatro... Eu tive que me esconder. Tive que fugir. Quando estava no meu pior momento no Continente, escrevi para ela... antes. Pedi a ela que garantisse que meus filhos se tornassem amazona e cavaleiro. Eu deveria saber. Agatha Everhart sempre cumpre suas promessas. Eu deveria tê-la impedido. Agatha trouxe Kenna também?

Erika olhou para trás de Skandar, como se sua filha pudesse estar ali.

Algo naquele gesto fez Skandar ficar furioso com a mãe. Ela não estava feliz em vê-lo? Parecia estar mais preocupada com o cachecol do que com ele, mais com onde Kenna estava do que com o fato de seu filho estar diante dela. Ele disparou uma série de perguntas.

— Mas por que você mesma não voltou para nos buscar? Por que Agatha, e não você? E o nosso pai? Você nos abandonou. Você me abandonou! Por quê? Por que fez isso? — e a voz dele falhou na última palavra.

— A Ilha estava me chamando. Havia coisas que eu precisava fazer. Planos que eu precisava colocar em ação.

Erika gesticulou para seus soldados.

— O quê? — explodiu Skandar. — E isso era mais importante do que eu? Mais importante do que Kenna e do que nosso pai?

— Você é só uma criança. Ainda não entende essas coisas. Mas vai entender.

Skandar balançou a cabeça com veemência. Estava tão furioso que tinha se esquecido completamente do temor que a amazona de Geada da Nova Era lhe infundia. Tinha passado a vida inteira sentindo falta da mãe, a infância inteira desejando que ela ressuscitasse. E agora ela estava ali e não parecia se importar nem um pouco com ele. Ela nem parecia *arrependida*.

— É culpa sua a Kenna não estar aqui — disse ele, tentando provocar uma reação. — Exímios em espírito não podem tentar abrir a porta do Criadouro, e aposto que Kenna é igual a mim. E, por sua causa, ela nunca vai conhecer o unicórnio que foi destinado a ela. Nunca vai poder vir para casa!

— Meu filho — e Erika Everhart abriu os braços —, você fala de unicórnios *destinados*, mas o destino não deveria determinar se uma pessoa se torna cavaleiro ou amazona. Olhe para os meus soldados... Eu dei unicórnios a eles porque eles *queriam*, não porque abriram uma porta velha e emperrada. E, quando formos para o Continente, posso tecer um vínculo para sua irmã com o unicórnio selvagem que ela escolher. Fairfax escolheu sua nova unicórnio, não foi?

Erika acenou para um dos cavaleiros montado numa unicórnio selvagem. Simon Fairfax tinha os olhos da filha.

– Você é sangue do meu sangue, minha família, meu filho. Junte-se a mim, Skandar. Juntos, podemos prometer a todos um unicórnio, que se dane o destino.

Por uma fração de segundo, Skandar considerou a ideia. Aquela possibilidade o arrebatou: ter um lugar junto à mãe. Dar a Kenna o unicórnio que ela tanto desejava. Descobrir quem ele era de verdade. Encaixar a peça que faltava no quebra-cabeça de seu coração. Tecer sua família para que ela pudesse ficar completa de novo.

– Junte-se a mim – insistiu Erika Everhart. – Como meu filho, você será fiel a mim e vai me ajudar a construir meu exército. Vai usar o elemento da morte ao meu lado. Vamos vincular continentais a unicórnios selvagens, incluindo sua irmã e seu pai. Nada poderá nos deter. Nosso exército de párias cumprirá nossa missão. Vamos dominar o Ninhal, a Ilha, o Continente. Sim, juntos seremos mais fortes. Eu vejo isso agora.

Mas Skandar viu algo diferente. Ele viu a Ilha devastada, o Criadouro escuro e vazio, sua grande porta partida ao meio. Ele viu o sofrimento dos unicórnios selvagens gravado em rostos humanos: mortalidade e imortalidade costuradas para viver numa desarmonia desoladora. Viu Kenna e o pai cercados de morte e destruição. Viu a si mesmo com todo o poder do mundo, e isso o fez estremecer. A imagem radiante de sua família reunida, todos vivendo juntos na Ilha, se despedaçou.

E a verdade se descortinou diante dele como se, no fundo, ele sempre soubesse disso. Tinha passado a vida toda desejando ter uma mãe que lhe dissesse quem ele era. Mas agora que ela estava ali, pedindo que ele fizesse essa escolha, Skandar se deu conta de que não precisava que ela lhe dissesse nada. Ele sabia exatamente quem era. Ele era corajoso. Leal. Gentil. Não gostava de fazer mal às pessoas. Às vezes, tinha medo, mas isso o tornava mais corajoso. Era um exímio em espírito, mas também era Skandar Smith de Margate, que amava a irmã e o pai, mesmo que, às vezes, amar o pai fosse difícil. Não precisava saber se Agatha o havia levado para a Ilha para fazer o bem ou o mal, porque podia escolher o bem. Ele era uma boa pessoa. Nunca se uniria à Tecelã... mesmo que ela fosse sua mãe.

A Tecelã se aproximou de Maroto com Geada da Nova Era, e Skandar percebeu que a forma como o corpo dela se movia como vapor sob a mortalha não parecia humana. Seus olhos escuros estavam famintos e o devoravam. Skandar se lembrou do unicórnio selvagem que tinha visto em seu primeiro dia na Ilha. A tristeza profunda em seus olhos, como se estivesse buscando algo dentro de si que havia perdido.

— Sinto muito que Equinócio da Lua de Sangue tenha morrido. Sinto muito mesmo — falou Skandar com ternura. — Não consigo nem imaginar sua dor. Mas foi um acidente! E desde então você vem punindo a Ilha por essa tragédia.

— A morte de Lua de Sangue não foi um acidente.

— Você nunca vai conseguir substituí-la — disse Skandar. — Não importa quantos unicórnios vinculados você roube. Não importa quantos unicórnios selvagens acorrente a pessoas desesperadas para serem cavaleiros e amazonas. Não importa quão poderosa você se torne. A verdade, Erika, é que você nunca vai ter Lua de Sangue de volta. É impossível. E sua unicórnio nunca desejaria essa vida para você. Ela teria ficado muito decepcionada... assim como eu estou.

— Você não sabe o que está dizendo — rosnou a Tecelã. — Foi doutrinado pelo Ninhal, pelo Conselho, pelo Círculo de Prata. Veja só como eles foram rápidos em recrutar minha irmã para ser a Carrasca, em se voltarem contra os exímios em espírito, em mantê-los fora do Criadouro, como todos os outros que consideram *indignos* de um unicórnio.

Eles querem nos impedir de ter acesso ao Criadouro, todos nós que não temos um vínculo perfeito. Meus soldados são a prova de que as coisas não precisam ser assim.

– Seus soldados só fazem o que você ordena.

Skandar havia adivinhado isso no momento em que olhou para o rosto de Joby. Talvez seu instrutor quisesse um unicórnio mais do que fazer a coisa certa, mas nunca teria entregado Lâmina de Prata para a Tecelã. Não sem que houvesse algo mais acontecendo.

– Quando tece os vínculos, eles também ficam vinculados a você, não ficam? Eles querem o que você quer. Eles lhe obedecem sem pensar duas vezes.

– Eles estão felizes. Têm os unicórnios que prometi. Estou aqui para liderá-los, para usar abertamente o elemento espírito. Não é isso que você quer também, Skandar? Liberdade?

Skandar balançou a cabeça.

– O que você tem não é liberdade! A única coisa que importa para você é poder e vingança. Mas se esqueceu de que há coisas mais importantes. Nunca vou me unir a você.

Uma luz se apagou nos olhos da Tecelã. A mudança foi sutil, repentina... e mortífera. Pela primeira vez desde que ela havia revelado quem era, Skandar sentiu medo da Tecelã.

– Você está errado – disse ela. – Não há nada mais importante do que o poder. Nada! Mas não posso perder tempo tentando fazer você entender. Você ainda não é digno de caminhar ao meu lado!

– Eu *nunca* vou caminhar ao seu lado! – respondeu Skandar, num misto de grito e choro.

A Tecelã levantou um dedo comprido.

– Capturem os unicórnios! Eu os quero vivos! – gritou ela.

Caos. Os cavaleiros e amazonas com a faixa branca pintada no rosto começaram a se aproximar de Maroto, Falcão e Vermelha. Bobby gritou, com raiva, e um raio atingiu uma árvore próxima a Lâmina de Prata, que explodiu, disparando estilhaços por toda parte. Mitchell lançou bolas de fogo na Tecelã e em Geada da Nova Era enquanto eles corriam para trás de uma parede protetora de unicórnios selvagens. Skandar viu um lampejo preto e prateado quando Flo conseguiu se livrar do soldado que a segurava e saltou nas costas de Lâmina de Prata. Com a palma emitindo um brilho vermelho, ela queimou as videiras que prendiam o unicórnio, que rugiu em triunfo.

— Ainda estamos cercados! — exclamou Skandar, ouvindo Bobby gritar por cima dos guinchos dos unicórnios selvagens, enquanto Flo voltava a se juntar a Falcão, Vermelha e Maroto no meio das árvores.

— Eles não podem atacar — afirmou Mitchell. — Não podem arriscar nos matar ainda... não se ela quiser nossos unicórnios.

Mas Skandar não estava ouvindo. Sua palma emitia o brilho branco do elemento espírito, e ele estava olhando — realmente olhando — para os unicórnios selvagens e seus cavaleiros. Podia ver os fios brancos que os uniam, mas eram diferentes dos vínculos de seus amigos. Não pareciam tão perfeitos nem tão estáveis. Davam a impressão de que poderiam ser desfeitos.

Agatha tinha razão: só um exímio em espírito poderia deter os planos da Tecelã.

Embora as lágrimas ainda estivessem escorrendo por seu rosto, de alguma forma Skandar via tudo com clareza em sua mente. Ele tinha que proteger os amigos. Tinha que proteger seu unicórnio.

— Vocês conseguem disparar magia elemental nos unicórnios selvagens? — gritou Skandar para seu quarteto. — Não tentem acertá-los. Eu só preciso de uma distração. Acho que Maroto e eu podemos fazer uma coisa.

Eles assentiram, primeiro para Skandar, depois uns para os outros, as palmas iluminadas pela magia do fogo, do ar e da terra. Os ataques com elementos se misturaram às explosões dos unicórnios selvagens, e logo o ar ficou impregnado com o fedor.

— Está pronto para tentar? — sussurrou Skandar para seu unicórnio, enquanto permitia que sua palma emitisse um brilho branco.

O cheiro do elemento de Skandar preencheu suas narinas: canela e couro, mas também uma acidez que lembrava vinagre. Ele estendeu a mão com a luz branca, dirigindo cuidadosamente suas ramificações para o fio brilhante que unia o unicórnio selvagem mais próximo e seu cavaleiro. Depois que a luz envolveu o vínculo instável, os dedos de Skandar dançaram no ar como se ele estivesse tocando um instrumento invisível. E, quando conseguiu enganchar o vínculo, ele moveu o pulso para um lado e para o outro, como se estivesse desenhando. Maroto ficou imóvel, concentrado como seu cavaleiro, enquanto eles puxavam e desfaziam os falsos vínculos. Skandar nunca havia se sentido tão conectado com seu unicórnio. Nunca haviam trabalhado com tanta afinidade, sua magia em completa sintonia.

Skandar tinha a sensação de que desfazer os laços era o certo – o natural –, e sentia que Maroto também compreendia isso. As conexões tecidas não ofereceram resistência, quase como se os vínculos soubessem que nunca deveriam ter sido criados. Um por um, os unicórnios selvagens foram se aquietando e desabando no chão. Seus cavaleiros e amazonas piscavam, surpresos, olhando para cima como se estivessem acordando de um sono longo e intermitente.

– Qual é o problema de vocês? – gritou a Tecelã enquanto observava os unicórnios selvagens tombarem ao seu redor. – Levantem-se! – gritou ela para seus soldados. – Levantem-se, é uma ordem!

Então ela olhou para Skandar, que acabara de desfazer o último vínculo, entre Joby e seu unicórnio selvagem. Ambos tombaram no chão: vivos, mas imóveis.

– EXÍMIO EM ESPÍRITO! – guinchou a Tecelã, e galopou com a força adulta e plenamente desenvolvida de Geada da Nova Era para cima de Sorte do Maroto.

Skandar ficou paralisado. De repente, a única coisa em que conseguia pensar era que não havia como escapar. A Tecelã estava indo atrás de Maroto. A Tecelã ia destruir seu vínculo. Sua mãe ia fazer isso com eles, não havia nada pior no mundo. Ele era muito lento. Ela era muito rápida.

Mas, naquele momento, Lâmina de Prata se ergueu entre Maroto e Geada da Nova Era e golpeou o ar com seus cascos, disparando rochas flamejantes e forçando Geada a recuar.

– Como se atreve a tirar Lâmina de Prata de mim? – questionou Flo, parecendo uma autêntica e destemida amazona do Caos. A autoridade em sua voz soou como os sinos do Ninhal.

Surpresa, a Tecelã se abaixou, agarrando o pescoço de Geada da Nova Era no momento em que uma pedra passou roçando por sua bochecha.

Os olhos de Lâmina de Prata cintilaram com um brilho vermelho, e o unicórnio bramiu, cuspindo fogo na direção do céu. Pela primeira vez, Skandar realmente entendeu o poder de um unicórnio de prata, a aterradora combinação de majestade e força. Então, quando Flo soltou outro grito de ira, a palma de sua mão emitiu um brilho verde e ela conjurou um escudo de vidro grosso entre Geada e o restante de seu quarteto.

– Skar! – gritou Flo, o braço tremendo por causa do esforço. – Vamos! Eu não sei quanto tempo vou aguentar. Você consegue romper o vínculo dela?

– Vamos embora! – gritou Skandar para ela enquanto a Tecelã disparava chamas sobre o escudo. – Não é seguro. E se ela acertar Lâmina?

– Sério, Flo, que hora para ficar tão corajosa! – gritou Bobby.

– Ele é um unicórnio prateado, lembram? – gritou Flo de volta, a palma fervilhando com a magia da terra. – A Tecelã não pode matá-lo com o elemento espírito.

– Não! – vociferou Skandar. – Mas ela pode usar os outros elementos para matar *você*!

CRACK. Uma rachadura percorreu a superfície do escudo de vidro de Flo.

– Não quero apressá-los – disse Mitchell com a voz trêmula –, mas esse escudo não vai resistir para sempre, então...

– Vamos, Skandar! – e Bobby bateu com as rédeas no joelho dele.

Skandar entrou em ação. Passou pelas rachaduras no escudo de Flo com o elemento espírito, buscando o vínculo entre a Tecelã e Geada da

Nova Era. Ele não tinha visto no início, mas o vínculo era muito fino e estava tecido com frouxidão em torno de outro vínculo azul brilhante, de forma que Skandar achou que seria fácil.

– Argh!

Skandar sentiu um aperto doloroso perto do coração. Não conseguia ver o vínculo que o unia a Maroto, mas sentia que a Tecelã tentava separá-los.

Sorte do Maroto guinchou, confuso e desesperado. Em seguida, empinou, alto e devagar, dando coices na direção de Geada da Nova Era. O unicórnio negro emitiu um som que Skandar nunca ouvira antes, parecido com o guincho de um unicórnio selvagem. E, através do escudo cada vez mais rachado de Flo, por trás de Erika Everhart envolta na mortalha, Skandar viu os unicórnios selvagens começarem a se levantar do chão.

A Tecelã devia ter percebido que algo estava errado, porque olhou por cima do ombro. A força com que sua magia do elemento espírito se aferrava ao vínculo de Skandar diminuiu. Os unicórnios selvagens agora rodeavam Geada da Nova Era como abutres, com baba escorrendo da boca e os fantasmagóricos chifres transparentes na penumbra.

– Você não pode mais controlá-los! – gritou Skandar por trás do escudo. – Achou que eles eram seus soldados, mas não são. Unicórnios selvagens são livres, mais livres do que qualquer um de nós.

A Tecelã grunhiu enquanto os unicórnios selvagens davam mais alguns passos.

– Você tentou ser mais esperta que eles – continuou Skandar, que se sentia conectado aos unicórnios selvagens de alguma forma. Ele entendia como as criaturas tinham sofrido com a Tecelã. – Você tentou dar a eles cavaleiros e amazonas para os quais nunca estiveram destinados. E isso nunca ia funcionar. Eles são imortais. Morrem para sempre enquanto nós morremos num segundo. Eles conhecem a verdade em seus corações... e nunca pertenceram a você!

Os unicórnios selvagens rugiram em uníssono. A palma da Tecelã emitiu um brilho azul para se defender com a magia da água. Mas Skandar não ia permitir que ela fizesse mais mal aos unicórnios selvagens do que já tinha feito.

– Desfaça o escudo! – gritou ele para Flo, e o vidro se estilhaçou.

A palma de Skandar emitiu um brilho branco intenso, e ele disparou um golpe direto no coração da Tecelã. O túnel de luz envolveu seu vínculo com Geada da Nova Era num deslumbrante casulo de magia do elemento espírito, fazendo com que ele se fragmentasse e ficasse mais fino. Mas Skandar não era forte o suficiente para rompê-lo por completo.

Bobby foi a primeira a reagir. Sua magia amarela do ar se juntou ao túnel branco do elemento espírito. Então, a injeção verde de magia da terra de Flo e o vermelho do fogo de Mitchell se juntaram aos outros três fios, as cores se entrelaçando e se unindo ao branco da energia de Skandar, que podia sentir o vínculo da Tecelã se afrouxando.

– Ajudem! – gritou ele para os unicórnios selvagens, desesperado, na esperança de que eles entendessem.

Na esperança de que, se os ajudassem, ele e seus amigos sairiam vivos. Na esperança de que seu vínculo com Maroto sobrevivesse. E, em algum lugar lá no fundo, também na esperança angustiada de que talvez, se derrotasse a Tecelã, sua mãe ocupasse o lugar dela.

A terra tremeu e o ar se encheu de magia bruta: não a magia elemental refinada dos unicórnios vinculados, nem as explosões dispersas dos unicórnios selvagens, mas a magia de todos os cinco elementos combinados em pulsos de energia primitiva, explosões de cores, cheiros e formas que Skandar nunca tinha visto. Era o tipo de magia que existia havia muito mais tempo do que qualquer humano poderia imaginar. Os unicórnios bramiram em uníssono, e a magia deles se somou ao ataque do quarteto à Tecelã.

O vínculo entre a Tecelã e Geada da Nova Era se rompeu. O unicórnio cinza rugiu, furioso, se empinou sobre as patas traseiras e lançou a Tecelã longe. Os unicórnios selvagens começaram a chamar uns aos outros com seus estranhos gritos assombrosos, e Falcão, Vermelha, Maroto e Lâmina se juntaram a eles.

Um unicórnio selvagem se aproximou de Skandar e Maroto. Era o maior de todos, mas também era – a julgar pelo aspecto de sua pelagem em estado avançado de decomposição e por seu corpo esquelético – um dos unicórnios mais antigos da colina. Skandar se perguntou por quanto tempo ele estaria vivo. Por quanto tempo estaria morrendo. O animal encarou Skandar com seus olhos vermelhos e fundos e emitiu um som grave e retumbante.

– Obrigado – sussurrou Skandar.

O unicórnio selvagem deu meia-volta e levou seu rebanho para longe, deixando para trás a Tecelã, caída no chão, e seus antigos cavaleiros e amazonas, agora escondidos entre as árvores e os arbustos. Juntos desceram a colina para se reunir com o restante dos unicórnios que habitavam as Terras Selvagens.

A Tecelã se moveu, rolando de lado. A mortalha pendia de seu ombro e a pintura branca em seu rosto estava meio borrada. O cachecol preto jazia no chão, como uma cobra morta. Ela parecia fraca e exausta. Ainda assim, por baixo de tudo aquilo, Skandar entreviu um rosto que poderia ter se parecido com o de Kenna um dia.

Ele se aproximou dela, hesitante. Ousando esperar ver algo diferente em seus olhos. Uma vencedora de duas Copas do Caos. Uma comodoro. Sua mãe.

– M-mãe?

Várias coisas aconteceram ao mesmo tempo. Gritos encheram o ar – chamados de resgate – enquanto a Tecelã agarrava o cachecol preto e emitia um som profundamente agudo. Sentinelas montadas em unicórnios surgiram por entre as árvores com grande estrépito, Aspen McGrath sentada atrás de uma delas, o cabelo ruivo esvoaçando.

Em meio a toda aquela confusão, Skandar não teve tempo de reagir quando um unicórnio selvagem que ele não tinha visto até então surgiu na floresta, e a Tecelã saltou sobre ele, um fio brilhante unindo seus corações. Skandar tentou descobrir a cor do vínculo, mas não conseguiu identificar tonalidade nenhuma enquanto o vínculo se estendia entre eles. A Tecelã havia se vinculado a mais de um unicórnio. Até mesmo Geada da Nova Era era dispensável.

– Por ali! – gritou Aspen enquanto avançava por entre as árvores. – Atrás deles! Aquele era o Tecelão!

– Ela está fugindo! – gritou Flo.

Skandar ficou em silêncio. Não tinha mais palavras. Nem lágrimas. A raiva, a decepção e a mágoa haviam desaparecido. Enquanto observava a Tecelã se distanciar a galope, a única coisa que sentia era tristeza.

Algumas sentinelas ficaram para proteger a comodoro enquanto outras perseguiam a Tecelã pelas Terras Selvagens, mas Skandar teve a sensação de que não iam capturá-la. Não daquela vez.

– Um de vocês, jovens cavaleiros e amazonas, pode me dizer... – e Aspen McGrath parou no meio da frase quando viu Geada da Nova Era trotando em sua direção. Ela desabou no chão, agarrando-se a uma de suas pernas cinzentas.

– Não acredito. É você. Eu...

A voz de Aspen tremia em meio aos soluços.

Ela virou a palma da mão para cima. Esfregou-a. Fechou o punho, em seguida, abriu a mão novamente. Aspen franziu a testa profundamente.

– Não entendo. Ele está aqui, mas minha magia desapareceu. Vejam, eu nem consigo invocar o elemento água com o vínculo.

Ela não estava se dirigindo a Skandar, mas ele falou mesmo assim, porque achava que sabia a resposta.

– A Tecelã estava vinculada a Geada da Nova Era. Ela só... – explicou Skandar, deduzindo tudo enquanto falava – teceu o próprio vínculo por cima do seu, e acho que deve ter afetado sua magia.

– Mas Geada não está mais vinculado ao Tecelão?

– Não – disse Skandar, balançando a cabeça. – Eu... Nós... – gesticulou ele, indicando os amigos –, de alguma forma, conseguimos romper o vínculo deles.

Aspen olhou para cada um deles, ainda franzindo o cenho.

– Não entendo. Eu sinto o vínculo, mas não consigo... Vejam – e ela mostrou a palma da mão novamente. – Nada – suspirou ela, tocando um de seus ombros mutado em gelo como se isso pudesse aproximá-la de seu unicórnio. – Estamos juntos, isso é o mais importante. Ele está vivo – fungou ela. – Mesmo que nosso vínculo não esteja.

Skandar sabia o que tinha que fazer. Não podia deixar Aspen e Geada da Nova Era daquela forma. Não se pudesse ajudar, e ele soube que poderia assim que Aspen apareceu na clareira. O vínculo ainda estava lá, coração com coração, embora parecesse desgastado e frágil. Tinha que ajudá-los, mesmo que isso significasse perder tudo.

– Acho que posso consertar seu vínculo – disse Skandar bem baixinho.

Ele ouviu Mitchell respirar fundo e viu Flo levar a mão à boca. Eles sabiam o que ele ia fazer. Sabiam o que ele estava arriscando.

– Como? – perguntou Aspen, parecendo irritada agora. – Quem é você? Um Filhote? Claro que você não pode consertar meu vínculo. A história de que você rompeu o vínculo do Tecelão não pode ser verdade. Para ver o vínculo você teria que ser...

– Um exímio em espírito – afirmou Skandar, terminando a frase por ela, e arregaçando a manga de sua jaqueta azul para mostrar a mutação.

Aspen deu um passo para trás, aproximando-se de Geada da Nova Era. As sentinelas ficaram tensas, prontas para atacar.

– Como? Você? Como você conseguiu entrar no Criadouro?

– Não importa – disse Skandar com firmeza. – Estamos aqui e podemos ajudá-la. Isso é o mais importante.

– Por que você se arriscaria dessa forma? Por que me ajudaria? – perguntou Aspen, incrédula.

– É, por quê? – murmurou Bobby.

– Porque eu não sou a Tecelã – falou Skandar, sorrindo com tristeza para Aspen. – E esse foi o erro que vocês cometeram em relação aos exímios em espírito desde o começo. Vocês acham que somos todos como a Tecelã, mas não somos. Eu quero ajudar você porque é a coisa certa a se fazer. Porque você e o Geada da Nova Era pertencem um ao outro.

— Imagino que vá querer algo em troca – disse Aspen com perspicácia, aproximando-se de Maroto e cruzando os braços.

Skandar hesitou. Não tinha parado para pensar que poderia barganhar com ela para consegui algo que *ele* quisesse.

— Bem – disse ele lentamente, pensando muito bem no que ia dizer –, primeiro, quero que liberte todos os exímios em espírito.

— Não posso...

— Pode. Você pode porque agora sabemos quem é a Tecelã.

Aspen franziu a testa.

— Quem?

— Erika Everhart.

— Ela está morta.

— Não está – interveio Mitchell. – E temos provas.

— Os unicórnios aliados ao elemento espírito estão mortos, graças ao Círculo de Prata e à Carrasca, que eles chantagearam – disse Skandar, deixando claro o desgosto em sua voz –, mas liberte os cavaleiros e as amazonas. É o mínimo que você pode fazer. Ainda que precise prender Simon Fairfax, que está bem ali. Aposto que ele ajuda a Tecelã há anos.

Skandar apontou para o pai de Amber, que ainda estava inconsciente no chão.

— Não posso libertar a Carrasca – avisou Aspen. – O Círculo de Prata jamais concordaria com isso. Há muita história por trás desse caso. E seu unicórnio aliado ao espírito ainda está vivo.

Skandar fez uma pausa, em seguida, assentiu. Ainda não sabia muito bem o que pensar a respeito de Agatha, mas não estava disposto a arriscar a liberdade de todos os outros exímios em espírito por causa dela.

— O que mais? – perguntou Aspen, a ruga em sua testa se aprofundando.

— Comece a deixar que os exímios em espírito tentem abrir a porta do Criadouro.

— Fora de cogitação.

Skandar já esperava por isso, mas achou que valia a pena tentar. Então tentou outra coisa.

— Quero que me deixe treinar como um exímio em espírito e quero que todos saibam disso. Se eu terminar meu treinamento e nenhum mal acontecer a ninguém, então você vai permitir que os exímios em espírito tentem abrir a porta do Criadouro, como antes. Vai devolver o elemento espírito ao Ninhal.

Aspen suspirou.

— Posso concordar com isso em teoria, mas meu tempo como comodoro está quase acabando. Como espera que eu convença os outros?

— Faça disso uma lei da Ilha. Você ainda tem tempo. A Copa do Caos é só na próxima semana. E você pode ganhar outra vez, nunca se sabe.

Skandar viu Aspen engolir em seco. Ele sabia quanto isso a tornaria impopular. Mas o garoto não se importava. Queria treinar com o elemento espírito.

— Temos um acordo, então? Os exímios em espírito ficam livres e eu posso treinar abertamente com o elemento espírito, assim como os outros quatro elementos.

Aspen assentiu de má vontade.

— Só se conseguir restaurar nosso vínculo. Senão, não há acordo.

A comodoro montou em Geada da Nova Era, e Skandar invocou o elemento espírito na palma da mão com a mesma facilidade com que respirava. Concentrou sua atenção na ligação entre a alma humana e a do unicórnio: desgastada, danificada, mas, o mais importante, intacta. A magia do espírito de Skandar brilhou e dançou ao longo do vínculo azul desbotado, revivendo-o e reparando-o de ponta a ponta. A luz branca foi ficando cada vez mais brilhante até que toda a colina da Tecelã se iluminou graças a ela. Talvez pudesse ser vista até mesmo do Ninhal, como uma nova estrela nascida para iluminar as Terras Selvagens desprovidas de cor.

Lágrimas correram pelo rosto de Aspen McGrath quando seu vínculo voltou a resplandecer com um azul brilhante e a luz do elemento água encheu sua palma. Skandar imaginou como ela devia estar se sentindo: como se estivesse de volta ao Criadouro, o vínculo recém-forjado em torno de seu coração.

Ao contrário da Tecelã, Skandar não precisava de truques. Ele não precisou tecer as almas para reparar o vínculo.

Duas almas destinadas uma à outra nunca podem ser separadas.

CAPÍTULO 22

LAR

Skandar, Bobby, Flo e Mitchell recusaram a oferta de Aspen de que uma sentinela os escoltasse de volta ao Ninhal. Em vez disso, decolaram da colina coberta de árvores e, montados em Maroto, Falcão, Lâmina e Vermelha, sobrevoaram o solo rachado das Terras Selvagens, aliviados por deixá-la para trás quando o chão abaixo deles ficou verde e exuberante outra vez.

O grupo aterrissou em Quatropontos para postergar um pouco mais o retorno ao Ninhal. Depois de tudo, Skandar mal podia esperar para ver o pai e Kenna, mas também foi bom – apenas por alguns minutos – não falar do que havia acontecido, nem do que *quase* havia acontecido, no bosque da Tecelã. Todos eles sabiam que, em pouco tempo, teriam que dar algumas explicações, depois que Aspen tivesse – como ela mesma dissera – descoberto como dar a notícia sobre o exímio em espírito.

Quando chegaram ao estádio deserto, a única evidência de que a Prova de Treinamento havia sido realizada ali era uma coleção de pegadas na areia e o quadro-negro com os resultados escritos com giz. Skandar nem havia parado para pensar se havia sido declarado nômade ou não. Até aquele momento, diante do fato de que sua mãe estava viva, de que Lâmina de Prata tinha sido capturado e de que precisavam deter a Tecelã, aquilo não parecera tão importante.

Naquele momento, no entanto, ele não queria olhar para o quadro. Não queria ser declarado nômade nem ter sua insígnia despedaçada, mas, acima de tudo, não queria deixar seu quarteto. Olhou para os amigos enquanto eles observavam o quadro, montados em seus unicórnios sob o sol do fim da tarde. Flo estava com os olhos semicerrados, como se também não quisesse ver o que estava escrito no quadro. Bobby esboçava um sorriso no canto dos lábios. Os olhos de Mitchell se moviam de um lado para o outro como se ele estivesse memorizando cada nome e posição.

Skandar sentiu uma onda de amor por eles, que foi imediatamente ultrapassada pelo medo, ambos os sentimentos disputando o primeiro lugar em seu peito. Se tivesse que deixar o Ninhal, não seria o mesmo. Eles tinham sido os primeiros – os únicos – amigos que ele fizera na vida, e continuariam sua vida sem ele. No ano seguinte, aprenderiam a conjurar armas, falariam dos seus respectivos refúgios, comparariam selas, ririam dos peidos explosivos de Vermelha nos momentos mais inapropriados e continuariam a recusar os sanduíches de emergência de Bobby enquanto compartilhavam teorias sobre onde ela conseguia o pão.

Haveria dias difíceis em que eles perderiam batalhas celestes e outros em que celebrariam as vitórias e abraçariam Falcão, Vermelha e Lâmina. Provavelmente se esqueceriam daquele exímio em espírito solitário que nem sequer havia passado de seu ano como Filhote, aquele que tinha causado tantos problemas. Skandar sentiu uma pontada de preocupação vinda de Maroto: os sentimentos fluíam muito mais facilmente entre eles agora. Era quase como se pudessem conversar um com o outro por meio do vínculo.

Mas isso não ajudou. Não daquela vez. Skandar baixou o olhar para a crina de Maroto, recusando-se a olhar para cima. Não estava preparado. Não depois de tudo que havia acontecido. No fundo de sua mente, ele se lembrou dos acontecimentos da colina. A Tecelã se aproximando dele. Erika Everhart tentando arrancar seu vínculo. O cachecol de sua mãe no chão. Não conseguiria suportar nada mais.

— Está tudo bem, Skar. Pode olhar. Está tudo bem.

Skandar confiava em Flo. Então olhou.

Roberta Bruna e Fúria do Falcão estavam no topo, em primeiro lugar. Florence Shekoni e Lâmina de Prata tinham ficado em quinto – deviam ter cruzado a linha de chegada pouco antes de a Tecelã surgir! Mitchell Henderson e Encanto da Noite Vermelha ficaram em décimo segundo. E Skandar Smith e Sorte do Maroto ficaram em décimo terceiro lugar. Uma explosão de alívio tomou o corpo de Skandar, e lágrimas molharam seu rosto pela segunda vez naquela tarde.

Bobby resmungou.

— Eu *disse* a eles para me chamarem de Bobby. Chega desse negócio de Roberta.

Mitchell deu uma cotovelada em Skandar.

— Um do lado do outro. Olhe!

Skandar enxugou os olhos.

— Você deveria ter terminado numa posição melhor. Praticamente me arrastou até a linha de chegada, mesmo que eu tenha sido horrível com você e Flo ontem. Obrigado, aliás.

Skandar abriu um sorriso choroso, mas largo.

Mitchell corou de leve.

— Para que servem os amigos, né?

— Bem, eu sou amiga dele, mas não ia demonstrar isso *deixando de ganhar* – zombou Bobby.

Mitchell riu.

— Eu não acredito que você venceu a Prova de Treinamento. Depois de ter passado o ano inteiro dizendo que ia fazer isso... você realmente venceu.

— Você é demais, Bobby – disse Flo, rindo.

— Ela é – murmurou Mitchell.

Mas Bobby não disse nada. Estava olhando fixamente para Mitchell. Ele franziu o cenho.

— O que foi?

— Imagino que você saiba que seu cabelo está pegando fogo — disse Bobby sem cerimônia.

— Não podemos dar uma trégua só por hoje, Bobby? — pediu Mitchell, cansado. — Você ganhou a Prova de Treinamento e acabamos de derrotar a Tecelã. Sério, o que mais você quer?

Flo também tinha visto.

— Não, seu cabelo está *mesmo* pegando fogo! Você passou pela mutação, Mitchell!

Até aquele momento, o cabelo de Mitchell era completamente escuro, mas agora vários fios pareciam estar em chamas.

— Na verdade, você está... — começou Skandar.

— Muito... irado — completou Bobby, elevando a voz, incrédula.

— Eu sou irado? — gritou Mitchell. — Bobby Bruna acha que eu sou *descolado*?

— Ah, pare — disse Bobby enquanto ele apontava para ela.

— Você ouviu isso, Skandar? Eu sou descolado. Sou *irado*. Eu finalmente passei pela mutação e É INCRÍVEL!

— Ele nunca mais vai parar de repetir isso, né? — murmurou Bobby para Skandar, que balançou a cabeça, sorrindo quando Vermelha virou o chifre para encarar seu cavaleiro e ver o motivo de toda aquela algazarra.

— Ah — acrescentou Mitchell sem fôlego —, e posso dizer só mais uma coisa?

— Não — respondeu Bobby.

Mitchell a ignorou.

— Posso dizer que eu estava certo a respeito do Skandar desde o início?

— Como assim? — perguntou Flo, dando tapinhas no pescoço de Lâmina.

O unicórnio prateado e sua amazona pareciam mais unidos do que nunca. A imagem de Flo se jogando entre seus amigos e a Tecelã surgiu de súbito na mente de Skandar: havia sido a coisa mais corajosa que ele já tinha visto na vida.

— Bem, eu disse que o Skandar era muito perigoso e ilegal e que ele poderia matar todos nós durante o sono. E acabamos descobrindo que, na verdade, ele é filho da Tecelã e foi trazido para a Ilha pela irmã dela!

— Mitchell! – gritou Flo. – Você vai mesmo dizer "eu avisei" agora?

Bobby balançou a cabeça.

— Cedo demais. Cedo demaaaaais.

Mas Skandar não se importou. Ele sabia que ia chorar nos próximos dias e semanas, que ia se enfurecer e lamentar por Rosemary Smith, a mãe que ele havia deixado para trás – junto com um cachecol – nas Terras Selvagens. Mas, por ora, montado em seu unicórnio negro sob o sol da Ilha ao lado de seus amigos, Skandar podia lidar com o fato de não ter encontrado a mãe que desejava, porque achava que talvez tivesse acabado por encontrar a si mesmo.

Uma hora depois, Skandar estava diante de uma tenda branca numa das áreas de treinamento fora do Ninhal. Maroto estava amarrado a uma árvore próxima, compartilhando os restos de um coelho com Vermelha, e as famílias dos Filhotes já estavam lá dentro, conversando, rindo e brindando.

Skandar estava muito animado para ver Kenna e o pai. Mas também estava nervoso. Não sabia o que dizer a eles sobre Erika Everhart. Não havia mencionado uma palavra sequer para Kenna sobre a Tecelã em nenhuma de suas cartas, tampouco havia mencionado o elemento espírito, pois sabia que suas correspondências poderiam ser lidas pelo Departamento de Comunicação com Cavaleiros e Amazonas.

Se tivesse sido ele a ficar em casa, e Kenna tivesse ido para a Ilha, será que ele gostaria de saber que a mãe estava viva durante todo aquele tempo? Será que gostaria de saber que ela havia se tornado uma vilã? E o pai?

— Obrigada por esperar, menino espírito!

Bobby o alcançou no momento em que ele tentava reunir coragem para entrar.

— Desculpe – murmurou Skandar.

– Você está de mau humor? – perguntou Bobby, impaciente.

– Só nervoso.

Skandar espiou pela entrada, tentando localizar o cabelo castanho de Kenna ou o rosto do pai.

– Por ver seu pai e sua irmã?

– É.

– Já decidiu se vai contar...

– Não.

Bobby revirou os olhos para ele e alisou as penas em seus braços.

– Melhor acabar logo com isso, então.

Ela empurrou Skandar sem a menor cerimônia para dentro da tenda.

– Parabéns, Skandar. Décimo terceiro lugar é uma posição muito respeitável – cumprimentou a instrutora O'Sullivan interceptando-o enquanto ele dava um passo hesitante à frente. – Principalmente se considerarmos que você passou o ano todo fingindo ser um exímio em água – disse ela, arqueando uma sobrancelha grisalha.

Skandar olhou ao redor em pânico.

– Como você sabe? Todo mundo sabe?

– Ainda não é de conhecimento geral. Aspen contou apenas aos instrutores – e a mulher abriu um raro sorriso. – E a Dorian Manning. Receio que o líder do Círculo de Prata esteja furioso. Ele não está gostando nada da ideia de você treinar como um exímio em espírito. Há quem diga que ele está soltando fogo pelas ventas. Então, se cruzar com ele, certifique-se de estar usando isto num lugar bem visível.

Ela deixou cair um objeto frio de metal na palma da mão de Skandar, assim como tinha feito depois da Caminhada.

A insígnia era formada por quatro círculos dourados entrelaçados.

– Isto é... – sussurrou Skandar.

– A insígnia dos exímios em espírito – confirmou a instrutora O'Sullivan, sorrindo para ele. – Embora você também seja um exímio em água honorário, é claro.

– Quem disse?

– Eu – e, por mais incrível que parecesse, ela piscou para ele. – Exímios em espírito sempre tiveram a coragem e a imprudência correndo lado a lado nas veias... E, com a bravura que demonstrou contra a Tecelã, sempre haverá um lugar para você no Poço.

Skandar levou a mão à insígnia da água em sua jaqueta azul.

– O que acha de usar as duas? Uma em cada lapela? Isso irritaria demais o Dorian – disse ela, parecendo alegre enquanto se afastava.

– Skandar! Pai! Pai, olhe! É o Skandar!

Kenna saiu em disparada pela multidão, quase mandando uma bandeja de bebidas pelos ares ao passar. O pai ia logo atrás dela.

Kenna se atirou, de braços abertos, sobre o irmão e desatou a chorar. Então, antes que Skandar se desse conta do que estava acontecendo, o pai estava abraçando os dois e todos estavam chorando. Todo o estresse daquele ano – por ser um exímio em espírito, por temer por sua vida e pela vida de Maroto, pela traição de Joby, por ter que enfrentar a Prova de Treinamento, por lutar contra a Tecelã, por descobrir que ela era sua mãe – veio à tona. Não em palavras, mas em soluços angustiados.

– Ei, filho, ei!

O pai empurrou a cabeça de Skandar para trás gentilmente, para ver seu rosto. Enxugou suas lágrimas, algo que Skandar só conseguia se lembrar de Kenna fazendo.

– Não precisa chorar, hein? Você ficou em décimo terceiro! Nós vimos tudo. Você foi incrível! A maneira como você e aquela unicórnio vermelho se uniram...

E o pai desatou a analisar a Prova de Treinamento. Por um momento, foi como se estivesse de volta à sala de estar em Margate assistindo à Copa do Caos na televisão, gostando de ter um pai que se importava com as coisas, mesmo que fosse apenas por um dia no ano.

Kenna chamou a atenção de Skandar enquanto o pai falava, sorrindo para ele de lado e pegando sua mão. Quando acabou de falar, o pai anunciou que ia pegar outra bebida e deixou Skandar e Kenna sozinhos para conversarem.

– Como estão as coisas em casa? Com o papai? – perguntou Skandar rapidamente, aproveitando a oportunidade.

– Bem, o dinheiro que ganhamos por você ser cavaleiro está ajudando bastante. E, além disso, ele acabou de arrumar um emprego!

– O quê?

– Eu sei! Paga bem e tudo. Estamos pensando em sair de Sunset Heights, talvez alugar uma casinha perto do mar ou algo assim.

– Uau – disse Skandar. – Isso é...

– Tudo bem, agora me conte tudo sobre Sorte do Maroto. Tudo. Posso conhecê-lo? Podemos visitar os estábulos? Você pode me mostrar sua magia? Pode me apresentar a Nina Kazama? Dá para acreditar que ela é continental e se classificou para a Copa do Caos?! Podemos...?

A explosão de perguntas de Kenna fez Skandar se perguntar se ela e o pai estavam tão bem quanto ela dava a entender, mas ele deixou passar.

Enquanto dava uma olhada na tenda, Skandar notou a ausência dos cavaleiros e amazonas que não haviam passado na Prova de Treinamento. Quatro deles faziam parte do outro grupo de treinamento, então Skandar não os conhecia muito bem, mas era estranho não ver Lawrence ali.

Era difícil acreditar que ele e Chefe Venenoso eram nômades agora e, assim como Albert e Alvorecer da Águia, nunca mais voltariam ao Ninhal. Skandar tentou não pensar que, se Mitchell não tivesse sacrificado sua posição na corrida, ele e Maroto poderiam ter tido o mesmo destino.

Nas duas horas seguintes, Skandar desfrutou de momentos maravilhosos com a família. Eles conversaram sem parar. Skandar conheceu os pais de Bobby e toda a família de Flo, incluindo seu irmão gêmeo, Ebb. Quando Skandar apresentou o pai a Flo, Mitchell e Bobby, ele perguntou a todos em que posição tinham ficado na Prova de Treinamento e não parou de repetir que Skandar havia ficado em décimo terceiro, como se eles não tivessem participado da corrida.

Quando o quarteto foi se servir de mais bolo, Mitchell suspirou.

– Queria que meu pai estivesse tão orgulhoso de mim quanto os pais de vocês. Ele não acha que chegar em décimo segundo seja um resultado muito bom. Ele ficou em oitavo quando fez a Prova de Treinamento. Aparentemente, os membros da família Henderson deveriam se sair melhor.

Ele abaixou a cabeça.

– Acho que já está na hora de você ignorar o sem-noção do seu pai, Mitchell – disse Flo, pegando mais uma bebida. – O que aconteceu com a Tecelã faz de você um cavaleiro dez vezes melhor do que ele, então ele pode simplesmente... ele pode... ele pode calar a boca!

Bobby se engasgou com o bolo e Mitchell ficou tão surpreso, que, depois disso, parecia muito mais alegre.

Skandar estava se divertindo tanto que se esqueceu completamente de Erika Everhart até o momento em que levou Kenna para fora para conhecer Sorte do Maroto.

Maroto se mostrou mais doce com ela do que jamais fora com qualquer outra pessoa. O unicórnio negro deixou que Kenna acariciasse seu pescoço, fizesse tranças em sua crina e até mesmo passasse a mão sobre uma de suas asas.

– Você quer montá-lo? – perguntou Skandar, hesitante, depois de alguns minutos.

O rosto de Kenna se iluminou.

– Posso voar nele?

Skandar riu. Era de se esperar que a irmã quisesse fazer justamente a coisa mais perigosa de todas. Não tinha certeza se era permitido, mas não conseguia dizer não a Kenna. E, de alguma forma, sabia que Maroto cuidaria dela.

Maroto bufou e soltou faíscas quando Skandar ajudou Kenna a subir nas costas do unicórnio com ele. Ela insistiu em se sentar na frente.

– Para poder fingir que você não está comigo.

– Que simpático da sua parte! – disse Skandar, abraçando a irmã com firmeza enquanto Maroto começava a se afastar da tenda, abrindo as asas, pronto para voar.

Kenna vibrou e gritou de entusiasmo quando os cascos do unicórnio negro deixaram a terra firme. Skandar sorria tanto que suas bochechas doíam enquanto eles voavam bem acima dos troncos blindados do Ninhal. Ele se lembrou de como as coisas eram antes de Kenna ter sido reprovada no teste de Criação, de quando eles sonhavam com uma vida inteira voando lado a lado em unicórnios ávidos por batalhas.

Com o vento sibilando em seus ouvidos, Skandar tentou explicar a Kenna o que era o vínculo: como sempre sentia a presença de Maroto, mesmo quando estavam separados; como estavam aprendendo a se comunicar ouvindo os sentimentos um do outro; como podiam animar um ao outro quando estavam tristes. Mas Kenna estava muito distraída para ouvi-lo. Ela se abaixou nas costas de Maroto com as mãos enredadas na crina do animal, ajustando o equilíbrio aos movimentos de suas asas. Skandar sentiu um nó na garganta: ela era uma amazona nata.

Quando Maroto aterrissou, Skandar ficou chocado ao ver que Kenna tinha lágrimas nos olhos ao desmontar.

– Existe alguma possibilidade, Skar? – murmurou ela. – Existe alguma possibilidade de ainda haver um unicórnio para mim no Criadouro? Esperando por mim? Talvez eles tenham errado. Talvez eu também devesse ter tentado abrir a porta. Você nem fez o teste de Criação! Eu sei que não pode me contar muito nas suas cartas, mas ninguém pode nos ouvir agora. Deve haver segredos. Deve haver mais do que isso.

Nesse momento, Skandar quis abraçá-la, contar tudo a ela. Sobre a mãe deles, sobre o elemento espírito. Mas saber a verdade não ia piorar as coisas? Não havia garantias de que Kenna estava destinada a um unicórnio, mas certamente ela se sentiria mais enganada, como se tivesse perdido um futuro que nunca poderia ter. Ele não sabia se poderia fazer isso com ela.

Então, em vez disso, ele disse:

– Sinto muito, Kenn. Não funciona assim. Mesmo que tivesse um unicórnio para você, ele seria um unicórnio selvagem agora. É tarde demais. Ele não seria nem um pouco parecido com Maroto. Você não ia querer nem chegar perto dele.

— Claro que ia – disse Kenna, deixando escapar um soluço angustiado. – Eu não me importaria se ele fosse selvagem – acrescentou ela com mais calma. – Se fosse meu, eu ia querer ficar com ele.

— Acredite em mim – e Skandar puxou-a para um abraço –, você não ia querer.

O resto da tarde passou rápido demais. Quando se deram conta, Skandar estava abraçando o pai e Kenna no topo gramado dos Penhascos Espelhados antes que eles entrassem no helicóptero que os levaria de volta ao Continente. Skandar inspirou o cheiro de sua família e soube que havia chegado o momento. Se quisesse mudar de ideia e contar tudo a eles, aquela seria sua última chance num ano.

— Estou muito orgulhoso de você, Skandar – disse o pai, afastando-se. – Continue treinando com Sorte do Maroto. Quem sabe um dia vocês consigam vencer! Eu sempre acreditei que você era capaz!

Ele acenou e desapareceu dentro do helicóptero. E Skandar soube que não podia contar a eles sobre Erika Everhart. Não podia virar a vida deles do avesso. Era um segredo que teria que guardar consigo. Por enquanto.

— Ele está muito melhor, viu? – e os olhos de Kenna brilhavam por causa das lágrimas novamente. – Estamos bem, não precisa se preocupar conosco.

— Eu queria poder ir com vocês – disse Skandar, ainda segurando a mão dela.

Kenna balançou a cabeça com tristeza.

— Não, não queria. Seu lugar é aqui, Skar. Seu lar é aqui. Acho que, na verdade, você sempre soube disso, não é?

Aqui é o seu lar também, ele queria dizer a ela. *Aqui é o nosso lar*.

Mas ele não fez isso. Tudo o que disse foi:

— Eu te amo, Kenn.

— Eu também te amo, Skar.

Então ela soltou a mão do irmão e correu para os degraus do helicóptero, seu cabelo castanho esvoaçava sobre o rosto, e desapareceu de vista enquanto as hélices giravam cada vez mais rápido.

Skandar se afastou correndo pelo topo do penhasco. A aeronave espalhava detritos por toda parte; havia poeira em seu nariz, seu cabelo, seus olhos. Ele não conseguia ver para onde estava indo.

– Ai!
– Bobby?
– Skandar?

Enquanto os helicópteros voavam sobre eles em direção ao mar, a poeira foi se dissipando e Skandar ficou olhando para um céu vazio com Bobby parada ao seu lado, a mão apoiada na cintura.

Sua expressão devia estar deixando evidente como ele se sentia, porque a amiga colocou um braço em volta de seus ombros.

– Pronto para ir?

Skandar não confiou na própria voz. Então, em vez falar, apenas assentiu e seguiu Bobby pelo caminho de volta até o som dos unicórnios sedentos de sangue.

AGRADECIMENTOS

Devo muito a muitas pessoas.

Em primeiro lugar, àqueles que me apoiaram muito antes de esses unicórnios ferozes saírem do ovo. A minha incrível mãe, Helen, que me mostrou o que é ser forte e independente e me ensinou a ir atrás dos meus sonhos – e me divertir enquanto fazia isso! Ao meu irmão Alex, por me animar e me fazer rir – e nunca ter me questionado por eu estar escrevendo sobre unicórnios sanguinários. Ao meu irmão Hugo, por todos os anos durante os quais trocamos livros e histórias de fantasia – obrigada por ter passado a noite lendo o primeiro rascunho deste livro e por ter me inspirado a continuar.

A Sharon, Sean e Ollie, que acabaram com muito mais unicórnios em sua vida do que esperavam – sou muito grata a vocês por terem me acolhido como parte de sua família e por terem apoiado minha escrita incondicionalmente. E a Hannah, minha aliada no amor pelos livros.

A Claire, cuja reação cheia de alegria diante da ideia de Skandar, enquanto eu falava dele sem parar num café em Margate, foi um farol de luz tão brilhante quanto o elemento espírito. A Anna, Sarah, Elli e Charlotte, que foram meu quarteto de amor e encorajamento desde as minhas primeiras tentativas de escrever. A Ruth, que torceu por Skandar e por mim de forma totalmente altruísta, nos momentos bons e ruins. A

Aisha, que sempre compartilhou comigo suas experiências como autora e me ajudou a visualizar as minhas próprias experiências um dia. A Barney, cujo livro me inspirou a retomar o sonho de escrever que eu havia abandonado. A Abi, Gavin, Jess, Will e Mark, que me apoiaram durante a tempestuosa fase dos vinte aos trinta anos.

Se meus agentes fossem cavaleiros e amazonas, eles venceriam todas as batalhas celestes. A Sam Copeland, por ter realizado todos os meus sonhos de unicórnio e sempre ter lutado ao meu lado. E a Michelle Kroes, por fazer minha vida parecer um conto de fadas onde minhas criaturas ferozes um dia voarão por nossas telas – e a Peter Kang, Drew Reed e Jake Bauman, por terem acreditado nesta história o suficiente para fazer com que isso acontecesse.

Um Ninhal cheio de agradecimentos a toda a equipe dos sonhos da Simon & Schuster que ajudou este livro a alçar voo. E um agradecimento especial: a Rachel Denwood, pelo apoio incondicional e apaixonado que demonstrou por Skandar. Às minhas editoras, Ali Dougal, no Reino Unido, e Kendra Levin, nos Estados Unidos, que se apaixonaram por esta história desde o início e trabalharam extraordinariamente para torná-la a melhor possível. A Deeba Zargarpur e Lowri Ribbons, que ajudaram esses unicórnios a voar mais alto do que eu jamais poderia ter sonhado, mesmo quando o mundo do lado de fora de nossas janelas era bastante assustador.

A Laura Hough e Dani Wilson, que compartilham minha paixão por levar Skandar ao maior número de leitores possível. A Ian Lamb, pela incrível energia criativa que dedicou ao compartilhar esses unicórnios com o mundo. À equipe de design da Simon & Schuster, bem como a Tom Sanderson, Sorrel Packham e Two Dots Illustration Studio, por garantirem que a capa e o visual deste livro refletissem o mundo que vive em minha imaginação. A Sarah Macmillan e Eve Wersocki Morris, que anunciaram aos quatro ventos a notícia sobre unicórnios mortais. À brilhante equipe de direitos estrangeiros, que encontrou para Skandar os melhores lares possíveis. Aos meus editores e tradutores em todo o mundo: obrigada por acreditarem em mim e darem vida a esta história em seu idioma. E a meus copidesques e revisores: vocês fizeram estas palavras arderem com a mesma intensidade que a magia do fogo.

À comunidade de livros infantis e juvenis, que me acolheu de braços abertos, em particular Aisling Fowler e Tọlá Okogwu, que me incentivaram durante todo o processo e compartilharam comigo sua jornada como autoras antes de nos conhecermos pessoalmente. E aos professores e colegas escritores do meu mestrado em escrita criativa, que me deram a confiança de que eu precisava para continuar escrevendo e continuam a me apoiar. À Selwyn College, em Cambridge, onde sempre me sentirei em casa. A Charlie Worsham, que canta as canções do meu coração; eu não "larguei meu emprego e fui para o Bonnaroo", mas fiz quase isso. E às bibliotecas do Condado de Kent, que permitiram a uma garota, que nunca poderia comprar todos os livros de fantasia que queria, descobrir a magia da leitura.

E, por último, a meu marido, Joseph, que me ajudou a encontrar meu lugar no mundo como contadora de histórias, me ajudou a me encontrar – e com isso veio *Skandar e o ladrão de unicórnios*. Não haveria nenhuma história sem ele.

Em www.leyabrasil.com.br você tem acesso a novidades e conteúdo exclusivo. Visite o site e faça seu cadastro!

A LeYa Brasil também está presente em:

 facebook.com/leyabrasil

 @leyabrasil

 instagram.com/editoraleyabrasil

LeYa Brasil

ESTE LIVRO FOI COMPOSTO EM DANTE MT STD,
CORPO 12,5 PT, PARA A EDITORA LEYA BRASIL.